Un héritier pour le royaume

*

Le fils d'un prince

*

Un enfant à protéger

LUCY MONROE

Un héritier pour le royaume

Traduction française de
YOHAN LEMONNIER-MEHEU

HARLEQUIN

Titre original :
ONE NIGHT HEIR

Ce roman a déjà été publié en 2014

HARPERCOLLINS FRANCE
83-85, boulevard Vincent-Auriol, 75646 PARIS CEDEX 13
Service Lectrices — Tél. : 01 45 82 47 47 - www.harlequin.fr
ISBN 978-2-2804-3373-0

Composé et édité par HarperCollins France.
Imprimé en février 2022 par CPI Black Print (Barcelone)
en utilisant 100% d'électricité renouvelable.
Dépôt légal : mars 2022.

FSC
www.fsc.org
MIXTE
Papier issu de sources responsables
FSC® C159065

Pour limiter l'empreinte environnementale de ses livres, HarperCollins France s'engage à n'utiliser que du papier fabriqué à partir de bois provenant de forêts gérées durablement et de manière responsable.

1

Aveuglé par la rage, le prince royal Maksim de Volyarus expédia un crochet du droit à son cousin et partenaire de combat, dans un parfait mouvement de kick boxing.

Demyan bloqua le coup en grognant, amortissant l'impact grâce à son gant.

— Quelque chose te tracasse, Ta Majesté ?

Maks détestait quand son cousin s'adressait à lui en utilisant son titre. Ils avaient été élevés comme des frères dans le palais familial, mais Maks était le cadet.

Demyan connaissait la musique. Il savait que son cousin aimait le provoquer durant leurs séances d'entraînement, car cela les rendait plus intenses, disait-il. Mais la journée avait été assez pénible comme ça sans qu'il en rajoute. Il n'en avait rien dit à Demyan. De toute façon, son cousin méritait de se faire secouer un peu de temps en temps.

— Je vais te gommer ce sourire à coup de poing et ça ira mieux, répondit Maks en dansant d'un pied sur l'autre avant de lancer un enchaînement dévastateur.

Tous deux étaient dans une forme physique parfaite, du haut de leur mètre quatre-vingt-dix.

— Je croyais que c'était le grand soir avec Gillian, aujourd'hui ? lança Demyan. Ne me dis pas qu'elle va refuser !

— Si je lui faisais ma demande maintenant, elle accepterait sans doute.

Et si la chose s'était produite la veille, Maks aurait été

comblé. Désormais, il rongeait son frein en songeant à celle qui lui était désormais inaccessible : Gillian.

— Alors je ne vois pas le problème, fit remarquer Demyan en passant à l'offensive.

Il noya son cousin sous une avalanche de coups.

— Nous avons eu le résultat de ses analyses médicales.

— Elle n'est pas malade, au moins ? s'enquit Demyan, sincèrement inquiet.

Sa sollicitude en aurait surpris plus d'un, venant d'un homme dont la réputation de froideur n'était plus à faire. Mais Maks savait à quel point Demyan était prévenant avec ceux qu'il aimait et, durant les huit derniers mois, la belle et douce Gillian était peu à peu entrée dans ce groupe très restreint.

— Elle est en pleine forme… du moins, en ce moment.

« A l'exception de ses trompes », songea-t-il.

— Qu'est-ce que ça veut dire, ça ?

— Elle a eu l'appendicite quand elle avait seize ans.

— C'était il y a dix ans, en quoi est-ce que cela pourrait affecter sa santé aujourd'hui ?

— Les trompes de Fallope.

Demyan se figea, stupéfait.

— Quoi ?

Maks n'avait pas l'intention d'offrir le moindre répit à son cousin et en profita pour l'envoyer au sol d'un magnifique coup de pied retourné.

Demyan se releva mais ne revint pas à la charge comme Maks s'y était attendu.

— On fait une pause et tu vas m'expliquer en quoi une appendicectomie chez une adolescente a le moindre rapport avec le fonctionnement de ses organes reproducteurs ?

Demyan n'était pas dupe, il savait parfaitement à quel point la fécondité de Gillian était capitale dans la pérennité de la maison de Yurkovitch, la famille royale de Volyarus.

— Elle est peu fertile, expliqua Maks en réajustant ses

gants, elle a moins de trente pour cent de chances de tomber enceinte.

Beaucoup moins, selon certains des spécialistes que Maks avait consultés ; davantage, de l'avis de certains autres.

Demyan repoussa les cheveux qui lui tombaient sur le front.

— Et avec un traitement ?

— Je n'ai pas envie d'être le père de sextuplés.

— Ne sois pas stupide !

— C'est du pragmatisme. Tu sais comme moi que je ne peux pas épouser une femme qui n'est pas capable de me donner d'héritier.

Demyan ne répondit pas immédiatement. Les cousins ne savaient que trop à quel point ces considérations pesaient sur leurs épaules à tous deux.

— Tu n'es pas comme ton père, personne ne t'oblige à épouser une femme que tu n'aimes pas, dans le seul but de perpétuer la lignée.

— Ce n'est pas mon intention, pas plus que je n'ai envie d'infliger à ma future femme un traitement pénible, dans l'espoir incertain d'avoir une descendance.

— Tu pourrais opter pour l'adoption.

— Comme mes parents l'ont fait pour toi ?

— Ils ne m'ont pas vraiment adopté, je suis toujours un Zaretsky, et ton père n'a jamais eu l'intention de me faire hériter du trône.

— Tu n'étais que son partenaire de ring, en quelque sorte, soupira Maks avec une légère amertume.

— Nous devons tous accomplir notre devoir, esquiva Demyan d'un haussement d'épaules.

— Et le mien, c'est de demander sa main à Gillian Harris, rétorqua Maks.

Il devait le faire, alors même que son éthique personnelle lui dictait de mettre fin à leur relation au plus vite.

— Tu ne l'aimes pas ? s'enquit Demyan.

— Tu me connais, non ?

— « L'amour est un chemin de souffrance », énonça Demyan en reprenant les propres paroles de Maks.

— Et il nous éloigne de notre devoir, acheva ce dernier.

Les deux hommes parlaient en connaissance de cause.

— Alors que vas-tu faire ? demanda Demyan en reprenant une pose martiale.

Maks exécuta un enchaînement d'esquives suivies d'un crochet du gauche.

— Qu'est-ce que tu en penses ?

— Elle me manquera, avoua Demyan.

Pas étonnant. Malgré ses origines modestes, Gillian s'était étonnamment bien entendue avec sa famille. C'était d'ailleurs l'une des raisons qui l'avaient incité à la fréquenter. En société, elle avait même réussi à éviter certains écueils sur lesquels d'autres se seraient aisément échoués.

Gillian était la fille d'un journaliste international de renom et était habituée à côtoyer les grands de ce monde depuis son plus jeune âge.

Demyan bloqua son attaque et enchaîna par une riposte.

— Tu comptes tout lui dire ce soir ?

— Je n'en aurai peut-être même pas besoin.

La ravissante blonde aux yeux bleus devait disposer elle aussi des mêmes résultats que lui. Elle savait donc désormais pourquoi ces cycles étaient irréguliers et, consciente des responsabilités inhérentes au statut de Maks, elle devait s'attendre à ce que leur relation cesse *de facto*.

C'était une femme dotée d'un sens pratique très aigu et il espérait éviter une pénible scène de rupture.

— Oui, nana, c'est le grand soir ! s'exclama Gillian, le téléphone coincé entre sa joue et son épaule, tandis qu'elle sautillait dans la pièce en essayant d'enfiler sa chaussure.

— Est-ce qu'il t'a déjà dit qu'il t'aimait ? demanda Evelyn Harris, la femme qui l'avait élevée.

— Non.

— Cela fait quarante-huit ans que tous les soirs, lorsque nous nous couchons, ton grand-père me dit qu'il m'aime.

— Je sais, nana.

Mais Maks était un autre genre d'homme. De ceux qui dissimulent leurs émotions. Il le faisait par devoir, comme si cela aussi était un impératif royal. Son masque ne tombait que lorsqu'ils faisaient l'amour. Dans ces moments-là, il ne pensait qu'à combler la femme qui partageait sa couche. Et depuis six mois, cette femme, c'était elle.

Ils étaient sortis ensemble pendant un mois environ avant de faire l'amour pour la première fois. Elle avait d'abord trouvé cela étrange, étant donné la réputation de Maks, puis elle avait découvert qu'aussi curieux que cela puisse paraître il attendait d'elle davantage qu'une simple étreinte.

Elle avait alors été partagée entre la stupéfaction et l'excitation.

Gillian n'appartenait pas à la haute société. Elle n'était ni riche ni influente, mais il lui arrivait régulièrement d'assister à des mondanités en compagnie de son père. C'était un homme très pris, et faute de mieux, Gillian acceptait d'être sa cavalière dans des pince-fesses mondains.

C'était ainsi que la banale fille du grand journaliste avait eu son content de dîners somptueux et de baisemains de diplomates.

Aussi avait-elle été la première surprise lorsque le prince royal Maksim Yurkovitch de Volyarus s'était intéressé à elle. Par la suite, au contact de Maks et de sa mère, la reine, elle avait compris que les têtes couronnées ne cherchaient pas nécessairement chaussure à leur pied parmi la haute société. Gillian s'était cependant attendue à ce qu'il souhaite s'unir à une femme dotée d'un tempérament plus en phase avec ses futures obligations.

Le contraste était saisissant entre lui et elle, une fille issue d'une petite ville de l'Alaska, qui gagnait sa vie « en photographiant des boîtes de chocolat », comme disait son père.

Son passé n'avait rien d'extraordinaire. Ses parents avaient divorcé très tôt, sans montrer grand intérêt pour leur progéniture. Ils s'étaient mariés par commodité juste avant sa naissance, pour se séparer dans l'année qui avait suivi.

— Je vais raccrocher, ma chérie, tu as encore la tête dans les nuages…

Gillian ramena ses cheveux derrière son oreille et ajusta le téléphone contre sa joue.

— Désolée, nana, je ne voulais pas te donner l'impression… d'être ailleurs.

— Je sais bien que, dès que tu penses à Maks, ta tête est ailleurs.

— Tu exagères !

Nana émit un bruit de gorge afin de marquer son désaccord.

— Je veux que ce garçon te dise qu'il t'aime avant d'envisager le moindre mariage !

— Ce n'est plus vraiment un *garçon*, nana, précisa Gillian comme elle l'avait déjà fait par le passé… sans résultat.

— J'ai soixante-quinze ans, Gillian, à mes yeux, c'est un gamin.

— Il y a des gens qui ne disent jamais « je t'aime », tu sais, précisa-t-elle en revenant à leur principal sujet de préoccupation.

— Alors c'est qu'ils manquent de jugeote, c'est tout.

— Rich ne me l'a jamais dit, mais je sais qu'il m'aime.

Ce n'était qu'à moitié vrai. Son père ne le lui avait jamais dit, mais elle ignorait s'il avait effectivement des sentiments pour elle. Rich Harris était un homme peu démonstratif, qui se contentait de faire le minimum auprès de sa fille unique. Il s'était cependant assuré de lui offrir un foyer et tout l'amour dont elle avait besoin.

— Ton père est un idiot, malgré tous ses prix Pulitzer.

Gillian éclata de rire. Sa grand-mère ne pensait pas ce

qu'elle disait. Elle était très fière de son fils et elle nourrissait l'espoir qu'il prenne un jour pleinement sa place en tant que père. Gillian savait qu'il ne fallait pas y compter, mais elle voulait ménager sa grand-mère. Elle l'aimait trop pour lui faire de la peine ainsi.

— S'il t'entendait, il serait capable de venir en personne te montrer de quel bois il se chauffe !

— Qu'il vienne, j'ai une cuillère de bois et je sais m'en servir !

Gillian avait grandi sous la gentille menace de cette fameuse cuillère de bois, dont personne n'avait jamais vu la couleur.

— Je t'assure, Gillian, je me demande parfois ce qui lui passe par la tête…

— C'est quelqu'un de bien, mais l'esprit de famille ne fait pas partie de son paysage, voilà tout.

— Oui, eh bien paysage ou pas, il se trouve qu'il a une fille !

— Je sais bien.

Toute sa vie durant, elle avait vécu en sachant qu'elle n'avait pas été désirée et que son père n'était pas prêt à sacrifier quoi que ce soit pour elle.

— Je n'aime pas te voir comme ça, se lamenta nana en employant ce ton que Gillian détestait.

C'était la porte ouverte à son habituelle rengaine du *je-suis-inquiète-pour-toi-ma-chérie*. Dans ces cas-là, sa grand-mère était prête à tout laisser en plan et à sauter dans le premier avion pour Seattle afin de s'assurer que Gillian allait bien.

— Je vais bien, nana, je vais même mieux que bien.

C'était même un euphémisme : elle s'apprêtait à épouser l'homme de ses rêves !

— Pas la peine de me faire la leçon, je t'assure, insista Gillian.

Ce dont elle avait besoin, c'était que Maks montre de l'intérêt pour elle, qu'il la fasse passer en priorité. Et il s'y employait ! Malgré une vie trépidante sous le feu des projecteurs, il parvenait à ne jamais annuler un rendez-vous, à ne jamais être en retard et à ne jamais considérer la carrière de photographe de Gillian comme un simple passe-temps.

— Mmm…

Nana ne semblait pas convaincue. Et son soupir confirma la crainte de Gillian : sa grand-mère allait certainement dire deux mots à son futur époux. Maks devrait de toute façon se faire aux manières de nana puisque Gillian et lui allaient se marier…

— Est-ce que vous profitez bien de Las Vegas, papy et toi ? demanda-t-elle pour changer de sujet.

— Il a perdu de l'argent aux tables de black jack, mais j'en ai gagné aux machines à sous, affirma-t-elle avec fierté à sa petite-fille.

— Est-ce que votre dîner avec Rich est toujours prévu pour la semaine prochaine ?

— Il n'a pas envoyé de SMS pour annuler en tout cas, répondit nana sans chercher à cacher son dégoût pour ce mode de communication.

— Parfait.

— J'imagine que nous aurons de bonnes nouvelles à lui annoncer ?

— Sans doute.

Soudain, on sonna à la porte d'entrée.

— C'est lui ! Je te laisse…

— On se rappelle demain, tu n'oublies pas, hein ?

— Oui, nana, avec de bonnes nouvelles !

Gillian alla ouvrir, le sourire aux lèvres et, en passant devant la console de l'entrée, elle avisa l'enveloppe couleur crème : ses résultats d'analyses. Elle n'avait pas encore eu le temps de les lire. Elle faisait un bilan complet chaque année à la demande de son père, depuis qu'elle avait frôlé la mort à l'âge de seize ans à la suite d'une crise d'appendicite. Et, cette fois-ci, c'était aussi à la demande de Maks…

Du haut de son mètre quatre-vingt-dix, Maks était très séduisant dans son costume Armani noir. Mais sa mine lui parut sombre.

— Tu es en avance, fit-elle remarquer en souriant.

— Et pourtant, tu es déjà prête. Tu es vraiment une femme pas comme les autres, Gillian Harris.

Il avait parlé sans sourire, mais son regard aussi noir qu'un expresso glissa le long de son corps comme une caresse.

Il faisait toujours ça et, chaque fois, elle avait le sentiment de surclasser tous les mannequins du monde, malgré sa taille moyenne et ses formes plutôt généreuses.

Elle recula pour le laisser entrer.

— Nana n'aimait pas qu'on la fasse attendre, expliqua Gillian.

— Et tu avais tellement hâte de me voir que tu t'es habillée très en avance, la taquina-t-il.

— Oui, il y a de ça aussi, concéda-t-elle en souriant.

Il se pencha vers elle et déposa un baiser sur ses lèvres. Elle entrouvrit la bouche pour laisser leurs souffles se mêler de façon sensuelle.

Maks gémit et intensifia son baiser. Il la serra contre lui, tout en pénétrant dans l'appartement. Comme chaque fois, le temps sembla s'arrêter pour Gillian, et l'univers se résuma pour elle à cette bouche contre la sienne, à ce corps touchant le sien. Maks fit un pas en arrière et tous deux se regardèrent, le souffle court.

Il sembla remarquer l'enveloppe beige près de la porte. Elle l'avait ouverte, mais le coup de fil de nana l'avait interrompue avant qu'elle n'en consulte le contenu. Elle n'était pas inquiète. A vingt-six ans, elle était encore jeune et elle menait une vie saine, sans le moindre signe de maladie à l'horizon. Pour cela comme pour le reste, nana veillait au grain, et parfois Gillian se surprenait à apprécier que cette dernière vive au Canada.

— Tu as eu tes résultats, fit remarquer Maks d'une voix étrangement neutre.

Elle acquiesça tout en le précédant dans le salon.

— Tu veux boire quelque chose avant de partir ?

— Je prendrai un Old Pulteney, si tu en as.

— Tu sais bien que j'en ai toujours.

Elle conservait en permanence une bouteille de ce whisky single malt de vingt et un ans d'âge depuis qu'elle savait que c'était son breuvage préféré.

Elle lui en versa deux doigts dans un verre, sans glace, et le lui tendit.

Maks la remercia en avalant une gorgée plus longue que d'habitude. Cette marque de nervosité chez un homme tel que lui était tout à fait charmante, songea-t-elle en souriant.

— Tu ne m'avais jamais dit que tu avais eu l'appendicite ?

— Tu ne m'as jamais posé la question.

Il avait dû voir la cicatrice, même si elle était très discrète. Curieux que son bilan de santé en fasse mention, d'ailleurs… Le médecin de Maks avait mené une investigation plus poussée que celle de son propre généraliste, manifestement. Elle ne fut cependant pas surprise de constater que Maks avait lu le dossier avec une attention absolue.

Cela lui ressemblait tant !

Il fronça les sourcils en avalant une seconde lampée, et Gillian se demanda pourquoi son appendicite le contrariait à ce point. Elle se versa un verre de soda avec une tranche de citron, sa boisson préférée. Peut-être Maks était-il comme son propre père, et l'idée de savoir qu'elle avait frôlé la mort le glaçait d'effroi.

La seule fois où elle avait lu une réelle inquiétude sur le beau visage de vedette de cinéma de son père fut le jour où il était venu lui rendre visite à l'hôpital. Rich n'aimait pas être confronté aux incidents qui jalonnaient la vie de sa fille, et elle supposa qu'il en était de même pour Maks, aussi ne fit-elle aucun commentaire.

— Où m'emmènes-tu dîner ?

Il lui avait dit qu'il l'emmènerait dans un endroit spécial. Si elle mettait cela en relation avec les résultats des examens, il semblait logique qu'il ait l'intention de faire sa demande ce soir.

Et elle avait bien l'intention d'accepter.

Elle était amoureuse de lui — même si elle ne le lui avait jamais avoué — elle ne l'avait même pas dit à nana. Curieusement, exprimer son amour à voix haute lui semblait très compliqué.

— Nous allons au Rennet.

C'était le premier restaurant dans lequel il l'avait invitée. Certes, Maks non plus ne lui avait jamais avoué son amour mais, même s'il s'en défendait, c'était un grand romantique.

— Génial, j'adore leur cuisine !

Et puis le chef, qui était aussi le propriétaire, avait un faible pour leur couple. Dîner là-bas était toujours un enchantement et cela ne fit que renforcer sa certitude d'une demande en mariage.

— Je sais que tu l'apprécies.

Encore une fois cette mine sérieuse, austère. Le déclic se fit alors dans l'esprit de Gillian : évidemment qu'il était sérieux ! L'enjeu de la soirée était important…

Elle, qui n'avait pas été nerveuse jusque-là, fut saisie d'un léger vertige. Elle allait se fiancer à un prince et, pour la première fois, elle songea à ce à quoi pouvait ressembler la vie d'une princesse.

C'était une perspective enivrante.

Jusque-là, sur les conseils de nana, elle avait évité de se projeter trop loin, mais le comportement mystérieux de Maks l'incitait tout à coup à le faire. Oui, elle était prête à endosser son nouveau rôle et à vivre la moitié de l'année en mer Baltique, dans la principauté de l'île de Volyarus.

Elle l'aimait.

Maks était *son* homme.

Elle était déterminée à passer le reste de ses jours en compagnie de Maksim de la maison de Yurkovitch, prince héritier de Volyarus.

2

Le dîner fut succulent. Et même si Maks ne parvint jamais à se départir de son air sérieux, il se montra aussi charmant et courtois qu'à l'habitude.

A plusieurs reprises, il sembla sur le point d'aborder *le* sujet important, mais se ravisa chaque fois.

A mesure que le repas avançait, Gillian se sentait de plus en plus amoureuse du prince de ses rêves, tout en se laissant gagner malgré elle par une nervosité croissante.

Après le dîner, il l'emmena écouter un concert de jazz. Les musiciens vivaient leur musique, ils ne se contentaient pas de l'interpréter. Gillian fut presque soulagée que le volume sonore empêche toute discussion, car la musique avait sur Maks un effet apaisant ; il semblait enfin se détendre un peu. Une fois le concert terminé, il accepta de terminer la soirée chez elle.

Après avoir refermé la porte de l'appartement, il l'aida à se débarrasser de son manteau qu'il posa sur une chaise et resta planté là, mal à l'aise. Cela lui ressemblait si peu que Gillian prit les choses en main en lui proposant un verre.

— Ce n'est sans doute pas une bonne idée, objecta-t-il.

— Tu n'es pas obligé de conduire pour rentrer… Tu n'es même pas obligé de rentrer.

Elle lui proposait de passer la nuit avec elle, comme elle l'avait fait un nombre incalculable de fois. D'ordinaire il ne refusait que lorsqu'il avait des rendez-vous très tôt le lendemain ; il n'aimait pas la réveiller à l'aube pour rien.

Son hésitation la prit donc par surprise.

— Tu crois vraiment que c'est la chose à faire ? dit-il.

Maks semblait penser qu'à l'approche du mariage elle préférerait sans doute rester un peu seule. En tout cas elle n'avait pas l'intention de jouer les oies blanches lorsque leur future union ferait la une des journaux. Elle avait certes apprécié la discrétion de Maks à ce sujet, mais ils devraient nécessairement laisser éclater la vérité au grand jour sous peu.

Cette idée ne la gênait pas mais, pour autant, elle n'avait pas l'intention d'endosser le rôle de la jeune vierge innocente.

— Oui, je pense que tu devrais rester.

— Il faut qu'on parle.

— Après, si tu veux bien.

Elle avait besoin de lui avouer son amour, même si cela ne faisait que retarder la demande en mariage.

Elle lui avouerait ses sentiments pendant qu'ils feraient l'amour et, ensuite, il pourrait lui demander de passer le reste de sa vie avec elle.

— Tu es sûre de toi ? insista-t-il.

Elle ignorait d'où lui venait ce besoin impérieux de s'ouvrir à lui, mais elle ne pouvait pas envisager de devenir sa femme sans lui avoir dit : « je t'aime ».

Et tant pis si elle ne parvenait pas à le dire avec des mots ! Son corps s'en chargerait pour elle.

Trois mots. Trois simples mots. Mais elle aurait presque eu plus de facilité à danser nue, debout sur une table au Rennet, qu'à les prononcer pour lui.

A l'exception de ses grands-parents, avec qui elle parlait sans pudeur, on ne disait pas facilement « je t'aime » dans sa famille. Quand avait-elle avoué ses sentiments à ses proches pour la dernière fois ? Elle n'avait déclaré son amour à aucun homme avant Maks. Cela dit, elle n'avait jamais été vraiment amoureuse avant lui… Son cœur était une véritable forteresse.

Avec Maks, sa sensualité parlerait pour elle et, d'une manière ou d'une autre, il saurait qu'elle l'aimait à l'issue de cette nuit.

— Tu es unique, tu le sais ?

Non, elle n'avait rien d'extraordinaire, mais elle aimait la façon qu'il avait de la contempler comme un trésor. Et puis il valait mieux qu'il la tienne en haute estime, sans quoi leur vie à deux risquait d'être plutôt morne !

Dans son regard de femme amoureuse, Maks était lui-même un homme à nul autre pareil.

— Viens, dit-il en la prenant par la main pour la guider vers la chambre, j'aimerais te faire l'amour dans un endroit douillet.

Ils s'étaient déjà aimés dans le salon, mais elle trouva logique qu'il veuille faire de cet instant — cette nuit — un événement spécial. Sans doute avait-il du mal à se livrer, lui aussi. Sans doute était-ce sa façon de lui montrer combien il tenait à elle.

Elle laissa de côté ses réflexions et le suivit dans la chambre baignée d'ombre. Maks lui lâcha la main pour aller allumer la lampe de chevet en forme de statue de bronze. La lumière vint frapper les vases transparents disposés tout près, dispensant dans la chambre une douce clarté filtrée par les pétales des lilas.

Accroché au mur juste au-dessus de la lampe, il y avait cette toile que Maks lui avait offerte. Elle représentait une femme blonde, la tête légèrement penchée. Elle se tenait debout dans un champ de fleurs. Maks trouvait qu'elle lui ressemblait.

Pour sa part, elle trouvait le personnage un peu trop éthéré pour s'y identifier, mais qu'importe, l'idée lui plaisait. Il se tourna vers elle, son beau front barré d'une ride soucieuse.

— Tu me fais un cadeau magnifique, soupira-t-il, et j'en avais vraiment besoin.

Elle lui sourit, submergée par cet amour qu'elle était

impuissante à exprimer. Maks sembla lire dans ses pensées, car il approcha d'elle, l'entraînant dans un baiser passionné. Puis il recula et tous deux se perdirent dans la contemplation de l'autre, haletants. Il la prit alors dans ses bras.

— Tu embrasses merveilleusement bien.

— A moins que ce ne soit toi, la taquina-t-il en retrouvant de façon fugitive un peu de sa vraie personnalité.

— C'est toi le plus expérimenté de nous deux.

Elle n'était plus vierge lorsqu'ils s'étaient rencontrés, mais elle avait si peu d'expérience que cela méritait à peine d'être mentionné. Elle avait eu deux aventures à l'université, qui n'avaient pas été concluantes, de sorte qu'elle ignorait comment donner du plaisir à un homme. Maks ne s'en était jamais agacé et avait même pris un grand plaisir à lui enseigner la façon de mettre leurs deux corps au diapason.

— Je suis bien comme ça, contre toi, soupira-t-il avec un étrange accent de tristesse.

Non, elle devait se faire des idées, il n'avait aucune raison d'être triste. A moins qu'il ne soit de ces hommes qui vivaient avec la crainte qu'une fois mariés le sexe soit absent de leur existence ? Elle se ferait un plaisir de le rassurer sur ce point ! Gillian était une femme de son siècle. A ses yeux, les femmes devaient faire l'amour aussi souvent que possible et y prendre du plaisir. Elle garda ces idées pour elle tout en le débarrassant de son costume. Il l'y aida en enlevant ses chaussures et ses chaussettes, avant de s'en prendre à sa robe.

— Tu en as très envie, on dirait ?

— Tu n'as pas idée..., marmonna-t-il en arrachant presque sa robe.

Il lui ôta son soutien-gorge et sa culotte sans même prendre le temps d'apprécier le choix de ses sous-vêtements, comme il avait coutume de le faire.

Quelques secondes plus tard, Maks la dévorait des yeux et elle sentit son corps réagir à ce regard fiévreux. Ses tétons se durcirent encore un peu plus et elle sentit une vague de chaleur inonder son ventre.

Prise d'une fièvre soudaine, elle frémit de désir.

Ils s'étaient à peine effleurés, et pourtant elle avait envie de lui comme jamais elle n'avait désiré aucun homme. Elle le voulait ici et maintenant. La perspective que cette étreinte serait suivie d'innombrables autres tout au long de leur vie commune ne fit qu'accentuer son désir.

Elle lut dans le regard du prince qu'il éprouvait des sentiments pareils aux siens, qu'il se languissait d'explorer avec elle.

Sans plus réfléchir, elle se lova contre lui et le laissa la soulever de terre pour la mener jusqu'au lit, qu'il défit sans même la reposer au sol. Elle s'agrippa à son cou tout en dévorant son visage de baisers. Le parfum subtil de son eau de Cologne Armani mêlé à son odeur naturelle déclencha chez Gillian une avalanche de sensations brûlantes qu'elle ne chercha pas à endiguer.

Son corps se préparait à l'accueillir, et elle adorait ça. Elle répondit instinctivement à ses caresses tandis qu'il l'allongeait sur le matelas.

— Tu es tout ce dont j'ai envie, murmura-t-il contre son oreille.

Les mains de Maks glissaient sur ses courbes et elle s'abandonna à ce ballet sensuel. L'instant était absolument magique. Elle en vint même à se demander comment leur nuit de noces pourrait rivaliser avec cet enchantement. Elle lui rendit ses caresses, dessinant les reliefs de ses muscles puissants, effleurant les poils de son torse.

Maks était incroyable. C'était à la fois un prince de sang et un homme d'affaires talentueux… et il était à elle. Elle qui s'abandonnait à lui, entièrement nue, elle qui pouvait le caresser à loisir…

— Tes entraînements avec Demyan portent leurs fruits ! Tu es dans une forme exceptionnelle.

Maks eut une moue indéfinissable lorsqu'elle mentionna

le nom de son cousin. Il faudrait qu'elle pense à l'interroger à ce sujet… plus tard. L'instant était trop beau, trop important, trop magique pour en briser la belle harmonie. Elle réussirait à lui faire prononcer la phrase définitive, ces trois mots fondateurs.

— Le combat a été particulièrement brutal aujourd'hui, se sentit-il obligé d'expliquer.

— Oui, c'était du sérieux, on dirait, ajouta-t-elle en passant le doigt sur un hématome qu'elle venait de remarquer.

— Ce n'est rien, laissa tomber Maks avec sa fierté habituelle.

Jamais il n'aurait admis que Demyan pouvait le battre sur un ring. Son cousin était un homme intrigant, difficile à cerner, mais, bien que son aîné, il s'entendait à merveille avec Maks, et Gillian appréciait que son homme ait quelqu'un de confiance dans son entourage. Dans son monde, c'était un privilège extrêmement rare. Gillian connaissait les codes qui régissaient cet univers pour avoir navigué dans ces eaux troubles, dans le sillage de son père.

Elle se pencha en avant et déposa un baiser sur sa chair meurtrie.

— Hum… c'est bon…

Maks aimait qu'elle le dorlote, et ce plaisir était réciproque, mais l'heure n'était plus aux cajoleries, comprit-elle lorsqu'il la fit rouler sur le dos. Il se coucha sur elle, comme un mâle protégeant sa femelle, et plongea le regard dans le sien avec une intensité inédite.

— Tu es parfaite pour moi. Trop parfaite…

Elle secoua la tête. Qu'est-ce qu'il racontait ?

Maks l'embrassa alors, dissipant toute interrogation. Il l'embrassa comme un enragé, comme si elle lui appartenait corps et âme, et Gillian répondit à sa passion avec une fougue égale à la sienne. Leur baiser grandit en douceur et en sensualité, jusqu'à ce que leurs corps se consument d'un feu puissant, annihilant toute pensée construite. Ils n'étaient plus que deux corps à l'unisson. Elle avait besoin de le sentir en elle.

Maks eut un mouvement de recul inattendu quand elle l'attira plus près.

— Pas tout de suite.

— Si…

Il secoua la tête sans cesser de la fixer de ce regard animal. Il reprit ses caresses, sans chercher à masquer son intention de la rendre folle de désir.

Il commença par ce petit endroit sous la voûte de son pied, et elle frissonna quand il remonta jusqu'à l'intérieur de sa cuisse, puis sur ses hanches, avant de porter toute son attention sur ses seins. Il les caressa longuement, avant de consentir à prendre l'un de ses tétons dans sa bouche, qu'il mordilla avec douceur.

Gillian cria, saisie par un orgasme qui arracha un petit rire satisfait à Maks. Prise de frémissements incontrôlés, elle le sentit lui pincer l'autre sein, sans qu'il cesse de se préoccuper du premier. Gillian se cambra et enroula les jambes entre les draps, le suppliant de la prendre… Alors, doucement, Maks entra en elle.

C'était la première fois qu'il ne se protégeait.

Elle pouvait tomber enceinte, songea-t-elle. Curieusement, cette idée ne fit que l'exciter encore davantage, au point qu'elle jouit aussitôt. Maks ne ralentit pas la cadence pour autant et Gillian ne lui demanda pas de le faire. Il accentua ses va-et-vient et elle jouit une seconde fois, si fort que son dos se cabra sur le matelas. Maks ne se laissa pas désarçonner et émit un gémissement de pure satisfaction masculine en la sentant défaillir.

— Merci…, haleta-t-il en lui offrant un regard si intense qu'elle sentit de nouveaux spasmes la traverser.

Elle secoua la tête, incapable de prononcer la moindre parole, pas même ces trois mots qu'elle s'était juré de lui offrir. Etaient-ils seulement nécessaires, après ça ? Elle avait été suffisamment explicite. Un homme ne pouvait pas faire l'amour à une femme avec une telle intensité sans ressentir ses émotions les plus intimes.

— J'aurais dû te demander avant, pour le préservatif, reprit-il.

— Non, ne t'inquiète pas.

Elle ne voulait plus de barrières entre eux, si infimes soient-elles.

— J'aimerais passer la nuit avec toi, affirma-t-il en roulant sur le côté, la mine sombre, ça ne t'ennuie pas ?

— Au contraire.

Etrange, qu'il ressente le besoin de lui poser la question… Peut-être l'intensité du moment ? Il faudrait qu'elle prenne le temps d'y réfléchir.

Elle se réveilla entre les bras puissants de Maks. Au rythme de son souffle, elle comprit qu'il était réveillé. C'est alors que, sans prévenir, les mots lui vinrent. Elle s'assit face à lui et, dans la lumière diffuse du matin, elle osa déclarer :

— Je t'aime, Maks.

Et voilà, rien de plus facile ! C'était venu tout seul, mais elle avait maintenant du mal à soutenir son regard, d'autant qu'il semblait sincèrement remué par son aveu.

C'était incompréhensible. Comment pouvait-il ignorer ce qu'elle ressentait pour lui après la nuit qu'ils venaient de partager ? Peut-être avait-elle mal choisi son moment ?

Elle n'avait jamais dit « je t'aime » à un autre homme et elle ignorait si, dans l'univers de Maks, ces choses obéissaient à un protocole strict. Cela aurait été grotesque, mais elle avait déjà été confrontée à certaines règles absurdes liées à son statut de prince. Heureusement qu'elle l'aimait, sinon comment supporter toute cette mascarade ?

Elle s'allongea de nouveau à son côté et vint se blottir contre lui.

— Je pourrais passer ma vie comme ça, soupira-t-elle.

— Dommage que cela soit impossible.

Elle entendit les mots tomber de sa bouche, mais sans en comprendre vraiment le sens, son esprit encore empli des souvenirs érotiques de la veille et de l'aveu — sans doute maladroit — qu'elle venait de faire.

Au moins il ne s'était pas moqué d'elle, c'était déjà ça…

Cela faisait partie de ses grandes qualités. Il ne se moquait jamais de quiconque, même s'il n'était pas avare de petites taquineries.

— Hier soir… c'était merveilleux, s'enthousiasma-t-elle.

— Oui, répondit-il avec une incompréhensible froideur.

Il devait être fatigué.

Oui, c'était certainement ça.

Il n'avait pas ménagé ses forces, la nuit dernière… Au point qu'elle doutait de pouvoir y survivre si toutes les suivantes se révélaient aussi intenses.

Ils ne s'étaient pas endormis après leur première étreinte, et avaient fait trois fois l'amour durant la nuit. Maks ne s'était jamais révélé aussi insatiable et elle ne s'était jamais sentie aussi libre de répondre à ses audaces. Il s'était montré avide de la caresser autant que de se perdre en elle, et elle avait savouré chaque seconde de cette danse brûlante.

— Je suis désolé, dit-il enfin.

Elle aurait préféré ne pas comprendre, mais c'était trop évident. Elle pouvait lui dire que ce n'était pas grave, qu'il n'avait pas besoin de lui avouer ses sentiments tant qu'il lui ferait l'amour avec autant de fougue.

— Pas la peine de t'en faire, le réconforta-t-elle, ravalant sa déception.

Elle se redressa et leurs regards se rencontrèrent. Maks s'était refermé et se tenait droit, trop droit.

— Si. Je crois que ce que nous avons fait cette nuit était une erreur.

Il sembla aussitôt regretter ce qu'il venait de dire. A juste titre, songea-t-elle. Qu'il ne lui avoue pas son amour, passe encore, mais de là à nier ce qui s'était noué entre eux la nuit passée ?

Une pensée fulgurante lui traversa alors l'esprit.

— Tu veux que l'on fasse semblant de ne pas coucher ensemble, qu'on fasse comme si de rien n'était aux yeux du monde ?

Est-ce que c'était ça, le problème ? Cela l'ennuyait donc à ce point de se montrer avec elle ?

— Nous vivons des instants magiques, toi et moi, répondit-il. Je refuse de jouer la comédie, ce serait malhonnête envers toi.

— Je ne comprends pas, tu veux… qu'on arrête de se voir ?

Ainsi, il voulait sauver les apparences jusqu'au mariage ? Une union royale, c'était une année de préparatifs, voire deux. Pas étonnant qu'il se soit montré si empressé s'ils devaient s'abstenir de s'aimer aussi longtemps !

Mais, dans ce cas, pourquoi ne pas avoir mis de préservatif ? Voulait-il qu'elle tombe enceinte afin de hâter le mariage ? Cela ne lui ressemblait pas, car il était plutôt du genre à aborder les choses de front.

— Si nous continuons à nous voir, cela ne fera que rendre notre inévitable rupture plus douloureuse encore. Sans compter que les médias risquent de monter l'affaire en épingle. Jusqu'ici, ils nous ont fichu la paix, mais…

Les manœuvres souterraines de son père pour museler la presse et leur prudence à tous les deux y étaient sûrement pour beaucoup, songea-t-elle avant que le mot *rupture* ne lui revienne à l'esprit, comme un boomerang.

— Rupture ? répéta-t-elle, désemparée. Mais… pourquoi nous séparer ?

Ils allaient se marier, non ?

— Notre séparation est inévitable, Gillian. J'espère que tu comprends…

3

— Que veux-tu dire… ? parvint-elle à articuler, la gorge serrée par l'émotion.

— Je ne peux pas épouser une femme incapable de donner un héritier au trône. Je sais que c'est injuste, mais c'est ainsi.

— Comment ça, je suis incapable de donner un héritier au trône ? répéta-t-elle, incrédule, et de plus en plus gênée d'avoir cette conversation alors qu'elle était nue dans un lit avec lui.

Maks poussa un soupir et s'installa plus confortablement, tout à fait à l'aise avec sa propre nudité, puisqu'il ne prit pas la peine de se couvrir.

— Tu m'as dit que tu avais lu tes résultats d'analyses.

— J'ai dit que je les avais *reçus*, corrigea-t-elle. Nuance.

— J'ai vu l'enveloppe ouverte.

— Nana m'a téléphoné au moment où je l'ouvrais, j'y ai juste jeté un coup d'œil.

— On pourrait imaginer que, pour quelque chose d'aussi important, tu prennes le temps de faire davantage que *jeter un coup d'œil.*

Maks n'adoptait ce ton que lorsqu'il était vraiment contrarié. Pourquoi lui parlait-il ainsi ?

— Je suis en pleine forme. Rien à signaler depuis mon appendicite, à l'âge de seize ans.

— Opération qui a endommagé tes trompes, compléta-t-il avec exaspération.

Endommagé mes trompes ? Mais de quoi parlait-il, enfin ?

Gillian se leva brusquement, incapable de tolérer plus longtemps une intimité troublée par la violence de cette discussion. Elle attrapa sa robe de chambre et l'enfila avec une telle rapidité qu'elle fut surprise de ne pas déchirer la manche. Elle s'éloigna du lit, mettant autant de distance que possible entre elle et lui.

— Mais… de quoi parles-tu ?

— Il y a très peu de chances que tu puisses tomber enceinte, expliqua-t-il avec tristesse.

— Mais il y a des traitements pour améliorer la fertilité, tu y as pensé ? contra-t-elle.

Alors c'était ça ! Elle était déficiente et donc indigne de devenir son épouse ? Ce qu'ils avaient vécu la nuit dernière n'était pas la promesse d'un avenir qui s'ouvrait à eux, mais un adieu. Tout ce qu'elle avait pris pour des signes d'attachement signifiait exactement l'inverse.

— Tu pourras envisager ce genre de traitement… avec quelqu'un d'autre, répondit-il comme s'il lui annonçait une bonne nouvelle.

— Mais pas avec toi ?

— T'épouser en sachant que nous serions contraints d'y avoir recours ne serait pas une sage décision si l'on considère ma position au sein de la maison royale.

— Ce n'est pas la maison royale que j'épouse, c'est toi ! s'écria-t-elle.

Elle n'épouserait personne, comprit-elle en sentant ses jambes la trahir. Ils pouvaient parler pendant des heures, la vérité, c'était qu'elle allait perdre Maks.

— C'est faux. Je suis un prince, destiné à devenir roi un jour. Je suis né pour porter une charge qu'aucun dirigeant élu ne peut même imaginer. Ils n'occupent leur poste que de façon temporaire, alors que je devrai me préoccuper du bien-être de mon pays chaque jour de ma vie, et consacrer tout mon temps à mon peuple.

Gillian en était bien consciente. Volyarus était l'une des dernières monarchies encore en place et, en tant que prince royal, Maks ne disposait pas de sa vie. Il n'en restait pas moins qu'il devait malgré tout assumer ses choix.

— Tu ne m'aimes pas…

Il l'appréciait, il la désirait, il serait même sans doute sincèrement peiné de leur séparation, mais *il ne l'aimait pas*.

— L'amour n'est pas un luxe que je peux me permettre.

— Il ne s'agit pas de se permettre quoi que ce soit. L'amour, tu le ressens ou tu ne le ressens pas, c'est tout !

Depuis l'enfance, Gillian savait que l'on ne pouvait pas forcer quelqu'un à vous aimer. C'était un sentiment que l'on ne pouvait ni provoquer ni endiguer, songea-t-elle en repensant à ses grands-parents, à ses parents et à Maks, dans un tourbillon d'émotions qui lui déchira l'âme.

— Tu m'as avoué ton amour et je suis désolé de ne pouvoir en faire autant, dit-il avec une sincérité qui ne fit que peiner Gillian davantage.

Une douleur autant physique qu'émotionnelle s'empara d'elle. Tout à coup, c'était comme si des murs se refermaient autour de son cœur ; elle avait du mal à respirer. Ce fut un miracle si elle parvint à se tenir debout.

Il était *désolé*…

Elle aurait voulu hurler, pleurer, mais elle se contenta de demeurer stoïque alors que son cœur était réduit en miettes.

— Va-t'en…, ordonna-t-elle d'une voix à peine audible.

— Tu ne penses plus de façon rationnelle, Gillian…

— Tu as toujours pris soin de nous tenir éloignés des médias, depuis notre premier rendez-vous.

— C'est vrai.

Elle ne prit même pas la peine de lui demander pourquoi, elle n'avait plus envie de l'écouter. Elle voulait juste qu'il parte afin de pouvoir exprimer librement sa douleur sans qu'il en soit témoin.

— Si j'appelle le service de sécurité de l'immeuble pour

te virer de mon appartement, ça risque d'attirer les journalistes, tu ne crois pas ?

Maks écarquilla les yeux.

— Tu ne vas pas faire ça ?

Décidément, il la connaissait bien mal ! Faisant volte-face, elle appuya sur le bouton d'alerte situé sur le mur de la chambre.

— Tu as une minute, peut-être deux, avant qu'ils n'arrivent. Mais si ça ne t'ennuie pas d'être vu avec moi, tu peux rester ! lança-t-elle en s'éloignant et en prenant garde de ne pas élever la voix de peur de se mettre à hurler de douleur.

Jamais elle ne s'était laissé à ce point submerger par ses émotions, et ce n'était pas aujourd'hui qu'elle allait commencer. Pas devant lui, alors même qu'il venait de piétiner ses sentiments. Elle l'entendit jurer en ukrainien tandis qu'il se rhabillait à la hâte.

Il s'arrêta sur le seuil.

— Je suis vraiment désolé, lança-t-il avant de sortir pour de bon.

Elle se retrouva seule. Enfin…

Submergée par l'émotion, elle se laissa tomber au sol. Tous les rêves qu'elle avait faits ces derniers mois venaient de s'effondrer, emportant tous ses espoirs et ses projets.

Neuf semaines plus tard, Gillian était assise sur le banc d'un jardin public. Elle sortait tout juste de chez son médecin et elle essayait de prendre la mesure de ce qu'elle venait de lui annoncer, en fixant d'un regard vide les immeubles qui cernaient le minuscule carré de verdure.

— Vous êtes enceinte, avait-elle dit.

Mais c'était impossible… Ou du moins très improbable. Et néanmoins vrai, il fallait bien se rendre à l'évidence : elle était enceinte de neuf semaines exactement.

Une seule nuit d'amour sans préservatif lui avait suffi pour concevoir un enfant avec un homme qui l'avait congédiée de manière aussi cavalière…

Depuis leur rupture, museler ses émotions avait été une lutte de chaque instant. Et voilà qu'elle se retrouvait au pied du mur, pour la première fois de sa vie.

Ou plutôt, la seconde fois.

Elle avait cru mourir de chagrin quand Maks l'avait rejetée, et pas un jour ne passait sans qu'elle repense à son amour pour lui, à ce qu'elle avait perdu, et à quel point il lui manquait.

Petit à petit, elle avait réussi à retrouver un peu de paix. Elle arrivait *presque* à dormir une nuit complète sans faire des cauchemars et, désormais, elle s'était *presque* habituée à la douleur.

C'est du moins ce qu'elle se racontait pour se rassurer.

Le pire, c'était de continuer à espérer, de chercher à ressentir quelque chose — même une petite étincelle d'amour — pour un autre être.

Contrairement à ses parents, Gillian se moquait que cette grossesse n'ait pas été voulue, et souhaitait assumer cet enfant, seule ou accompagnée. Elle l'aimerait — elle l'aimait déjà. Elle l'avait aimé à l'instant où le médecin avait prononcé ces mots impossibles.

Gillian avait insisté pour qu'elle refasse le test, aussi son assistante lui avait fait une seconde prise de sang. Ils avaient même été au-delà, puisqu'ils avaient utilisé un Doppler qui avait permis de localiser et d'entendre le cœur du bébé. Gillian avait poussé un petit cri et s'était presque évanouie en entendant le petit bruit rapide et sourd filtré par l'appareil échographique.

Oui, un petit être était niché dans son ventre. Son bébé…

Le bébé de Maks.

Evidemment, le second test était positif. Sa grossesse semblait tout à fait normale et s'annonçait sous les meilleurs auspices, même si le médecin regrettait qu'elle ait perdu autant de poids ces dernières semaines. Elle rassura cependant Gillian en lui expliquant que beaucoup de femmes maigrissaient au début de leur première grossesse.

Elle l'informa aussi sur le risque de fausse couche et Gillian fut stupéfaite d'apprendre que c'était un drame qui survenait une fois sur cinq environ. C'était un chiffre atrocement élevé pour un pays possédant un tel système de santé.

Le soleil estival dardait ses chauds rayons matinaux, et pourtant Gillian frissonnait.

Enceinte. Elle était enceinte ! En état de choc, elle aurait dû rester au cabinet le temps de se remettre de ses émotions, mais elle avait eu un brusque besoin d'air frais. Elle avait donc dit à son médecin qu'elle allait parfaitement bien, et la praticienne, débordée, n'avait pas insisté pour la garder.

Ce qui s'était produit durant l'heure qui venait de s'écouler était incroyable.

Elle avait pris rendez-vous face à l'insistance de nana, pour faire le point sur l'état de dépression dans lequel l'avait plongée sa rupture avec Maks.

Elle était amoureuse et le lui avait avoué, mais lui… ne partageait pas ses sentiments. Elle avait mis son état récent sur le compte d'une mauvaise grippe et, pour tout dire, elle ne s'était pas préoccupée de sa santé. Si ses grands-parents n'étaient pas passés lui rendre visite, Gillian n'aurait sans doute pris conscience de sa grossesse qu'en voyant son ventre enfler et en sentant les premières contractions.

Nana s'était montrée très inquiète lorsque Gillian lui avait avoué qu'elle souffrait de nausées depuis des semaines. Quant à son médecin, elle avait été surprise que Gillian n'ait même pas envisagé la possibilité qu'une grossesse soit à l'origine de ses troubles.

Cela faisait certes plus de deux mois que son cycle était interrompu, mais il avait toujours été plus ou moins chaotique chez elle, cela n'avait donc rien d'extraordinaire.

Non seulement elle n'était pas stérile, mais elle était tombée enceinte en faisant l'amour une seule fois sans préservatif ! Cet enfant était un miracle…

Maks verrait-il la chose du même œil ? Sans doute pas. Il avait rompu avec elle beaucoup trop facilement pour les accueillir à bras ouverts, elle et son bébé à naître.

Peut-être même refuserait-il de croire qu'il s'agissait du sien, mais elle refusait de prendre le risque d'effectuer une amniocentèse, même si cela lui aurait permis d'établir avec certitude sa paternité. S'il avait des doutes, il attendrait la naissance pour en avoir le cœur net !

Et puis, il y avait ses grands-parents. Ils aimeraient cet enfant, cela ne faisait aucun doute mais, à leurs yeux, le sexe et la conception ne s'entendaient que dans le cadre des liens sacrés du mariage.

Le mieux à faire était sans doute de leur cacher son état le temps de leur court séjour à Seattle, songea-t-elle soudain.

Il y avait peu de chances que sa grossesse ne franchisse pas le cap du premier trimestre, mais elle n'avait pas l'intention d'en parler à quiconque avant cette échéance.

Elle allait donc devoir jouer la fille en pleine forme. Si elle n'était pas suffisamment convaincante, ses grands-parents refuseraient de retourner au Canada la semaine suivante, comme prévu.

Elle raconterait à nana que son médecin lui avait prescrit quelques vitamines pour compenser sa baisse de forme passagère. Ce ne serait qu'un demi-mensonge puisqu'elle avait une ordonnance pour des vitamines prénatales, plus faciles à digérer pour son estomac devenu fragile. Elle devait aussi prendre de l'acide folique pour favoriser le développement du fœtus.

Le médecin lui avait en outre suggéré un supplément en fer pour contrer une carence manifeste. Ce dernier point serait un excellent argument pour expliquer sa faiblesse.

Maks lui manquait tant que son corps en était venu à s'épuiser de lui-même…

Nana n'y verrait que du feu. Elle était convaincue que cette rupture avait mis Gillian à genoux et n'hésitait pas à le faire savoir. Ce à quoi cette dernière répondait invariablement qu'à son âge il n'était pas extraordinaire d'avoir vécu au moins une peine de cœur. Beaucoup de femmes étaient même déjà divorcées à vingt-six ans…

Par chance, son premier rendez-vous avec l'obstétricien n'aurait lieu que le vendredi suivant, ce qui lui éviterait d'avoir à servir un nouveau mensonge à ses grands-parents.

Maks aboya une réponse à son interlocuteur avant de raccrocher sans prendre la peine de le saluer.

— Imbéciles ! marmonna-t-il.

— A t'entendre, on dirait que tous nos partenaires ont perdu un paquet de neurones durant le mois qui vient de s'écouler, fit remarquer Demyan depuis le seuil du bureau.

Maks prit une profonde inspiration et s'empêcha de lancer une remarque cinglante à son cousin.

— Que puis-je faire pour toi, Demyan ?

— Je dispose d'informations qui pourraient t'intéresser.

— On n'a pas besoin de nouveaux clients pour nos exploitations de terres rares. Nous avons déjà du mal à honorer les commandes, alors je ne veux pas accélérer l'exploitation.

Et risquer d'endommager l'environnement.

La protection de la nature avait toujours été un souci pour les entreprises Volyarus. Son père avait été un visionnaire dans ce domaine. Aucun pays au monde ne pouvait rivaliser avec leur politique en matière d'écologie.

Yurkovitch Tanner avait également dix années d'avance sur les autres compagnies pétrolières dans la recherche d'énergies de substitution.

En tant que directeur général, Maks avait pour mission d'assurer la continuité de cette politique.

— Aux dernières nouvelles, la production de nos fermes éoliennes est conforme aux prévisions, non ?

— Je ne viens pas te parler affaires.

— Si c'est pour me dire que père et la comtesse sont en voyage secret aux îles Caïmans, ne te fatigue pas, je suis au courant, railla Maks. Pourquoi crois-tu que je retourne à Volyarus demain ? Je vais devoir jouer les régents pendant le mois qu'il va passer hors de nos frontières.

Comme si le poste de directeur de Yurkovith Tanner n'était pas suffisamment accaparant…

Cela dit, son père était parvenu à concilier les deux après la mort de ses propres parents et avant que Maks n'en vienne à occuper le poste, à l'âge de vingt-six ans. Le roi Fedir aurait très bien pu engager quelqu'un pour assurer l'intérim, mais son père avait tenu à s'occuper en parallèle de l'entreprise et du gouvernement.

— Ta mère sera ravie de t'avoir auprès d'elle.

— Plus que d'avoir à supporter mon père, oui, je sais.

Maks encaissait mal la mésentente de ses parents, surtout lorsque la chose devenait publique, même s'il était de notoriété publique que leur couple n'était qu'une façade.

Sa mère et son père vivaient séparés, sauf lorsque le protocole l'exigeait.

Demyan vint s'asseoir à l'angle du vaste bureau de Maks.

— A mon avis, tu vas vouloir reporter ton vol d'au moins une journée.

— Pourquoi ? s'agaça Maks.

Il avait hâte de rentrer chez lui, de s'éloigner de la source de toutes les tentations. Neuf semaines s'étaient écoulées, et Gillian occupait encore toutes ses pensées. Il n'avait cessé de la désirer avec une intensité qu'il n'avait jamais connue pour quiconque ; cela troublait même son jugement.

Il avait eu quelques rendez-vous avec d'autres femmes, qui avaient tous tourné court. Il n'avait plus fait l'amour à une femme depuis cette fameuse nuit passée avec Gillian.

— Mlle Harris a pris rendez-vous avec un médecin.

La simple mention de son nom lui fit bouillir le sang.

— Et alors ? parvint-il à répondre d'un air détaché, au prix d'un effort surhumain.

— C'est un obstétricien.

— Elle se renseigne sur les traitements contre l'infertilité et prépare son avenir. En quoi est-ce que cela me concerne ?

— Non, ce n'est pas exactement ça.

— Mais où veux-tu en venir, à la fin !

— D'après notre source, elle est enceinte. Cela a été confirmé par deux analyses sanguines et une échographie. Elle en serait à neuf semaines.

— Quoi ?

Il avait dû mal entendre.

— Nous… payons quelqu'un pour l'espionner ?

— Allons, Maks, c'est vraiment de ça que tu veux parler, en ce moment ?

Maks fut incapable de formuler la moindre pensée cohérente.

— Ta décision de ne pas mettre de préservatif n'a pas été sans conséquences, on dirait…

Maks n'avait jamais regretté de s'être confié à Demyan, mais, concernant ses ébats avec Gillian, il avait fallu qu'il soit sérieusement perturbé pour partager ce genre de détail avec lui.

— C'est impossible !

— Manifestement pas.

— Ça suffit, Demyan, ça n'a rien de drôle !

— Je suis de ton avis, répondit son cousin avec un parfait sérieux.

— Tu es en train de me dire que Gillian porte mon enfant, c'est ça ?

— Ce que je te dis, c'est qu'elle est allée consulter pour une grippe et a fait un test de grossesse qui s'est révélé positif. Elle en a fait un second qui a donné le même résultat et une échographie qui a permis d'examiner le cœur d'un fœtus en pleine santé. D'après son dossier, la grossesse date de neuf semaines.

— Elle a la grippe ?

Demyan le fixa sans comprendre.

Maks était d'ordinaire un homme vif d'esprit, mais la stupeur avait annihilé ses capacités d'analyse.

— Quoi ?

— J'imagine qu'elle est allée consulter pour une grippe pour finalement apprendre qu'elle souffrait de nausées matinales.

— Oh…

Maks n'avait pas souvent fréquenté de femmes enceintes, mais il avait tout de même entendu parler des nausées.

— Est-ce qu'elle va bien ?

— Je n'ai pas eu l'occasion de bavarder avec ton ancienne petite amie, Maks, je me contente de lire les rapports de notre agence de détectives.

Maks émergea de la confusion qui lui embrumait le cerveau et prit enfin la mesure de la nouvelle en lâchant un interminable chapelet de jurons.

— Tu crois que c'est toi le père ? s'enquit Demyan sans s'émouvoir du langage de son cousin.

— Evidemment que je suis le père, Gillian ne couche pas avec le premier venu !

— Elle aurait pu faire l'amour avec un autre homme par dépit, après que tu l'as laissée tomber.

Cette idée révulsa Maks, qui parvint pourtant à conserver un visage neutre. Même Demyan ne devait pas avoir accès à certaines de ses pensées les plus intimes.

— Je ne l'ai pas laissée tomber ! se défendit Maks. J'ai été contraint de mettre un terme à notre relation pour le bien de la Couronne.

— Parce qu'elle ne pouvait pas te donner d'héritier.

— Oui, consentit Maks, frappé par l'ironie de la situation.

— Que comptes-tu faire ?

— Ce qui était prévu avant que je ne découvre qu'elle était prétendument infertile : l'épouser.

Il n'avait pas vraiment le choix.

Cet enfant n'aurait peut-être pas de frères et sœurs, mais c'était son enfant, et il entendait bien jouer son rôle de père auprès de lui.

4

Gillian referma la porte derrière ses grands-parents et s'y adossa en soupirant. Enfin, elle pouvait cesser de dissimuler sa fatigue et ses nausées… pour la première fois de la semaine.

Grâce à des trésors d'ingéniosité, elle avait réussi à leur cacher sa grossesse. Gillian savait dissimuler des sentiments, elle qui, durant toute son enfance, avait tu la douleur qu'elle ressentait face à ce père insensible et froid. Elle était parvenue à leur faire croire que cela ne la dérangeait pas de ne voir sa mère qu'une fois par an et qu'elle se contentait parfaitement des visites plus fréquentes mais toujours très formelles que lui faisait son père.

Ils n'avaient jamais suspecté qu'elle pleurait la nuit en pensant que ses parents ne l'autorisaient pas à les appeler « papa » et « maman ». Elle devait employer leurs prénoms…

Les liens étaient rompus et rien, aujourd'hui, ne la rattachait plus à eux.

Gillian passa la main sur son ventre encore plat. Son bébé n'aurait jamais à souffrir de la sorte, jamais. Malheureusement, il grandirait sans père, et c'était cette pensée terrible qui, aujourd'hui qu'elle était adulte, l'empêchait de dormir.

Elle se dirigea vers la salle de bains en soupirant. Il était l'heure de se préparer pour aller au travail ! Elle avait pris une semaine de congé pour passer du temps avec ses grands-parents, mais son patron et ses clients l'attendaient au bureau dans la matinée.

Quand, dix heures plus tard, Gillian rentra chez elle, harassée, l'heure du dîner était passée depuis longtemps. Epuisée, elle n'eut guère que la force de faire chauffer un bol de soupe au micro-ondes.

Son plan pour la soirée était de se détendre en regardant une émission de télé-réalité, sans la moindre mauvaise conscience.

Quand la sonnette d'entrée retentit, elle fut aussitôt saisie par la peur que ses grands-parents aient finalement décidé de rester un peu plus longtemps en ville, mais elle chassa cette idée en repensant au coup de fil que lui avait donné nana depuis la frontière canadienne. Ils n'auraient pas fait demi-tour sans raison.

Cela pouvait être son père… Rich débarquait toujours à l'improviste, mais ses visites étaient rares, alors…

Elle avait des amis, bien sûr, mais depuis qu'elle avait déménagé dans cette grande ville et qu'elle avait quitté sa petite bourgade d'Alaska, ils lui rendaient rarement visite. Sa vie sociale se limitait au strict minimum.

— Oui ? lança-t-elle dans l'Interphone.

— C'est moi, Gillian. Laisse-moi entrer…

Maks !

Gillian manqua soudain d'air et il s'en fallut de peu qu'elle tombe à genoux. Qu'est-ce qu'il faisait ici ? se demanda-t-elle en s'appuyant au mur. En dix semaines, et il n'avait même pas pris la peine de lui envoyer un texto pour savoir si elle allait bien.

Et maintenant, elle devait l'accueillir chez elle ?

— Gillian ? Tu es là ?

Il avait une voix nasillarde à travers l'Interphone.

— Oui, répondit-elle, la bouche sèche.

— Tu n'as pas appuyé sur le bouton.

Et ça le surprenait ?

Gillian déglutit, reprit son souffle et fit de son mieux pour alléger le poids qui pesait sur sa poitrine.

— Qu'est-ce que tu fais là ?
— Il faut qu'on parle.
Peu après leur rupture, elle aurait accueilli cette proposition avec enthousiasme, mais aujourd'hui...
— Ça fait trois mois que nous avons rompu, Maks !
— Pas tout à fait, dix semaines.
Ainsi donc il avait compté les jours, lui aussi ? Non, cela ne voulait rien dire...
— Qu'est-ce que tu me veux, Maks ?
— Laisse-moi monter et je t'expliquerai.
— Je n'ai pas envie de te voir.
Elle venait à peine de franchir le cap où elle pouvait aller se coucher sans ressentir un irrépressible besoin d'être contre lui.
— Je vais tout arranger.
Il ne l'aimait pas.
Il ne voulait pas d'elle.
Il la croyait infertile. Comment pourrait-il arranger quoi que ce soit ?
— Non.
— Gillian...
Une petite voix lui murmura que, malgré tous ces défauts, il était tout de même venu frapper à sa porte.
Il était là. Maintenant. Pour elle.
C'était l'occasion d'aller vers lui. Tôt ou tard, elle y serait contrainte de toute façon, puisqu'il était le père de son enfant. Autant éviter d'aller vers lui uniquement par devoir.
Il n'y avait qu'une façon de savoir si c'était une bonne idée ou pas mais, curieusement, cela lui demanda beaucoup de courage de lui donner ainsi son accord.
— Tu vas devoir faire vite, car je suis épuisée, répliqua-t-elle en se félicitant intérieurement qu'il soit contraint de faire ainsi le siège de son appartement.
Il ne répondit rien, comme elle s'y attendait. La dernière fois, elle avait appelé la sécurité pour le faire partir. Cette fois, elle *consentait* à le laisser entrer.

Elle appuya sur le bouton et entendit le mécanisme claquer en bas des escaliers, puis elle regagna la cuisine.

Elle avait pris une douche en rentrant chez elle et s'était contentée de ramener ses cheveux en une vague queue-de-cheval avant de se glisser dans son pyjama.

Pour la première fois depuis leur rencontre, Gillian se moquait de se montrer sous son meilleur jour. Elle n'avait pas l'intention de se pomponner pour un homme qui l'avait rejetée de sa vie sans aucun ménagement.

Elle était en train de retirer son bol du four lorsque la sonnette de la porte d'entrée retentit. Gillian s'efforça de respirer profondément à trois reprises et de ne pas oublier que c'était elle qui menait la danse, cette fois.

Maks était tiré à quatre épingles, comme à son habitude, mais il avait les cheveux en bataille, comme s'il venait de se recoiffer. Il avait retiré sa cravate en venant du bureau et, manifestement, il avait oublié son habituel second rasage quotidien.

Il y a dix semaines, elle aurait trouvé son menton un peu ombré très séduisant. Elle aurait sans doute pris cette légère négligence pour une marque de confiance.

Mais dix semaines avaient passé.

Avait-il souffert de leur séparation, lui aussi ? Gillian avait vraiment du mal à se convaincre qu'il était venu la voir pour « arranger » les choses.

Cette fois, elle se garderait bien de tirer des conclusions hâtives, en tout cas. S'il attendait quoi que ce soit d'elle, il allait devoir l'exprimer clairement. Et s'il était là pour se réconcilier avec elle, eh bien… elle ignorait quelle ligne de conduite elle adopterait. Sa vie à elle avait changé du tout au tout, mais un fait demeurait : Maks ne l'aimait pas.

Elle sentit la tension monter en elle et se força à respirer pour ne pas la transmettre au bébé. Au moins Maks ignorait tout de sa grossesse, c'était déjà ça de pris, inutile de compliquer encore la situation.

— Tu es pâle, constata-t-il en tendant la main pour lui caresser la joue.

— Je suis fatiguée, se justifia-t-elle en reculant.

Il ne fallait pas qu'elle le laisse s'approcher trop près.

— Entre…

Il acquiesça et pénétra dans l'appartement avec raideur. Elle posa son bol de soupe sur la table du salon.

— Tu veux boire quelque chose ?

— Oui, volontiers.

— Bien…

La présence de Maks chez elle remuait des souvenirs à la fois douloureux et réconfortants. Et puis il y avait cet espoir qui refusait de mourir. La plupart des gens ignoraient combien l'espoir pouvait être source de souffrance lorsqu'il avait été foulé aux pieds tant et tant de fois. Accorder sa confiance pouvait coûter très cher, et Gillian en avait payé le prix auprès de ce père charismatique, célèbre et terriblement absent que le destin avait choisi pour elle.

Son entrevue avec Maks ne serait que plus agréable s'il se détendait un peu. Elle se dirigea vers le bar et lui versa un verre de whisky. Lorsqu'elle se retourna pour le servir, il s'était avancé et se tenait juste derrière elle. Elle sursauta et eut un brusque mouvement de recul.

— Attention ! s'écria-t-il en voulant la rattraper.

Une fois encore, elle parvint à se soustraire à son contact.

— C'est bon, je tiens sur mes jambes. Tiens, prends ton verre et va t'asseoir.

Maks hésita une seconde avant d'obéir. Gillian n'était pas habituée à le voir aussi indécis et elle ignorait quel comportement adopter.

Elle s'installa dans l'autre fauteuil avec son bol de soupe qu'elle commença à déguster avec lenteur. Son estomac réclamait de la nourriture, alors elle mangeait, et tant pis si cela la rendait moins séduisante aux yeux de Maks.

— C'est ça, ton dîner ?

— Oui.

— Tu es sûre que c'est assez nourrissant ?

— Ça me convient.

— Mais…

— Tu es venu jouer les nutritionnistes ? Que veux-tu, au juste ? Je ne crois pas que notre relation passée ait fuité dans la presse, si ?

— Non.

— Parfait.

— En effet. Cela n'aurait fait que compliquer les choses étant donné les… évolutions récentes.

— Les… évolutions ? Je ne suis pas certaine de comprendre.

— Vraiment ?

Elle aurait voulu croire que le prince ne pouvait vivre sans elle, mais ce genre de conte de fées n'était pas pour elle.

— Non.

— Nous nous trouvons face à une situation très délicate et, si nous n'agissons pas avec la plus grande prudence, cela pourrait bien nous exploser au visage.

— Mais de quelle situation parles-t…

— Tu peux arrêter de jouer la comédie, je suis au courant.

De quoi, au juste ?

Quand, d'un mouvement du menton, il désigna son ventre, Gillian sentit un frisson glacé lui parcourir l'échine. Comment pouvait-il savoir ?

— Ecoute, soit tu me dis clairement ce que tu es venu faire ici, soit tu finis ton verre et tu t'en vas.

— Je parle du bébé.

— Co… comment ?

Une fois encore, sa dureté la touchait au cœur. Il n'était pas là pour lui dire qu'elle lui manquait. Il n'était même pas venu pour elle…

— Demyan…

— Quoi, Demyan ? Il a soudoyé mon médecin, c'est ça ? Mais pour quoi faire ?

Elle n'y comprenait plus rien.

— Il a mis en place une surveillance post-rupture amoureuse, c'est la procédure.

— Tu m'as fait… surveiller ?

L'idée qu'un étranger ait pu l'espionner la révoltait. En fréquentant un prince, elle n'avait pas envisagé ce genre de complications. Elle n'aurait jamais imaginé qu'il puisse être l'instigateur d'une telle violation de sa vie privée, lui qui avait pris soin de masquer leur relation aux yeux des médias. Elle aurait dû se montrer moins naïve.

— Quand comptais-tu me mettre au courant ? éluda-t-il. A moins que ton intention n'ait été de te venger de moi en me dissimulant l'existence de cet enfant ?

— Ta question est stupide. C'est bien mal me connaître que de penser que je puisse instrumentaliser un enfant et lui faire porter le poids des erreurs commises par ses parents !

Elle marquait un point. Gillian n'était pas le genre de femme à se laisser guider par la vengeance, surtout après les traumatismes qu'elle avait vécus dans son enfance.

— Je suis désolé, c'était déplacé.

La contrition n'était pas sa plus grande qualité, mais parfois il fallait savoir reconnaître ses erreurs.

— Quand avais-tu prévu de me le dire ? demanda-t-il, reformulant sa question.

— A la fin de mon premier trimestre.

— Tu as bien conscience que plus tôt je pourrai prendre les mesures appropriées, mieux ce sera ?

— Les mesures appropriées ? répéta-t-elle sans chercher à masquer sa déception.

— Notre mariage.

— Je vois…

La perspective de leur union ne sembla susciter aucun enthousiasme chez elle, alors même qu'elle en avait rêvé dix semaines auparavant.

Gillian avait ignoré, sur le moment, que cette merveilleuse

nuit serait aussi la dernière. Maks, lui, avait eu le temps de ressasser ces quelques heures, encore et encore. Et il se rendait bien compte qu'aux yeux de Gillian il devait passer pour le pire des mufles.

Il comprenait son point de vue.

Il en était même presque venu à comprendre qu'elle ait appelé la sécurité pour le faire partir.

Presque.

Elle avait agi sous le coup de la colère, certes, mais il ne tolérerait cependant pas que cela se reproduise. Il faisait confiance à sa mère pour expliquer à Gillian les contraintes liées à la charge de reine, charge qu'elle serait amenée à porter un jour.

Mais tout cela pouvait attendre, ils avaient des sujets plus urgents à aborder.

— Tu ne manques tout de même pas d'aplomb !

— Mon enfant occupera le trône de Volyarus.

Cet impératif ne pouvait pas échapper à Gillian.

— Même si c'est une fille ? demanda-t-elle d'un air de défi.

— Oui.

La monarchie se transmettait à l'aîné, qu'il soit garçon ou fille, indifféremment.

— Quelle modernité ! railla-t-elle.

— Pas vraiment, non. De nombreuses monarchies s'affranchissent de la contrainte du sexe de l'héritier.

— Ah ? Je l'ignorais.

Elle reposa son bol sur la table.

— Mais les hommes de la génération de mon père n'ont pas œuvré dans ce sens, concéda-t-il.

— Comment ça ?

— Il est de tradition que les membres de la famille régnante s'occupent des affaires du royaume ainsi que de la gestion des entreprises. Pour autant, mon père n'a jamais laissé sa sœur s'impliquer dans la conduite de Yurkovitch Tanner. Il a aussi une vision étriquée et archaïque de la transmission de la lignée.

Son père n'avait épousé sa mère que pour fournir un héritier au trône, car la femme qu'il aimait s'était révélée infertile. Le couple royal avait donc eu un fils, né d'une union sans amour.

— En effet.

Maks s'était autorisé à critiquer son père, mais sa fierté souffrait tout de même d'entendre Gillian appuyer ainsi son propos. Il ravala pourtant sa loyauté filiale ébréchée et poursuivit :

— Tu as l'air fatiguée.

Epuisée était plus proche de la réalité.

— Je le suis.

— Quelque chose ne va pas ?

— Tout va bien, apparemment, ça fait partie du cycle normal de la grossesse.

Cette réponse n'était pas suffisante. Il allait avoir besoin de prendre l'avis d'un spécialiste.

— Il y a vingt pour cent de chances que ma grossesse n'arrive pas à son terme, expliqua-t-elle d'une voix atone, ce pourcentage descend à trois pour cent au-delà de douze semaines.

Il était vraiment urgent qu'elle consulte un spécialiste.

— Pourquoi ? Pourquoi existe-t-il un risque aussi grand de perdre l'enfant ?

— Il semblerait que les fausses couches soient beaucoup plus courantes que ce que l'on pense, expliqua-t-elle d'une voix monocorde que démentait la tension qui émanait de tout son corps.

— Mon enfant naîtra, affirma Maks.

Gillian eut un petit rire.

— Tu n'as pas ton mot à dire, je le crains.

— Je ne suis pas d'accord. Il y a forcément quelque chose à faire pour limiter les risques.

— Je m'y emploie. Je prends des vitamines prénatales et

de l'acide folique. J'ai changé mon régime alimentaire, je ne bois ni caféine ni alcool, même si mon médecin prétend que je peux en boire de petites quantités. Je fais tout pour éviter le moindre stress, affirma-t-elle avec une détermination absolue.

— Tu veux vraiment cet enfant ?

En revanche, rien n'indiquait qu'elle voulait de *lui*.

— Oui. Et j'ai l'intention d'être une mère exemplaire.

— Ta grand-mère est un bel exemple à suivre.

Sa mère, en revanche, aurait pu rédiger le guide de la parfaite mère absente.

— Oui, nana est quelqu'un de bien, confirma-t-elle en se détendant un peu.

— Elle doit être toute excitée à l'idée de voir cet enfant arriver, commenta-t-il en songeant qu'il aurait aimé être le premier au courant.

— Je ne lui ai encore rien dit.

Maks n'en revenait pas. Gillian confiait tout à nana. Même leur relation — secrète aux yeux du monde —, elle l'avait partagée avec ses grands-parents. Il les avait même rencontrés et avait subi un interrogatoire digne des services secrets les plus pointilleux. Les Harris ne l'avaient à aucun moment traité comme un monarque, et il avait énormément apprécié leur naturel.

Alors pourquoi leur cacher l'existence de cet enfant ? Etait-ce parce qu'ils n'étaient pas mariés ?

— Je ne pense pas que ta grand-mère te tiendrait rigueur de tomber enceinte avant le mariage, Gillian.

— Sur ces sujets, elle est beaucoup plus conservatrice que tu ne l'imagines. A ton avis, qui a poussé mes parents à se marier pour que ma naissance ait lieu dans un cadre légitime ?

Ainsi donc, nana pourrait-elle être sa plus grande alliée… Maks nota ce détail d'importance.

— Je n'ai pas l'intention de parler du bébé à qui que ce soit avant d'avoir franchi la douzième semaine, expliqua Gillian.

Manifestement, elle prenait cette histoire de fausse couche très au sérieux.

— Tu devrais essayer d'envisager les choses sous un angle plus positif.

— Je ne suis pas négative, je suis réaliste.

— Si tu étais réaliste, tu te contenterais de prendre ta grossesse pour ce qu'elle est, et tu ferais en sorte de réagir au mieux à cet état de fait.

La colère envahit le visage de Gillian.

— Je réagis *déjà* au mieux, se défendit-elle.

Ils s'étaient fréquentés pendant huit mois et, pendant tout ce temps, Maks l'avait pris pour une femme essentiellement pragmatique. Mais leur ultime nuit avait révélé chez elle une nature romantique qu'il aurait dû soupçonner plus tôt.

Gillian gagnait sa vie en concevant des couvertures de romans d'amour. Elle ne pouvait pas réussir dans son travail sans avoir un petit côté fleur bleue. Maks était un diplomate d'envergure internationale et un entrepreneur à nul autre pareil mais, s'agissant des femmes, il n'était sans doute pas l'homme le plus délicat du monde.

Aucune de ses anciennes maîtresses n'était restée amie avec lui — chose que Demyan trouvait excessivement amusante.

Pourtant Maks avait eu une sorte de révélation en venant chez Gillian : il avait compris qu'une seule chose pouvait suffire à son bonheur, désormais. Aussitôt, il s'était rendu chez Tiffany.

Lentement, il sortit la boîte bleue de sa poche, mit un genou à terre face à son ancienne petite amie et déclara :

— Gillian Harris, veux-tu m'épouser ?

5

Gillian contempla Maks, puis la boîte contenant la bague. Cette boîte abritait sans doute un bijou digne d'une reine, mais elle la regarda comme si une vipère allait en surgir.

— Tu m'as acheté une bague ?

Gillian semblait tout sauf heureuse. En fait, elle semblait même furieuse.

— Tu mérites que je te couvre de bijoux, mais comment faire après la façon dont notre histoire s'est terminée ?

Maks se sentait mal à l'aise, ainsi agenouillé devant elle. Qu'y avait-il de romantique à s'avilir ainsi ? Fort heureusement, il n'aurait pas à adopter de nouveau cette posture avant longtemps.

— Tu as raison, inutile pour un *honnête homme* comme toi de gâcher de si jolies parures !

Quoi qu'il réponde, il était perdant, aussi garda-t-il le silence.

Maks ouvrit la boîte et révéla un gros diamant carré flanqué de quatre diamants jaunes plus petits, d'une grande pureté, sertis dans une bague en platine.

— Epouse-moi, Gillian.

— C'est une très belle bague, dit-elle avant de détourner les yeux, comme si elle ne pouvait la contempler trop longtemps.

Maks n'y comprenait plus rien. Les femmes aimaient les bijoux, non ? Sa mère, en tout cas, les adorait. Rien d'ostentatoire, mais elle tenait à ce que pour leur anniversaire de mariage, son époux se fende d'un beau cadeau.

— Tu es une femme magnifique.

Gillian fit la moue.

— Si j'étais vraiment une beauté, tu ne te serais pas intéressé à moi.

C'était vrai. Il aurait sans doute couché avec elle, mais il n'aurait pas entamé de relation suivie si elle n'avait été qu'une de ces nombreuses courtisanes attirées par le feu des médias. Cela ne signifiait pourtant pas que Gillian n'était pas agréable à regarder.

— Jamais auparavant une femme ne m'a manqué à ce point après une rupture, avoua Maks.

Il se faisait violence en disant cela, mais elle méritait de connaître la vérité.

— Mais tu n'as pas fréquenté beaucoup de femmes avant moi, argumenta Gillian.

Encore une fois, elle avait raison. Il n'avait eu que deux relations à peu près suivies, et aucune d'entre elles ne s'était bien terminée. Cela n'avait fait que renforcer l'une de ses plus grandes certitudes : l'amour était un obstacle au devoir.

— Mais toi, tu me manques, répéta-t-il, au cas où ce détail lui aurait échappé.

Gillian se recroquevilla dans un coin du canapé, les pieds sous les coussins, les bras entourant ses jambes repliées.

— C'est toi qui m'as laissée tomber, Maks.

— Et je le regrette…

— Oui, depuis que tu as découvert que je suis enceinte, répliqua Gillian, cinglante.

C'était faux, il avait regretté son geste *avant* d'apprendre la grossesse de Gillian, mais il ne s'était tout simplement pas autorisé à prêter attention à ses sentiments.

Gillian soupira en contemplant la bague, avant de détourner les yeux une nouvelle fois.

— Je refuse de prendre un quelconque engagement avant d'avoir franchi le premier trimestre.

— Ce n'est pas acceptable.

— Il y a dix semaines, tu m'as clairement fait comprendre que tu ne voulais pas m'épouser à moins que je ne puisse fournir un héritier au trône. Si je perds l'enfant, l'histoire ne fera que se répéter et il y a peu de chances que je puisse en concevoir un second ! lança-t-elle d'une voix tremblante.

Etait-ce ce risque qui lui causait tant de souffrance, ou bien la perspective qu'ils n'avaient pas d'avenir ensemble en dehors de ce devoir de lignée ?

Quoi qu'il en soit, il ne pouvait pas accepter ses conditions.

Quand Maks la rejoignit sur le canapé, elle eut un petit mouvement de recul qui ne lui échappa pas.

— Chaque jour qui passe augmente le risque qu'un journaliste apprenne ta grossesse. Nous serons alors au centre d'une tempête médiatique : nous *devons* annoncer ce mariage.

— Personne ne sera au courant à moins que tu ne soudoies d'autres médecins.

— Demyan n'a soudoyé personne.

— Alors comment l'a-t-il su ?

— Tu veux vraiment le savoir ?

— Oui.

— Grâce à un pirate informatique.

— Tu as piraté mes dossiers médicaux ? s'enflamma-t-elle.

— Demyan…

— Oui, bien sûr, c'est ton cousin le responsable, tu n'as rien à voir avec ça !

— Peu importe. Le fait est qu'on ne peut pas se contenter d'espérer que personne ne découvrira la vérité. Il est possible de prendre des rendez-vous médicaux plus discrets et…

— Je n'ai pas de rendez-vous prévu avant la douzième semaine, Maks.

Il ne répondit rien. Gillian savait mieux que quiconque — et même mieux que Maks lui-même — avec quelle facilité les médias parvenaient à déterrer les secrets les mieux cachés.

— Tu fais tout ton possible pour rester dans l'ombre, n'est-ce pas ?

— Volyarus vit mieux loin des caméras.

— Pourquoi ?

— Si la presse s'intéresse à nous, le reste de la planète suivra, et nous serons trop exposés. Si Volyarus prospère, c'est en restant un petit pays peu connu, situé sur un territoire doté de ressources naturelles importantes.

La consonance russe du nom du pays évoquait une ascendance slave. Pourtant, rien n'était plus faux. Volyarus était en réalité la contraction d'un vocable russe signifiant « libéré de la Russie ». La principauté s'était séparée de l'Ukraine à l'initiative de quelques nobles appuyés par des corporations d'ouvriers installés sur une île de la mer Baltique. Loin des pressions du gouvernement russe pour en endiguer l'usage, la langue ukrainienne était encore aujourd'hui d'usage à Volyarus. On demandait cependant à chaque citoyen de parler au moins une autre langue. Maks parlait lui-même trois autres langues avec une maîtrise suffisante pour se passer d'interprète lors de ses déplacements internationaux.

Mais, malgré ses talents, Maks ne parvenait pas à communiquer efficacement avec la femme qui se tenait face à lui.

— On en revient toujours à Volyarus, n'est-ce pas ?

— Oui.

Maks ne comptait pas s'excuser de sa fidélité envers son pays. Il était né pour exercer un niveau de pouvoir et de responsabilité que peu de gens pouvaient même appréhender, mais il n'avait jamais renâclé à porter ce fardeau.

— Raison de plus pour ne pas mettre le pays sous le feu des projecteurs par un mariage qui se révélera peut-être éphémère. Que ferons-nous en cas de fausse couche ?

— Je ne divorcerai pas, même si tu perds l'enfant.

Même si son devoir lui dictait de le faire, il ne pourrait s'y résoudre.

Restait qu'elle était tombée enceinte après avoir fait l'amour avec lui une seule fois sans préservatif. Il y avait à l'évidence entre eux une compatibilité physiologique qui infirmait les statistiques. Même si elle perdait son bébé — et Maks était persuadé que cela n'arriverait pas —, ils finiraient par avoir un autre enfant, il en avait la certitude. Et puis, c'était tout de même de mariage dont il était question ! Et de politique. Il s'agissait de rassurer la population sur l'avenir de la lignée, en organisant une cérémonie grandiose. Sa mère serait ravie de s'en charger. Elle appréciait Gillian, elle l'avait clairement fait comprendre à Maks. En revanche, cette grossesse précoce risquait de la contrarier mais, en femme pragmatique, elle ne chercherait pas à aller contre l'évidence. Du moins, pas tant qu'elle aurait l'assurance d'un mariage rapide.

Maks décida de garder cela pour lui pour le moment. Il réussirait à convaincre Gillian de l'épouser aussi vite que possible… s'il parvenait à la convaincre de l'épouser tout court.

— Tu pars donc du principe que je vais accepter de me marier, reprit-elle comme si elle était capable de lire dans son esprit.

— A-t-on vraiment le choix ? demanda-t-il en se relevant.

— Comme c'est romantique !

Il n'avait certes pas pris le temps d'envelopper son propos, mais c'était pourtant la vérité.

— Même si je n'avais pas envie de t'épouser, je le ferais.

— De mieux en mieux…

Maks jura dans sa barbe. Que lui arrivait-il, et où étaient passés son éloquence habituelle et ses talents de diplomate ? Il se mit à arpenter la pièce pour s'arrêter finalement devant le bar. Il fit mine de se verser un autre whisky, mais se ravisa en se rappelant qu'il n'avait pas touché à celui que venait de lui verser Gillian. Elle pouvait lui avancer tous les arguments du monde, il n'en restait pas moins qu'elle portait l'héritier de la couronne de Volyarus. Elle *devait* l'épouser.

— J'imagine que tu ne m'aurais pas fait cette proposition si le bébé n'était pas là.

Ce n'était pas une question, juste un constat. Maks se tourna vers elle.

— Est-ce que cela a la moindre importance ? L'enfant que tu portes est un véritable miracle en soi. *Notre* miracle.

— Oui.

— Alors, tu veux bien m'épouser ?

— Oui, le bébé est un miracle, mais oui, la nuance a vraiment de l'importance à mes yeux, prit-elle soin de préciser. Je refuse de m'engager à quoi que ce soit avant deux semaines. Tu pourras t'époumoner autant que tu veux, je ne transigerai pas là-dessus !

Il n'arriverait pas à la faire changer d'avis, c'était peine perdue.

— Dans ce cas, nous serons mariés dans deux semaines.

— Je ne te fais aucune promesse tant que…

— … tu n'auras pas franchi le cap du second trimestre, j'ai bien compris.

— Alors, dans ce cas cesse d'insister.

— Tu sais très bien que tu finiras par accepter.

— Non, je n'en sais rien.

— Bien sûr que si, ton choix est déjà fait.

— Qu'est-ce que tu veux dire ?

— Tu savais, en me fréquentant, que tu t'exposais à des contraintes.

— C'est vrai, mais je n'ai pas signé un pacte en décidant de sortir avec toi.

Ils n'avaient jamais abordé ce point, mais elle disait vrai.

— Tu ignorais ta prétendue infertilité lorsque tu as accepté de faire l'amour avec moi sans préservatif.

— Il me semble que c'était d'un commun accord, non ?

— A ce moment-là, j'étais convaincu que tu ne pouvais pas tomber enceinte, ou du moins que les chances étaient infimes.

— Pas de chance, hein ?

— Ce n'est pas ce que j'ai dit.

Gillian lui offrit alors un sourire… qui n'augurait rien de bon.

— Bien sûr que non. Cette grossesse est même une excellente nouvelle pour toi, tu vas enfin avoir un héritier sur le trône de Volyarus.

— Je chérirai notre enfant, qu'il soit le futur prince ou non.

— Ah oui, vraiment ?

— Oui.

Il n'avait aucun doute à ce sujet.

— C'est bon à savoir.

— Mes parents étaient les souverains d'une nation petite mais très accaparante, pourtant ils ont toujours été là pour moi.

— Même lorsque ton père aménageait son temps entre ta famille et son *amie* la comtesse ?

— Le bonheur parfait n'existe pas, mais j'ai eu une enfance heureuse. Notre enfant en aura une encore meilleure.

— Voilà ce que je veux pour notre enfant : le meilleur. Je veux qu'il ou elle soit aimé sans retenue.

— Comme tes grands-parents t'ont aimée ?

— Comme j'aurais voulu que mes parents m'aiment.

C'était la première fois qu'elle avouait ce manque en sa présence, même s'il l'avait toujours pressenti.

— Nous sommes différents de tes parents.

— Comme nous sommes différents des tiens.

Cette fois, c'était lui qui ne comprenait pas ce qu'elle voulait dire.

— Si, et je dis bien *si*, j'acceptais de t'épouser, ce serait sous certaines conditions.

— Telles que ?

— Je ne tolérerai aucune maîtresse. Je ne suis pas comme ta mère, je ne veux pas de la moindre liaison, relation ou aventure d'un soir. En cas d'infidélité, je te quitterai en demandant la garde exclusive de notre enfant.

— Encore une fois, je ne suis pas le même homme que mon père. Il n'est pas dans mon intention de prendre exemple sur lui dans ce domaine. La relation qu'il entretient depuis longtemps avec la comtesse est son affaire.

— Je serai la seule à partager ton lit. Point final.

Maks détestait que Gillian se sente obligée de faire ce genre de précision. Il n'était tout de même pas responsable des erreurs de son père ! Il n'avait jamais trompé aucune femme, pas même à l'université. Jamais il n'avait considéré que son statut lui conférait le moindre passe-droit.

— Je te répète que je ne suis pas mon père.

— Mais tu fais toujours passer Volyarus avant le reste.

— Contrairement à mon père.

— Tu n'en penses pas un mot, rétorqua-t-elle, choquée par ce qu'il venait de dire.

Il y avait de quoi. Maks critiquait rarement son père, et il venait de le faire deux fois dans la même conversation. Gillian avait raison sur un point, cependant : il devait se montrer honnête avec elle. Il fallait qu'elle comprenne que son soutien inconditionnel au souverain régnant n'était qu'un geste politique.

Tout comme Demyan, elle serait bientôt dépositaire de certains secrets d'alcôves.

— Si mon père se souciait vraiment de l'intérêt premier de la nation, il mettrait fin à cette relation extraconjugale qui empoisonne la cour depuis des années.

— C'est ton dévouement à Volyarus qui te fait parler comme ça, pas ta sollicitude envers ta mère.

— Ma mère était au courant au sujet de la comtesse lorsqu'elle a épousé mon père.

— Si je me révèle incapable de donner naissance à un second enfant, nous aurons recours à la médecine, mais je refuse que tu aies une maîtresse. Cela devra apparaître dans le contrat de mariage.

— Très bien, concéda Maks.

— Et je tiens à ce que ce contrat englobe l'ensemble de tes héritiers.

— Tu veux dire que tu aurais même la garde des enfants que je pourrais avoir avec d'autres femmes ?

Gillian était intelligente, mais il découvrait qu'elle pouvait aussi se montrer sans pitié. Ce n'était pas pour lui déplaire.

— Exactement.

— Et si la mère biologique est en désaccord ?

— Elle sera contrainte de livrer une bataille juridique contre la Couronne, sous le regard des médias.

— Tu ferais jouer les relations de ton père pour jeter Volyarus en pâture aux journalistes, c'est ça ?

— Tu n'imagines pas jusqu'où je serai prête à aller pour protéger le bonheur de mes futurs enfants.

— J'ai été élevé par une femme qui partageait cette philosophie, je vois très bien ce que tu veux dire.

— Oh non ! Ta mère ne m'arrive pas à la cheville dans ce domaine. Elle se soucie avant tout du bien du royaume, ce qui la force à retenir ses coups. Je n'aurai pas cette faiblesse.

— Ma mère n'est pas faible, répliqua Maks.

Il avait appris, avec le temps, à voir cette force en elle et il avait fini par l'apprécier.

— Non, mais elle est prête à faire passer son bien-être au second plan. Je ne serai pas comme elle.

— Et tu ne reproduiras pas le schéma de tes parents en privant tes enfants de leur patrimoine.

Manifestement, Gillian avait beaucoup réfléchi durant ces semaines de grossesse. Elle avait envisagé tous les scénarios impliquant une éventuelle union entre eux. Et même si cette perspective ne la faisait plus rêver, elle était prête à tout pour protéger son enfant et ses droits sur la couronne.

— Tu peux très bien mettre notre enfant sur le trône sans que je t'épouse.

— Selon notre loi, je peux désigner n'importe lequel de mes parents comme successeur, mais la naissance d'un héritier légitime invalide les droits de tout autre prétendant.

— Donc, si tu épouses quelqu'un d'autre et qu'elle a un enfant de toi, cet enfant montera sur le trône ? demanda-t-elle en pesant chacun de ses mots.

— C'est cela.

— Très bien.

— Tu serais prête à priver notre enfant de cet avenir ? s'emporta Maks, profondément choqué.

A aucun moment il ne s'était attendu à une telle volte-face.

— Je ne dis pas que je le ferais, je pèse simplement les conséquences dans l'éventualité où je refuserais de t'épouser, c'est tout.

— Tu ne peux pas faire ça à notre enfant !

Il était capital qu'elle prenne la mesure de ses actes, bon sang !

— Je te rappelle que c'est toi qui m'as laissée tomber il y a dix semaines.

— Et notre enfant devrait payer pour *mon* erreur ?

— C'est à moi de faire les meilleurs choix pour ce bébé, que ce soit en t'épousant ou en refusant de le faire.

— Mais pourquoi ?

— Parce que tu ne m'aimes pas !

Maks fut pour répondre, mais elle l'interrompit d'un geste autoritaire.

— Je sais que, pour toi, ça ne fait aucune différence, mais, à mes yeux, c'est plus qu'un détail. Je dois maintenant décider si je suis capable d'être la meilleure des mères en étant mariée à un homme qui ne m'aime pas et qui m'a laissée tomber avec autant de facilité.

— Détrompe-toi, ça n'a pas été facile.

A en juger par l'expression de Gillian, ces justifications arrivaient beaucoup trop tard.

— Mais tu as réussi à le faire, et tu ne serais pas là si tu n'avais pas découvert ma grossesse par des moyens scandaleux.

— Ça n'a rien de scandaleux.

— Obtenir illégalement des informations médicales confidentielles, comment est-ce que tu appelles ça, toi ?

— De la débrouillardise.

Gillian éclata d'un rire triste qui le prit par surprise.

— Maks, tu es incroyable…

— Je suis un prince.

— Qui s'arroge le droit de mettre son ex-petite amie sous surveillance.

— Je t'ai déjà dit que ce n'était pas m…

— Oui, je sais, c'est Demyan, le responsable. Je savais que vous étiez comme des frères, mais à ce point-là !

— Il a agi selon sa conscience.

— Pourquoi me faire ça ? Comme si j'allais aller frapper à la porte des journaux à scandale !

— Je lui ai parlé de cette fameuse nuit.

— Quoi ?

— Je lui ai dit que je n'avais pas mis de préservatif.

— Oh ! tu lui as dit ça, vraiment ?

— Oui, vraiment.

— P… pourquoi ?

A l'évidence, elle n'imaginait pas que Maks puisse faire des confidences à qui que ce soit.

— J'étais ivre.

— Oh… et pourquoi as-tu bu autant ?

— Tu me manquais.

— Et je dois te croire sur parole.

— Je t'assure que c'est vrai.

— Bien sûr, oui…

— Quoi, tu ne me crois pas ?

— Je ne suis pas convaincue.

— Tu ne me fais donc absolument plus confiance ?

Cette prise de conscience fut un véritable choc pour Maks, qui se voyait comme quelqu'un de fiable.

— En effet.

— C'est inacceptable.

— Tu utilises beaucoup cette formule, mais tu avoueras qu'il a tout de même fallu que je tombe enceinte pour que tu reviennes me voir. Où est la confiance là-dedans ?

— Tu sais très bien que…

— Ce que je sais, c'est que je n'ai même pas eu le bénéfice du doute. Tu n'as même pas envisagé de me proposer un suivi médical pour lutter contre l'infertilité.

Maks n'avait rien à répondre à ça.

— Tu ne t'es jamais demandé si l'enfant était vraiment de toi ? reprit Gillian.

— Non.

— Mais oui, j'oubliais que tu m'avais fait suivre. Tu savais donc que je n'étais pas allée me jeter dans les bras du premier venu pour oublier ma douleur !

— Cette éventualité ne m'a même pas traversé l'esprit.

— Nous n'étions plus ensemble, cela aurait été mon droit.

— Je *sais* que tu ne couches pas avec le premier venu.

— On fait parfois des choses stupides quand on souffre.

Maks haussa les épaules. Il la croyait sur parole, mais, pour sa part, il avait appris à se maîtriser dès son plus jeune âge.

— Mais tu ne l'as pas fait, insista-t-il.

— Non, je ne l'ai pas fait.

— N'aie pas l'air si contrariée, je suis heureux que cela ne soit pas arrivé.

— Et toi ?

— Et moi, quoi ? Oh… non, je n'ai pas fréquenté d'autre femme.

— Pourquoi ?

— Parce que tu me manquais.

— Si tu le dis…

6

Gillian avait le sentiment que l'univers conspirait pour la pousser dans les bras du prince de Volyarus. Comme si elle n'avait pas assez de mal à le chasser de ses pensées !

Heureusement qu'elle avait son métier de photographe, cela l'aidait à se concentrer sur autre chose… la plupart du temps.

Pendant trois jours d'affilée, elle avait enchaîné les prises de vues pour illustrer des romans sentimentaux. Et toutes les héroïnes étaient blondes.

Pourquoi ? Mystère…

Il lui arrivait souvent de photographier des brunes et des rousses, parfois même elles avaient des mèches roses mais, depuis trois jours, rien que des blondes, pendues au bras de grands bruns ténébreux.

Aucun n'arrivait à la cheville de Maks, cela dit. Il leur manquait le caractère trempé, la froideur impitoyable qui avait permis au prince de se détourner d'elle sans un regard en arrière.

Ils étaient tous très séduisants, mais ils ne faisaient pas battre son cœur, elle n'avait pas le souffle coupé en les voyant. Et leur présence, par contraste, ne faisait que renforcer le manque qu'elle ressentait. De son côté, le beau souverain ne l'aidait guère à penser à autre chose en lui envoyant plusieurs messages par jour. Il venait aux nouvelles du bébé. Elle trouvait cela presque charmant, d'autant qu'il avait la délicatesse de s'enquérir également de l'état de la mère.

La contrepartie était qu'il se comportait comme s'ils étaient de nouveau ensemble. Il l'invitait à dîner, voulait l'emmener au spectacle et lui demandait d'être sa cavalière lors de soirées en ville.

— *Vous avez reçu un message, madame*, glissa la voix électronique de son téléphone, la rappelant à la réalité.

Le couple de mannequins qui était déjà en position pour la séance de photos leva la tête vers elle.

— Vous voulez peut-être le lire ? demanda le beau brun.

— Il ne faut pas vous en faire pour nous, allez-y, consultez votre messagerie, renchérit la blonde avec un sourire parfaitement commercial qui s'adressait autant à Gillian qu'à son séduisant collègue.

Oh ! la demoiselle était intéressée par son partenaire... Il n'était pas marié, Gillian le savait et elle ne voulait surtout pas s'immiscer dans leur histoire d'amour naissante.

— Merci, leur glissa-t-elle avant de leur tourner le dos pour consulter le texto.

Maks : On donne le ballet *La Bayadère*. Tu veux m'accompagner ?

L'ingrat ! Elle adorait les ballets et il jouait de sa faiblesse. Elle tapa :

Gillian : Trop de boulot.

Elle n'avait pas l'intention de se laisser séduire une seconde fois, pas tant que son avenir demeurait incertain.

Maks : Tu es sûre ? J'ai de bonnes places.

La tentation était forte, mais elle tint bon.

Gillian : Absolument sûre.

Silence.
Pas de réponse.

Déprimée, Gillian se remit au travail avec les deux mannequins, l'esprit désormais entièrement tourné vers le choix cornélien qui s'offrait à elle, un choix qui aurait un impact direct sur son enfant à naître…

Gillian serait à jamais reconnaissante à ses grands-parents pour l'avoir élevée et aimée. Sans doute au début avaient-ils espéré que son père finirait par prendre une part active dans son éducation. Plus tard, ils avaient fait de leur mieux pour entretenir l'illusion qu'il était effectivement son père, alors qu'en définitive, il n'était rien de mieux qu'un donneur de sperme au portefeuille bien garni.

D'ailleurs, Rich plaisantait lui-même à ce sujet, comme s'il n'y avait là rien de grave.

Gillian était déterminée à tracer un tout autre chemin pour son enfant. Maks n'avait rien de commun avec Rich. Le prince avait de l'amour pour sa famille, même s'il ne l'exprimait jamais autrement que par des actes, en faisant passer leur intérêt avant les siens. Le roi, la reine, Demyan, tous bénéficiaient de sa protection. C'était l'une des premières choses que Gillian avait remarquées chez lui : il était dévoué envers sa famille, aussi s'était-elle fait des illusions au sujet de leur propre relation.

Maks ne l'aimait pas, *elle*, mais il aimerait leur enfant et elle ne pouvait pas faire semblant de l'ignorer.

Maks frappa à la porte de Gillian.

Il n'avait pas cessé de l'appeler et de lui envoyer des messages depuis qu'il l'avait quittée, l'autre soir. Elle avait répondu à la plupart d'entre eux et elle avait pris certains de ses appels, mais elle avait toujours refusé de le voir sous différents prétextes. Elle avait même refusé de l'accompagner pour voir *La Bayadère*.

Son comportement avait changé du tout au tout depuis

l'époque où ils étaient ensemble. Dix semaines plus tôt, c'était elle qui le harcelait, illuminant ses journées les plus sombres.

Il n'avait jamais soupçonné chez elle un caractère aussi trempé et il se promit de ne pas oublier à l'avenir que Gillian pouvait se montrer inflexible. C'était certes appréciable, mais il n'avait pas l'habitude qu'une femme le traite ainsi, surtout pas la sienne. De son point de vue, la coupe était pleine.

Il devait s'envoler le lendemain à l'aube pour Volyarus et il avait l'intention de mettre les choses au clair avec elle avant son départ.

La porte s'ouvrit sur une Gillian courroucée.

— Comment es-tu arrivé jusqu'ici ?

Il haussa les épaules. La façon dont il avait obtenu son dossier médical l'avait contrariée. Il allait donc éviter de lui expliquer qu'il avait loué l'appartement situé juste en dessous du sien pour pouvoir aller et venir librement dans l'immeuble.

— Tu es incroyable, tu sais ?

— Je suis comme je suis.

Gillian leva les bras au ciel.

— Eh bien entre, puisque tu es là ! Le repas que tu m'as fait livrer est assez copieux pour deux. J'imagine que c'était ton plan, de toute façon ?

— Ça te contrarie, on dirait.

— C'est du poulet au parmesan, mon plat préféré, et il vient d'un restaurant qui ne fait pas les plats à emporter… sauf pour toi, apparemment. Comment pourrais-je ne pas être aux anges ?

Effectivement.

Maks n'entama donc pas la discussion, sachant — grâce à ses lectures récentes — que les femmes enceintes étaient sujettes à des sautes d'humeur imprévisibles.

— Je te remercie de m'avoir fait livrer à manger chaque soir, dit-elle en le fixant avec un regard qui exprimait tout sauf de la gratitude.

Sa grand-mère aurait été fière d'elle en la voyant se

comporter avec distinction, alors qu'à l'évidence elle rêvait de le faire sortir de chez elle par la peau du cou.

— Je voulais t'éviter d'avoir à cuisiner, tu es épuisée, ça se voit.

Et tu devrais éviter de te surmener en travaillant ainsi à temps plein, ajouta-t-il pour lui-même.

Il avait fait de son mieux pour veiller sur elle, malgré son refus catégorique de le rencontrer depuis trois jours.

— Les femmes enceintes préparent à manger depuis des millénaires, ça n'a rien d'extraordinaire.

— Eh bien, disons que toi, tu n'as pas à le faire et restons-en là, conclut-il en lui posant la main sur l'épaule.

Gillian eut un brusque mouvement de recul.

— Tu ne supportes plus que je te touche ?

Il avait lu aussi que certaines femmes enceintes perdaient tout attrait pour le sexe. Restait à espérer qu'elle appartienne à l'autre catégorie, celle dont les hormones s'affolaient. L'amour physique entre eux lui avait cruellement manqué et il espérait pouvoir renouer cette intimité.

Gillian ne répondit rien, mais se dirigea vers les plats qu'elle disposa sur des assiettes avec des gestes précis. Maks prit deux verres et entreprit de la rejoindre.

— Je préfère manger sur le canapé, lui lança-t-elle sans se départir de sa mauvaise humeur, alors qu'il était à mi-chemin.

Il bifurqua donc brusquement pour reposer les verres sur la table basse avant de revenir vers elle.

— Que veux-tu boire ?

— Du lait, répondit-elle avec lassitude, c'est bon pour le bébé.

— Il y a tout un tas d'autres aliments riches en calcium. Tu n'as pas à te forcer à boire du lait si tu n'aimes pas ça.

Elle aimait le lait.

Avant.

Est-ce que sa grossesse avait aussi modifié ses préférences ?

— Arrête d'être gentil avec moi !

— Tu préférerais que j'ignore tes besoins ?

— Oui, ça rendrait les choses moins pénibles.

— Quelles choses ?

— Tu le sais très bien.

— Tu parles de ce choix que tu prétends devoir faire ?

— Ça n'a rien d'accessoire !

Maks sentait sa colère monter, mais il parvint à la contrôler.

— Il n'y a pas à hésiter lorsqu'il s'agit du bien de notre enfant, Gillian. Je le sais, tu le sais, tu refuses simplement de l'admettre.

— Et ta mère, est-ce qu'on lui a donné le choix ?

Qu'est-ce que sa mère venait faire là-dedans ? Insinuait-elle qu'elle n'aurait jamais épousé son père sans la contrainte du lignage ? La fierté familiale de Maks en fut piquée et sans doute laissa-t-il percer un peu de son agacement.

— Elle n'était pas enceinte lorsqu'ils se sont mariés, si c'est ce que tu insinues. Si tu veux tout savoir, je ne suis arrivé que deux semaines après leur premier anniversaire de mariage.

— Alors pourquoi l'a-t-elle épousé ?

A l'entendre, prendre un époux au sein de sa famille était la pire des malédictions… Maks encaissa le coup avec peine.

— De nombreuses femmes auraient été transportées de joie à l'idée d'épouser mon père, s'entêta-t-il.

— Et pourtant, elle était au courant de l'existence de la comtesse avant le mariage ?

Maks n'aimait pas qu'on lui rappelle les infidélités de son père. Ils avaient déjà abordé ce sujet.

— Oui. Pourquoi ?

— Je ne comprends pas que l'on puisse épouser un homme qui est amoureux d'une autre.

— Tu n'auras jamais à connaître ça, rassure-toi.

Maks ne laisserait jamais un tel sentiment obscurcir son jugement. L'amour ne causait que souffrance et vous éloignait de votre devoir et de vos responsabilités.

— Tu pourrais très bien tomber amoureux de quelqu'un dans quelques années, non ? hasarda-t-elle.

Parfait, elle se rendait compte elle-même de l'ineptie de ses arguments…

— Si je devais tomber amoureux de quelqu'un, ce serait de toi.

Elle ne pouvait pas ne pas sentir qu'il était sincère !

— Tu te rends compte de ce que tu dis ? Tu te rends compte du mal que ça me fait ?

En fait, il n'en avait pas la moindre idée. Il avait même cru qu'elle serait heureuse de connaître ses sentiments.

— Tu aurais préféré que je te mente ?

— J'aurais préféré que tu m'aimes…

Maks n'aimait pas lire cette souffrance dans les yeux de Gillian, mais il n'était pas homme à fuir ses responsabilités, aussi soutint-il son regard.

— Je suis désolé.

— Tu m'as déjà dit ça en quittant mon appartement, il y a dix semaines.

— Et j'étais sincère.

Il n'était pas un monstre, tout de même !

Gillian s'affaira à saupoudrer son poulet de parmesan pour éviter de le regarder en face.

— Tout ça va finir en scandale, d'une manière ou d'une autre, dit Gillian.

— Une tempête dans un verre d'eau, tout au plus, mais rien de dramatique si nous prenons les devants. Mes attachés de presse sont des as.

Il y aurait un petit emballement médiatique — son mariage ne pouvait pas passer inaperçu —, mais son équipe jugulerait l'incident et ferait en sorte de laisser une image positive dans l'esprit du public.

Du moins y parviendraient-ils si la nouvelle de leur séparation ne précédait pas celle du bébé à naître et de leur union, sans quoi ce serait un désastre.

— Demyan est dans le coup ?

Maks ne comprenait pas sa question.

— Il est directeur des opérations pour Yurkovitch Tanner… quel est le rapport ?

— Il a fait des étincelles récemment et il est assez machiavélique pour faire un parfait attaché de presse.

— Je lui transmettrai ton compliment.

— Oui, et dis-lui aussi que ce n'est pas très élégant d'engager des pirates informatiques pour consulter les dossiers médicaux des gens.

— Je te laisserai ce soin.

En réalité, Maks était plutôt heureux que son cousin ait ainsi pris les devants.

— Ne va pas t'imaginer que j'hésiterai à lui dire ses quatre vérités. Il terrifie tout le monde dans votre entreprise, mais je n'ai pas peur de lui.

— C'est pourtant quelqu'un d'intimidant.

Maks lui-même avait cette réputation, même s'il s'employait depuis toujours à se montrer diplomate. Demyan avait conservé ce côté tranchant que la politique n'avait jamais émoussé.

— C'est un type impressionnant.

— Mais toi, il ne t'impressionne pas.

Ils avaient déjà eu cette conversation dans le passé et Gillian l'avait conclue en disant qu'elle ne craignait pas son cousin car Maks veillait sur elle. Le prince lut dans ses yeux qu'elle aussi se souvenait de cette conversation. Elle prit les assiettes qu'elle déposa sur la table basse, tandis que Maks prenait une bouteille de jus de cerise dans le frigo.

— C'est ton préféré, n'est-ce pas ?

— J'en ai rêvé, ces derniers jours…

— Ton corps a sûrement besoin de vitamines A et C.

— Sans doute, docteur Maks.

— J'ai lu que les besoins soudains des femmes enceintes étaient souvent liés à des carences créées par le bébé.

— J'ai lu ça aussi.

— Tu te renseignes donc sur le sujet ?

— Oui.

Elle ne cherchait pas à le nier. Son premier trimestre se déroulait donc bien. Parfait.

— D'après mes propres lectures, le risque de fausse couche est plus proche de dix que de vingt pour cent.

Même si cela dépendait des sources consultées et des médecins. Son pire ennemi, c'était l'angoisse. Le fait d'être enceinte d'un homme qui n'était pas encore son époux, mais qui était destiné à devenir roi, la déstabilisait.

Maks aurait voulu que les choses soient différentes, mais il était ce qu'il était, et tout ce qu'il pouvait faire, c'était alléger un peu les tensions qui habitaient Gillian en réglant ce problème de mariage, le temps que le cap du deuxième trimestre soit franchi.

— Tu penses vraiment que dix pour cent, c'est un bon chiffre ?

— Oui, c'est mon avis.

Gillian s'assit sans chercher à le contredire pour la millième fois. Quel soulagement ! Il fallait qu'elle parvienne à envisager leur situation sous un angle positif. L'esprit était un outil puissant !

Ils mangèrent en silence pendant quelques instants, puis elle se tourna vers lui.

— Merci pour le dîner, c'est excellent.

C'était la première fois depuis longtemps qu'elle le remerciait. Maks voulut y voir un bon signe et s'engouffra dans la brèche.

— Oui, c'est un régal, mais tu n'as pas à me remercier, c'est mon devoir de veiller sur toi. Je te remercie de ne pas m'avoir congédié, ce soir.

— Nous ne sommes pas ensemble, Maks.

— Le bébé que tu portes témoigne du contraire.

— Ce que tu peux être têtu !

— Tu t'es regardée dans un miroir, récemment ?

Elle éclata d'un rire sincère qui lui emplit le cœur de joie.

— Nana a toujours trouvé que j'étais une fausse indécise, car j'ai tendance à ne pas argumenter sur des sujets qui m'importent peu.

Maks commençait à peine à comprendre comment fonctionnait cette femme qu'il avait pourtant fréquentée pendant des mois.

— Mais lorsque cela te tient à cœur, tu es prête à te battre comme une lionne.

— Quelque chose dans ce goût-là, oui.

Pourtant, elle ne s'était pas battue pour leur couple lorsqu'il avait rompu.

Une douleur aiguë perça la poitrine de Maks. Etrange, ce restaurant n'utilisait pourtant pas d'épices dans ses plats…

7

— J'avais envisagé de célébrer le mariage à bord d'un luxueux bateau de croisière. J'ai un ami qui possède une flotte. Certains de ses navires croisent au large de l'Alaska. Il est fiable et je sais qu'il gardera la nouvelle de notre union secrète.

Gillian sursauta presque en l'entendant parler alors qu'il n'avait quasiment pas ouvert la bouche de tout le dîner.

— Je croyais que tu étais en train de penser à ton travail, mais tu es du genre opiniâtre.

Une opiniâtreté qui l'avait ramené vers elle. Avec le temps, elle aurait sans doute fini par passer à autre chose, par oublier Maks. Elle aurait étouffé le feu de cet amour à sens unique qui lui consumait le cœur lentement. Hélas il était revenu et, en l'espace d'une seule visite, elle s'était retrouvée à son point de départ. Elle connaissait ce sentiment pour l'avoir déjà vécu étant enfant. Elle tirerait de nouveau les leçons de cette nouvelle épreuve et renforcerait sa carapace pour se protéger contre la violence du monde.

— Ne t'inquiète pas, je peux réfléchir à plusieurs sujets en même temps.

— C'est ce que je pensais… avant.

— Qu'est-ce qui t'a fait changer d'avis ?

— Je ne sais pas. Depuis trois jours, je ne cesse de ressasser les mêmes choses : le bébé, ma grossesse, la perspective de ce mariage — et non, je n'ai pris aucune décision à ce sujet, quoi que tu puisses penser.

— Nous sommes tous les deux débordés.

— Très drôle !

— Je ne plaisante pas, j'énonce un fait, c'est tout. Durant les trois jours qui viennent de s'écouler, j'ai négocié les droits d'exploitation pour une mine au Zimbabwe. J'ai signé tout un tas de contrats, évité de justesse une crise diplomatique avec le Canada. J'ai également enchaîné les entretiens pour trouver notre prochain ministre de l'Education. En téléconférence, j'ai joué les médiateurs avec les syndicats de l'une de nos exploitations minières et j'ai finalisé un projet de paquet fiscal pour nos employés expatriés aux Etats-Unis.

D'accord… cela prouvait juste que Maks était une véritable machine de guerre dans les domaines économique et politique.

— Et tu as quand même trouvé le temps de m'envoyer des textos et de me passer des coups de fil chaque jour ?

— Est-ce que ça ne te donne pas une petite idée de mon engagement auprès de toi ?

Gillian voulut lui servir une réponse cinglante, mais ne trouva rien à dire. En effet, Maks avait ménagé du temps pour elle, là où la plupart des hommes l'auraient négligée. Il avait toujours agi ainsi avec elle.

— Tu ne m'aimes pas.

Ce n'était pas une accusation, mais un simple constat. Pourquoi lui faire une telle place dans sa vie, alors même que l'intérêt du pays primait sur toute autre considération ? Quelle idiote elle faisait ! La réponse était dans la question, puisqu'elle s'apprêtait à donner naissance à l'héritier de la Couronne.

— Je ne crois pas que l'amour soit cette force positive dont tout le monde loue les mérites.

— Qu'est-ce que tu en sais ? Tu n'es pas amoureux !

Il le lui avait assez clairement signifié en lui tournant le dos dix semaines auparavant.

Elle en revenait toujours à la question essentielle : devait-elle faire passer son propre bien-être avant celui de son enfant ? Ses propres parents avaient tranché la question et elle en avait souffert toute sa vie durant. Elle ne pouvait se résoudre à reproduire ce terrible schéma.

Pour toute réponse à sa question, Maks leva un sourcil avec une moue sardonique. C'est alors qu'un déclic se fit dans son esprit : si Maks croyait si peu en l'amour, il le devait sans doute à la façon dont son père avait mené sa propre vie amoureuse.

— Ce n'est pas l'amour que ton père avait pour la comtesse qui a posé problème, c'est ce qu'il a fait de ce sentiment, dit-elle.

— Ça, c'est ton avis.

— Il avait le choix et il a opté pour le chemin le plus improbable.

— Tu crois vraiment ?

— Je pense que si la comtesse était comme moi, handicapée par une fertilité défaillante, ton père aurait tout de même pu l'épouser. Ils auraient pu adopter un enfant.

— Et prendre le risque que la mère biologique fasse valoir ses prétentions au trône ? Sûrement pas !

— Il y avait forcément une femme digne de confiance, parmi ses sujets, qui soit prête à consentir ce sacrifice pour le bien du royaume, non ?

— Oui, il y avait ma mère, dont la fidélité à la Couronne était absolue.

— Et elle a demandé à épouser ton père.

— Elle était persuadée de faire une meilleure reine que la comtesse Walek, une femme divorcée qui n'avait pas non plus eu d'enfant de son premier mariage.

Gillian ne put s'empêcher de se demander si la princesse Oxana avait été sincèrement amoureuse du roi Fedir à l'époque, et si sa demande en mariage avait été motivée par des impératifs politiques ou par un élan du cœur.

Peut-être que, à l'image de Léa dans la Bible, elle avait espéré gagner le cœur de son époux en lui donnant des enfants. Cela avait fonctionné pour Léa, mais manifestement pas pour Oxana.

— Ta famille est assez dysfonctionnelle, on dirait.

— Tout autant que la tienne.

— Touché !

Maks lui adressa un regard scrutateur et impénétrable.

— Tu m'as dit que tu m'aimais.

Gillian hésita sur la conduite à tenir. Devait-elle lui répondre ou lui renverser le contenu de son assiette sur la tête ?

— Et alors ?

— Et pourtant tu ne t'es pas battue pour me garder.

— Quoi ? Bien sûr que je l'ai fait !

— Tu m'as chassé de ton appartement.

— Et tu t'attendais à quoi, au juste ? Tu venais de me larguer sans même envisager des solutions alternatives à ma prétendue infertilité !

— Tu aurais pu essayer de me convaincre si c'était vraiment ce que tu voulais, non ?

Comme sa mère l'avait fait pour conquérir son père ? Oh ! oui, on voyait que cela avait fonctionné à merveille !

Gillian ravala ses sarcasmes.

— Tu as admis toi-même que tu ne m'aimais pas, non ?

— Je n'ai jamais clamé mon amour, mais il me semblait évident que je voulais t'épouser.

— Ça l'était.

Et cela n'avait fait que rendre la rupture plus pénible. Il avait foulé aux pieds tous les espoirs qu'elle avait fini par fonder sur leur relation.

— Pourquoi moi ? Je ne suis pas de sang royal, je suis une fille banale.

— C'est faux, tu es une femme intègre.

— Il y en a d'autres.

— Tu es à part et tu as ta propre vie.

— Tu es sortie avec moi juste parce que mon père est un journaliste influent ?

Ce n'était pas la première fois qu'on la fréquentait par intérêt, mais elle n'en avait jamais autant souffert.

— Non, j'étais attiré par toi, point. Ecoute, Gillian, quoi que tu puisses penser de moi, sache que je n'ai aucune envie de reproduire le mariage de mes parents. Tout ce que je veux, c'est lier mon destin à une femme qui me complète, or tu évolues dans les cercles diplomatiques avec une aisance confondante.

— Je suis d'un naturel timide, mais j'ai appris à en tirer profit.

— Et tu renvoies l'image d'une personne réservée mais bienveillante. C'est exactement le genre de talent que notre monarchie recherche chez un diplomate.

— Je suis loin d'en avoir les compétences.

— Mais tu as celles qu'il faut pour être princesse de Volyarus.

— C'est donc le réseau de ma mère qui t'intéresse ?

Ça, ce serait inédit, en revanche…

— C'est une personnalité politique d'envergure, à la fois dans son propre pays d'Afrique du Sud et sur la scène internationale.

— En effet.

En féministe accomplie, Annalea Pitsu désapprouverait son mariage avec un monarque.

— Mais elle n'est pas très favorable à la royauté, tu sais ?

Annalea était une femme hyperactive qui ne comprenait pas les choix de vie de Gillian et qui n'en faisait pas mystère lors de leur unique réunion de famille annuelle.

— Et puis j'imagine que ton peuple préférerait que tu épouses une Volyarussienne, non ?

— Si j'avais trouvé la perle rare dans mon pays, je l'aurais poursuivie sans relâche.

— Oh…

Elle avait sa réponse. Maks ne se laisserait pas guider ses choix par ses sujets. Il n'épouserait ni une noble ni une femme issue des classes moyennes — il n'y avait pas de pauvreté à Volyarus, le pays étant trop petit et trop bien dirigé pour cela.

— C'est tout ce que tu trouves à répondre ?

— Tu n'as jamais caché ton attirance sexuelle pour moi.

— Mais ta personnalité m'a attiré avec une force égale. J'aime ton esprit affûté, et puis nous avons de nombreux centres d'intérêt communs.

— Tu pensais que j'étais la femme idéale, en somme ?

— Oui.

— Et c'est là que tu as découvert que je ne pourrais sans doute pas te donner d'enfant.

— Pas facilement, en tout cas.

— Cela t'a contrarié ?

— A ton avis ?

— J'ai cru…

Elle évitait de repenser à cette fameuse nuit mais, à bien y réfléchir, il y avait eu chez lui, ce soir-là, comme une souffrance rentrée. Etait-ce à l'idée de passer une ultime nuit dans ses bras avant de la perdre ? Elle eut presque envie de s'excuser auprès de lui, mais se souvint que c'était lui qui avait décidé de rompre.

— C'était ta décision.

— Et tu n'as pas essayé de me convaincre du contraire ?

— C'est ridicule, s'entêta-t-elle à répondre.

Le convaincre de quoi ? Il n'était pas amoureux ! Elle devait maintenant décider si oui ou non il était sain pour un enfant de grandir dans un foyer où seul l'un des parents aimait l'autre. Son instinct lui suggérait que c'était parfaitement envisageable… C'était peut-être l'occasion de tracer pour son enfant un destin heureux, bien différent du sien.

Mais aurait-elle le courage de franchir ce pas, de laisser Maks la protéger du chaos du monde, alors même qu'il ne l'aimait pas ?

— Tu savais que mon projet était de faire de toi la prochaine reine de Volyarus.

— Je n'y avais pas pensé en ces termes.

— Tu le savais, tu savais que je voulais t'épouser, et pourtant tu n'as pas essayé de me retenir.

Effectivement, de son point de vue, l'argument était valable.

— Qu'aurais-je gagné à insister ?

— Comment ça ? Je croyais que tu étais amoureuse de moi ?

Oui, et elle aurait sans doute réussi à le faire changer d'avis. Après quoi, il se serait senti en position de faiblesse et aurait même douté de ses convictions et remis en cause sa fidélité envers son pays. Si elle voulait toucher le cœur de Maks, elle ne parviendrait à le faire que par l'entremise de leur enfant.

Mais serait-ce suffisant ?

Gillian avait toujours nourri le rêve secret d'être aimée au-delà de toute mesure. Mais elle n'avait jamais voulu que son homme sacrifie tout pour elle… C'était une bonne chose car, même si Maks venait un jour à l'aimer, elle passerait toujours après son devoir envers son pays.

Gillian aspirait à être autre chose qu'à être la femme qui était tombée enceinte du prince par accident. Elle voulait être plus que celle qui avait donné par hasard un héritier au trône. Pourrait-elle se contenter de cela ? Est-ce que cela suffirait à son bonheur ? Peut-être.

— L'amour est une force puissante et je t'aime, Maks.

— Encore aujourd'hui ? Pourtant, tu continues de refuser de m'épouser avant la fin du premier trimestre ? demanda-t-il avec son sérieux habituel. Je ne vois pas la *force puissante de l'amour* à l'œuvre là-dedans…

Gillian ne trouva rien à répondre, mais fut intriguée par l'expression étrange qu'arborait Maks. Etait-il soudainement devenu… vulnérable ?

— Ça fait mal d'aimer et de ne pas être aimé en retour.

Comment pouvait-il ne pas comprendre une vérité aussi simple ?

— En quoi est-ce que je te fais souffrir ? demanda Maks en se rasseyant.

— Tu ne veux pas être avec moi.

— Je viens de te dire le contraire.

— Oui, mais c'est uniquement à cause du bébé.

— Non, je comptais te demander en mariage avant que tu ne tombes enceinte.

— Mais mon infertilité supposée t'a refroidi.

— Supposée ? C'est un fait médical avéré.

— Alors il se peut que je ne puisse plus jamais avoir d'autre enfant.

Il fallait que Maks l'entende de sa bouche, Gillian ressentait le besoin de le lui dire.

— Dans ce cas, nous aurons recours à l'adoption.

— Je croyais que tu craignais que la mère biologique ne fasse valoir ses droits ?

— Je ne partage pas les craintes de mon père et je ne céderai pas aux pressions de ma mère. Le temps qu'ils réagissent, je serai déjà marié.

— Avec un contrat de mariage minutieusement rédigé, prit-elle le soin d'ajouter.

— Tout à fait, oui.

Gillian eut un rire nerveux. Il acceptait de signer un tel contrat ? Lui, le politicien de haut vol ?

— Tu veux vraiment plusieurs enfants, n'est-ce pas ?

— Oui, affirma avec force celui qui était à la fois prince et enfant unique.

— Même si nous devons adopter pour y parvenir ?

— Oui.

— Et la fécondation in vitro ? demanda-t-elle en portant une main à son ventre dans un geste inconscient.

— Ça dépend de toi. Es-tu prête à tenter l'aventure ? Pour

ma part, je ne voudrais pas mettre ta santé en péril par des essais successifs infructueux.

C'était donc la seule réserve qu'il avait au sujet de la fécondation in vitro ?

— Combien d'enfants voudrais-tu avoir ? dit-elle.

— Au moins deux, mais une maison pleine d'enfants me conviendrait bien.

Gillian était fille unique elle aussi, mais elle s'imagina, avec Maks, entourée d'une famille nombreuse, et son cœur se gonfla de joie à cette perspective.

— Tu habites un château, il va falloir du temps pour le remplir !

Maks éclata d'un rire généreux qui fit retomber la tension entre eux.

— Alors pas plus de quatre, dans ce cas.

— Quatre ? répéta-t-elle, la gorge nouée par une émotion qu'elle peinait à identifier.

— Nous ne serons pas seuls pour les élever.

— Je ne laisserai pas des étrangers se charger de l'éducation de mes enfants !

— Bien sûr que non, mais tu pourras éviter d'avoir à changer chaque couche.

Gillian attrapa un coussin qu'elle posa sur ses jambes repliées en tailleur.

— Et toi, tu n'en changeras aucune, car tu es un prince.

— Ce n'est pas ce que j'ai dit.

— Oui, oui… bien sûr…

— Nous avons dévié du sujet initial, on dirait.

— Qui était ?

— Tu me disais que ton amour pour moi te faisait souffrir et que, par conséquent, tu ne pouvais pas m'épouser…

Soudain, la tension revint habiter chacun de ses muscles. Maks n'aimait manifestement pas la tournure que prenaient les choses, mais elle n'avait pas l'intention de le ménager. Il ne l'avait pas ménagée, lui.

— Tu ne m'aimes pas, répéta-t-elle encore, comme un mantra.

— Et alors ?

— Ça complique tout.

— Je ne suis pas d'accord.

— Le contraire m'aurait étonnée !

— Tu deviens sarcastique quand tu es fatiguée, je l'avais déjà remarqué.

— Je ne suis pas fatiguée, se défendit-elle… en bâillant.

— Effectivement, tu es en pleine forme !

— Bon, d'accord, je suis peut-être un peu fatiguée, mais toi, c'est quoi, ton excuse ?

Elle avait du mal à rester fâchée contre lui.

— Pour… ?

— Pour te montrer sarcastique !

— C'est naturel, chez moi.

Sur ce point, au moins ils étaient d'accord.

— Ce que tu dis, c'est que mon non-amour te fait souffrir, c'est bien ça ?

Enfin, il finissait par comprendre !

— Oui.

— Ça n'a aucun sens.

— Tu m'as laissée tomber avec une telle facilité… c'est forcément que tu ne m'aimes pas, sinon tu m'aurais retenue.

— Comme tu l'as fait ? répliqua-t-il en levant un sourcil inquisiteur.

— Moi, c'était différent, tu m'as terriblement manqué.

Et voilà ! Elle venait de lui avouer quelque chose qu'elle aurait préféré garder pour elle. Mais comment lui faire comprendre ce qu'elle ressentait, sans en passer par là ? s'interrogea-t-elle avec colère.

— Moi aussi tu m'as manqué, je te l'ai déjà dit.

— Mais c'était ton idée de rompre, pas la mienne, lui rappela-t-elle en sentant venir la conclusion inévitable de cette discussion.

— Il m'a semblé que je n'avais pas le choix.

C'était pour cette raison que Gillian préférait attendre avant d'envisager un avenir avec lui, un mariage… le titre de princesse.

— Si je perds l'enfant…

— Arrête immédiatement de penser de cette façon ! Tu ne vas pas le perdre ! s'emporta-t-il avec une sincérité troublante.

Gillian n'était pas d'humeur à se battre contre lui. Et puis, chaque jour qui passait ne la rapprochait-il pas un peu plus d'une issue heureuse ?

— Tu pourrais tomber amoureux d'une autre, murmura-t-elle avec un désespoir palpable.

Et cela, même le contrat de mariage le plus verrouillé au monde ne pouvait l'en protéger.

Maks pouvait s'en défendre autant qu'il voulait, l'amour était bel et bien une force irrépressible. Il n'avait qu'à regarder l'exemple de son roi de père pour s'en convaincre. On ne pouvait remettre en question son dévouement au royaume, et pourtant il avait entretenu durant toutes ces années une relation qui mettait en péril les fondements même de la monarchie.

Tout cela par amour pour la comtesse.

— Ça n'arrivera pas, affirma Maks avec conviction.

— Tu ne peux rien faire pour me le garantir, je suis désolée.

— Bien sûr que si ! Il me suffit de le décider et de prendre les mesures nécessaires.

Gillian ne partageait pas sa belle assurance.

— Et comment ?

— Eh bien, pour commencer, en ne permettant à aucune femme de s'approcher suffisamment de moi pour favoriser la moindre intimité, expliqua-t-il comme s'il énonçait une évidence.

Il avait en effet une certaine expérience dans le domaine, mais certaines… proximités pouvaient saper les meilleures intentions.

— Et si elle travaille pour toi ?

— Pure spéculation ! Tu sais déjà que toute mon équipe est exclusivement masculine. Mais dans l'éventualité d'une attirance naissante envers une employée, je m'éloignerais aussitôt, ou je la licencierais si elle devient trop entreprenante.

— Tu ne serais pas tenté d'entretenir cette relation ?

Gillian avait déjà visité les locaux de son entreprise et de certaines succursales, et si son équipe rapprochée était masculine, des dizaines de femmes séduisantes travaillaient pour lui, au siège comme dans les filiales.

— Non. Et toi ?

— Avec un autre homme ? Bien sûr que non !

— Pourtant, même les couples les plus amoureux se trompent parfois.

— Pas tous. La plupart sont fidèles.

— Vraiment, tu en es sûre ?

Qu'est-ce qu'elle en savait ? Oui, elle en avait l'impression du moins…

— Nana et papy ont toujours été fidèles, par exemple.

— Ce sont des personnes exemplaires, concéda-t-il, qui ont toujours veillé à respecter leurs vœux matrimoniaux.

— Oui.

— Et c'est aussi mon intention.

— Tu sembles tellement certain de ne jamais tomber amoureux d'une autre.

— Et tu sembles tellement convaincue du contraire…

— Disons que c'est une possibilité.

Mais plus ils parlaient, moins elle croyait à ce qu'elle disait. Cet homme avait pris la décision irrévocable de ne jamais baisser sa garde. Elle aurait dû s'en rendre compte dès le début de leur relation. Elle s'était aveuglée elle-même.

— Et même les gens amoureux, il leur arrive de cesser d'aimer, puis de tomber amoureux de quelqu'un d'autre, non ? argumenta-t-il.

— Bien sûr que ça arrive, ne te fais pas l'avocat du diable.

— C'est uniquement une question de volonté. C'est parce

qu'ils n'ont pas veillé avec assez de vigilance sur la flamme de leur amour.

— Tu sembles comprendre avec beaucoup de finesse un sentiment qui t'est étranger, dis-moi…

— Oh ! mais je ne nie pas l'existence de l'amour, ce que je remets en question, c'est son pouvoir quasi magique. L'amour affaiblit les hommes et les détourne de leurs devoirs.

Maks était convaincu de son fait, cela se lisait dans chacun de ses gestes.

— Remplace le mot *amour* par le mot *relation* et tu auras une assez bonne idée de la vision que j'ai de notre union.

— Ce mariage est donc à ce point important à tes yeux ? s'enquit-elle en déglutissant avec difficulté.

— C'est ma priorité.

— C'est faux.

— Tu m'accuses de mentir ?

— Evidemment, c'est Volyarus qui passe avant tout le reste et ce sera toujours le cas. Notre mariage ne viendrait qu'en seconde place, même si tu m'aimais.

— Notre mariage et le bien-être du royaume ne sont que les deux faces d'une même pièce.

Une fois de plus, ils ne parlaient pas de la même chose.

— Si tu devais choisir entre un événement politique d'importance et notre anniversaire de mariage, ce dernier passerait… en dernier.

— Je gère bien mon planning, ça n'arrivera pas.

— Il y a parfois des impondérables.

— Moins que tu ne l'imagines.

Etait-ce une promesse ? C'était en tout cas ce que suggérait son regard. Gillian aurait voulu le croire, de tout son cœur. La vie lui avait appris à ne pas se fier aux apparences et à s'adapter. Ses grands-parents avaient tout sacrifié pour prendre la place de ses parents, et avec quel talent ! Maks lui offrait une chance semblable, un nouveau chemin de traverse. Il ne venait pas vers elle accompagné de Cupidon, mais devait-elle lui tourner le dos pour autant ?

Non, certainement pas.

— Pourquoi un bateau de croisière ? ne put-elle s'empêcher de demander.

— Ariston peut nous garantir une discrétion absolue jusqu'au jour J.

— Ariston ?

— Spiridakous.

— Le milliardaire ?

Elle ne fut pas surprise d'apprendre qu'il était ami avec un personnage aussi puissant. Maks serait bientôt roi et il dirigeait d'ores et déjà un empire minier aux proportions colossales.

— Il a récemment diversifié ses activités.

— En achetant une flotte ?

— Entre autres.

— Et tu as parlé d'une croisière au large de l'Alaska, parce que tu sais que j'en rêve ?

Elle n'avait pourtant mentionné ce projet qu'à une seule reprise… Une seule discussion, mais cet homme n'oubliait jamais le moindre détail.

— Je me ferai toujours un devoir de combler tous tes désirs.

8

— Toujours ? répéta-t-elle, envahie par un espoir irrépressible.

Si cette fois ses espérances étaient déçues, elle n'était pas certaine de s'en remettre.

— Nous devrions attendre la naissance du bébé avant de…

— Non, ça suffit, plus de pensées négatives.

— Je m'efforce juste d'être réaliste.

Maks éclata de rire, comme si elle venait de lui raconter une bonne blague.

— Tu es l'une des personnes les plus pessimistes qu'il m'ait été donné de rencontrer.

— C'est faux, je suis une optimiste.

— Dans la Forêt des rêves bleus, peut-être.

— Tu aimes Winnie l'Ourson ?

— Ma mère me lisait ses aventures quand j'étais enfant, comme le faisait ta grand-mère. J'ai grandi sur la même planète que toi, tu sais ?

— Je sais bien, c'est juste que…

Gillian ne sut pas comment terminer sa phrase. Elle s'apprêtait à lui dire que son enfance dorée n'avait rien de normal, mais cela aurait été injuste, en plus d'être partiellement faux.

— Si tu es vraiment une optimiste, alors tu auras foi en notre avenir et en celui de notre enfant.

— Eh bien, quelle assurance ! Tu ne doutes de rien !

— C'est que je suis sûr de mon fait.

— Tu es arrogant.

— Ça m'arrive.

Plus souvent qu'il n'en avait conscience, probablement, mais ce n'était pas le moment d'aller le chercher sur ce terrain-là. Tout ce dont elle avait envie, c'était de se blottir contre lui et qu'il lui dise que tout irait bien. Hélas, elle avait appris très tôt que tout se passait rarement comme dans les contes de fées.

La simple idée de se rapprocher de lui, de sentir sa chaleur, l'enfiévra. Gillian se leva et débarrassa les assiettes pour se donner une contenance.

— Je vais mettre ça dans la cuisine.

— Laisse-moi t'aider, lança-t-il en se levant et en commençant à débarrasser la table.

— Je suis enceinte, pas impotente.

— Est-ce que je t'ai pris les assiettes des mains ? demanda-t-il en lui offrant un sourire charmeur.

— Non, c'est vrai.

— Voilà. Je suis prévenant, mais pas envahissant.

Gillian lui rendit son sourire malgré ses doutes et ils remplirent le lave-vaisselle ensemble, dans une atmosphère de paisible complicité.

— Tu es très *fée du logis*, pour un prince, dit-elle soudain.

— Tu m'as déjà fait cette remarque, il me semble.

— Et tu as prétendu à l'époque avoir vécu seul pendant près de dix ans.

— C'est le cas.

— Seul avec une domestique et un majordome, dans un grand loft luxueux.

— Et alors ?

Gillian termina d'essuyer le plan de travail.

— Et tu ne me feras pas croire que ton personnel laissait de la vaisselle sale dans l'évier pour que tu la laves.

— J'ai été à l'université pendant quatre ans, plus deux années pour terminer mon master, expliqua-t-il en nettoyant à son tour les plaques de cuisson d'un geste sûr. J'ai lavé seul mon linge et ma vaisselle pendant six ans.

— Tu ne vivais pas sur le campus ?

— Si, pendant les premières années, mais ça ne m'empêchait pas de cuisiner. La seconde année, j'ai emménagé avec Demyan.

— Sans personnel ?

Elle imaginait mal Demyan se débrouiller seul.

— Nous voulions tous deux avoir notre intimité.

Deux étudiants se débrouillant par eux-mêmes… Et pourquoi pas, après tout ?

— Cela t'a été profitable ?

— Oui. Tous les citoyens de Volyarus ne sont pas nés avec une cuillère en argent dans la bouche. Il m'a fallu connaître la vie de mes sujets pour servir au mieux leurs intérêts, expliqua-t-il en ôtant sa veste de costume, qu'il posa sur le dossier de la chaise de cuisine.

— Et tu crois que vivre seul pendant trois ans t'y a aidé ?

Il dénoua sa cravate, qu'il posa soigneusement sur la veste.

— Oui, tout comme le temps passé à vivre auprès de différentes familles du royaume durant l'été.

— Je suis surprise que tes parents t'aient autorisé à faire une telle expérience, ajouta-t-elle en montant d'une octave lorsqu'il déboutonna sa chemise, révélant son maillot de corps.

— Ce sont eux qui m'y ont incité. Mon père l'avait fait, et son père avant lui.

Maks conserva sa chemise, mais ses intentions étaient claires.

— C'est incroyable, commenta-t-elle en faisant mine d'ignorer son manège.

— Mais notre enfant ne pourra sans doute pas faire de même : les temps changent et la sécurité devient de plus en plus importante.

— Nous vivons dans un monde hyperconnecté.

Quelques années auparavant, Volyarus pouvait utiliser

son relatif anonymat comme une forme de protection, mais aujourd'hui ? Internet et les paparazzi interdisaient désormais aux puissants de profiter d'un seul instant de liberté.

— Oui, cela contraste violemment avec la liberté dont nous jouissions il y a peu à Volyarus, dit-il d'un ton de regret en s'adossant au petit meuble sur lequel elle rangeait son courrier.

Gillian ne tenait pas en place. Elle vérifia le minuteur du lave-vaisselle, déplaça un bibelot de quelques centimètres en évitant soigneusement de croiser son regard.

— Tu es forcé de vivre comme un reclus pour ne pas risquer un enlèvement.

Gillian fut alors traversée par l'idée terrifiante que ce serait aussi le destin de son enfant.

— Ou un assassinat, ajouta Maks.

Un frisson parcourut l'échine de Gillian.

— Ne parle pas de malheur !

— Tu sais maintenant ce que je ressens lorsque tu parles de perdre notre enfant.

— Je ne cherchais pas à t'inquiéter.

— Moi non plus.

— D'accord, message reçu, j'arrête avec les allusions aux fausses couches.

— Et ce mariage ? hasarda-t-il avec son charme habituel.

— Sur un navire de croisière ?

— Si l'idée te déplaît, on trouvera autre chose.

— Non, ça me plaît.

Terriblement.

— Ariston sera ravi de l'apprendre ! s'exclama Maks, démontrant surtout que ce serait lui, l'homme comblé.

— Tu lui as déjà parlé de ce projet ?

— Je suis un homme entreprenant, tu le sais déjà.

— Oui, mais…

— Ariston a lui-même traversé des problèmes de couple, il n'est que trop heureux de nous aider.

— Je veux que nana et papy soient présents.

— Absolument.

— Le contrat de mariage risque de te gâcher la fête, dit-elle avec une grimace contrite.

— Sois rassurée, je te demanderai de t'engager à en respecter les termes tout autant que moi, riposta-t-il avec un sourire ravageur.

— Aucun problème.

Il acquiesça, comme si tout se passait conformément à ses espérances.

Gillian prit une profonde inspiration avant de prononcer les mots fatidiques :

— J'accepte de t'épouser.

Elle ne pouvait pas priver son enfant de son héritage, et puis… elle était amoureuse. Maks avait l'air tellement déterminé à faire de leur mariage une réussite exemplaire ! Comment envisager l'avenir sans lui ?

— Merci, soupira-t-il en sortant de sa poche la petite boîte bleue.

— Tu savais que j'allais accepter ?

Il ouvrit l'écrin et contempla le somptueux bijou.

— J'espérais, mais j'avais un plan de secours.

— Lequel ?

Il avait prévu de la séduire, sans doute.

— Ma mère.

Gillian écarquilla les yeux. Appeler en renfort une femme qui s'était montrée inflexible dans la gestion de sa famille et de son pays était pour le moins étrange…

— Je suis heureuse que tu n'y aies pas eu recours.

Maks pouffa en lui tendant la bague qu'il venait de sortir de son écrin.

— Ma mère n'est pas si terrible.

— Elle est beaucoup plus effrayante que Demyan, en tout cas.

— Je ne crois pas, objecta-t-il en approchant la bague de son doigt.

Gillian eut un mouvement de recul incontrôlé.

— Tu ne veux toujours pas que je te touche ?

— Je…

Elle ne comprenait pas sa propre réaction.

— Tu veux bien que j'essaie encore ?

— Oui, je veux bien.

— Je crois que tu en as envie, confirma-t-il avec un regard de prédateur.

— Mais…

Il la fit taire en posant un doigt sur sa bouche.

— Non. Notre séparation t'a incitée à te mettre à l'abri dans ta coquille. J'aimerais que tu retrouves la lumière du soleil.

— Tu n'es pas le soleil.

— Mais toi, tu es une fleur qui s'apprête à refleurir.

Il venait de prononcer cette phrase sur un ton tel que Gillian y décela un sens caché qui la fit rougir.

— Arrête de jouer les princes du désert.

— Rassure-toi, je me contente d'être volyarussien.

Ça, ça ne faisait aucun doute ! Personne n'était aussi fier de son héritage que le prince royal Maksim de la maison Yurkovitch.

Curieusement, malgré son désir de sentir son corps contre le sien, elle éprouvait un besoin inexplicable de conserver une certaine distance.

Elle fit un effort conscient pour se détendre, mais les muscles de son cou et de son dos refusaient d'obéir. Maks posa les mains sur ses épaules et elle se contracta aussitôt, mais cette fois elle parvint à ne pas bouger.

Son souffle se fit court, haché.

Maks posa sa main sur la poitrine de Gillian et il perçut les battements affolés de son cœur.

— Tu réagis un peu trop vivement, tu ne crois pas ?

— Si.

Mais elle ignorait comment faire autrement.

Leurs corps étaient si proches qu'elle sentait sa chaleur.

Auparavant, cette proximité l'excitait et la réconfortait tout à la fois. D'ordinaire, elle aimait l'idée qu'il passe la nuit avec elle et qu'il la réchauffe au creux de l'hiver.

Désormais, elle avait le sentiment que cette proximité dangereuse était un piège qui allait se refermer sur elle.

Que lui arrivait-il donc ?

— Ton corps réagit étrangement à mes caresses. On dirait que tu me fuis.

— J'ignore ce qui se passe…

Elle mentait, car elle le savait très bien. Maks l'avait abandonnée et sa souffrance avait été plus grande encore que celle qu'elle avait ressentie durant son enfance, face à l'indifférence de ses parents. Son corps réagissait de manière instinctive face à une menace potentielle.

Maks n'avait pas cherché à la faire souffrir, mais la blessure n'en demeurait pas moins réelle. Comment aurait-il pu en comprendre la profondeur, lui qui ignorait le pouvoir de l'amour ? Au moins, il avait vu juste sur un point : l'amour n'était pas toujours une force positive.

Elle était la seule à pouvoir y faire quelque chose et, en effet, elle aurait sans doute dû se battre pour retenir Maks lorsqu'il s'était détourné d'elle. Mais elle avait appris très jeune, trop jeune, qu'il était parfois inutile de se battre pour gagner l'amour d'autrui.

— J'ai essayé, mais ça n'a pas marché.

— Tu as essayé quoi, *myla moja* ?

C'était le terme ukrainien pour « ma chérie », et cela la toucha infiniment plus qu'une caresse.

— J'ai essayé de gagner l'amour de mes parents.

— Je n'ai peut-être pas de place pour l'amour dans ma vie, mais je veux partager mon existence avec toi.

Pouvait-il tenir ce genre de promesse ? A voir sa détermination, il semblait en être persuadé, mais Gillian ne partageait pas son assurance, même si elle avait envie de croire en lui.

— Tu as fait de ton mieux pour être parfaite, irréprochable, en te disant qu'ils finiraient par t'aimer ? supposa-t-il.

— Oui, mais cela s'est retourné contre moi. Ils ont eu le sentiment que je me débrouillais très bien toute seule. Même nana ne s'est jamais rendu compte à quel point j'avais souffert de l'absence de Rich et d'Annalea. En fait, ma mère me cite souvent en exemple lorsqu'elle parle de l'intérêt de faire des choix rationnels dans l'existence.

— Elle prétend qu'abandonner son rôle de mère était finalement le meilleur choix pour tout le monde ?

— C'est son point de vue, oui.

— Elle t'aurait moins fait souffrir en te faisant adopter.

— Nana aurait refusé, elle a insisté pour m'élever elle-même. Elle et papy m'aiment, même si je ne suis pas leur fille.

— Ils ne t'ont jamais rejetée.

— Pas une seule fois.

— Mais ils ne te considèrent pas comme leur fille, même s'ils t'ont élevée.

— Comment le pourraient-ils ? J'ai des parents, malgré tout.

— Et puis, cela les aurait forcés à admettre que Rich, leur propre fils, n'était pas à la hauteur de leurs attentes.

Gillian fut d'abord stupéfaite de constater qu'il comprenait ce qu'elle avait vécu, avant de se souvenir qu'au sein de sa propre famille il avait connu le même genre de problèmes à plusieurs reprises.

— Oui.

— Et pourtant tu es toujours là, combative.

— Quand il s'agit de certains sujets, oui, répondit-elle sans parvenir à détourner le regard.

— Des sujets importants, dit-il en insistant étrangement sur le dernier mot.

— Quand tu es parti, j'ai pleuré. J'ai été malade de désespoir pendant trois jours entiers. J'ai fait d'horribles cauchemars mais, en me réveillant, je comprenais qu'il s'agissait de vrais souvenirs.

— C'est… je…

L'expert en communication qu'il était semblait à court de mots.

— C'est ce qu'éprouvent ceux qui vivent un deuil.

— Mais je ne suis pas mort !

— Notre relation, si. Je t'avais perdu. Sans aucun espoir de te voir revenir.

— Et pourtant tu n'as pas cherché à me contacter dès que tu as appris ta grossesse, argumenta Maks, manifestement en pleine incompréhension.

— Je savais que tu me proposerais le mariage et je n'étais pas sûre d'être assez forte pour refuser.

— Je ne vois pas en quoi ce serait être faible que de faire ce qui est bon pour notre enfant, même si cela doit te coûter.

— Je parle de faiblesse, car j'en mourais d'envie, et je ne voulais pas que tu te sentes piégé.

— Je ne me suis jamais senti piégé, et je n'ai jamais voulu te faire le moindre mal, avoua-t-il, la gorge serrée.

— Je te crois.

— Et pourtant je t'ai fait souffrir.

— Oui.

— Je ne te quitterai plus jamais, promit-il en lui glissant la bague au doigt.

Elle savait bien que ce serment n'était motivé que par l'intérêt de l'Etat et par la perpétuation de la lignée royale. Son cœur bondit pourtant dans sa poitrine, et le diamant à son doigt lui apporta infiniment plus de réconfort qu'elle ne l'avait imaginé.

Peut-être ne guérirait-elle jamais tout à fait de cette rupture, mais c'était un baume si apaisant !

— Moi non plus, je ne te quitterai jamais.

— Je sais.

Maks laissa échapper un soupir.

— Il me reste à convaincre ton corps qu'il m'appartient.

— Je te trouve très exclusif.

— Ça n'a rien de nouveau.

— En fait si, un peu.

Il s'était montré possessif avec elle dans le passé, mais pas d'une façon aussi primaire.

— On dirait un homme des cavernes.

Dans l'œil prédateur de Maks luisait une sensualité brûlante.

— Tu portes mon enfant, ça me rend très possessif, cela m'évoque mes ancêtres, mes racines…

— Oh…

— J'ai lu que certaines femmes voyaient leur désir sexuel décuplé durant la grossesse.

— Je…

Gillian n'était pas certaine de ce qu'elle ressentait à ce sujet, là, tout de suite. Elle avait toujours eu très envie de lui, depuis le début, comment ce désir pouvait-il encore augmenter ?

— En tout cas, j'ignorais que la grossesse de sa femme pouvait avoir le même effet sur le futur papa, ajouta-t-il, précisant ainsi sa pensée.

Maks avait envie d'elle, mais il ne s'agissait pas d'un besoin de sexe banal, quotidien. Il voulait la faire sienne, et cela la fit frissonner.

— Tu as froid ? ronronna-t-il en se rapprochant, laisse-moi te réchauffer.

— Je n'ai pas fro…

Il l'interrompit d'un baiser impérieux. Son corps, si rétif quelques secondes plus tôt, capitula sans résistance à cet assaut. La langue de Maks s'insinua entre ses lèvres, et sa main lui caressa l'épaule avant de venir saisir son sein. L'afflux d'hormones avait rendu Gillian sensible à l'extrême, et cette caresse à travers son pyjama trouva un écho au plus intime de son corps. Haletant contre sa bouche, elle l'encouragea à continuer. En réponse, Maks émit un grognement guttural et triomphant qui fouetta son excitation naissante.

En société, il avait les manières d'un prince mais, au lit,

c'était un cosaque sans pitié qui prenait ce qu'il désirait par la force.

Il ne lui suffirait pas de lui passer la bague au doigt et de la prendre pour princesse, il réclamait la possession inconditionnelle de la forteresse de son corps, la loyauté de son âme et de son cœur… Et Dieu lui pardonne, elle était prête à les lui offrir.

Accepter de l'épouser signifiait, d'une simple phrase, lui faire allégeance.

Maks fit glisser son autre main de sa nuque à ses fesses, qu'il caressa, et, bientôt, leurs corps furent aussi proches que leurs vêtements le permettaient. Elle perçut la raideur de son sexe contre son ventre tandis qu'il glissait sa cuisse entre ses jambes. Un plaisir fulgurant la traversa alors qu'il exerçait cette simple pression contre le cœur de sa féminité, dans une position à la fois protectrice et extrêmement excitante.

Gillian prit l'initiative en lui saisissant la nuque, enfouissant les doigts dans l'épaisseur de ses cheveux. Maks l'embrassa de plus belle, sans cesser ses caresses.

Gillian languissait d'être nue, mais elle refusait de mettre fin à ce baiser pour le lui dire.

La main du prince continua de glisser sur ses fesses, tout en l'incitant à replier sa jambe. Les sensations cascadaient entre ses cuisses à chaque mouvement, même le plus infime ; elle craignit d'avoir un orgasme avant même d'avoir ôté ses vêtements.

Maks semblait vouloir la faire jouir aussi vite que possible, ce qui ne lui ressemblait pas. Mais n'avait-il pas dit qu'elle lui avait terriblement manqué ? Elle n'aurait su dire si c'étaient ses hormones, ou ce célibat de dix semaines qui la mettait dans cet état, mais elle avait envie de le dévorer. Elle avait envie de sexe, brut, passionné. Elle ne voulait pas qu'il la traite comme une chose fragile, sous prétexte qu'elle était enceinte. Elle avait besoin de sentir son désir de façon animale !

9

Gillian avait accepté de vivre avec cet homme qui ne l'aimait pas. Aussi avait-elle besoin qu'il se montre passionné afin de compenser ce manque terrible.

La main de Maks glissa sous son T-shirt, vers sa poitrine nue, saisit le téton douloureusement durci, avant de caresser son sein tout entier.

Gillian gémit sans chercher à dissimuler ce qu'elle ressentait. Au moins, lorsqu'ils faisaient l'amour, ils partageaient une relation franche — et qu'elle espérait durable.

Ce n'était peut-être pas de l'amour, mais ce n'était pas uniquement du désir. Elle l'aimait trop pour cela, et il avait trop besoin d'elle.

Il pinça légèrement son mamelon et elle poussa un petit cri contre ses lèvres.

— Tu es à moi !

— Tu es encore plus arrogant que dans mon souvenir.

Les yeux noirs de Maks scintillèrent.

— Admets-le. Toi et l'enfant que tu portes, vous m'appartenez.

— Oui, nous t'appartenons, mais n'oublie pas que cela suppose certaines responsabilités. Tu vas devoir prendre soin de nous, et je ne parle pas d'argent…

Elle avait un travail et pouvait subvenir à ses propres besoins.

— Je le sais, répondit-il avec sérieux. Je sais aussi que tu crains que je te fasse souffrir comme mon père a fait souffrir ma mère, mais ça n'arrivera pas.

— Ton père n'aurait jamais pu faire autant de mal à ta mère que tu pourrais m'en faire.

Maks ne sembla d'abord pas comprendre, puis son regard s'illumina.

— Parce que toi, tu m'aimes.

— Oui.

Si la reine Oxana avait aimé le roi Fedir autant que Gillian aimait Maks, elle ne l'aurait pas contraint à cette double vie sordide. Son bonheur à lui aurait prévalu.

Si Gillian avait eu l'impression qu'épouser Maks pouvait le faire souffrir, elle aurait refusé.

— Tu ne dis pas que tu m'aimes simplement parce que ce sentiment n'est pas réciproque, hein ? demanda-t-il sans cesser ses affolantes caresses.

— Ça t'ennuierait que ce soit le cas ? haleta-t-elle.

L'espace d'un instant, Maks cessa de bouger et elle le sentit vulnérable entre ses bras. Puis il se referma aussitôt.

— C'est possible.

— Je n'ai pas l'intention d'arrêter pour autant.

Après tout, peut-être finirait-il par comprendre ce sentiment, avec le temps ? Restait à espérer qu'il en trouverait la clé auprès d'elle et non d'une autre.

— Ça suffit !

— Quoi ?

— Tu recommences à penser de façon négative.

— Comment le sais-tu ?

— Tu as ce regard voilé, comme si la vie pouvait te voler tous tes plaisirs à n'importe quel instant.

— Ne sois pas ridicule ! esquiva-t-elle en détournant les yeux.

Comment faisait-il pour lire en elle avec une telle aisance ?

Maks baissa la tête vers elle, mais au lieu de l'embrasser,

il vint lui mordre le cou. Ce simple geste amena Gillian au bord de l'orgasme. Maks ne lui laissa plus l'occasion de parler.

Bientôt, elle criait de plaisir, sans chercher à dissimuler sa jouissance tandis que son corps était secoué de spasmes délicieux. Maks ne perdit pas de temps et la déshabilla au milieu de la cuisine. Il lui arracha presque son pyjama, avant de la plaquer contre le mur. Puis, lui écartant les jambes, il la souleva du sol. Sa verge dressée vint appuyer contre le sexe de Gillian. Maks marqua un temps d'arrêt pour profiter de l'instant. Les muscles de son cou étaient tendus par l'effort de volonté qu'il faisait pour ne pas la prendre sur-le-champ.

— Tu es la seule femme avec qui j'aie fait l'amour sans utiliser de préservatif.

— Même quand tu étais jeune et stupide ? demanda-t-elle, le souffle court, en le sentant entrer très doucement en elle.

— J'étais peut-être jeune, je n'étais pas à ce point stupide.

— Tu n'as jamais eu peur d'attraper une maladie avec moi ?

— J'ai consulté ton dossier médical.

— Je vois…

— Tu veux une réponse sincère ?

— Oui.

— Ça ne m'a jamais traversé l'esprit.

— Parfait, soupira-t-elle, soulagée.

Maks laissa alors libre court à ses pulsions et la pénétra plus avant sans plus chercher à se refréner. Il émit un bruit de gorge qui démultiplia le désir que Gillian avait pour lui.

La retenue qu'il affichait en toutes circonstances vola alors en éclats et il lui fit l'amour avec une fureur animale. Son corps puissant allait et venait telle une machine implacable entre ses jambes, une machine entièrement vouée à son plaisir.

Leurs souffles se mêlèrent, syncopés, chaotiques.

— Plus jamais…, murmura-t-il entre ses dents serrées, tout en donnant un nouveau coup de reins.

— Plus jamais, répéta Gillian sans trop savoir ce qu'elle disait

— Dix semaines, c'est beaucoup trop long.

Dix semaines sans sexe, comprit-elle. Si seulement il pouvait remplacer le mot *sexe* par le mot *amour*…

— Je veux que tu jouisses encore pour moi, réclama-t-il sans cesser de prendre possession de ce corps qui semblait désormais leur appartenir à tous deux.

Gillian ne répondit rien et se laissa guider par des sensations, qui gagnèrent en intensité, encore, et encore, et encore… jusqu'à exploser en elle avec une force incroyable.

Cette fois, ils jouirent à l'unisson et elle le sentit se libérer en elle, chaud, puissant. Puis Maks enfouit le visage dans le creux de son cou, sa poitrine puissante se soulevant au rythme de son souffle, tandis qu'il répétait en boucle un unique mot : *Moja*.

« Mienne. »

Leur étreinte avait été passionnée, bestiale, sans aucun romantisme. Gillian, elle, avait ressenti une intensité si comparable à celle qui les avait unis dix semaines auparavant qu'elle en eut les larmes aux yeux.

Maks sembla percevoir son trouble et se redressa sur son coude.

— Ça ne va pas ? s'enquit-il avec inquiétude.

— Si.

— Alors pourquoi ces larmes ?

— J'aurais du mal à l'expliquer.

— Ce sont tes hormones ?

— Peut-être…

Maks lui prit doucement la main et la porta à ses lèvres. Il déposa un baiser sur le doigt qui portait la bague. Le message était clair : tu es à moi. Puis, retrouvant sa délicatesse coutumière, il recula et la reposa au sol avec précaution, sans cesser de la soutenir, avant de la soulever de terre une nouvelle fois pour la conduire jusqu'à la salle de bains. Ce n'était pas aussi luxueux que l'immense baignoire de la suite princière. A vrai dire, il y avait à peine de la place pour une seule personne… à moins de prendre une douche. Mais quelque chose lui disait que l'intention de Maks était toute différente. Gillian ne voulait pas perdre le lien fragile qui était en train de se tisser de nouveau, aussi le laissa-t-elle faire sans rien dire.

Il fit tourner le robinet et versa ses sels de bain favoris. Sans même y penser, Maks posa une main sur sa cuisse tandis qu'il prenait soin de remuer l'eau pour la faire mousser.

— L'odeur du romarin me fait penser à toi.

— C'est la symbolique de cette fleur, il me semble : la fleur du souvenir.

— Romarin et menthe, j'aime le parfum de tes sels de bain.

Après leur rupture, Gillian avait fait en sorte de changer de parfum… mais elle se garda bien de lui en parler.

— Moi aussi, j'aime beaucoup.

Maks la prit dans ses bras et la déposa dans l'eau chaude, geste que Gillian décida d'interpréter comme de la tendresse.

— Tu sais, je suis enceinte, pas infirme.

— Nous venons de faire l'amour avec passion. J'entends bien prendre soin de toi comme il me plaira.

— Il faut toujours que tu diriges tout, hein ?

— Et toi, tu es trop indépendante…

— Si tu voulais une femme soumise, il ne fallait pas m'épouser.

— Il ne s'agit pas de soumission, mais un soupçon d'attachement ne peut pas faire de mal.

— Les hommes comme toi n'aiment pas les femmes trop collantes.

— Et où es-tu allée chercher ça ? demanda-t-il en entreprenant de lui savonner le corps. Sache que j'apprécierais que *tu* me colles un peu.

— C'est faux.

— Je pense encore savoir ce dont j'ai envie.

— Tu sais que tu parles de manière un peu précieuse, lorsque tu es agacé ?

— On ne me l'avait jamais dit, non.

— Oh… Eh bien, je ne voudrais pas semer le trouble dans tes affaires ou tes activités diplomatiques.

— Elles sont souvent liées, dans mon pays.

— C'est le cas pour la plupart des pays, il me semble.

— Tu as sans doute raison, concéda-t-il sans cesser de la laver.

— Tu ne quittes jamais cette posture de chef ?

— C'est un trait de caractère que tu parviens très facilement à contourner, non ?

— Tu me prêtes des talents que je n'ai pas.

— J'ai fait de toi ma princesse, bien sûr que tu les possèdes.

— Le monde est très tranché pour toi, n'est-ce pas ? Tout est soit noir soit blanc.

— Je fais simplement ce que je dois faire et je sais ce que je veux, expliqua-t-il en s'asseyant sur la moelleuse descente de bain.

Il continua de la frotter, comme si le moindre orteil nécessitait une attention toute particulière.

— Et à quelle catégorie est-ce que j'appartiens, moi ? demanda-t-elle en regrettant aussitôt d'avoir posé la question.

— Tu oses me poser cette question après ce que nous venons de vivre ?

— Je deviens collante, on dirait !

A sa grande surprise, Maks lui offrit un large sourire.

— Continue, cela me convient. Je te veux. Je te veux de toutes mes forces.

Ce n'était pas de l'amour, mais c'était déjà ça.

Maks prit Gillian endormie dans ses bras. Elle avait un visage parfaitement serein dans le sommeil. Il avait un planning très chargé pour la matinée, mais il s'était autorisé à dormir plus que de raison.

Il ne parvenait pas à se défaire de la sensation qu'il avait évité un désastre de justesse, sans comprendre lui-même comment il s'y était pris… Gillian avait accepté de l'épouser : il n'en revenait pas.

Elle avait décidé que l'avenir de leur enfant primait sur le reste, et tout en lui affirmant qu'elle l'aimait, elle avait refusé de s'engager avant la fin du premier trimestre de grossesse, avant de finalement céder.

Est-ce que c'était le sexe qui l'avait fait ainsi changer d'avis ? Leurs ébats étaient certes explosifs, mais cela suffisait-il à expliquer qu'elle ait fait ce grand pas en avant ? Il était heureux qu'elle ait accepté sa demande, bien sûr, mais Maks n'aimait pas que les motivations de ses partenaires lui demeurent obscures. Il devait peut-être cette méfiance naturelle à la façon dont il avait été éduqué, ou à la fonction qu'il occupait… Il ne pouvait se contenter d'avoir une information, il voulait en connaître la source.

Depuis toujours, sa vie était précisément compartimentée. La place qu'occupait Gillian avait changé dix semaines plus tôt, quand Maks avait eu les résultats de ses examens médicaux. Le fait qu'elle accepte de l'épouser aurait dû doter leur couple d'un nouveau statut clairement défini, or ce n'était pas le cas.

Maks était dans le flou.

Et même si cela le mettait dans l'inconfort, il était heureux qu'elle ait accepté de se fondre dans ce moule.

Il était forcé d'admettre qu'elle remplissait un vide dans sa vie, un vide dont il ignorait l'existence jusque-là. Il avait vécu ces dernières semaines comme un fantôme, en prenant peu à peu conscience que les responsabilités qui étaient les siennes ne suffisaient pas à le rendre heureux.

Une nuit d'amour inoubliable, quelques heures passées avec elle, et voilà que cette sensation de vacuité s'envolait.

Il fallait qu'elle reste près de lui, pour toujours. Gillian était convaincue qu'un contrat de mariage les protégerait, elle et leur enfant, mais en réalité Maks le voulait autant qu'elle, ce contrat. Il désirait que leur union dure toujours, contrairement à l'exemple désastreux de leurs parents respectifs.

Maks prit la main de Gillian dans la sienne, cette main qui arborait la bague de fiançailles.

Le précieux bijou témoignait du lien qui les unissait, tout comme le faisaient les stigmates de leur passion, qu'elle portait dans le cou et sur la poitrine.

Il voulait qu'elle soit sienne et lui appartenir en retour. Gillian avait raison de le trouver possessif. Maks serait roi un jour, il avait grandi dans le principe souverain de l'allégeance.

— A quoi as-tu pensé en te réveillant ? lui demanda-t-elle d'une voix ensommeillée où pointait un soupçon de désir.

— Que veux-tu dire ?

Elle remua les hanches pour venir agacer son sexe déjà durci.

— A ton avis ?

— Oh ! ça ?

— Oui. *Ça.*

Elle éclata d'un rire si féminin que son érection gagna encore en intensité.

— Mon désir pour toi n'a rien de nouveau.

— Non, en effet, mais ça me plaît toujours autant, minauda-t-elle en lui offrant son beau regard bleu.

— Moi aussi.

— Tu veux qu'on s'y intéresse de plus près ?

Leurs rires se mêlèrent en un baiser fougueux.

Ils firent l'amour de tout leur corps, de toute leur âme. Gillian s'offrit entièrement, et Maks se félicita encore une fois à l'idée qu'elle allait être sa femme.

Lorsque la fièvre fut retombée, elle vint se blottir dans ses bras, un geste inhabituel de sa part. Maks aurait voulu que ce moment dure toujours, mais il ne pouvait pas fuir davantage ses obligations. Le planning de la journée avait été fixé avant qu'il n'arrive chez Gillian, la veille, et il allait devoir annuler la téléconférence planifiée avant son vol matinal.

Maks se leva donc à regret, avec encore plus de réticences qu'il ne s'y était attendu.

— Je dois retourner à Volyarus ce matin.

Il ne lui échappa pas qu'elle ne fit rien pour tenter de le retenir. Pour quelqu'un qui était censé être amoureuse de lui, il la trouva particulièrement peu démonstrative au moment de l'inévitable séparation ! Maks refusait de se l'avouer, mais il craignait d'avoir plus besoin d'elle que l'inverse.

Gillian se redressa sur le lit et ramena la couverture sur son corps nu dans un geste de pudeur futile, mais étrangement séduisant.

Du reste, y avait-il un seul aspect de sa personnalité qui ne le séduisait pas ?

— D'accord, mais tu devrais prendre une douche avant de partir, dans ce cas, suggéra-t-elle en se recoiffant.

— Tu ne me demandes pas si je suis vraiment forcé de partir, ni quand je reviendrai ?

Elle aurait tout de même pu montrer un peu d'intérêt !

Gillian fronça les sourcils.

— Quoi, tu veux que je te fasse réviser ton planning de la journée ? Ce serait plus simple de synchroniser nos agendas, non ?

Maks fut saisi d'une fureur soudaine.

— Je te trouve très branchée nouvelles technologies, pour une artiste.

— Que veux-tu ? Je suis esclave de mon Smartphone, tu le sais bien…

— Oui, je le sais.

Il aurait dû lui acheter le modèle dernier cri plutôt que de se ruiner avec cette bague ridicule chez Tiffany.

— Toi, tu es sur le point de faire une remarque désobligeante. Je te suggère de la garder pour toi.

— Tu lis dans les pensées, maintenant ?

— Tu es renfrogné.

Vexé, Maks se redressa.

— Je n'ai pas mon pareil pour dissimuler mes pensées, affirma-t-il fièrement.

Il s'y entraînait depuis l'âge de six ans.

— Sauf quand tu te détends.

— Peut-être me suis-je un peu trop relâché en ta présence ?

— Nous allons nous marier, alors j'espère bien que tu vas te relâcher avec moi !

— Oh…

Il n'avait pas envisagé les choses sous cet angle.

— Mes parents n'ont jamais été très proches l'un de l'autre de ce point de vue.

— Mais nous sommes convenus de ne pas répéter leurs erreurs, n'est-ce pas ?

— Absolument.

Elle exigeait qu'il ait confiance en elle, comme il avait confiance en Demyan ; étrangement, il trouva cette exigence légitime.

— J'aimerais que tu m'accompagnes.

— Ce matin ?

— Oui.

— Mon planning pour aujourd'hui et demain est complètement plein.

— Tu travailles trop.

— Si je ne le fais pas, qui va payer les factures ?

— Tu n'es plus seule, je te rappelle.

— Attends une minute… tu crois que je vais quitter mon travail du jour au lendemain parce que nous sommes fiancés, et que je vais te laisser subvenir à mes besoins ?

— Je ne te demande pas d'arrêter, mais tu pourrais lever le pied. Je serais plus rassuré, et ton médecin aussi, sans doute.

— Elle ne m'a fait aucune recommandation particulière au sujet de mon travail. Ce n'est pas une profession fatigante physiquement, il n'y a aucun risque.

— Mais cela te stresse.

— Pour le moment, ça va.

C'est ce qu'elle prétendait, mais ses yeux las tenaient un autre discours.

— Je crois que tu pourrais travailler un peu moins.

— Je ne suis pas une fainéante.

— Je le sais.

— Tu n'attends pas de moi que je quitte mon travail ?

— Non.

— Tu ne me le demanderas pas une fois que nous serons mariés ?

— La photographie te procure de grandes satisfactions, pourquoi voudrais-je t'en priver ?

Maks avait toujours eu le sentiment d'avancer en terrain miné lorsqu'il discutait avec une femme. A présent que Gillian avait accepté de l'épouser, il avait espéré que leur relation serait plus simple, plus directe.

— Mon père critique mes couvertures de romans avec dureté et il est à peine plus tolérant avec les portraits que je réalise, expliqua-t-elle, mais au moins il leur concède une certaine valeur artistique.

— Je ne suis pas ton père. Et tes portraits sont de fantastiques œuvres d'art. Je ne suis pas un expert, mais tes couvertures me semblent également très agréables à l'œil, affirma Maks qui avait déjà eu l'occasion de feuilleter son book.

Il ne mentait pas. Elle avait une patte unique pour capter les visages et il s'étonnait qu'elle n'en ait pas déjà fait son cheval de bataille.

Lorsqu'il avait évoqué son travail, elle avait prétendu que ses tarifs étaient élevés et qu'elle s'autorisait le luxe de sélectionner ses clients. En revanche, elle ne disposait pas de la même liberté avec les couvertures de romans. A ses yeux, il s'agissait de deux formes d'expression artistique distinctes, chacune intéressante à sa façon.

— Donc, tu veux que je travaille moins ? demanda-t-elle une nouvelle fois avec prudence.

— La vie d'une princesse est exigeante. Et ton corps doit déjà supporter les tensions de la grossesse.

— Combien de temps vas-tu rester à Volyarus ?

— Deux semaines. J'aurais déjà dû y retourner depuis plusieurs jours déjà.

— Mais tu as changé tes plans lorsque Demyan t'a mis au courant de notre *petit problème*.

— Notre enfant n'est pas un problème !

— Ce n'est pas ce que j'ai voulu dire.

— Tant mieux.

— Ce que tu es susceptible !

— Je vais être en retard, lança-t-il en se dirigeant vers la salle de bains, rendors-toi, il est encore tôt.

10

— Quelle tête de mule ! marmonna Gillian lorsqu'il quitta la pièce.

La conversation s'était terminée de façon un peu abrupte. Maks avait émis le souhait qu'elle l'accompagne, puis, sans vraiment lui laisser l'occasion de dire quoi que ce soit, il avait tourné les talons.

Bon, d'accord, il n'avait pas quitté l'appartement, mais il avait mis fin à la discussion *en lui demandant de se rendormir.*

Un jour, nana lui avait dit que si elle voulait être heureuse dans une relation, elle devait établir certains principes dès le début. Que ce soit pour une courte aventure ou pour la vie entière. Elle s'apprêtait à se marier, cela méritait qu'on s'y attarde.

Elle repoussa donc les couvertures, heureuse de constater que ses nausées matinales lui avaient laissé un léger répit. Elle s'apprêtait à attraper une robe de chambre quand elle se ravisa, puisque l'eau coulait déjà dans la douche.

Il devrait lui faire une place.

Ce ne serait pas le summum du confort, mais ils avaient déjà pris des douches ensemble. Lorsqu'elle entra, la pièce était déjà remplie de vapeur.

— Tu vas devoir partager ton eau chaude, annonça-t-elle en faisant coulisser le rideau pour se glisser à côté de lui.

Maks pivota, surpris.

— Tu ne croyais tout de même pas que j'allais rester couchée juste parce que tu me l'as demandé ? lança Gillian.

— Mais tu as besoin de repos.

— Notre discussion n'était pas terminée.

— Je pensais que si.

— Vraiment ?

— Oui, répondit-il avec lassitude, ce qui tranchait avec le regard gourmand qu'il promenait sur son corps nu.

— Nous avons fait l'amour deux fois, cette nuit.

— Et alors ?

— Et alors, on dirait que tu t'apprêtes à recommencer…

— Ça pourrait être le cas mais, malheureusement, je manque de temps.

— Je ne me souvenais pas que tu étais à ce point insatiable !

— C'est vrai ?

En réalité, il n'avait jamais caché sa fascination pour son corps.

— Tu te comportes de façon plus… bestiale, comme si tu voulais marquer ton territoire.

Elle fut stupéfaite de le voir rougir légèrement.

— Est-ce que j'y suis allé trop fort ? demanda-t-il, soudain inquiet.

— Non, pas du tout, j'aime ton côté barbare.

— C'est noté.

Elle étala du gel douche sur le gant de toilette et entreprit de se savonner.

— Donc, tu veux que je vienne avec toi à Volyarus ?

— Ma mère voudra te rencontrer.

Il émit un bruit de gorge appréciateur lorsqu'elle passa le gant de toilette sur ses seins.

— Est-ce qu'elle sera contrariée ?

— Que tu ne viennes pas ?

— Que l'on ne soit pas encore mariés, précisa-t-elle, navrée par son manque de jugeote typiquement masculin.

— Elle a approuvé mon choix il y a dix semaines, déjà.

— Oh…

Gillian ne s'était pas rendu compte que leur histoire était allée aussi loin. Il avait parlé d'elle à sa mère !

— Mes résultats médicaux ont dû précipiter les choses, non ?

— Oui, mais tout ça sera bientôt derrière nous.

— Tu es vraiment un optimiste-né…

— Et tu en as bien besoin, à mon avis.

— Pour contrebalancer mon pessimisme, c'est ça ? demanda-t-elle d'un ton sarcastique.

— Oui.

— Je ne suis pas pessimiste.

— Alors tu es une excellente comédienne.

— On dit que l'espoir ne coûte rien, mais c'est faux. Les espoirs déçus vous blessent. Et lorsque l'on accumule les blessures, l'espoir se fraye plus difficilement un chemin jusqu'à votre cœur.

Les mouvements de son gant se firent moins réguliers. Maks lui prit le poignet, ôta le gant et l'accrocha au mur avant d'attirer Gillian contre lui.

— Je ferai de mon mieux pour satisfaire tes espoirs.

— Tu es très lyrique pour un Cosaque, railla-t-elle, la gorge serrée par l'émotion.

— Je ne suis pas un Cosaque.

— Mais tes ancêtres, oui. Parfois, l'héritage génétique saute une génération.

— Vraiment ? Ça n'augure rien de bon pour nos enfants alors ! plaisanta-t-il.

— Notre bébé héritera du meilleur de chacun de nous.

— Etait-ce une remarque optimiste ? s'exclama-t-il en feignant la stupéfaction.

Elle le frappa gentiment à la poitrine et il éclata de rire.

— Oui.

— Alors, pourras-tu m'accompagner à Volyarus ?

Il semblait détendu, mais elle savait qu'il attendait sa réponse avec anxiété.

— Je pense, oui. Je vais devoir déplacer certains rendez-vous, mais je pourrais te rejoindre lundi et rester pour la semaine — et peut-être un peu plus.

— C'est vrai, tu ferais ça ?

Il avait besoin d'entendre qu'elle avait conscience des obligations de sa future charge.

— Maks, je sais qu'en t'épousant j'hériterai d'un certain nombre de devoirs, en plus du titre.

— Princesse…

— Et ce sera un honneur !

— Aurais-tu accepté ma demande si je l'avais faite il y a dix semaines ?

— Si tu me l'avais demandé, j'aurais accepté, oui.

— Mais tu étais déterminée à la refuser il y a quatre jours ?

— Oui, et tu sais pourquoi.

Il fut sur le point de répondre qu'il l'ignorait, mais sa fierté masculine l'en empêcha.

Gillian ne put s'empêcher de pouffer, un rire déplacé en la circonstance, elle s'en rendait bien compte.

— Je sais que tu ne peux pas comprendre à quel point l'amour amène son lot de peurs.

— L'amour parfait peut triompher de tout, c'est ce que dit la sagesse populaire, non ?

— Je suis loin d'être parfaite et l'amour que je te porte ne l'est pas davantage.

— Permets-moi de ne pas être d'accord.

— Quoi ?

Elle ne comprenait plus rien…

Maks l'attira à lui et leurs corps nus s'accordèrent à la perfection sous l'eau chaude.

— Tu es parfaite à mes yeux.

— Tu dis ça parce que je porte ton enfant.

— En partie, oui, mais cette grossesse n'est qu'une preuve

supplémentaire que nous sommes faits l'un pour l'autre. Tu n'aurais pu tomber enceinte de personne d'autre que moi en une seule nuit d'amour.

— On se vante ?

— Non, il ne s'agit pas de mes prouesses. Je te dis simplement ce que je pense, expliqua-t-il avec un sérieux désarmant.

En l'entendant parler ainsi, Gillian sentit ses propres émotions résonner au diapason de celles de Maks, mais débarrassées de la souffrance qui y était habituellement associée.

S'il ne s'agissait pas d'amour, c'était quand même quelque chose de fort. Gillian posa sa joue sur la poitrine de son homme, mais Maks lui releva le menton pour déposer un baiser sur ses lèvres.

Gillian sentit son cœur cogner dans sa poitrine à un rythme fou. A travers la vapeur d'eau, ils se regardèrent, et il se pencha vers son cou.

— Je croyais que tu n'avais... pas le temps, haleta-t-elle.

— J'ai déjà raté une réunion, murmura-t-il en glissant une main le long de ses fesses, puis entre ses cuisses...

Ses doigts vinrent effleurer son sexe humide.

— Mon pilote devra attendre encore un peu...

Gillian ne chercha pas à le convaincre davantage, stupéfaite et comblée qu'il accepte de transiger sur ses devoirs pour un peu d'intimité avec elle. Elle fut saisie d'un délicieux vertige, comme si elle vivait une expérience mystique... et sensuelle. Habitée par le besoin soudain de montrer à Maks combien son geste était important pour elle, elle se mit à genoux et approcha la bouche de son sexe sans chercher à masquer son intention. Ses cheveux humides vinrent caresser sa verge déjà dressée et il avança les hanches vers elle, comme malgré lui. Il ne se lasserait jamais d'elle, et Gillian en était ravie.

Ce que Maks éprouvait pour elle n'était pas de l'amour, mais cela méritait néanmoins qu'elle se batte pour le conserver. Il poussa un grognement de satisfaction lorsqu'elle fit glisser la langue sur son sexe.

— Qu'est-ce que tu fais ?

— Si tu ne comprends pas, c'est que je m'y prends vraiment mal.

— Mais tu ne fais jamais ça, d'habitude ?

Il ne le lui avait jamais demandé et elle ne l'avait jamais proposé, en effet.

— Ça ne veut pas dire que je n'en ai pas envie.

— Alors… pourquoi ?

— Parce que je… ne sais pas comment faire, avoua-t-elle.

— Tu ne l'as jamais fait avant ?

Maks semblait presque contrarié. Elle secoua négativement la tête. C'était la première fois, mais elle en avait très envie, autant pour lui que pour elle-même. Cela faisait longtemps qu'elle rêvait de s'essayer à cette pratique avec lui, mais elle n'avait jamais eu suffisamment confiance en elle-même pour proposer cela à un homme aussi expérimenté que lui.

Il ne s'agissait pas seulement d'essayer quelque chose de nouveau, mais de lui donner un plaisir qu'il n'avait jamais connu avec elle.

La veille encore, elle aurait douté de pouvoir y arriver, mais c'était avant que le mrince Maksim de Volyarus bouleverse son agenda pour assouvir la faim qu'il avait d'elle. Jamais auparavant il n'avait fait une telle entorse au protocole, pas une seule fois il n'avait repoussé une réunion ne fût-ce que de quelques minutes. Et voilà qu'il annulait carrément un vol et une réunion pour rester avec elle. Incroyable !

— Prends-moi dans ta bouche, s'il te plaît…

— Oui.

Elle s'exécuta. Lentement, elle approcha les lèvres de son sexe et commença à le caresser du bout de la langue, ce qui lui arracha des grondements de plaisir.

— C'est si bon…, murmura-t-il en s'adossant à la paroi de la douche.

Elle le prit alors à deux mains et entama un mouvement de

va-et-vient. Il poussa un petit cri et se cambra, s'enfonçant un peu plus dans sa bouche. Les mains en étau, Gillian le retint.

— Excuse-moi, se reprit-il en faisant un effort manifeste pour rester immobile.

Gillian sourit, satisfaite, puis accéléra le rythme, de plus en plus excitée par les caresses qu'elle lui prodiguait. Elle avait envie de le faire jouir… tout en voulant le sentir en elle. Mais elle ne pouvait pas s'arrêter pour le lui dire.

Quelle sensation grisante de l'avoir ainsi à sa merci tout en éprouvant le lien de complicité intime qui les unissait ! C'était comme un courant électrique circulant entre leurs deux corps.

Soudain, Maks se recula.

— Je ne vais pas pouvoir tenir plus longtemps, grimaça-t-il, les pupilles dilatées par le désir.

— Vas-y, j'en ai envie.

— Non, je ne crois pas…

Maks lui prit le visage entre les mains et l'incita à se relever.

— Je veux être en toi.

— D'a…, commença-t-elle, tellement émue qu'elle en perdait la parole. D'accord, parvint-elle à articuler après s'être éclairci la gorge.

Il l'embrassa avec sa passion coutumière et Gillian s'affirma dans ce baiser comme son égale ; elle était sienne, mais lui aussi lui appartenait.

Et puis, sans trop comprendre comment, elle se retrouva dos à lui, les mains appuyées contre la paroi. Elle écarta les jambes, autant que l'espace exigu le lui permettait, tremblant littéralement dans l'attente fiévreuse de leur étreinte. Le corps de Maks vint couvrir le sien et elle sentit son sexe contre ses fesses.

— Ouvre-toi pour moi, *sérdenko*, laisse-moi te prendre.

— Oui ! cria-t-elle en basculant la tête en arrière.

Elle aurait tout le temps du monde pour lui demander plus tard ce que signifiait ce mot.

Il entra en elle en un mouvement fluide, et elle sentit l'extase la transpercer de part en part. La main de Maks lui caressa le ventre, puis vint s'aventurer jusqu'à son clitoris... Alors, elle fit le vide dans son esprit pour ressentir le plaisir incroyable que lui procurait son amant.

L'eau cascadait sur leurs peaux tandis que Maks devenait omniprésent, en elle et contre elle. Gillian se hissa instinctivement sur la pointe des pieds, ses mains glissant sur la paroi humide de la douche, tandis qu'il allait et venait en elle sans répit...Jusqu'à ce que la jouissance envahisse tout son être en un spasme délicieux qui lui saisit les jambes, le sexe, la poitrine, hachant son souffle, tandis que leurs souffles se mêlaient en un cri primal et délicieux.

Secouée par les répliques du séisme qu'elle venait de vivre, Gillian perçut peu à peu les petits baisers que Maks déposait sur sa nuque.

Ils se séchèrent sans cesser de s'embrasser, après avoir épuisé la réserve d'eau chaude du ballon de son petit appartement.

— Qu'est-ce que ça veut dire, *sérdenko* ?

Maks la contempla un moment avant de se pencher vers elle pour l'embrasser.

— Cœur, ça veut dire « cœur ».

Gillian prit le temps de réfléchir avant de demander :

— Pourquoi m'avoir dit ça ?

— Parce que c'est toi le cœur de notre relation.

Ce n'était pas exactement les mots d'amour qu'elle avait espéré entendre, mais c'était déjà bien plus que ce dont elle avait dû se contenter ces dix dernières semaines. Elle baissa la tête pour que Maks ne remarque pas ses larmes de joie.

Mais elle savait que cela ne lui échapperait pas. Rien ne lui échappait.

Il lui prit la serviette des mains et l'attira contre lui.

— Nous serons bien ensemble, crois-moi.

— Je te crois.

Pour la première fois depuis une éternité, Gillian ne fit rien pour réprimer les étincelles d'espoir qu'elle sentait monter en elle, comme des petites bulles de champagne.

11

Elle vit à peine passer les quatre jours qui suivirent, tant elle était noyée dans le travail afin de réorganiser son planning en urgence pour s'adapter au voyage imprévu vers Volyarus.

Maks l'appela par visioconférence deux fois par jour, une fois le matin et avant de se coucher le soir. Entre-temps, il lui envoyait des textos réguliers et lui faisait porter ses trois repas quotidiens, ainsi que des en-cas. Certains étaient livrés à son studio de photo, d'autres à son appartement.

Il prenait soin d'elle, et elle aimait cela.

Beaucoup.

Le jet privé que Maks avait fait affréter pour amener Gillian jusqu'à Volyarus disposait de tout le confort moderne.

Et il comportait déjà une passagère!

Gillian n'avait rencontré la femme installée dans un des fauteuils de cabine qu'à quelques rares occasions, mais elle aurait reconnu la reine Oxana entre mille, même sans l'avoir croisée auparavant. Elle représentait certes une minuscule monarchie, mais son visage avait fait la couverture de suffisamment de magazines pour ne pas être anonyme.

— Bonsoir, mademoiselle Harris.

A cet instant, Gillian fut reconnaissante à son père de l'avoir traînée dans toutes ces soirées mondaines, où elle avait pu apprendre — de force — les codes de l'étiquette.

— Votre Majesté, répondit-elle en exécutant une révérence parfaite.

La souveraine se leva de son siège avec une grâce naturelle.

— Vous pouvez m'appeler Oxana, car nous serons bientôt mère et fille par les liens du mariage, m'a-t-on dit.

Gillian ne parvenait pas à déterminer les véritables sentiments de la reine, derrière ses sourires de façade et ses manières distinguées.

Elle ne pouvait pas imaginer que ce tête-à-tête imprévu soit l'idée de Maks. Ce qui signifiait que c'était la reine elle-même qui en avait pris l'initiative…

— Oui, parvint à répondre Gillian.

— Vous êtes enceinte de mon fils.

— Il vous l'a dit ?

Gillian sentit la panique la gagner.

— Bien sûr qu'il vous l'a dit…

— En réalité, il ne l'a pas fait.

— Demyan s'en est chargé ?

— Oui.

— Mais… pourquoi ?

— Apparemment, Demyan a jugé bon de m'informer des raisons pour lesquelles le mariage devait être célébré au plus vite — ce qui n'est pas le cas de mon fils.

La reine l'invita à s'asseoir en lui désignant un fauteuil beige d'un geste de la main. Le décollage était imminent, aussi Gillian attacha-t-elle sa ceinture.

— Oui, j'entends bien, mais ce que je ne comprends pas, c'est la raison pour laquelle Maks ne vous a rien dit.

Oxana leva ses cils parfaits et son regard se posa sur Gillian.

— Il veut éviter que je ne vous prenne pour une croqueuse de diamants.

— Il me protège.

Cela lui ressemblait, mais elle aurait préféré qu'il ait une discussion avec sa mère à ce sujet.

— Vous auriez fini par le savoir, de toute façon, ajouta Gillian.

La reine Oxana acquiesça en retournant s'asseoir dans son siège ; elle ne prit pas la peine de boucler sa ceinture.

— En effet. Et s'il avait fait preuve de son habituel discernement, il s'en serait rendu compte.

— Il ne m'a pas semblé moins vif d'esprit que d'habitude.

— Vraiment ?

— Non.

Gillian fut saisie par une bouffée de chaleur, accompagnée d'une légère nausée. En un instant, Oxana était près d'elle et posait une main sur son front.

— Vous êtes en nage. Avez-vous la nausée ?

Gillian ne fut capable que de hocher la tête.

Oxana lui fit apporter de l'eau minérale et des biscuits, avant de boucler sa ceinture à son tour.

Pendant que l'avion se positionnait pour le décollage, Gillian avala quelques gorgées d'eau et picora un biscuit, tout en se demandant pourquoi son cœur s'était emballé de cette façon. C'était sans doute la présence d'Oxana. Gillian réagissait un peu de cette façon face à sa propre mère, alors, face à une reine…

La souveraine glissa un mot à l'oreille du steward, qui se dirigea vers l'arrière de la cabine. Puis elle examina Gillian d'un regard neutre qui ressemblait énormément à celui de son fils… Elle conservait une expression égale, mais Gillian savait que, derrière ce masque, des émotions contradictoires s'affrontaient.

— Vous vous sentez mieux ?

— Oui. Comment avez-vous su que je n'allais pas bien ?

— Vous avez un visage très expressif, expliqua la reine.

Son envie de vomir était donc si évidente ? Charmant !

— Je vois…

— Vous allez devoir y travailler.

Si elle voulait jouer dans la cour des grands, ce serait un

passage obligé, en effet. Pour l'heure, elle allait prendre son mal en patience, siroter son eau minérale et grignoter ses biscuits en compagnie de sa future belle-mère.

Maks allait l'entendre ! Lui qui avait un esprit machiavélique aurait dû prévoir que sa mère jouerait ce genre de jeu et il aurait dû l'éviter.

— Est-ce que ma présence vous a surprise ?

— On peut dire ça, en effet.

— Maksim est né avec des responsabilités telles que peu de gens peuvent même en concevoir l'ampleur.

Gillian se contenta d'acquiescer, sans trop savoir où cette conversation allait les mener.

— Il s'est toujours soumis à ses devoirs sans se plaindre.

— Je le sais, il possède un grand sens des responsabilités.

Gillian aurait aimé lire le scénario et les dialogues de la scène qu'elle était en train de jouer *avant* de monter dans cet avion.

— D'aucuns pourraient même dire que chez lui, ce trait de caractère est surdéveloppé.

— Mais vous n'êtes pas de ceux-là.

— J'ai perdu l'idéalisme qui m'habitait aux premiers jours de mon règne. J'ai vieilli et j'en suis venue à penser que le bonheur de mon fils importait sans doute autant, sinon plus, que ses devoirs envers le trône.

Gillian, étonnée, ne put réprimer un petit mouvement de recul qui fit sourire Oxana.

— Oui, je sais, Maks et son père trouveraient sans doute que mes propos frôlent l'hérésie.

— Mais…

Gillian se retint in extremis d'émettre le moindre jugement sur les postures morales de la reine.

Oxana était une figure publique, mais elle conservait sa part de mystère.

— J'aimerais vous poser une question, et je souhaiterais que vous y répondiez avec autant d'honnêteté que possible

— même si je doute que vous soyez capable de duplicité avec un visage aussi expressif.

La reine semblait trouver ce trait de personnalité plus attachant que gênant.

— Très bien.

Gillian avala une nouvelle gorgée d'eau ; sa nausée ne s'était pas vraiment améliorée. La reine acquiesça, comme si elle s'était attendue à sa réponse.

— Etes-vous tombée enceinte afin de pousser mon fils à vous épouser ?

Gillian faillit s'étrangler avec son eau. Oxana fit venir le steward, qui apporta aussitôt une serviette, puis disparut tout aussi vite.

— Ma question vous choque et vous contrarie, manifestement.

Gillian prit le temps de reprendre son souffle.

— Vous croyez ?

— Le sarcasme est une arme à double tranchant. Dans les relations diplomatiques, c'est un outil à manier avec prudence.

— Ainsi que les questions gênantes.

— Touché !

— Je ne suis pas « une croqueuse de diamants », je vous le répète.

— Parfois le pouvoir peut être encore plus attirant que l'argent.

— Je me moque du pouvoir, je veux partager la vie de Maks, c'est tout, affirma Gillian avec sincérité.

Les pupilles d'Oxana se dilatèrent de façon infime, témoignant de sa surprise.

— Demyan prétend que vous n'avez pas informé Maksim de votre grossesse.

— Demyan devrait trouver un autre loisir que de m'espionner constamment.

Oxana réprima un sourire.

— Il ne vous a pas espionnée en personne.

Gillian ne répondit rien, elle n'avait pas envie de se lancer dans une joute verbale avec la reine ; elle n'était pas sur son terrain, la lutte serait trop inégale.

Elle connaissait suffisamment bien les riches et les puissants pour mesurer la force de ce silence.

La reine acquiesça, comme si Gillian venait de confirmer son opinion.

— Dites-moi pourquoi vous n'aviez rien dit à Maksim à ce sujet.

— J'ai estimé qu'il valait mieux attendre.

— Pourquoi ? Vous espériez que plus le temps passerait, plus Maksim serait enclin à donner à cet enfant la place qui lui revient au sein de la maison Yurkovitch ?

— Non.

Pour quel genre d'intrigante Oxana la prenait-elle ?

Gillian se sentit perdre confiance en elle. Les doutes émis par la reine et ses réticences la ramenaient à des questionnements douloureux, à ce mariage conclu non par amour, mais par intérêt. Elle agissait pourtant pour le bien de l'enfant... Leur couple durerait-il sans un amour réciproque ? Ils partageaient une relation unique, mais combien de temps cela tiendrait-il si la reine mère œuvrait à saper leur union ?

— Il y a onze semaines, parvint-elle à articuler, votre fils m'a quittée car des examens médicaux ont révélé que mes trompes ne fonctionnaient pas normalement.

Oxana demeura impassible.

— Je vous répète que Maksim ne m'a rien dit de tout cela.

— Mais vous le saviez malgré tout.

— Peut-être, répondit Oxana avec un demi-sourire.

Face au silence de Gillian, la reine enchaîna :

— J'ai besoin de comprendre pourquoi vous avez hésité à révéler votre état à mon fils.

— Ce n'est pas un *état*, c'est une grossesse-surprise.

— Pardonnez-moi, je ne voulais pas vous blesser.

Vraiment ?

— Vous vous entendriez à merveille avec ma mère, soupira Gillian en secouant la tête.

— Je pense que vous vous trompez, rétorqua Oxana, le visage soudain assombri.

A l'évidence, la reine de Volyarus n'avait aucune sympathie pour sa mère.

— Si vous le dites !

— Je vous assure que ce n'était pas intentionnel.

— J'ai du mal à vous croire, car vous êtes aussi fine diplomate que votre fils.

— Peut-être mon fils n'est-il pas le seul à être troublé par les événements récents.

Au moins, Gillian était fixée sur la place que son bébé et elle tenaient dans l'estime de la reine !

— Je n'ai rien dit à Maks au sujet du bébé, car mes trompes restent fragiles. Si je perds l'enfant, nous revenons à la case départ et je serai de nouveau *persona non grata* à Volyarus.

— Et j'imagine que Maksim, avec son optimisme coutumier, a décidé d'ignorer cet aspect ?

— Oui.

— Pourquoi craigniez-vous de perdre cet enfant ?

— Le pourcentage de fausses couches est plus élevé que l'on ne croit. Et le stress ne fait qu'accroître les probabilités.

— Et vous avez eu peur que la rupture avec mon fils ne provoque cette fausse couche ?

Gillian n'avait jamais osé s'en ouvrir à Maks, mais Oxana avait vu juste.

— Vous vous êtes sentie amoindrie, rabaissée, et vous avez eu peur que cela augmente vos chances de perdre cet enfant miraculeux.

Comment la reine était-elle parvenue à la percer à jour aussi aisément ?

— Oui, concéda-t-elle.

— Maksim ignore tout de cela, n'est-ce pas ?

— Bien sûr. Il ignore même le sens du mot *amoindri*. Nana dirait que vous l'avez très bien élevé.

— Votre grand-mère est un sacré personnage.

— Oh ça, oui !

Elle allait animer la cour de Volyarus le jour où elle y ferait son apparition !

— En ce qui me concerne, je vois parfaitement ce que vous avez pu traverser, expliqua la reine avec une grande tristesse dans la voix, car j'ai perdu trois bébés après la naissance de Maksim.

— Je... je suis désolée.

— Je vous remercie. Certaines douleurs sont si profondes qu'elles ne disparaissent jamais complètement.

Le couple royal ne s'étant marié que dans le but de fournir un héritier à la Couronne, cela rendait sa tragédie personnelle plus poignante encore.

— J'aurais aimé vivre dans une demeure pleine de rires d'enfants, soupira-t-elle en portant le regard vers les nuages noirs par-delà le hublot.

Gillian resta sans voix face aux confidences intimes de la froide souveraine. Oxana se tourna doucement vers sa future belle-fille.

— Je vous parle de choses que vous peinez à imaginer, n'est-ce pas ?

Gillian fut pour lui mentir, mais elle opta pour la franchise, par respect pour son interlocutrice.

— Pour être tout à fait honnête : oui.

— Les fausses couches, mon mariage qui n'existe plus guère que par un acte administratif, tout cela m'a changée, mais mon désir d'enfant est demeuré intact. C'est pourquoi je suis heureuse d'avoir Demyan avec nous.

— Maks vous considère comme une mère modèle.

Et Demyan devait penser à peu près la même chose ; n'avait-il pas hérité de nombre de ses traits de caractère — et de sa manie d'espionner les gens ?

— Cela me fait chaud au cœur, mais je crains de lui avoir fait plus de tort que de bien en l'éduquant comme je l'ai fait. Seul le devoir compte à ses yeux et il n'a que mépris pour l'amour.

— Vous savez donc qu'il ne m'épouse pas par amour, mais pour obéir à ce fameux sens du devoir, n'est-ce pas ?

Trahie par ses hormones, Gillian sentit des larmes rouler sur ses joues. Comment s'étonner que la reine regrette de l'avoir élevée de cette façon, puisque c'était cette ligne de conduite qui était responsable de la situation présente ? Gillian aurait souhaité que tout soit différent, mais la réalité était tenace…

— Vous pensez donc que mon fils ne vous aurait pas épousée s'il n'y avait pas eu cet enfant pour vous réunir ?

— C'est une certitude.

N'avait-elle donc pas écouté ce qu'elle venait de lui dire ? Il avait tout de même rompu avec elle onze semaines auparavant !

— Pour un homme entièrement dévoué à sa tâche, je l'ai pourtant trouvé très attentif à votre santé depuis qu'il est revenu à Volyarus.

— C'est quelqu'un de responsable, et je fais désormais partie de ses priorités.

Et j'ai été stupide de rêver que je pourrais représenter davantage à ses yeux.

— Rassurez-moi, vous n'êtes pas en train de vous convaincre que mon fils ne se soucie pas de vous ?

Je n'ai pas à m'en convaincre, je le sais, voulut répondre Gillian, mais c'était faux : elle était la mère de son futur enfant et elle comptait évidemment beaucoup à ses yeux !

— Votre fils ne m'aime pas, il s'est montré très clair à ce sujet.

— Vraiment ?

La reine sembla presque contrite.

— Vous a-t-il expliqué pourquoi ? poursuivit-elle.

— L'amour ne s'explique pas…, répondit Gillian d'une

voix pleine de larmes, en essayant vainement de maîtriser ses émotions.

— Il a peur d'aimer. C'est ma faute, je l'ai élevé comme ça.

Sa mère avait sans doute eu une influence sur lui, mais le problème n'était pas ce qu'il pensait de l'amour, mais le fait qu'il ne parvenait pas à le ressentir.

— Il ne croit pas au concept même d'*amour*. S'il m'aimait, je doute que son esprit soit capable de faire taire son cœur.

— Vous sous-estimez sa force de conviction.

Gillian haussa les épaules, elle n'avait pas l'énergie de disserter sur ce sujet avec la reine. Qu'elle en vienne au fait, et qu'on en finisse ! songea-t-elle.

— Etes-vous en train d'essayer de me piéger, Votre Altesse ?

— J'insiste pour que vous m'appeliez Oxana, vous serez bientôt de la famille. Et pour répondre à votre question : non, ce n'est pas mon intention.

Pour la première fois, la reine laissa transparaître ses émotions.

— Vous êtes pourtant convaincue que j'essaie de piéger votre fils ?

— Non.

— Mais vous m'avez demandé…

Et puis quelle importance ? Oxana n'avait fait qu'exprimer clairement la situation. Maks avait proposé ce mariage, guidé par son sens du devoir et par la grossesse imprévue de Gillian.

Point final.

Ils se retrouvaient tous les deux piégés et Gillian sentit le nœud coulant de la culpabilité se refermer sur sa gorge, car une partie d'elle-même se réjouissait de la tournure que prenaient les événements. Cela était sans doute égoïste, même si elle n'avait pas intentionnellement provoqué cette situation.

— Je veux que vous épousiez mon fils, énonça Oxana d'une voix claire.

— J'ai du mal à vous croire.

— Encore une fois, je vous présente mes excuses. Je n'ai pas de telles difficultés à exprimer mes souhaits, d'ordinaire.

Gillian en était persuadée.

— L'idée que vous ayez pu forcer la main de Maksim me révulsait, expliqua la reine.

— Comme vous l'avez fait avec son père ?

Oxana ne prit pas cette remarque comme une attaque et se contenta de hocher la tête.

— Tout a toujours été clair avec Fedir. Il voulait que je porte son enfant, et moi je le voulais, lui.

— Maks est persuadé que vous convoitiez uniquement le trône.

— Il est comme tous les enfants, il a une vision biaisée de ses parents.

— Oui, j'imagine que vous avez raison.

— Fedir n'a jamais cessé d'aimer cette femme, même après la naissance de Maksim.

— Ça n'a pas marché pour Léa non plus.

Oxana sembla perplexe, puis son visage s'illumina.

— Ah oui, vous faites référence à l'Ancien Testament ! Je devrais être heureuse que Bhodana n'ait jamais eu d'enfant, mais ce n'est pas le cas. Fedir aurait aimé avoir une famille nombreuse.

— Je croyais que la comtesse était stérile ?

— Ils n'ont jamais fait aucun examen. C'est son statut de femme divorcée qui l'a toujours empêchée d'épouser Fedir, mais lui n'a jamais voulu mettre fin à notre union, même quand je le lui ai proposé.

— Maks et son père partagent ce même sens du devoir envers Volyarus.

— Oui, il est très prononcé chez l'un comme chez l'autre.

— Et même chez vous. Vous êtes restée près de Fedir, après tout.

— Bien sûr que je suis restée, mon fils est destiné à devenir roi un jour. Il aura besoin de moi pour le guider, et puis il y a Demyan. Ses parents l'ont abandonné pour poursuivre leurs ambitions, lui aussi a besoin de moi.

— A vous entendre, les enfants passent avant tout le reste.

— C'est dans l'ordre des choses.

— Je partage cette opinion.

— Est-ce pour cette raison que vous épousez Maksim ?

— Oui.

— L'aimez-vous ?

— De toute mon âme.

— Et c'est ce qui rend la chose si pénible, n'est-ce pas ? C'est de là que vient ce chagrin au fond de votre joli regard bleu ?

— Il ne m'aimera jamais, ce n'est pas une émotion que l'on peut faire naître du néant.

Le poids de cette certitude pesa un peu plus sur son cœur maintenant qu'elle l'avait exprimée à voix haute.

— Vous allez avoir un enfant ensemble. Vous avez des intérêts communs, vous avez partagé beaucoup de choses... Ce n'est pas rien.

— C'était aussi votre cas avec le roi Fedir, pourtant il n'a jamais appris à vous aimer.

— Il en aimait déjà une autre.

— Cela ne fait aucune différence.

— En êtes-vous si sûre ? C'est son nom à elle qu'il prononçait, la nuit où nous avons conçu Maksim...

Gillian ne sut comment répondre à cette confidence intime.

— Alors, là, si Maks s'était avisé de faire ça, je ne suis pas certaine qu'il aurait quitté le lit vivant !

Elle fut surprise d'entendre Oxana pouffer.

— Et il l'aurait mérité. J'aurais peut-être dû expédier un bon coup de genou dans une certaine partie de l'anatomie du roi, pour lui mettre du plomb dans la cervelle !

— Peut-être.

— En tout cas, je pense que vous faites erreur.

— A quel propos ?

— Au sujet des sentiments que Maksim éprouve pour vous.
Gillian aurait tant aimé qu'elle dise vrai…

— Non, je ne pense pas.

Tout ce que Gillian vit d'abord de Volyarus, ce furent des points brillants dans la nuit tandis qu'ils survolaient la mer Baltique. En faisant quelques recherches, elle avait appris que la majorité des habitants vivaient sur l'île principale, qui faisait à peu près la taille de la Nouvelle-Zélande. C'était un archipel dont les îlots les moins peuplés possédaient un sous-sol riche et facilement exploitable. Le sommet de l'île principale était couvert de neiges éternelles, et à ses pieds s'étendait la capitale, ceinturée par les exploitations agricoles. Le printemps y était court, mais l'ensoleillement compensait largement ce déficit.

Lorsqu'elle descendit du jet, Gillian ne vit rien de tout cela. Le soir tombait tôt en été et la nuit était profonde une fois le soleil couché, comme c'était le cas dans son Alaska natal. La piste d'atterrissage était illuminée, ainsi que ses alentours immédiats, mais le reste était plongé dans l'obscurité.

Trois voitures les attendaient sur le tarmac : deux 4x4, flanqués de gardes du corps peu amènes en costumes noirs, et une limousine officielle portant les petits drapeaux de Volyarus sur ses flancs. Son conducteur vint leur ouvrir la porte. Une Mercedes argentée fit alors irruption sur la piste en faisant crisser ses pneus, au moment où Gillian posait le pied au sol dans le sillage de la reine.

— Oh, mon Dieu ! s'exclama cette dernière, on dirait que Maksim a éventé mon projet de vous accompagner durant ce voyage.

Gillian n'eut pas le temps de répondre que déjà Maks surgissait de son coupé sport. Ignorant le salut de sa mère, il prit Gillian dans ses bras et l'embrassa avec fougue sous le regard attendri d'Oxana.

Gillian céda et se laissa aller à cette étreinte, en songeant qu'il connaissait mieux qu'elle le protocole. Elle lui rendit son baiser, profitant de ce moment entre les bras de l'homme qu'elle aimait, et ses soucis s'évaporèrent dans l'instant.

Maks consentit enfin à reculer légèrement pour la contempler, sans cesser de la toucher.

— Comment s'est passé ton vol ? demanda-t-il avec une intensité inhabituelle dans le regard.

— Très bien.

— Je ne m'attendais pas à ce que tu aies de la compagnie, lui fit-il remarquer.

— Moi non plus.

— Est-ce que ça va, est-ce qu'elle t'a… ? Elle n'a pas essayé de te convaincre de renoncer à ce mariage ? s'enquit-il en lançant à sa mère un regard tout sauf diplomatique.

Gillian devina à son expression que, si elle s'était avisée de le faire, cela aurait creusé un fossé gigantesque entre lui et sa mère.

— Je n'ai rien fait d'autre qu'apprendre à connaître ta future épouse, Maksim.

Elles avaient effectivement papoté comme deux amies, avant qu'Oxana n'insiste pour que Gillian fasse une petite sieste. Puis elle l'avait réveillée juste avant l'atterrissage, pour lui laisser le temps de se brosser les dents et de se recoiffer.

— Si elle a dit quoi que ce soit de déplacé…

Encore ce regard noir.

— Elle ne veut que ton bonheur, Maks, répondit aussitôt Gillian, mal à l'aise envers Oxana.

— Je suis heureux de t'épouser, Gillian.

— Et tu seras heureux d'être père, j'en suis sûre, renchérit la reine.

Maks se raidit. Manifestement, il n'avait pas prévu que sa mère serait au courant si vite. Quelle naïveté ! Il était pourtant évident que Demyan ne garderait pas une telle information pour lui. Oxana avait raison, Maks avait perdu un peu de son esprit acéré.

— Tout va bien, elle est ravie de l'arrivée de ce bébé, c'est tout, tempéra Gillian.

Une nouvelle fois, Maks la dévisagea pour tenter de déceler un éventuel mensonge, avant de se tourner vers sa mère.

— Comment peux-tu en douter ? s'offusqua la souveraine.

Maks ne répondit rien et, de nouveau, regarda Gillian.

— Elle ne t'a pas contrariée ?

— J'ai été surprise de la voir à bord, esquiva Gillian.

Un nuage d'inquiétude passa dans le regard du prince.

— Mais tu n'es pas contrariée ? insista-t-il.

Par chance, il avait conjugué sa question au présent. Cela éviterait à Gillian de lui mentir.

— Non.

— Parfait.

— Maksim, je t'en prie, reprit Oxana, sincèrement outrée, Gillian va croire que je suis un monstre sans cœur !

Maks poussa un soupir qui exprimait la culpabilité du fils fautif.

— Bien sûr que non, répliqua-t-il en conservant une posture sinon hostile, du moins méfiante.

Etrangement, Oxana éclata de rire.

— Oh, Maksim, j'ai craint un instant d'avoir détruit ta capacité à aimer.

Maks se raidit soudain.

— L'amour est…

— … un don précieux lorsqu'il est pratiqué dans le désintéressement le plus absolu, le coupa Oxana au mépris des plus élémentaires règles de politesse.

Maks ouvrit la bouche, mais sa mère le prit de vitesse.

— Je crains que ton père et moi ne t'ayons donné une vision bien égoïste de l'amour. Peut-être que si tu avais passé un peu de temps avec la comtesse, tu aurais pu être témoin de ce sentiment désintéressé.

— Comment peux-tu dire cela d'une femme qu…

Une nouvelle fois, Oxana l'interrompit d'un geste de la main.

— Ce n'est pas juste une femme, Maksim. Elle est *la* femme. Celle qui a offert à ton père un amour inconditionnel.

— Mère…

— Viens, le lieu est mal choisi pour évoquer nos blessures familiales.

Gillian songea que Maks et sa mère auraient sans doute dû aborder ces sujets bien des années auparavant. Pourquoi maintenant ? C'était décidément une nuit très étrange.

— Notre famille n'est pas blessée, s'entêta Maks.

Sa mère se contenta d'afficher un sourire énigmatique en se dirigeant vers la limousine.

— Viens, Maksim, Ivan ramènera ta voiture au palais.

— Je voulais…

— Gillian est trop fatiguée pour une visite nocturne de la ville. Venez, Gillian, et prenez mon fils avec vous.

Oxana s'était adressée à elle avec cette autorité naturelle contre laquelle personne n'osait se rebeller. Même Maks se plia docilement à la volonté de sa mère pour éviter l'esclandre.

Ils furent bientôt tous à l'intérieur de la limousine, laissant à Ivan le soin de ramener la Mercedes. La voiture était spacieuse, mais Maks était si près de Gillian qu'ils occupaient presque une seule place à eux deux.

Elle ne risquait pas de s'en plaindre ! Cette proximité compensait les sensations désagréables qu'elle avait pu avoir dans l'avion. Elle posa la tête sur le torse de son homme, comme elle n'aurait jamais imaginé pouvoir le faire en présence de la reine mère.

— Maksim, je suis très contrariée, lança Oxana dès que la voiture fut en mouvement.

— Je suis désolé de l'entendre, mère, mais ma décision est prise : je vais épouser Gillian.

— Evidemment ! Elle est la mère de ton enfant !

— Elle est *sérce moje*, affirma-t-il avec force.

— Je suis heureuse qu'elle soit ton cœur, Maksim, mais cela me navre qu'elle ignore la place qu'elle y tient. Sa réaction face à moi dans l'avion était sans équivoque.

— Mère…

Gillian ignorait ce qu'Oxana essayait de prouver, mais, une fois encore, c'est elle qui allait souffrir de toutes ces manœuvres. La reine croisa les bras avec détermination — un geste peu royal.

— Bien. Gillian, vous m'avez dit que vous aimiez mon fils, n'est-ce pas ?

— Oui…

Elle était à fleur de peau depuis des jours. Pouvait-elle souffrir encore davantage ? Manifestement, oui. Oxana acquiesça : elle avait eu la réponse qu'elle attendait.

— Vous l'aimez suffisamment ?

— Oui, répondit Gillian sans chercher à comprendre à quel jeu jouait la reine.

Oui, elle aimait assez Maksim pour lui avoir caché sa grossesse afin de le laisser libre de ses choix. Elle l'aimait assez pour faire passer le bonheur de cet homme avant le sien. C'était là le grand pouvoir de l'amour, mais Maks était incapable de le comprendre ou de le ressentir, hélas !

— Suffisamment pour lui rendre sa liberté quelques mois après la venue au monde de votre enfant ?

— Oui, répondit Gillian sans la moindre hésitation.

— Non ! dit Maks au même instant.

Il avait presque crié. Il y avait dans sa voix un désespoir que Gillian ne comprenait pas. Si elle ne le connaissait pas mieux, elle en aurait déduit qu'il doutait des sentiments qu'elle éprouvait à son égard.

Maks se tourna vers elle, son visage déformé par une souffrance qu'elle n'y avait jamais lue auparavant.

— Tu ne me quitteras pas.

— Gillian pense que tu seras mieux sans elle, puisque tu

ne l'aimes pas, affirma Oxana avec un mélange de certitude et de compassion.

— Non, chuchota Maks.

— Oui, répondit Gillian, la gorge serrée par la force de cet amour réprimé qui vivait en elle, tu mérites de trouver l'amour, Maks. Tu mérites de connaître ce bonheur immense d'avoir quelqu'un dans ta vie, quelqu'un dont le bien-être passe avant le tien.

— Non ! Tu ne me quitteras pas.

Il fusilla sa mère du regard.

— Si elle me quitte, gronda-t-il entre ses dents, je ne te le pardonnerai jamais !

Oxana accusa le coup, mais soutint le regard de son fils.

— Pourquoi, Maksim ? Pourquoi me tournerais-tu ainsi le dos ?

— Parce que Gillian est mienne.

— Et que tu lui appartiens, toi aussi ? demanda sa mère avec une douleur rentrée.

Gillian comprenait Oxana. Fedir ne lui avait jamais appartenu, alors même qu'elle lui avait offert son cœur et son âme. Il l'avait négligée…

— Oui, je lui appartiens, affirma-t-il avec force en serrant Gillian contre lui.

Elle émit une petite plainte aiguë, mais se laissa faire.

— Ça va aller ?

Elle acquiesça, soudain muette. Cette discussion incroyable allait peut-être mener Maks à avouer des choses qu'elle avait toujours été incapable de lui faire dire.

La voiture s'arrêta et Oxana fixa son fils avec dureté.

— Tu vas prononcer devant cette femme les mots qu'elle attend. Tu le lui dois, car elle est prête à se déchirer le cœur à mains nues pour ton seul bonheur.

Sur ce, Oxana quitta la voiture pour terminer le trajet à pied, sans un seul regard en arrière. Maks, tendu comme un arc, lui emboîta le pas, entraînant Gillian à sa suite.

Elle n'avait pas le choix : il la tenait comme s'il ne voulait plus jamais la lâcher.

Gillian remarqua à peine l'austère beauté architecturale du palais et sa décoration opulente. Toute son attention était mobilisée par l'homme qui la guidait à travers un long corridor, après lui avoir fait gravir deux volées de marches de marbre.

Ils s'arrêtèrent dans une pièce vaste qui ne pouvait être que la chambre princière.

— Veux-tu prendre un bain avant d'aller te coucher ?

— Je n'ai pas ma propre chambre ?

Maks chassa sa remarque d'un haussement d'épaules.

— Je croyais que l'idée était de faire profil bas pour les médias ? insista Gillian. Est-ce que personne ne va remarquer que je dors dans ta chambre ? C'est sûrement une entorse à l'étiquette, non ?

— Je suis le prince, personne ne me posera la moindre question.

— Les médias ne posent pas de questions, ils relatent les faits.

— Eh bien, laissons-les *relater*.

— Maks ! Tu n'es pas toi-même, en ce moment…

Le prince posa sur Gillian un regard empreint d'émotions puissantes et inédites.

— J'ai cru que ma mère cherchait à te convaincre de me quitter.

— Pourquoi ferait-elle une chose pareille, alors que tu m'as dit toi-même qu'elle approuvait notre mariage ?

Il devenait paranoïaque, uniquement guidé par ses émotions, lui qui se faisait fort de les maîtriser…

S'était-il aveuglé tout ce temps, menti à lui-même ?

— Elle est venue te voir sans m'en parler. Ce genre de ruse mène rarement à des épilogues heureux.

— Elle n'a rien fait de mal, Maks.

— Elle t'a suggéré de partir, contra-t-il avec un léger vibrato dans la voix, qui fit trembler le cœur de Gillian.

— Une fois l'enfant né, précisa Gillian, lorsqu'il ou elle aura sa place légitime au sein du royaume.

— Alors tu crois que c'est tout ce qui compte à mes yeux ? Est-ce tout ce qui importe pour toi ?

— Tu sais bien que ce n'est pas le cas.

— Alors pourquoi me quitterais-tu ?

— Pour que tu puisses trouver l'amour.

— J'ai *déjà* trouvé l'amour ! s'écria-t-il, chaque muscle de son corps tendu dans cet aveu sincère.

— Mais tu as rompu avec moi…

— Et j'ai eu tort.

— Tu as besoin d'une descendance.

— J'ai besoin de toi.

— C'est vrai ? demanda-t-elle en sentant son cœur s'ouvrir comme une rose au soleil.

Maks inspira longuement avant de lui ouvrir son âme.

— *Koxana moja*, je ne vis que pour toi. Ton image hante mon esprit. Pendant les réunions, j'oublie l'ordre du jour et je t'envoie des textos, alors que je suis en pleine discussion avec des capitaines d'industrie. Ils sont tous persuadés que je suis en train de m'entretenir avec quelqu'un de plus haut placé qu'eux ; et c'est le cas, mais pas dans le sens où ils l'entendent…

A l'écouter, Gillian s'avisa que Maks ne comprenait pas lui-même ce qui lui arrivait.

— Je ne supporte pas l'idée de te perdre… Comment appelle-t-on ça ?

— *L'amour*, on appelle ça « l'amour ».

Etait-elle en plein rêve ?

Maks écarquilla les yeux de façon presque comique ; le pauvre était totalement perdu.

— *Koxana moja*. Je viens de t'appeler « mon amour » sans m'en rendre compte.

— Vraiment ?

— Oui, je t'enseignerai ces mots pour que tu puisses les répéter à nos enfants.

— D'accord.

Maks tomba à genoux devant elle.

— Je t'aime plus que mes devoirs sacrés, même si j'ai essayé d'étouffer ces sentiments. Il n'y a pas de mots pour qualifier ma lâcheté et le chagrin que j'éprouve aujourd'hui.

— Tu n'es pas un lâche.

Juste un homme élevé dans la certitude que l'amour n'était pas fait pour lui.

— Tu ne t'es jamais autorisé à être heureux, expliqua Gillian.

Et elle-même ne valait pas mieux ; elle n'avait pas cru en lui, pas suffisamment. Oxana était la seule à avoir vu par-delà les apparences. Les mères sentent ces choses-là…

— Non, non, ne secoue pas la tête, je t'aime vraiment, même si j'ai été incapable de te le dire.

— Je secouais la tête en songeant à l'intuition incroyable de ta mère.

— Ma mère…

Il y avait une telle colère dans sa voix !

— Elle n'a jamais voulu nous séparer, elle a tout fait pour que tu prennes conscience de l'amour que tu avais pour moi.

— Tu crois ?

— Si tu avais les idées claires, tu le verrais, toi aussi.

— J'ai *toujours* les idées claires.

— Sauf le jour où tu avoues pour la première fois de ton existence que tu es amoureux, non ?

Il ouvrit la bouche pour répondre, mais resta finalement muet.

— Je t'aime de tout mon cœur, lui souffla Gillian avec un sourire.

— Assez pour te sacrifier et partir afin que je trouve le bonheur ?

— Oui.

Maks se pencha pour lui embrasser le ventre.

— Nos enfants ne connaîtront que la joie d'être aimés.

— Et le pouvoir du dialogue, ajouta Gillian.

— Et est-ce que tu dirais que nous avons mérité un câlin de réconciliation ? hasarda Maks en souriant.

— On s'est disputés ?

— Oh que oui ! Tu as même menacé de me quitter, affirma-t-il en commençant déjà à la déshabiller.

— Plus jamais.

— Plus jamais.

Ils firent l'amour comme pour la première fois, corps et âme au diapason de leurs sentiments réciproques. Plus tard, lovés l'un contre l'autre dans le vaste lit, Maks murmura à son oreille :

— Dis-le encore…

— Je t'aime et je ne te quitterai jamais.

— Je t'aime, *serce moje*.

« Mon cœur. » Elle serait dans son cœur pour le reste de leur vie, elle en avait désormais la certitude.

Épilogue

Le mariage célébré à bord du luxueux navire fut à la fois somptueux et intime.

Maks avait fait en sorte que les grands-parents de Gillian soient présents, ainsi que le roi et la reine de Volyarus. Son cousin Demyan fut son témoin, et nana — son beau regard embué de larmes — joua pour Gillian le rôle de demoiselle d'honneur.

Il y eut ensuite une réception officielle, et lorsque Gillian donna naissance à leur enfant, six mois seulement après leur union, il n'y eut pas grand-monde pour s'en émouvoir dans les journaux.

Sans doute le mariage de Demyan ne fut-il pas étranger à cette éclipse bienvenue. Mais Gillian n'y prêta guère attention, occupée qu'elle était à savourer le bonheur que lui procurait la maternité, elle qui était désormais mariée à l'amour de sa vie.

SUSAN STEPHENS

Le fils d'un prince

Traduction française de
HANNAH PASCAL

HARLEQUIN

Titre original :
EXPECTING HIS ROYAL BABY

Ce roman a déjà été publié en 2008.

Les héritiers de Niroli

SEMPRE APPASSIONATO, SEMPRE FIERO

Toujours passionnés, toujours fiers

La richissime famille royale de Niroli unie par le sang et la passion, déchirée par le mensonge et le désir.

Règlement officiel de la maison royale de Niroli

Règle 1 : *Le souverain est garant de l'ordre moral. Tout prétendant au trône qui jetterait le discrédit sur la maison royale perdrait de facto ses droits à la succession.*

Règle 2 : *Aucun membre de la maison royale ne peut contracter mariage sans le consentement du souverain. En cas de violation de la règle, le fautif serait immédiatement déchu des honneurs et privilèges dus à son rang.*

Règle 3 : *Aucun mariage mettant en jeu les intérêts de Niroli ne peut être célébré.*

Règle 4 : *Le souverain de Niroli ne peut contracter mariage avec une personne divorcée.*

Règle 5 : *Aucun mariage n'est autorisé entre les membres de la maison royale issus du même sang.*

Règle 6 : *Bien que la santé et les intérêts des enfants de la maison royale soient confiés aux soins de leurs parents, le souverain préside à leur éducation.*

Règle 7 : *Sans le consentement ou l'approbation du souverain, aucun membre de la maison royale n'est autorisé à contracter des dettes s'il n'est en mesure de les honorer.*

Règle 8 : *Aucun membre de la maison royale n'est autorisé à accepter un héritage ou une quelconque donation sans le consentement du souverain.*

Règle 9 : *Le souverain de Niroli doit se consacrer entiè-*

rement au royaume. Il ne lui est donc pas permis d'exercer une activité professionnelle.

Règle 10 : *Les membres de la maison royale résident à Niroli ou dans un pays autorisé par le souverain. En revanche, le souverain ne peut résider qu'à Niroli.*

Prologue

En apercevant le minuscule point noir qui émergeait des nuages, l'ambassadeur de Niroli sentit sa gorge s'assécher. Le précieux héritier au trône prenait d'immenses risques, et son irrépressible passion pour les sports extrêmes finirait, un jour ou l'autre, par lui coûter la vie. Incapable de se défaire de cette angoisse, il regarda le petit point grossir dans le ciel jusqu'à voir la silhouette longue et musclée de Nico Fierezza se poser en plein milieu de la cible marquée au sol, avec la grâce d'un félin.

Tandis qu'on le débarrassait de son parachute, Nico retira son casque et se tourna vers l'endroit où l'attendait l'ambassadeur. Il avait remarqué ce visiteur distingué à l'instant même où il avait repéré la croix indiquant son point d'atterrissage, et il était soulagé de constater qu'il ne semblait pas être venu pour lui annoncer un malheur.

Nico s'efforçait de rester à l'écart des querelles et des manœuvres qui entouraient son grand-père, le roi Giorgio de Niroli. La famille Fierezza régnait sur la petite île depuis le Moyen Age, mais Nico n'avait jamais attendu son tour avec impatience. Par sa beauté et sa prospérité, Niroli, minuscule joyau de la Méditerranée, attirait la jet-set du monde entier, et cela suffisait à ôter à Nico toute envie de s'y rendre. Il était parti s'installer à Londres, où, dépourvu de tout privilège royal, il avait ouvert un cabinet d'architecte dont il pouvait affirmer qu'il était le fruit de son seul travail, comme tout ce qu'il possédait là-bas.

Malgré la puissante poussée d'adrénaline qu'il avait ressentie au moment de toucher le sol, et le sentiment d'invincibilité qui l'avait envahi — il venait tout de même de battre le record du plus haut saut en parachute sans oxygène —, sa raison reprit vite le dessus : comme toute émotion, l'euphorie est une illusion pernicieuse, car elle embrume l'esprit.

Calant son casque sous son bras, Nico s'avança d'un pas décidé vers l'ambassadeur. Il n'arrivait pas à comprendre d'où lui venait l'intarissable soif de sensations qui le poussait sans cesse à défier la mort. Il avait eu une enfance heureuse, idyllique, même, avec une mère qui l'adorait et inondait d'amour toute sa famille. Mais peut-être était-ce là qu'il fallait chercher l'explication, pensa Nico, en s'arrêtant à un endroit où l'ambassadeur et lui pourraient discuter tranquilles ; peut-être que les hommes comme lui portaient en eux un gène qui les exhortait à rompre avec cette féminité douce et aimante et à aller toujours plus loin, vers des dangers toujours plus grands, pour se sentir vivants. C'était ce qu'avait fait son père : il avait poussé son yacht aux limites de ses capacités, jusqu'à l'accident qui lui avait coûté la vie, en même temps que celle de son frère et sa belle-sœur. Par miracle, la mère de Nico, qui se trouvait elle aussi à bord, avait survécu.

Tandis que l'ambassadeur approchait, Nico s'obligea à ne pas le traiter trop durement. Néanmoins, il n'était pas disposé à faire le moindre compromis. Il avait beau être le petit-fils du roi, il n'avait jamais sollicité ni attendu de son grand-père la moindre faveur.

— Monsieur l'Ambassadeur ? dit-il d'une voix sèche quand celui-ci arriva à sa hauteur.

— Vous m'avez reconnu…, remarqua celui-ci avec un petit rire nerveux.

— Bien sûr.

Nico s'exprimait avec parcimonie, sur un ton impassible.

Comme toujours, il se montrait poli et patient, par respect pour l'âge avancé de l'ambassadeur, même s'il pensait avoir deviné la raison de sa présence. Par acquit de conscience, il demanda quand même :

— Ma mère ?

— Elle va bien, Monsieur. Votre grand-père aussi…

Nico se rembrunit. Pourquoi l'ambassadeur hésitait-il ? Comme s'il ne savait pas déjà ce qu'il allait lui dire.

— Sa Majesté souhaite me voir, continua-t-il à sa place.

C'était davantage une affirmation qu'une question. Nico ne perdait jamais son temps en bavardages.

— C'est exact, Monsieur.

L'ambassadeur fut distrait un instant par les acclamations des autres participants à l'annonce des résultats. Nico avait remporté une victoire écrasante, mais il semblait n'y accorder aucune importance. Il se contenta de passer la main dans ses cheveux bruns très courts, éclaircis par le soleil. Ses yeux gris-bleu, perdus dans le vague, ne laissaient rien deviner de ses pensées.

Nico ne soupçonnait pas à quel point il intimidait l'ambassadeur, qu'il dépassait d'une bonne tête, et dont l'apparence contrastait totalement avec la sienne. Comme il travaillait en plein air, Nico était svelte et bronzé ; s'il dessinait ses plans dans le décor austère de son bureau high-tech, il passait aussi beaucoup de temps à suivre leur réalisation sur les chantiers. Aussi, contrairement aux mains douces et blanches de l'ambassadeur, celles de Nico étaient tannées et rugueuses, et il arborait une barbe brune de pirate qui faisait passer celle — bien taillée— de l'ambassadeur pour un simple duvet. Mais le diplomate surmonta vite sa timidité : au service d'un monarque rusé, il avait l'habitude de gérer toutes sortes de situations. Il accueillit la réponse de Nico avec un respect attentionné.

— Informez Sa Majesté que je lui rendrai visite dès que mes affaires me le permettront.

Comme de nouveaux vivats retentissaient, suivis d'appels au microphone — le grand vainqueur était attendu sur le podium —, Nico leva la main comme pour les interrompre.

L'ambassadeur observait Nico. Le prince était sans conteste le plus doué de tous les participants à cette compétition. Il n'y avait pas de raison pour qu'il ne ressente pas la même excitation qu'eux. Pourtant, il n'avait pas l'air pressé de les rejoindre pour recevoir sa médaille, et on ne lisait sur son visage aucune autosatisfaction. L'ambassadeur avait entendu raconter que ce petit-fils du roi ne ressentait pas d'émotions, et il semblait que ce fût vrai. Cela ne pouvait pas mieux tomber. Le roi Giorgio désirait assurer sa succession avant que sa santé ne se détériore davantage, et ce jeune homme avait toutes les qualités requises chez un monarque : plaçant le devoir avant toute chose, il préservait sa vie privée de la curiosité des journalistes. Pas une femme au monde n'aurait pu causer d'embarras à Nico Fierezza. L'ambassadeur n'en laissa rien paraître, mais en lui-même il se félicitait déjà de son succès.

— Priez Sa Majesté de m'excuser, continua Nico, et dites-lui que je viendrai le voir à Niroli dès que possible.

L'ambassadeur inclina la tête. Il sentait la victoire si proche qu'il ne lui coûtait rien d'accepter ce compromis.

— Sa Majesté comprendra, dit-il. Il m'a chargé de vous appeler auprès de lui, mais à un moment qui vous conviendrait, a-t-il précisé.

Un léger sourire passa dans les yeux de Nico. Depuis quand le roi Giorgio se montrait-il plus accommodant que lui ? Pour que son grand-père soit prêt à attendre, il fallait vraiment que leur entrevue lui tienne à cœur.

— Ce sera peut-être dans une semaine ou deux, répondit-il. Mais pas plus tard.

— C'est une excellente nouvelle, se réjouit l'ambassadeur. Je suis sûr que Sa Majesté en sera ravie.

Il vit alors un faible éclair passer dans le regard de Nico et, prudent, se retint de manifester trop d'enthousiasme.

— Si nous pouvions convenir d'une date…, ajouta-t-il quand même.

— Je vous tiendrai au courant.

La voix de Nico s'était durcie. Le message était clair : il avait déjà fait une concession, et c'était assez pour aujourd'hui.

— Si vous voulez bien m'excuser, Ambassadeur.

Tandis qu'il repartait d'un pas déterminé, il ne vit pas l'ambassadeur s'incliner profondément, en un salut qu'il réservait d'ordinaire au roi.

1

Il y avait une seule rose, sur un cercueil éclaboussé de gouttes de pluie…

Carrie souffrait de voir la fleur s'épanouir sur une plaque de bronze dont nul ne lirait l'inscription : le nom d'une tante qui ne l'avait jamais aimée. Elle avait de la peine, pourtant, car malgré le rejet de sa tante, elle ne lui avait pas voué en retour la même indifférence. On ne décide pas de qui l'on aime. Carrie se consolait en songeant qu'il est certaines choses que la violence des mots ne peut détruire, et que l'amour en fait partie.

— Mlle Carrie Evans ?

En se retournant, Carrie découvrit un homme au teint de plomb, à l'air sinistre, abrité sous un parapluie noir luisant de pluie. Outre elle-même, quatre personnes avaient assisté à l'enterrement de sa tante : le pasteur et les trois employés des pompes funèbres, et à présent qu'ils l'avaient laissée seule, elle trouvait difficile de contenir encore sa douleur. Elle releva le menton et regarda l'homme bien en face.

— Oui, c'est moi. Je peux vous aider ?

— Je suis désolé, mademoiselle. Je suis d'abord passé chez vous…

Carrie ne connaissait pas cet homme, mais elle devinait la raison de sa venue. Il était chargé de lui délivrer les documents qui l'expulsaient de la maison de sa tante, à la demande de parents qui jamais, pour autant que Carrie s'en souvienne, n'avaient rendu visite à tante Mabel. Un notaire l'avait appelée la veille pour lui expliquer la situation.

Hier, le jour où sa vie avait changé du tout au tout, pour toujours…

Carrie avait vingt-cinq ans, mais elle paraissait beaucoup plus jeune. Elle avait le teint pâle et s'habillait de façon classique ; quant à ses cheveux, elle les portait toujours relevés en un chignon parfait, trouvant ses boucles luxuriantes trop embarrassantes. Leur couleur naturelle, un blond roux intense que les peintres appellent vénitien, aurait mieux convenu, jugeait-elle, à une actrice ou à un mannequin glamour. Elle avait même pensé les teindre en châtain clair, mais cela l'aurait obligée à retourner régulièrement chez le coiffeur, ce qu'elle ne pouvait se permettre avec son salaire de secrétaire. Elle avait de grands yeux d'un bleu doux, bordés de cils clairs, assez écartés et très expressifs. La moindre émotion les faisait briller, mais ils pouvaient aussi prendre une teinte d'acier dès qu'elle se trouvait confrontée à une injustice.

— J'ai déjà fait mes bagages, lui dit-elle sans rancœur, et en partant d'ici j'irai chercher ma valise et je remettrai les clés au notaire de ma tante.

Elle ne pouvait rien faire d'autre, et l'huissier ressentit de la compassion pour elle. Il avait entendu dire qu'elle n'avait nulle part où aller, les héritiers de sa tante ayant revendiqué la propriété de la maison dans laquelle elle vivait.

— Vous êtes si bien organisée, lui dit-il. Je n'ai même pas vraiment besoin de vous donner ceci…

— Je crois que si, dit-elle d'un ton grave.

L'huissier ressentit alors la profonde vanité de sa tentative pour la réconforter. Elle soutint son regard quand il lui tendit l'avis d'expulsion, et il ne put s'empêcher de penser que, malgré ses revers de fortune, cette jeune femme réagissait avec une dignité et un calme qui inspiraient le respect.

Carrie avait oublié à quel point sa chambre sous les combles était froide et nue. Elle disposait de vingt-quatre heures, d'après l'avis d'expulsion, pour réunir ses affaires et quitter la maison, mais elle n'avait ni envie, ni besoin d'y rester aussi longtemps. Même si la disparition de sa tante la peinait, elle était heureuse d'abandonner ce lieu où avaient toujours régné la tristesse et la solitude. L'amour et le rire auraient pu emplir cette maison si seulement tante Mabel avait réussi à oublier que le père de Carrie lui avait préféré sa sœur…

Allons, les choses n'étaient pas si terribles ! Carrie esquissa une grimace de dépit en faisant le bilan de la situation : elle était seule, au chômage, à la rue, et elle attendait un enfant !

Sa grimace se mua en sourire quand elle pensa au bébé. Cette grossesse lui procurait une joie immense que rien ne pouvait altérer. Elle allait avoir quelqu'un à aimer, quelqu'un qui l'aimerait en retour, qu'elle soutiendrait tout au long de sa vie et sur qui elle veillerait avec tendresse. Le seul problème, c'était le père de ce bébé. Il fallait qu'elle lui annonce la nouvelle. Il avait le droit de savoir, pensa-t-elle, l'estomac noué par l'appréhension.

Malheureusement, le père du bébé était l'homme le plus froid et le plus insensible qu'elle connaisse. Il était à peu près aussi facile à approcher qu'un tigre blessé. Mais c'était aussi l'homme qu'elle aimait, qu'elle avait aimé dès le premier instant, et le seul qu'elle pourrait jamais aimer. Et lui, de son côté, savait à peine qu'elle existait… Mais plus elle attendait, plus il serait difficile de lui annoncer sa future paternité.

Croisant les bras sur son ventre en un geste protecteur, Carrie résolut de ne jamais laisser quoi que ce soit faire obstacle au bonheur de son bébé, et sûrement pas sa propre lâcheté. Elle devait surmonter sa peur et parler au père de l'enfant. Elle ne voulait rien pour elle-même, elle désirait seulement que, pour le bien de son enfant, son père le reconnaisse et s'engage à le protéger. C'était un homme fortuné, et Carrie se demandait si elle pourrait le persuader d'ouvrir un compte-épargne pour financer les études de l'enfant le moment venu.

Avant d'apprendre qu'elle était enceinte, Carrie avait rêvé de quitter le cabinet où elle travaillait comme secrétaire et d'essayer de faire de sa passion pour la peinture une profession, mais c'était désormais impossible. Elle n'avait plus d'autre choix que de louer un logement bon marché et de travailler jusqu'à la naissance du bébé. Elle espérait parvenir à économiser assez d'argent pour avoir un jour les moyens d'acquérir une modeste propriété avec un jardin où son enfant pourrait jouer. Elle devait lui donner une base stable. Elle ne voulait pas qu'il soit ballotté de foyer en famille d'accueil comme elle l'avait elle-même été après le tragique accident qui avait coûté la vie à ses parents. Elle n'avait peut-être pas de logement pour l'instant, mais elle avait l'intention d'en trouver un très vite.

Nico Fierezza... Depuis des jours, c'était le seul nom que le roi Giorgio de Niroli tolérait d'entendre prononcer en sa présence, et on venait de l'informer que son petit-fils était enfin dans l'avion, en route pour Niroli.

Nico, qui pilotait son propre jet... Le roi Giorgio esquissa un sourire de fierté. Son petit-fils menait l'existence qu'il aurait lui-même menée si ses obligations royales ne l'en avaient pas empêché. A présent, au terme d'une vie longue et riche, la seule tâche qu'il lui restait à accomplir consistait à convaincre ce jeune lion de s'assagir et d'accepter le trône.

Nico Fierezza, s'assagir ? Le roi Giorgio se rembrunit. Il sentait bien qu'il y avait peu de chances pour que cela arrive. Puis son regard rusé s'éclaira. Peut-être n'y avait-il pas au monde un seul homme capable de dompter la fougue de Nico Fierezza, mais une femme, elle, y parviendrait peut-être...

Quelle idée d'être rentré à Niroli, se dit Nico en posant son jet avec douceur sur la piste d'atterrissage. Qu'était-il venu faire sur cette île minuscule, si riche, si séduisante ? Niroli, une île de rêve pour beaucoup, sauf pour lui.

Il était heureux d'y entreprendre de temps en temps une restauration de bâtiment, comme celle qu'il venait de terminer pour sa cousine Isabella, ou même de travailler sur des projets de grande envergure, comme la conception du nouveau terminal de l'aéroport. Mais sa vie était à Londres. Seuls lui manquaient sa mère, la princesse Laura, et ses frères. Max, le benjamin, se dévouait tout entier à la culture et à l'entretien des vignes de l'île, tandis que leur aîné, Luca, était propriétaire du casino qui contribuait pour une large part à la richesse de Niroli. Pendant des années, Luca avait dirigé lui-même ce casino, mais après son récent mariage avec une Australienne dont il était tombé fou amoureux, il avait quitté l'île pour la suivre dans son pays natal, où il avait entamé une brillante carrière d'homme d'affaires. Nico était le seul des trois frères à avoir hérité de leur père le goût de l'aventure, une force puissante qui le poussait en ce moment précis à repartir avant même d'avoir posé pied à terre.

Il pinça les lèvres, agacé, en arrivant à l'espace de stationnement réservé aux avions royaux. Ils avaient déroulé le tapis rouge. Quand comprendraient-ils que toute cette pompe et cette obséquiosité le repoussaient plutôt qu'elles ne l'attiraient à Niroli ? Mais c'était son premier séjour sur l'île depuis le drame dans lequel la moitié de sa famille proche avait péri, et la douleur, la sienne comme celle des autres, était encore vive. Son temps était-il si précieux qu'il ne puisse en consacrer une petite partie à ce qui restait de sa famille ?

Il ferait son possible pour rassurer son grand-père vieillissant et tâcherait de passer de bons moments avec sa mère et ses frères, mais il ne s'éterniserait pas. Il ne voulait pas susciter de faux espoirs. Il ne fallait pas être surdoué pour faire le calcul : il y avait quatre héritiers mâles avant lui, et tous, à n'en pas douter, avaient trouvé un prétexte pour s'exclure de la succession, ce qui signifiait qu'il était le suivant sur la liste. Qu'est-ce qui pouvait expliquer, autrement, l'insistance de son grand-père ? De toute façon, cela ne changeait rien : le trône ne l'intéressait pas.

Ce rejet n'était pas motivé par son seul goût du risque et de la liberté. Nico tenait à se montrer honnête, et il savait que la dernière chose dont Niroli avait besoin, c'était d'un roi incapable de lui offrir un héritier dans le futur. Rendu stérile par une maladie contractée durant l'enfance, il n'avait jamais pu envisager ni mariage ni relation amoureuse à long terme. Il évitait en général d'y penser, mais à certains égards cela lui convenait, car il ne devait rien à personne.

Carrie ne pouvait pas annoncer la nouvelle au père du bébé par téléphone : elle n'avait d'autre choix que d'aller affronter le lion dans sa tanière…

Quand le métro ralentit, elle empoigna sa valise et se fraya un chemin vers les portes du wagon bondé. Une fois remontée à l'air libre, elle s'arrêta un instant dans la rue et remonta son col. C'était un jour d'été typiquement londonien : sous un ciel d'étain, des trombes d'eau se déversaient sur la ville. Bien entendu, tous les taxis étaient déjà pris : la moindre gouttelette suffisait en général pour que ce soit le cas. Carrie ramassa sa valise et se dirigea d'un pas vif vers le quartier des affaires, où se trouvaient les bureaux dans lesquels elle avait travaillé comme secrétaire. Cette époque lui semblait si loin, et pourtant cela ne faisait que trois mois qu'elle avait quitté son emploi, pour une affaire de principe.

De fierté d'ailleurs, plus que de principe, concéda-t-elle en frissonnant sous la pluie. Tante Mabel, toujours heureuse de faire des économies, avait aussitôt congédié ses infirmières et embauché Carrie à leur place. Elle ne la rémunérait pas, mais au moins Carrie se sentait utile, comme si elle gagnait le droit de vivre chez sa tante, même si celle-ci lui faisait déjà payer sa pension. Et puis, dans sa naïveté, Carrie avait espéré que travailler pour sa tante les rapprocherait.

Elle n'attendait plus de miracle à présent, mais elle avait bien l'intention de s'en sortir, quoi qu'il arrive. Elle était venue à Londres non seulement pour avertir le père du bébé de la situation, mais aussi pour obtenir une référence. Si elle voulait subvenir aux besoins de son enfant, elle ne pourrait se contenter d'un travail d'appoint, et elle avait quitté son emploi précédent avec tant de précipitation qu'elle avait négligé tous les détails pratiques. Où avait-elle eu la tête ?

Elle devait penser à Nico Fierezza, se dit-elle avec un sarcasme amer, tout en poussant la porte du superbe immeuble de verre et d'acier qui abritait les bureaux de celui-ci. Elle s'attendait si peu à ce qu'il la remarque que, submergée par ses émotions, elle s'était laissé emporter dans le fantasme d'un bonheur parfait sans réfléchir un seul instant aux conséquences de ses actes.

La première découverte que fit Carrie en pénétrant dans les bureaux fut que son ancienne assistante avait récupéré son poste, et qu'en à peine douze semaines, elle avait réussi à perdre son humilité et sa douceur au profit des manières hautaines qui seyaient, devait-elle imaginer, à son statut de secrétaire en chef. Ce qui constituait une performance assez remarquable, concéda Carrie en bravant le regard dédaigneux de la jeune femme.

— Par ici…

La lime à ongles qui allait et venait sur ses impressionnantes griffes rouges s'immobilisa.

— Si vous laissez votre valise ici, elle va goutter sur la moquette.

— Oui, eh bien, je vais le faire quand même, répliqua Carrie en s'efforçant tant bien que mal de garder son sang-froid. Ça vous ennuie si j'enlève mon manteau pour le mettre à sécher ?

La secrétaire haussa les épaules.

— Est-ce que Nico est là ?

— M. Fierezza ? Je regrette, mais vous ne pouvez pas vous présenter à l'improviste en espérant que M. Fierezza sera disposé à vous recevoir. C'est un homme très occupé. Vous devez prendre un rendez-vous.

— J'ai bien conscience qu'il est occupé, dit Carrie en se demandant quand ce n'était pas le cas. Je patienterai si c'est nécessaire, mais pourriez-vous le prévenir que je suis là ?

— Pourquoi ne me dites-vous pas ce que vous lui voulez ? demanda la jeune femme avec un regard furieux.

— Vous allez l'appeler, je vous prie. A moins que vous ne préfériez que j'entre sans être annoncée ?

Elle esquissa un pas vers la porte du bureau de Nico.

— Ça ne vous servira à rien d'entrer…

La secrétaire réagit plus vite qu'elle ne l'avait anticipé, et, jaillissant de derrière son bureau, lui barra le passage.

— Il est absent, dit-elle sur un ton suffisant.

Ebranlée par la nouvelle, Carrie perdit de sa détermination. Mais, l'instant d'après, une voix derrière elle lui fit reprendre espoir.

— Carrie !

Elle se retourna et aperçut une femme d'un certain âge qui s'avançait vers elle d'un pas enthousiaste.

— Quel plaisir de te voir, Carrie ! Que fais-tu ici ?

Elle glissa son bras sous le sien et l'entraîna plus loin.

Surprise et ravie, Carrie se laissa faire. Sonia Farraday était l'une des personnes qu'elle appréciait le plus parmi ses anciens collègues. La légende voulait que Sonia fasse partie des meubles, mais Carrie savait qu'elle était le pivot autour duquel tout, dans ce bureau londonien, tournait en l'absence de Nico.

— Mon Dieu, tu es trempée jusqu'aux os ! Je vais vite aller te chercher une boisson chaude. Allons, suis-moi dans mon antre…Et s'il vous plaît, Shelley, continua-t-elle d'une voix plus dure à l'adresse de la secrétaire, trouvez un chiffon pour essuyer la valise de Carrie... Franchement, ajouta-t-elle pour Carrie en la poussant dans son bureau impeccable, les jeunes femmes, de nos jours !

Et elle éclata d'un rire tonitruant qui rappela à Carrie pourquoi elle l'aimait tant.

— Alors, qu'est-ce que je peux faire pour toi ? lui demanda Sonia quand elles furent toutes deux assises.

— Je dois parler à Nico, Sonia.

— Hmm..., fit son amie en se rencognant dans son fauteuil. Ce n'est pas si simple. Nico n'est pas à Londres en ce moment et il ne sera pas de retour avant un certain temps. Dès qu'il aura réglé les détails de son dernier chantier, il doit aller voir sa famille à Niroli. Certains disent qu'il compte y rester, ajouta-t-elle sur le ton de la confidence, avec un regard plein de sous-entendus.

— A Niroli ? répéta Carrie en pâlissant.

— Il ne me raconte pas tout. Nico entoure sa vie privée de mystère, comme tu sais, dit-elle en regardant Carrie droit dans les yeux. Il me fera part de ses projets réels quand il sera prêt, et pas avant. Bon, laisse-moi aller te chercher cette boisson chaude. Tu as l'air épuisé. Quand je reviendrai, on discutera plus longuement, puis on passera quelques coups de téléphone et je verrai si je peux t'être utile.

Carrie acquiesça d'un signe de tête las tandis que Sonia quittait la pièce. Elle n'avait pas imaginé que Nico ait pu retourner vivre à Niroli. Cela compliquait la situation. Et à présent, elle avait éveillé la curiosité de Sonia, et elle ne voulait pas lui en dire davantage. Non qu'elle doutât de sa loyauté, mais elle tenait à ce que Nico soit le premier au courant, pour le bébé.

En attendant, seule, dans le bureau, Carrie songea soudain, en regardant l'ordinateur de Sonia, que l'adresse de Nico à Niroli devait se trouver sur le disque dur et que, si son mot de passe n'avait pas changé, elle pourrait y accéder.

Cela ne lui prit que quelques secondes, au terme desquelles elle se rassit, sidérée par ce qu'elle venait de découvrir. Nico n'avait pas d'adresse à Niroli, du moins pas à proprement parler : il occupait une suite au palais. Carrie savait que Nico était le petit-fils du roi, mais, peut-être parce qu'il n'avait jamais revendiqué cette ascendance, elle l'avait toujours considéré comme un membre mineur de la famille royale, un homme dont les liens avec la cour et ses paillettes étaient si ténus qu'ils en devenaient insignifiants. Mais elle comprenait maintenant qu'elle s'était trompée. Nico ne faisait pas seulement partie de la famille qui régnait sur Niroli : il habitait au palais.

Le père de son bébé vivait dans un palais !

Cela rendait sa mission beaucoup plus difficile, mais pas impossible, se dit Carrie, déterminée, tandis que Sonia réapparaissait avec deux tasses de café sur un plateau.

— Allez, bois-moi ça, lui dit Sonia avec chaleur. On croirait que tu viens de voir un fantôme… Tu es certaine que tout va bien, Carrie ?

— Oui, oui, répondit-elle, consciente que Sonia l'encourageait à se confier. C'est juste qu'il fait si froid et humide, dehors.

— Tu devrais revenir, il fait bien chaud ici. Et tu nous manques.

C'était une invitation sincère, mais Carrie ne pouvait l'accepter. Elle ne pourrait jamais retravailler avec Nico après ce qu'il s'était passé entre eux.

Quand elles eurent fini leur café, Sonia tint sa promesse, et quelques coups de téléphone suffirent à établir que Nico était déjà à Niroli.

Niroli, île de légende… Un monde plus luxueux et fascinant que tout ce que Carrie pouvait imaginer. Et découvrir que Nico vivait là, qu'il y était chez lui, le faisait paraître plus lointain et inaccessible que jamais.

Sentant la réticence de Carrie à se confier, Sonia n'insista pas, mais quand Carrie se leva finalement pour partir, elle l'arrêta.

— Je ne veux pas que tu marches jusqu'au métro par ce temps, Carrie. Tu vas attraper un rhume. Je vais t'appeler un taxi. Tu habites toujours à la même adresse ?

Tandis que Sonia l'interrogeait du regard, la main suspendue au-dessus du téléphone, Carrie songea que ce qu'elle venait de lui apprendre bouleversait ses plans, mais elle ne voulait pas se décharger de ses difficultés sur elle. Elle avait un enfant à protéger à présent, et devait faire preuve d'indépendance.

— Je veux bien un taxi, merci, mais si tu permets, je déciderai de ma destination quand il arrivera.

2

Après tout, rien ne la retenait en Angleterre, songea Carrie tandis que l'avion entamait sa descente vers l'aéroport de Niroli. Malgré son appréhension, elle ne pouvait maîtriser son excitation à l'idée de revoir Nico. Elle serra entre ses mains le magazine de la compagnie, qui contenait des photos du palais vu du ciel. La perspective de pénétrer dans un endroit aussi somptueux lui donnait des palpitations. Mais y parviendrait-elle ?

Il le fallait, se dit Carrie en rangeant le magazine dans le filet, et en tournant la tête vers le hublot pour essayer de se détendre. A des centaines de mètres au-dessous d'elle, de minuscules bateaux se détachaient sur le bleu de l'océan, et l'on apercevait, au loin, la côte de Niroli et ses plages d'or pâle. L'île semblait si tranquille depuis le ciel que Carrie appréhendait la tempête qui ne manquerait pas de s'y déclencher, même si elle la savait inévitable. Elle trouvait une certaine ironie à la situation. Nico lui avait expliqué, en l'engageant, que c'était sa calme détermination qui l'avait distinguée des autres candidates ; or c'est cette précieuse qualité qui menaçait à présent de se retourner contre lui…

Carrie était enceinte parce qu'ils avaient couché ensemble le soir de la fête du bureau. C'était d'une banalité affligeante, et elle avait du mal à y croire elle-même, mais, d'un autre côté, elle avait toujours été prête pour Nico : il n'avait eu qu'à la regarder d'une certaine manière pour la séduire. Pendant une grande partie de la soirée, elle s'était tenue en retrait de toute l'animation, un verre de vin à la main. Elle n'était pas douée pour faire la conversation : les mots ne lui venaient jamais assez vite, ou alors, ils sonnaient faux. Et les gens n'allaient pas attendre trois heures qu'elle trouve quelque chose d'intéressant ou de spirituel à dire… Elle n'avait pas bu beaucoup, peut-être un ou deux verres. Elle avait en fait passé une bonne partie de la soirée à se demander comment s'éclipser sans vexer ses collègues. C'est au moment où elle s'apprrêtait à quitter les lieux que Nico l'avait abordée.

— Eh bien, Carrie, vous êtes toute seule ?

Son cœur avait fait un bond dans sa poitrine. Nico Fierezza ne lui avait jamais adressé la parole en dehors des heures de bureau. Mais ce soir, il était là, tout près d'elle, si près qu'elle sentait son eau de Cologne et pouvait même en distinguer chaque note subtile : musc, bois de santal et vanille, mêlées à une odeur de frais, un peu mentholée, qui lui évoquait de longues douches mousseuses sous des torrents d'eau chaude…

— Vous rêvez ?

Sa voix grave et un peu rauque, cette voix qu'elle ne pouvait entendre sans frémir, la tira de ses pensées.

— Ça ne vous ressemble pas, Carrie, ajouta-t-il.

La note de critique qu'elle perçut dans sa voix lui fit lever les yeux vers ses prunelles gris-bleu, qu'elle n'avait jamais eu le courage, jusque-là, d'étudier en détail. Un étonnant anneau couleur d'étain bordait leur iris, et ils contrastaient vivement avec la peau hâlée de Nico.

— Ça fait un certain temps que je vous observe…

Elle était déjà stupéfaite qu'il l'ait remarquée, et se sentit rougir, mais l'humour qui perçait dans la voix de Nico la retint de détourner le regard. Néanmoins, comme d'habitude, aucune repartie ne lui vint aux lèvres. C'était le moment le plus excitant de toute sa vie, et elle restait muette. Elle s'était contentée d'observer ses longs cils épais, d'un brun aussi sombre que la barbe de trois jours qui lui recouvrait les joues, et son cœur s'était mis à battre la chamade quand, sans détacher les yeux des siens, il lui avait souri.

— Tout va bien, madame ? Avez-vous besoin de quoi que ce soit avant l'atterrissage ?

Brusquement ramenée à la réalité, Carrie tressaillit. Elle avait les mains crispées sur les accoudoirs, ce que l'hôtesse avait pris, à tort, pour un signe d'angoisse.

— Non, non, rien, merci.

Tandis que l'hôtesse s'éloignait, Carrie essaya de chasser le souvenir obsédant de cette soirée, mais la voix de Nico résonnait encore dans son esprit… Nico qui la taquinait en lui disant qu'elle était sa petite secrétaire collet monté aux grands yeux innocents, et qu'il se posait bien des questions à son sujet… Carrie était sidérée qu'il s'intéresse à autre chose qu'à ses talents de secrétaire. Et puis il lui avait dit ces mots extraordinaires :

— Vous savez sûrement que je vous ai prise sous mon aile depuis votre arrivée ici.

Nico l'avait prise sous son aile ? Carrie avait senti sa raison disparaître dans un tourbillon d'émotions. Elle chérissait le souvenir de chacun des sourires de Nico comme un avare ses pièces d'or, mais elle avait toujours pensé que leur seul but était de l'encourager à mieux travailler…

— J'aime votre modestie, avait-il continué. Pour moi, la subtilité est l'une des qualités les plus séduisantes chez une femme.

« Séduisante » ? Nico la trouvait séduisante ? Ses mots avaient explosé à ses oreilles comme un signal d'alarme. Quand elle avait finalement retrouvé sa voix, elle n'avait réussi qu'à bégayer :

— Je n'ai pas… enfin… je ne suis pas…

— Si je fais fausse route, dites-le-moi, Carrie, avait-il murmuré d'une voix enjôleuse.

Fausse route ? Vers quoi ? Elle n'était pas sûre de comprendre.

— J'ai envie de vous, Carrie…

A l'instant où il avait prononcé ces mots, Carrie avait perdu tout contrôle sur elle-même. Son propre désir pour Nico était si violent qu'il en devenait presque insoutenable. Et à ce moment-là, dans une chorégraphie parfaitement minutée, Nico s'était adossé contre le mur, tandis que Carrie, convaincue qu'il allait la prendre dans ses bras, avait tangué vers lui. Nico n'attendait pas d'autre réponse.

Elle avait peut-être émis quelque faible protestation quand il lui avait ôté de la main son verre de vin, mais l'émotion lui avait lié la langue quand il l'avait entraînée à l'écart de la fête. Elle l'avait suivi de bonne grâce : elle l'aurait suivi n'importe où.

Ils étaient arrivés dans la salle de réunion et Nico avait fermé la porte derrière eux. Puis, attirant Carrie contre lui, il lui avait touché le bras avec la plus grande douceur, comme pour lui demander la permission d'aller plus loin. Elle la lui avait accordée de bon cœur : son corps fondait comme de la cire sous le feu du désir. Elle n'était pas seulement consentante : tout en elle appelait Nico. Il était le seul homme qu'elle ait jamais désiré, et son rêve était sur le point de se réaliser. Il aurait pu faire d'elle ce qu'il voulait.

Nico correspondait en tout point à ce qu'elle avait imaginé ; il dépassait même ses espérances. Il était doux, tendre, attentionné, et excitant au-delà de toute expression. Tout en déposant des baisers sur son cou, au-dessus de la chaste barrière de son col Claudine, il avait, de ses doigts longs et agiles, déboutonné son chemisier. Ses lèvres, sa langue, ses dents aiguisaient son désir par de légères caresses entrecoupées de paroles coquines chuchotées en nirolien. Carrie était si fébrile qu'elle avait laissé échapper un petit cri d'impatience quand Nico avait interrompu ses baisers pour lui enlever sa veste, mais la pause n'avait pas duré. Désormais, son chemisier était ouvert jusqu'à la taille, exposant sa lourde poitrine à la vue de Nico. Carrie s'était sentie honteuse : elle savait que son soutien-gorge était beaucoup trop petit pour elle et elle avait eu l'intention d'en acheter un à sa taille, mais l'expression sur le visage de Nico l'avait tranquillisée. Il aimait ses seins. Il aimait la façon dont ils débordaient des bonnets qui les retenaient prisonniers, et dont leurs mamelons durcis se pressaient contre la fine dentelle comme des petits boutons de rose rouge.

Alors elle s'était cambrée et lui avait offert ses seins, le premier cadeau qu'elle lui faisait…

Elle sursauta quand l'hôtesse lui toucha la main.

— Nous devons attendre qu'une piste se libère pour atterrir, mais cela ne va pas tarder.

— D'accord, merci.

— Désirez-vous un verre d'eau ?

— Non, merci, je vais bien, honnêtement… Je suis juste un peu nerveuse…

Et juste un peu inquiète à l'idée que la jeune femme devine ses pensées coupables !

— C'est compréhensible, dit l'hôtesse, compatissante. Nous avons eu beaucoup de turbulences, mais l'avion ne court aucun danger. Dans dix minutes, tout cela sera derrière vous et vos vacances pourront commencer.

Ses vacances ? Si seulement ! Carrie lui sourit.

— Merci… et excusez-moi : d'habitude, je ne suis pas si exigeante.

— Mais pas du tout, lui assura l'hôtesse avant de la laisser pour aller s'occuper d'un autre passager angoissé.

Carrie fit un effort pour se reprendre. Elle ne pouvait pas se laisser aller de la sorte, se dit-elle avec fermeté. Elle devait chasser Nico de son esprit… Fermant les yeux, elle se concentra sur des pensées joyeuses, sur l'être minuscule qui grandissait en elle, mais, bientôt, elle sentit des doigts légers se poser sur son épaule : l'hôtesse était de retour avec un verre d'eau.

— Merci, c'est très gentil…

— Nous sommes là pour ça, madame.

Cette petite attention fit venir les larmes aux yeux de Carrie. Elle savait que cette hypersensibilité était due aux variations hormonales provoquées par la grossesse, mais elle y vit tout de même un avertissement : elle devrait se montrer prudente quand elle verrait Nico, et tâcher de garder le contrôle de ses émotions. Il ne fallait en aucun cas qu'il la croie faible.

Elle vida son verre et ferma les yeux, en essayant de ne plus penser à rien, mais elle glissa bientôt dans un monde étrange, à la lisière du sommeil, où l'attendait Nico. Elle ne pouvait pas le tenir pour responsable de ce qui s'était passé. Elle avait ressenti un désir aussi violent que le sien ce soir-là, et sa docilité lascive s'était transformée, le temps d'un baiser, en une faim dévorante…

Personne n'ignorait que Nico était fort, mais ce soir-là elle avait découvert que son corps musclé avait la douceur de la soie. Ce contact si intime avec sa peau nue et chaude avait décuplé son excitation. A partir de cet instant, elle n'avait plus désiré qu'une seule chose : le sentir entrer profondément en elle.

Nico savait exactement comment la satisfaire. Ses mains assurées avaient trouvé sans peine l'agrafe de sa jupe, et Carrie l'avait encouragé à la défaire en riant doucement, en mordillant sa peau de ses petites dents blanches, jusqu'à ce qu'il paraisse avoir changé d'avis… Mais il avait d'autres projets pour elle. Il l'avait soulevée et l'avait assise sur le bord de la table de réunion, où elle se trouvait juste à la bonne hauteur pour lui. Tandis que sa main s'immisçait entre ses cuisses, elle frémissait d'impatience, se déhanchant pour l'aider à lui retirer sa culotte…

Une secousse soudaine fit tressaillir Carrie. L'avion avait atterri, comprit-elle avec surprise. Il était temps de remettre sa veste, de rassembler ses affaires… Mais le souvenir de Nico allait-il la laisser en paix ?

— Vous pouvez lâcher les accoudoirs et vous détendre, maintenant, lui dit l'hôtesse avec un sourire.

Si seulement c'était aussi simple…

— Merci pour tout…

L'hôtesse s'attarda quelques instants, la main posée sur le dossier du siège de Carrie.

— Nous devons encore rouler dix minutes avant d'atteindre le terminal, donc vous avez tout votre temps pour ranger vos affaires. Quelqu'un vient vous chercher, j'imagine ?

Non, personne. Envahie par un soudain sentiment de solitude, Carrie comprit pourquoi elle avait agi avec tant d'abandon le soir de la fête. Elle avait eu désespérément besoin de sentir que quelqu'un la désirait. Et quand le miracle s'était produit…

— Non, personne ne vient me chercher, avoua-t-elle en s'efforçant de prendre une voix gaie. C'est mon premier voyage en solitaire, et je suis très excitée.

— Moi aussi, vous savez, j'ai toujours voulu partir seule un jour. Je vous admire.

« Je n'ai pourtant rien d'admirable », pensa Carrie, en s'efforçant de conserver son expression enthousiaste.

— Je vous raconterai comment ça s'est passé, dit-elle.

Quand l'hôtesse repartit, Carrie se demanda si elle allait parvenir, de quelque manière que ce soit, à libérer son esprit de la passion obsédante qu'elle éprouvait pour Nico et à penser clairement. La tâche n'était pas aisée.

— Pas encore, c'est moi qui déciderai…

C'était ce qu'il lui avait dit le soir de la fête, et, sur le moment, elle avait été heureuse de se soumettre à son désir. Mais aujourd'hui, c'était différent. Personne n'osait jamais affronter Nico, pourtant elle allait le faire, elle, pour le bien de leur enfant.

Elle était prête. Des dizaines de fois, dans sa tête, elle avait joué la scène où elle lui annonçait la nouvelle et s'était préparée à son rejet. Elle avait même imaginé les reproches qu'il allait lui faire : elle aurait dû être plus responsable, plus prudente, elle aurait au moins pu prendre la pilule. Utiliser un préservatif ? Cela impliquait un certain degré de préméditation, or, dans leur cas, rien n'était prévu…

Carrie détacha sa ceinture et se glissa au milieu des autres passagers dans l'allée bondée, en attendant que la file avance. La femme qui se tenait juste devant elle se retourna.

— C'est merveilleux, n'est-ce pas ?

« Merveilleux »… C'était ce que Nico lui avait dit…

Non, personne n'avait accès à ses pensées, se répéta Carrie pour elle-même. Sa voisine faisait un simple commentaire sur le paysage baigné de soleil qu'on apercevait à travers le hublot.

— Oui, absolument merveilleux, répondit-elle avec un sourire, en essayant de ne pas repenser au moment où Nico avait prononcé ce mot.

Trop tard. Déjà le souvenir lui revenait à la mémoire : Nico qui déboutonnait son jean, baissait sa fermeture Eclair et se libérait… Puis il l'avait aidée à nouer ses jambes autour de sa taille, et posant les mains sur ses genoux, s'était penché au-dessus d'elle en murmurant : « Merveilleux… »

Les joues en feu, Carrie se força à ramener ses pensées vers le présent. Elle devait à tout prix garder l'esprit clair, et décida de procéder par étapes. Elle n'avait nulle part où habiter et presque pas d'argent… Elle se mettrait donc en quête d'une chambre pour la nuit et ensuite, elle chercherait Nico.

Mais le doute l'étreignit de nouveau quand elle posa le pied sur le tarmac. En regardant autour d'elle et en respirant l'air tiède et épicé, elle prit conscience que Niroli était un lieu encore plus glamour et sélect qu'elle ne l'avait imaginé. Même les hôtesses étaient d'une élégance incroyable. A côté d'elles, Carrie se sentait terne et mal fagotée, un sentiment qu'elle avait déjà éprouvé le soir de la fête au bureau…

En regardant son visage dans le miroir de la salle de bains après qu'ils avaient fait l'amour, Carrie s'était comparée aux autres femmes présentes ce soir-là, et sa fadeur lui était apparue comme une évidence. Sa magnifique chevelure lui faisait l'effet d'une mauvaise blague : elle n'avait rien à faire sur sa tête. Au fond, Carrie ressemblait à ces poupées-carton en pièces détachées avec lesquelles elle jouait petite fille : ses yeux, son visage et son corps ne s'accordaient pas, et formaient un ensemble disgracieux. Nico ne pouvait pas avoir été séduit par cela. Nico avait eu envie de sexe, voilà tout. Elle avait offert sa virginité à un homme pour qui l'acte sexuel n'avait pas plus de valeur qu'un repas pris au fast-food, et qui s'était servi d'elle !

Bien sûr, reconnut-elle avec amertume, en cherchant des yeux le panneau indiquant le retrait des bagages, elle-même n'était pas tout à fait innocente. Elle avait encouragé Nico de toutes ses forces, et il n'y avait rien d'étonnant à ce qu'il ne l'ait pas repoussée. Elle n'oublierait jamais l'instant où il avait posé ses mains rugueuses sur ses fesses. Elle s'était lovée contre lui avec délices…

Nico possédait un sens tactile très développé. L'un de ses plus grands plaisirs, avait-il avoué au cours d'une réunion à laquelle Carrie participait, était de voir ses plans quitter le papier et prendre corps… Il aimait regarder, toucher, caresser, et retirer tout ce qu'il pouvait de chaque nouvelle expérience.

Carrie avait toujours pensé que cet amour attentif des choses était la clé de son succès ; elle savait à présent que cela faisait de lui un amant fantastique. Elle était déjà au comble de l'excitation quand, s'introduisant à peine en elle, il avait commencé à bouger très doucement d'avant en arrière, et quand il l'avait pénétrée plus profondément, elle en avait eu le souffle coupé de plaisir. Mais il s'était retiré sans lui laisser le temps de réagir. Le corps de Carrie, alors, n'était plus que feu liquide. Plantant les ongles dans les muscles tendus de Nico, elle l'avait imploré.

— Nico, je t'en supplie…

— De quoi me supplies-tu ?

— Tu sais ce que je veux…

— Ah oui ?

Il avait semblé amusé, et, pour elle, il était beaucoup trop tard pour faire demi-tour…

Elle essaya de ne pas sourire en saisissant sa valise sur le tapis roulant, mais ce n'était pas facile… Penser à Nico était une assez bonne manière de se distraire pendant les ennuyeuses formalités d'entrée sur le territoire, songea Carrie en constatant qu'elle était arrivée au bout de la file, et qu'un employé lui faisait signe d'avancer vers un comptoir. Elle tendit son passeport à l'agent de l'immigration et lui adressa un faible sourire tandis qu'il la dévisageait avec attention. Elle avait perdu sa belle humeur, à cause de la fatigue, peut-être, ou alors parce qu'elle avait atteint le moment, dans ses souvenirs, où tout s'était gâté. Cela avait commencé quand Nico lui avait dit qu'il l'aimait, parce que ce qu'il lui avait dit, en fait, c'était : « Qu'est-ce que je l'aime, ma souris. » En la réduisant ainsi à un personnage de dessin animé, il niait déjà sa réalité, son importance. Il n'aimait pas Carrie Evans, il aimait la petite souris docile qu'elle l'avait laissé voir en elle.

Carrie était d'humeur tellement morose qu'en traversant le hall de l'aéroport, elle leva les yeux vers le panneau pour consulter les horaires des vols de retour, mais, à l'instant où elle sortit, elle changea d'avis. Son œil d'artiste fut immédiatement séduit par l'intensité et la variété des couleurs qui l'entouraient. Des cascades de bougainvilliers fuchsia dévalaient les façades en grès jaune du terminal, et, juste en face, une énorme fontaine envoyait vers le ciel de grands jets irisés. Elle se souvint alors que c'était Nico qui avait dessiné le bâtiment et revint brutalement sur terre.

Comment réagirait-il quand elle lui parlerait du bébé ?

Comment pouvait-il réagir ?

Quoi qu'il arrive, elle ne considérerait jamais le bébé comme une erreur. Tomber amoureuse de Nico était la seule erreur qu'elle ait commise. Ramassant sa valise, Carrie se dirigea d'un pas rapide vers la file des taxis.

Le chauffeur, un vieil homme très fier de son île natale, lui en conta tous les secrets tandis qu'ils roulaient vers la vieille ville. Niroli avait une histoire haute en couleur, dans laquelle intervenaient une foule de rebelles et de rois. Carrie apprit également que la famille de Nico avait bâti sa fortune sur le commerce maritime, tirant profit de la position avantageuse de l'île au sud de la Sicile.

Peu à peu, Carrie se détendit. Le ciel était si bleu, sans un nuage en vue, et il y avait mille choses intéressantes à découvrir autour d'elle. Un château en ruine, un vignoble, un champ d'orangers… En se penchant, elle voyait même le sommet des montagnes coiffé de neiges éternelles.

Niroli était une île superbe, et Carrie comprenait la fierté du chauffeur. Elle regrettait juste que le vieux taxi ne possède pas l'air conditionné, car elle portait encore le lourd tailleur qu'elle avait en arrivant à Londres. Elle regrettait d'avoir agi avec tant de précipitation et de n'avoir pas prévu davantage de vêtements. Mais avait-elle jamais su faire preuve de pondération quand il était question de Nico ?

En tout cas, pas au lendemain de la fête, pensa Carrie. Elle avait passé tant de temps à se préparer, ce matin-là, sachant qu'elle allait revoir Nico. Elle avait choisi dans sa maigre garde-robe son plus beau tailleur sombre et un chemisier très sage : elle ne voulait pas avoir l'air de l'aguicher. Le souvenir de sa lascivité de la veille l'embarrassait…

Elle savait qu'il n'allait pas être facile de se retrouver face à Nico, et elle voulait surtout éviter tout malentendu : elle avait bien compris que la fête était terminée.

Mais elle avait quand même gardé un mince espoir… Elle s'était brossé les cheveux jusqu'à ce qu'ils brillent, et avait caressé l'idée de les laisser détachés, mais les avait finalement relevés pour être plus à l'aise, avant d'appliquer sur ses lèvres une touche de rouge. Elle n'était pas très douée pour se maquiller, mais, ce jour-là, elle avait fait un effort.

Son cœur avait fait un bond dans sa poitrine quand elle avait aperçu Nico, et tout son corps avait frémi. Il sortait d'un petit déjeuner de travail et elle avait attendu, hésitante, qu'il termine de discuter avec un collègue. Mais alors, il était passé devant elle sans un regard…

— Bonjour, Nico…

Elle avait dû renouveler son salut pour qu'il se tourne vers elle. Quand il l'avait vue, son visage s'était éclairé, précipitant le cœur de Carrie dans un galop furieux.

— Ah, formidable, vous êtes là…

Il lui avait pressé le bras et avait plongé les yeux dans les siens, plein de charme, de chaleur… et d'une courtoisie toute professionnelle.

— Scannez ces documents et rapportez-les-moi aussi vite que possible, d'accord, Carrie ? C'est très urgent…

Il lui avait fourré des papiers dans les mains, ces mêmes mains qui, à peine quelques heures auparavant, avaient caressé son corps de la façon la plus intime.

— Et ensuite, vous pourrez nous apporter du café en salle de réunion, je vous prie ?

Sûr de la réponse qu'elle allait lui faire, sûr de son pouvoir sur elle, il avait prononcé ces dernières paroles sans même la regarder.

La salle de réunion était semblable à ce qu'elle avait toujours été : élégante, froide, idéale pour les discussions sérieuses qui y avaient lieu.

Ce jour-là, Carrie avait fait tout ce que Nico lui avait demandé, et, le soir, elle s'était attardée au bureau, guettant sa sortie comme une gamine amoureuse. Elle avait attendu que le bureau se vide et que les gens de l'entretien arrivent. Nico travaillait toujours derrière sa porte close. Elle ne pouvait pas rester sans rien faire, alors elle avait frappé à la porte et avait passé la tête dans l'entrebâillement.

— Bonsoir…

Distrait dans son travail, Nico avait levé les yeux. Il avait des plans dépliés devant lui et Carrie voyait bien qu'il aurait préféré ne pas être dérangé.

— Vous voulez quelque chose, Carrie ?

Il la considérait d'un regard impersonnel, un regard qui affirmait qu'il était son patron, et rien d'autre. Le Nico qu'elle avait aimé la veille aurait aussi bien pu être un imposteur. Pour ne pas perdre la face, elle lui avait menti.

— Excusez-moi de vous déranger. Avant de rentrer chez moi, je voulais m'assurer que vous n'aviez besoin de rien.

Nico la scruta brièvement de ses yeux sombres.

— Non, je n'ai besoin de rien. Merci, Carrie. Rentrez chez vous maintenant. Ce n'est pas la peine de rester aussi tard.

Pas un mot de plus.

C'était clair, net et rapide.

C'était fini. En ce qui concernait Nico, ça n'avait même jamais commencé. Ils n'avaient aucune raison de se sentir mal à l'aise au bureau. Ce qu'ils avaient vécu n'était qu'une aventure. Ils avaient tous les deux eu envie de sexe au même moment, ils s'étaient nourris l'un de l'autre, et à présent, chacun devait continuer sa route. Il ne voyait pas où était le problème.

Le problème… Après cet épisode, Carrie ne pouvait pas continuer à travailler pour lui : sa fierté ne le lui permettait pas. Elle avait donc donné sa démission, se retirant discrètement comme la souris qu'elle était à ses yeux, en disant simplement que sa tante avait besoin d'elle à la maison.

Les semaines suivantes avaient été atroces. Le cœur brisé, Carrie s'endormait chaque soir en pleurant, et se réveillait chaque matin, toujours épuisée, toujours aussi furieuse contre elle-même. Il n'y avait pas eu un seul jour de beau temps cet été-là, ou, du moins, pas un seul dont elle ait eu conscience. Elle ne se souvenait que de la pluie. La pluie, encore et encore, une goutte pour chaque larme versée… Et quand elle ne pleurait pas, Carrie se maudissait d'avoir été aussi stupide, d'avoir offert sa virginité à un homme qui ne voulait pas d'elle…

Et puis, un matin, le soleil était revenu, et Carrie s'était réveillée en se disant qu'aucun homme ne méritait qu'on souffre autant pour lui. C'était le lendemain du jour où elle avait découvert qu'elle attendait un bébé de Nico. Elle avait su alors qu'elle devait mûrir et s'endurcir. Cessant de se voiler la face, elle avait reconnu que Nico Fierezza n'avait jamais essayé de se faire passer pour un chevalier servant ou pour Monsieur Tout-le-monde. Nico était un aventurier, elle l'avait toujours su. Mais elle n'était pas sa « souris ». Elle n'était la souris de personne. Bientôt, en revanche, elle deviendrait mère. Et elle était prête à se battre pour le bonheur de ce petit être.

3

Carrie déposa ses affaires dans la chambre d'hôtes vieillotte qu'elle avait louée dans le centre-ville sur la recommandation du taxi. Elle n'était pas loin du palais et correspondait à la description qu'en avait faite le chauffeur : elle était bon marché, propre et tenue par des gens sympathiques.

Se savoir si près de Nico maintenait Carrie dans un état d'agitation permanente, agitation qui s'amplifiait tandis qu'elle se préparait pour sortir explorer la ville. Peut-être allait-elle apercevoir Nico, d'abord de loin, espérait-elle, afin de pouvoir le contempler à sa guise, ce qui rendrait sûrement leur future rencontre moins angoissante.

Comme tout le monde au bureau, elle s'était posé des questions sur la vie privée de Nico. Il n'avait pas d'épouse ; dans ce cas, avait-il une maîtresse ? Comment se distrayait-il quand il n'était pas en train de risquer sa vie pour le plaisir, ou de travailler ? Carrie se sentait toujours mal à l'aise quand ses collègues abordaient ce sujet. Cela éveillait en elle un instinct protecteur ; elle voulait leur dire de laisser Nico tranquille, mais cela aurait trahi ses sentiments pour lui. Elle savait très bien pourquoi il les fascinait toutes. Chacune voulait être celle qui saurait lui mettre la corde au cou. Nico courait après le danger et elles couraient après lui. Il vivait sa vie à cent à l'heure, et elles voulaient être dans la course. En ne révélant rien aux médias de sa vie privée, Nico n'avait réussi qu'à faire parler de lui et à se rendre plus désirable encore. Il paraissait lancé à la recherche d'un bonheur qui lui échappait toujours ; les femmes le savaient, et chacune n'avait qu'un rêve : que Nico trouve en elle son port d'attache.

Carrie s'arrêta en sortant de l'hôtel pour scruter les alentours. Chercher Nico était devenu un réflexe… Un réflexe dont elle devait se débarrasser, se dit-elle avec fermeté. Mais très vite, elle se sentit rassurée. Il était difficile de ne pas sourire quand le temps était aussi beau et les gens aussi amicaux. A peine avait-elle fait quelques pas que quelqu'un la saluait aimablement.

C'était l'avantage des pays chauds, songea Carrie : les autochtones venaient vers vous, voulaient vous faire partager leur bonheur de vivre… Niroli était vraiment splendide. Carrie comprenait que Nico puisse vouloir y passer sa vie, même si cette pensée lui serrait le cœur. Au bord des larmes, elle dut se rappeler que sa priorité, pour l'heure, était de changer de vêtements. Son budget était serré, mais elle pouvait tout de même se payer une petite robe d'été et une paire de sandales !

Les rues tortueuses du vieux centre-ville, bordées de boutiques, invitaient à la promenade, et tandis que Carrie s'engageait dans l'une d'elles, qui offrait une vue superbe sur le port, elle se demanda ce qu'elle aurait ressenti si elle l'avait découverte avec Nico. Au milieu, un escalier très raide, avec des rampes en fer, descendait vers la mer, et Carrie s'imagina en train de le dévaler en riant, main dans la main avec Nico, sous le linge multicolore pendu en travers de la rue…

Mais ce n'était qu'un rêve idiot, elle était seule, et elle décida de remettre plutôt son exploration de la ville au lendemain : il fallait qu'elle achète tout de suite un vêtement plus léger, ou elle allait fondre sur place.

Elle échappa au soleil en entrant dans une petite boutique à l'atmosphère réfrigérée. Une cloche tinta quand elle poussa la porte, mais elle ne vit personne. Elle entendit, en revanche, une voix de femme, impérieuse, venue d'une autre pièce.

On allait forcément venir s'occuper d'elle, se dit Carrie en prenant garde de ne pas toucher aux somptueux vêtements pendus sur les portants. Elle comprit qu'elle s'était sans doute égarée dans l'une des boutiques de créateur les plus chères de l'île ; elle savait, sans même regarder les étiquettes, qu'elle n'y trouverait rien dans ses moyens. Mais ce n'aurait pas été correct de ressortir comme ça. Elle allait plutôt attendre qu'une vendeuse arrive et lui demander l'adresse du centre commercial le plus proche.

Soudain, une cliente surgit de l'embrasure d'une porte et traversa la pièce d'un pas pressé et suffisant, en faisant claquer ses talons. Intimidée, Carrie recula contre un portant. La cliente était une femme d'un certain âge, et plusieurs jeunes filles se précipitaient à sa suite, chargées chacune d'une robe de soirée raffinée protégée par une housse de plastique transparent. Au moment précis où la dame poussa la porte, une superbe limousine vint se garer devant la boutique. Un chauffeur en livrée en sortit et ouvrit la portière arrière avant de s'incliner respectueusement, tandis que son élégante passagère montait dans la voiture. Une fois installée, la dame congédia le chauffeur d'un geste sec.

Carrie avait observé la scène avec fascination, et, tandis que la limousine s'éloignait et que le silence retombait dans la rue, elle eut plus que jamais le sentiment d'avoir pénétré dans un monde où elle n'avait pas sa place. Quelles autres surprises se cachaient derrière le beau visage de l'île ?

— Et dire que c'était juste la dame d'honneur de la *principessa*...

En voyant la jeune vendeuse rentrer dans la boutique et prononcer ces paroles exaspérées en agitant les doigts devant sa bouche, Carrie ne put s'empêcher de rire.

— Pardonnez-moi de vous avoir fait attendre, *signorina*, lui dit la vendeuse sans perdre son air avenant. Puis-je vous aider ?

En surprenant son reflet dans un miroir, Carrie perdit un instant toute assurance. Elle avait eu beau s'arranger avant de sortir, elle avait quand même l'air terne et sans élégance à côté de la jeune vendeuse.

— J'espérais que vous pourriez m'indiquer le centre commercial le plus proche.

— Un centre commercial ? A Niroli ?

La jeune fille se hâta de dissimuler sa surprise.

— Il n'y en a pas, *signorina*, reprit-elle. Mais en revanche, il y a un charmant marché juste au bout de la rue, où l'on vend de très jolis vêtements. J'y vais moi-même assez souvent. Désirez-vous que je vous montre ?

Rassurée par l'attitude chaleureuse de la jeune fille, Carrie reprit confiance en elle et trouva le courage de lui poser la question qui la tourmentait.

— Quand vous dites que ce n'était que la dame d'honneur de la *principessa*, à qui faites-vous allusion ?

— A la *principessa* Anastasia, répondit la jeune fille avec une grimace. La femme que vous avez vue est la *contessa* di Palesi, ajouta-t-elle avec une nouvelle grimace, plus moqueuse encore. Elles vivent toutes les deux au palais.

Carrie se força à rire, mais la nouvelle l'avait détruite. Elle s'était toujours doutée que les choses finiraient ainsi, que Nico choisirait quelqu'un de sa classe, mais voir sa plus grande peur justifiée lui déchirait le cœur. Elle ne supportait pas l'idée que la princesse séjourne au palais avec Nico, mais comme il était inutile de nier cet état de fait et qu'elle était curieuse…

— Pourquoi la *contessa* avait-elle l'air si irrité ?

— Parce qu'il y a un grand dîner au palais ce soir et qu'il manque un bouton à la robe de la *principessa*, répondit la jeune fille en haussant les épaules. Dans ces conditions, il est bien sûr impensable que la *principessa* porte sa robe, même si nous recousons le bouton. « Vous croyez vraiment que la *principessa* peut porter un article endommagé ? »

La jeune fille gloussa, très fière de son imitation de la *contessa*.

— Nous avons donc fourni à la *principessa* une nouvelle sélection de robes parmi lesquelles elle choisira.

Carrie se demandait avec une certaine perplexité comment l'on pouvait se permettre de rejeter une robe simplement parce qu'il lui manquait un bouton, tandis que l'expression de la jeune fille, « article endommagé », résonnait à ses oreilles. Etait-ce comme cela que Nico la considérerait à présent ?

Carrie se força à penser à autre chose.

— Vous croyez que je trouverai une robe d'été et des sandales au marché ?

— *Certo*, répondit la jeune fille avec un sourire encourageant. Il y a un petit marchand qui me vend souvent ce genre de choses, tout contre le mur du palais. Regardez, c'est là-bas. Vous voyez ?

Le pouls de Carrie s'accéléra quand elle posa les yeux sur le palais. Elle avait déjà remarqué que la vieille bâtisse était beaucoup plus grande que ce que les photos du magazine de la compagnie aérienne avaient laissé supposer ; même depuis la fenêtre de sa chambre, située au dernier étage de la maison d'hôtes, elle devait tordre le cou pour voir les fanions flotter en haut des remparts. Des fanions qu'on avait dû hisser en l'honneur de la princesse Anastasia. Il n'était pas très difficile d'imaginer ce qu'un membre d'une autre puissante famille royale européenne faisait au palais en même temps que Nico, et pourquoi un grand dîner se tenait ce soir-là. Carrie aurait-elle pu plus mal choisir son moment pour révéler sa grossesse à son ancien patron ? Nico gagnait très bien sa vie, sa brillante carrière lui valait le respect de ses pairs, et il était, en outre, petit-fils de roi. Si la princesse Anastasia séjournait au palais, c'était, sans aucun doute, pour annoncer leurs fiançailles…

Carrie dissimula son anxiété pour prendre congé de la vendeuse, bouleversée à l'idée que même si elle portait l'enfant de Nico, elle se trouvait, à la différence de la princesse Anastasia, du mauvais côté des murs du palais.

En se dirigeant vers le marché, elle remarqua une publicité pour une visite guidée de la vieille ville, qui se déroulait en partie au palais.

Si elle pouvait y entrer…

Alors même qu'elle reprenait espoir, elle fut prise d'une nausée, qui lui rappela qu'elle devait s'abriter du soleil et s'hydrater. La chaleur impitoyable accentuait la fatigue causée par sa grossesse.

Arrivée au marché, elle acheta de l'eau et vida la bouteille, puis, comme elle s'apprêtait à repartir, elle remarqua soudain un bruyant remue-ménage sur le trottoir d'en face. Une nuée de paparazzi surgit de nulle part, et, pendant quelques instants, le désordre régna, le crépitement des flashes se mêlant aux exclamations des badauds et des photographes.

C'était Nico. Paralysée, Carrie retint son souffle. Elle n'avait pas besoin de le voir pour savoir qu'il était là, elle ressentait sa présence dans toutes les fibres de son être. Et, finalement, elle l'aperçut… Beaucoup plus grand que tous les autres, et si impressionnant que même les photographes, qui pourtant ne manquaient pas d'audace, reculèrent pour prendre leurs clichés.

Comme si Nico allait les attaquer, se dit Carrie avec colère. Mais qu'est-ce qu'ils imaginaient ? Nico était un homme, et eux n'étaient que des gamins…

L'élan d'amour qu'elle ressentait annihila tous ses efforts pour oublier Nico, et elle se sentit plus que jamais fascinée par sa présence, son aura, sa puissance physique. Nico Fierezza était l'un des hommes les plus libres de la planète, et c'était aussi l'un des plus séduisants. Carrie n'avait pas besoin des photos des magazines pour savoir qu'il possédait un visage de star et un corps d'Apollon. Et ce Dieu vivant l'avait désirée elle, elle, Carrie Evans, une simple assistante ! Une assistante qui, à présent, portait son enfant…

Le cœur gonflé de fierté, Carrie remarqua soudain la femme

qui accompagnait Nico, et qu'il protégeait des photographes. Elle était jeune et très belle. Pouvait-il s'agir d'Anastasia ?

Carrie ne pouvait détacher les yeux de la jeune fille, aussi jolie qu'une princesse de conte de fées. Une princesse qui était tout ce qu'elle n'était pas. Elégante et décontractée, elle avait de longs cheveux noirs, épais et brillants, qui caressaient ses épaules comme une cape de soie. Sa peau bronzée semblait partout lisse et douce. Carrie ne distinguait pas ses yeux, cachés derrière des lunettes de soleil, mais elle la vit lever la tête vers Nico et lui adresser un sourire qui révéla, entre des lèvres rouges et pulpeuses, des dents parfaites.

Carrie ne vit pas la réaction de Nico, mais elle était sûre qu'il souriait, lui aussi.

Pourquoi éprouvait-elle de la surprise ? Elle avait toujours su que Nico aurait un jour une jolie femme à ses côtés. Elle avait toujours su qu'elle-même ne méritait pas la nuit qu'elle avait passée avec lui. Il était temps qu'elle accepte qu'après l'amour, Nico s'était éloigné d'elle, dans tous les sens du terme…

Elle recula dans l'ombre du mur quand elle vit Nico regarder dans sa direction. Avait-il senti sa présence ?

Préférant ne pas prendre de risque, elle se plaqua contre le froid mur de pierre. C'est alors qu'elle remarqua les gardes du corps qui encadraient Nico et la princesse.

Cette fois-ci, un bon pressentiment l'avait sauvée, mais elle devrait se montrer prudente à l'avenir. Si Nico l'avait vue, elle n'aurait jamais pu se retenir d'aller lui parler, et qui sait de quelle manière les gardes du corps auraient réagi en la voyant s'approcher ? Son projet n'était pas exactement de se faire arrêter devant le père de son enfant !

4

Carrie se rendit compte qu'elle tremblait quand la voiture de Nico et d'Anastasia commença à s'éloigner. Peu importait combien de fois elle s'était répété qu'il devait y avoir quelqu'un dans la vie de Nico, elle ne pouvait supporter de le voir avec une autre femme. Les vitres fumées de sa luxueuse voiture de sport suggéraient une atmosphère intime, propice aux caresses les plus tendres. Comment imaginer que Nico n'ait pas envie de toucher la princesse, assise si près de lui ? Et comment imaginer que la princesse ne soit pas enivrée par le parfum de son eau de Cologne, ou l'odeur fraîche et sensuelle de sa peau ? La princesse Anastasia était si belle, et Nico si séduisant ! Comment imaginer qu'ils ne se désirent pas follement ? Elle avait vu la façon dont la princesse avait regardé Nico…

Mais davantage que l'idée du contact physique, c'était celle d'une intimité et d'une complicité croissante qui rendait Carrie malade de jalousie. Pourtant, elle devait regarder la réalité en face. Elle n'avait aucune chance avec Nico, n'en avait jamais eu aucune. S'il n'avait pas voulu d'elle trois mois plus tôt, il y avait peu de chances pour qu'il veuille d'elle maintenant. Et quand elle lui ferait part de sa grossesse, il ne pourrait sans doute pas s'empêcher de la comparer à la princesse Anastasia…

Ces tristes pensées firent monter les larmes aux yeux de Carrie. Mais elle se ressaisit bien vite et se dirigea vers le marchand recommandé par la jeune fille, à qui elle acheta une robe d'été toute simple et une paire de tongs.

N'était-ce pas la tenue parfaite pour se rendre au palais ? songea Carrie avec sarcasme. Sur un coup de tête, elle y ajouta des sous-vêtements neufs. Pourquoi pas ? Personne ne les verrait, mais elle saurait, elle, qu'ils étaient là. C'était une façon de s'affirmer, bien discrète, il est vrai, mais Carrie avait remarqué que souvent, les gestes en apparence les plus anodins avaient leur importance.

Après avoir pris une douche et passé sa nouvelle robe, Carrie se rinça le visage à l'eau froide et s'attacha les cheveux. Quand elle ressortit de la maison d'hôtes, la température était en train de grimper, et même les dalles de pierre, sous ses pieds, dégageaient des vapeurs brûlantes, ce qui ne présageait rien de bon pour ses tongs en plastique.

Elle ne s'était pas rendu compte que l'entrée du palais, où débutait la visite guidée, se trouvait si loin du palais lui-même, ni que les rues montaient autant. Elle n'avait pas pensé que les boutiques fermaient dans l'après-midi, pour ne rouvrir qu'à 18 heures. Et, dans sa hâte à partir pour Niroli, elle avait oublié d'emporter des lunettes de soleil et de la crème solaire. Jamais, d'ordinaire, elle n'agissait avec autant d'impétuosité…

Elle arrivait au terme d'une longue attente, et verrait bientôt Nico en personne. Mais en tournant le coin d'une rue, elle découvrit avec désespoir qu'elle n'était pas la seule à vouloir visiter la vieille ville. La file de touristes s'étendait tout le long du mur.

Epuisée, elle s'arrêta à l'ombre, à côté de l'un des postes de contrôle du palais, et regarda les voitures qui entraient et sortaient. Il y avait un garde assis dans une petite guérite, et derrière, à seulement quelques pas, la cour du palais… S'approchant de la guérite, elle frappa poliment à la vitre.

Grâce à la jeune vendeuse de la boutique de vêtements, elle était au courant du dîner organisé ce soir-là. Aussi, quand le garde l'interrogea du regard, elle lui déclara faire partie du personnel embauché en extra pour aider à la préparation du banquet. Le garde consulta sa liste et secoua la tête.

— Je n'y suis pas ? s'exclama Carrie avec désarroi. Mais… ils m'attendent…

— Ce n'est pas la bonne entrée, lui dit l'homme. Les domestiques doivent passer par-derrière.

Du menton, il lui indiqua la direction.

— Et s'ils n'ont pas mon nom là-bas non plus ? dit Carrie en glissant dans sa voix une note angoissée.

Elle dut réussir à attendrir le garde, car, à son grand soulagement, il changea d'attitude à son égard.

— Ne vous en faites pas, lui dit-il avec un clin d'œil rassurant. Je vais les appeler pour les prévenir que vous arrivez.

— Oh, vous feriez ça ? C'est vraiment très gentil de votre part, merci beaucoup.

Elle baissa les yeux, et, prenant son air le plus humble, attendit avec anxiété que le garde décroche son téléphone et parle à son collègue en faction près de l'autre entrée. Sans même relever les yeux, le garde lui fit signe d'avancer…

Elle avait franchi les murs du palais ! Elle s'efforça de prendre un air assuré et hâta le pas jusqu'à la porte de service, puis se glissa à l'intérieur, le cœur tambourinant d'appréhension.

— *La cucina ?* demandait-elle chaque fois que quelqu'un la regardait avec un peu trop d'insistance.

Sa connaissance de l'italien se limitait au nom du restaurant situé près de chez sa tante, lequel, *par* chance, s'appelait *La Cucina Italiana*.

Tous les domestiques étaient si occupés qu'aucun d'entre eux ne s'arrêta pour lui poser la moindre question, et qu'aucun non plus ne la vit monter comme une flèche les marches d'un escalier de pierre. Elle n'avait aucune idée de l'endroit exact où il menait, mais il lui paraissait logique que les appartements de la famille royale se trouvent au-dessus des logements des domestiques.

C'était de la folie, se dit-elle en faisant une pause sur le palier pour retirer ses tongs. Elle allait devoir risquer le tout pour le tout et pousser la première porte qu'elle verrait… S'avançant avec prudence sous une arche sculptée dans le mur, Carrie s'arrêta un instant sur la luxueuse moquette pour prendre ses repères. Elle se trouvait dans un long et splendide couloir, sur lequel veillaient, sévères, de grisonnants ancêtres de la famille Fierezza. Les murs étaient tendus de soie rubis, et une faible odeur de cire d'abeille et de lavande flottait dans l'air…

C'était là que vivait Nico, se souvint Carrie en frissonnant. Dans ce décor grandiose, mais froid et peu accueillant. Il était là, quelque part… Il ne lui restait plus qu'à le trouver.

Nico avait besoin de prendre l'air, las de l'atmosphère artificielle du palais climatisé. Et il était surtout d'une humeur si noire qu'il ne voulait infliger sa compagnie à personne, pas même à son grand-père le roi, qui en était responsable pour une large part.

Le roi Giorgio avait quatre-vingt-dix ans, Nico devait en tenir compte. C'était la seule raison pour laquelle il ne lui avait pas dit carrément ce qu'il pensait, comme il en avait l'habitude, dès son arrivée à Niroli. Son grand-père s'était avéré assez sagace et assez fort pour conserver le trône pendant toutes ces années et faire entrer l'île dans le vingt et unième siècle, mais cela ne l'autorisait pas à décider de l'avenir de ses héritiers ! Nico était prêt à satisfaire des requêtes raisonnables, mais il ne laisserait pas son grand-père prendre le contrôle de sa vie.

Hâtant le pas, il s'engagea dans l'allée couverte qui menait à ses appartements privés. Il éprouvait une colère croissante en repensant à sa conversation avec le roi. Son grand-père lui avait offert le royaume comme s'il s'agissait d'un billet de loterie gagnant. Nico Fierezza, roi de Niroli ? Il n'avait jamais rien entendu d'aussi ridicule. Il n'avait jamais eu envie de vivre à la cour. Il aurait préféré plonger dans des eaux grouillantes de requins que de se retrouver à la tête de l'île, entouré de flagorneurs.

La proposition de son grand-père lui avait seulement prouvé que le roi ne le connaissait pas. Qu'attendait-il de lui ? Qu'il s'installe sur l'île, coiffe la couronne et fasse des discours ? Il avait une vie loin de Niroli, et son équipe, là-bas, comptait sur lui. Il était hors de question qu'il l'abandonne pour grimper sur le trône.

Mais son grand-père était âgé et malade, et Nico ne pouvait pas opposer à son vœu le plus cher un refus immédiat et catégorique. Il avait donc accepté de réserver sa réponse pendant un jour ou deux, même si sa décision était déjà prise. Le moment venu, il trouverait un moyen d'annoncer en douceur la nouvelle à son grand-père.

Le roi, songeait Nico, avait quand même agi avec ruse. Il avait utilisé la princesse Anastasia comme appât pour le convaincre d'accepter le trône. Certes, celle-ci était très belle, mais elle n'était pas son genre. Il préférait les femmes plus simples, et il avait eu du mal à garder son sens de l'humour quand, tombant dans le piège qui lui était tendu, il s'était retrouvé à déjeuner en tête à tête avec elle, sa robe de soirée et ses bijoux. Cette princesse à l'élégance aussi tapageuse que les fanions hissés en son honneur manifestait ses intentions à son égard avec autant de subtilité qu'un éléphant.

Et pour couronner le tout, Nico allait maintenant devoir passer des heures à table, car un dîner d'apparat était donné en l'honneur de la princesse. Pour atténuer le choc à venir, il avait accepté, à la demande de son grand-père, de lui servir de cavalier, et elle l'attendait en ce moment même, sans doute à demi étouffée sous ses diamants.

Il n'était pas non plus en tenue décontractée, concéda-t-il en tirant sur le col rigide qui lui enserrait le cou. Il était requis, aux dîners officiels, d'arborer tous les attributs propres à son rang, aussi avait-il revêtu l'uniforme officiel qu'il laissait toujours au palais, avec l'écharpe qui l'identifiait comme le petit-fils du roi. Il détestait toute cette cérémonie, mais il pouvait tout de même se plier à la tradition le temps d'une soirée.

Et puis, il n'allait tout de même pas y aller en jean !

Il esquissa un sourire amusé, qui disparut presque aussitôt. Il venait d'entrer dans la cour qui menait à la suite de la princesse Anastasia quand il remarqua l'intruse. Assise au bord de la fontaine, une souillon se baignait tranquillement les pieds dans l'eau.

— Cette partie du palais est interdite…

Il se figea quand elle se retourna.

— Carrie…

La surprise lui fit l'effet d'un coup en pleine poitrine. Qu'est-ce que sa secrétaire faisait au palais ?

— Carrie ? Répondez-moi…

Son silence commençait à l'agacer. Il ne l'avait pas vue depuis… un temps fou, et elle réapparaissait comme ça, sans prévenir ? Qu'est-ce qui lui était arrivé ? Elle s'était évanouie dans la nature sans un mot d'explication. Elle n'avait pas donné de préavis, n'avait même pas pris la peine de rédiger une lettre de démission. Au bureau, tout le monde regrettait sa présence, lui le premier.

— Enfin, Carrie, parlez…

Tandis qu'elle le fixait sans mot dire, il vit ses souvenirs défiler à toute vitesse dans son esprit. Le soir de la fête… l'agacement que cela lui causait de devoir rester là à débiter des banalités… son envie de fuir… et le moment où son regard s'était posé sur Carrie… qui avait l'air aussi mal à l'aise que lui, mais avait bien plus de mal à le cacher… Il l'avait entraînée à l'écart pour la tirer d'embarras, et avait fini par céder au désir qui le taraudait depuis le jour de leur rencontre. La réaction de la jeune femme l'avait surpris, stupéfié, même. Il avait toujours pensé à elle comme à une souris, à cause de son caractère paisible et de la discrétion avec laquelle elle accomplissait ses tâches. Mais ce soir-là, la perception qu'il avait d'elle avait changé du tout au tout.

— Carrie, qu'est-ce qui ne va pas ? Répondez-moi…

Soudain inquiet, il faillit la prendre dans ses bras, puis la prudence le retint. Elle avait l'air fatigué, bien sûr, mais ce soir il était prince, et elle n'était que sa secrétaire, ou elle l'avait été…

— Qu'est-ce que vous faites ici ?

Son étonnement laissait peu à peu place à de la suspicion tandis qu'il examinait les différentes possibilités. Elle avait fait tant de chemin pour venir le voir… Pourquoi ? Il ne lui avait jamais rien promis. Ils avaient couché ensemble une fois, et ce n'était qu'une aventure, ils le savaient tous les deux.

Elle arrivait à peine à respirer. Avait-elle cru sérieusement qu'elle était prête pour ça ? L'intensité du regard de Nico lui rappelait leur étreinte enflammée : ce soir-là, ses yeux avaient brillé de la même ferveur, de la même détermination. Elle le trouvait encore plus intimidant, dans son habit de prince… Encore plus séduisant aussi, parce qu'il sortait de la douche : ses cheveux humides bouclaient un peu et, sous ses pommettes qui semblaient taillées dans le silex, l'ombre d'une barbe brune apparaissait déjà. Sa bouche avait pris un pli intransigeant. Comme elle rêvait de pouvoir l'adoucir…

— Qu'est-ce que vous faites là, Carrie ? répéta-t-il.

— Je suis venue vous voir…

Elle s'appuya sur le rebord en pierre de la fontaine et rassembla tout son courage, prête à affronter le rejet de Nico.

— Vous avez l'air épuisée…

Elle le sentait de plus en plus inquiet pour elle, et cela fit s'embraser quelque chose dans son cœur.

— Je dois vous parler. Pouvons-nous aller ailleurs ?

— Pourquoi pas ici ?

— Parce que j'aimerais vous parler en privé.

De nouveau, la méfiance fit place à la sollicitude dans le regard de Nico. Son attitude mettait Carrie mal à l'aise. Il regarda sa montre, signe qu'il était attendu ailleurs.

— Je vous donne dix minutes, dit-il.

Dix minutes…

Carrie n'avait jamais rien vu de semblable, pas même dans les magazines. La suite était décorée avec une délicatesse exquise. On entendait en fond sonore un morceau de musique classique, et des bougies aux flammes vacillantes brûlaient dans des appliques en argent.

— Alors ? dit Nico.

Mais Carrie sentait bien qu'il était pressé de partir, et elle avait besoin de toute son attention.

Il fallait qu'il s'éloigne d'elle pour ne plus sentir la chaleur de son corps ni respirer son parfum. La revoir l'affectait beaucoup plus qu'il ne l'aurait imaginé. Mais qu'est-ce qu'elle avait de si spécial, cette fille ? Elle n'était pas belle. Elle n'avait aucun sens de la repartie. Mais même cela le faisait sourire, car il n'aimait pas, lui non plus, faire la conversation. Elle avait un joli corps et des cheveux magnifiques, mais, à part ça, elle était plutôt fade. Et pourtant, elle le touchait d'une façon indéfinissable. Elle l'apaisait. Enfin, pas toujours…

— Allons, Carrie, la pressa-t-il, conscient du temps qui passait.

Debout à l'entrée de la suite, Carrie regardait Nico, qui se tenait aussi loin d'elle que possible. Elle maudissait sa naïveté. Comment avait-elle pu se tromper à ce point sur la situation ? Elle aurait mieux fait de demander à quelqu'un d'autre de lui faire passer son message. Pourtant, maintenant qu'elle était là, il fallait qu'elle aille jusqu'au bout.

Elle s'avança, puis s'arrêta tout près de lui. Il se raidit, puis ses yeux se mirent à briller d'un éclat qu'elle connaissait bien.

— Oh, je vois…, murmura-t-il.

Puis, soudain, sans lui laisser le temps de répliquer ni de respirer, il commença à l'embrasser doucement, en l'excitant du bout de sa langue et de ses dents, et en l'encourageant d'une voix rauque. Entrouvrant les lèvres, elle lui rendait déjà ses baisers et ses caresses quand Nico la fit reculer contre le mur. Elle s'ordonna de résister, mais ses sens avaient déjà pris le pouvoir sur sa raison…

Sa culotte tomba sur ses pieds au moment même où Nico se libérait. Il s'arrêta un instant pour faire une remarque sur le charme de la dentelle rouge, laissant le temps à Carrie d'apercevoir son sexe dressé. Elle était prête. Il posa les mains sur ses fesses et la souleva pour l'aider à enrouler ses jambes autour de sa taille, puis il plongea profondément en elle. La portant sans effort, il la plaqua contre le mur et se mit à aller et venir avec vigueur, jusqu'à ce qu'elle jouisse, ce qui ne prit que quelques instants. Elle cria si fort qu'il dut lui coller la main sur la bouche pour éviter que les domestiques ne l'entendent. Mais, frustrée par ce bâillon et transformée par ce désir qui déchaînait ses instincts les plus primitifs, elle planta ses dents dans sa paume. Surpris, il arracha sa main et contempla avec stupéfaction la marque que ses incisives y avaient laissée. Puis il éclata de rire.

Elle rit, elle aussi… délectable moment de douceur et

d'intimité… jusqu'à ce que Nico retrouve son sérieux, et, le regard brûlant de passion, la pénètre de nouveau.

Elle n'avait jamais ressenti un plaisir aussi intense. Rejetant la tête en arrière, elle aspira une grande bouffée d'air. Nico était plus calme à présent, davantage maître de soi, et il prit son temps pour les amener tous les deux jusqu'à l'orgasme.

— C'était bon ? demanda-t-il en se retirant doucement.

Il la reposa à terre, puis ajouta :

— C'est pour ça que tu es venue, Carrie ?

La question lui fit l'effet d'une douche froide. Comment avait-elle pu oublier pourquoi elle était là ?

Un sourire cynique se dessina sur ses lèvres tandis qu'il étirait les muscles de ses épaules, comme après une séance d'exercice.

— Tu peux utiliser la salle de bains dans le couloir pendant que je prends une douche rapide ici. Quand tu auras fini, je demanderai à quelqu'un de te raccompagner.

Ce que Carrie ressentit à ce moment-là était bien pire que de la déception. Abattue, elle avança dans la direction que lui avait indiquée Nico et s'arrêta sur le seuil de la porte, incapable d'aller plus loin tant qu'il n'aurait pas quitté la pièce.

Nico faisait les cent pas devant la salle de bains en attendant que Carrie en sorte. Qu'est-ce qu'elle fabriquait ?

Il recula quand elle poussa la porte. Elle ressemblait à un fantôme. Que lui était-il arrivé depuis son départ du bureau ? Et à présent, à quoi devait-il s'attendre de sa part ? Il ne put s'empêcher de repenser à ses dessous affriolants. Cette femme restait un mystère pour lui, à bien des égards…

Elle leva les yeux vers lui et rougit comme si elle sentait que son humeur était en train de se dégrader. Comment pouvait-elle changer d'attitude aussi vite, et passer de la plus violente excitation sexuelle à la plus grande réserve ? Cela aurait suffi à éveiller des soupçons chez n'importe quel homme.

Quand elle s'avança vers lui, il ressentit des choses qu'il ne voulait pas ressentir. Toute sa vie, il avait résisté à l'émotion. Impuissant, il réagit comme à son habitude, en refoulant ses sentiments.

— Qu'est-ce qui t'est arrivé, Carrie ?

— Toi, Nico. C'est toi qui m'es arrivé.

Elle se reprit très vite et, en se redressant, déclara :

— Tu es comme une drogue. Une drogue dont je ne peux plus me passer.

Il n'avait pas l'habitude d'entendre des déclarations aussi passionnées, et il ne put s'empêcher de rire. Ils savaient l'un comme l'autre que leur relation ne mènerait nulle part. C'est alors qu'il s'aperçut que les pieds de Carrie saignaient.

— Mon Dieu, Carrie, tes pieds ! Pourquoi est-ce que tu n'as rien dit ?

Il n'avait pas voulu parler d'une voix aussi dure, et le regretta en voyant les yeux de la jeune femme se brouiller de larmes. Il regarda de nouveau ses pieds : ils étaient si petits, et c'étaient des tongs en plastique bon marché qui avaient causé la blessure.

— Il va falloir arranger ça, dit-il avec impatience, en regardant sa montre.

Près de la cuisine du palais se trouvait une petite infirmerie carrelée de blanc, qui sentait le désinfectant. Carrie se moquait bien de ses pieds blessés. Elle était avec Nico, et maintenant elle devait lui annoncer la nouvelle…

Il remplit une bassine d'eau tiède et y ajouta quelques gouttes de désinfectant, puis prit une serviette-éponge qu'il jeta sur son épaule.

— Trempe tes pieds là-dedans. Tu dois les y laisser plusieurs minutes.

Carrie se souvint alors des dix petites minutes que Nico avait dit pouvoir lui consacrer, et sentit un fou rire monter dans sa gorge. Mais, très vite, la situation ne lui parut plus si drôle : si Nico était si pressé, c'était sans doute à cause de la princesse Anastasia. A présent qu'il avait satisfait ses appétits, il pouvait profiter tranquillement de la soirée avec sa fiancée. Même s'il appartenait à la famille la plus noble du pays, Nico était une force de la nature, et adorait l'aventure : en la prenant contre le mur dans une pièce où un domestique aurait pu entrer à n'importe quel moment et les surprendre, il avait recréé le risque qui l'excitait tant.

Mais cela l'avait excitée, elle aussi, concéda Carrie. Même plus qu'excitée. Faire l'amour avec Nico l'avait emplie de joie et de plénitude… sur le moment. Mais on ne construit pas une famille sur le seul désir sexuel, et si Carrie pouvait supporter que Nico la rejette, elle refusait que le bébé endure cette souffrance. Tandis que Nico examinait ses pieds et les manipulait avec la plus grande douceur, elle sentit qu'elle n'allait pas réussir à contenir ses larmes très longtemps. Elle avait toujours rêvé d'une maison pleine d'amour, d'une famille, et elle voulait tant que Nico fasse partie de sa vie !

— Comment est-ce que tu as pu te faire ça, Carrie ? lui demanda-t-il d'un ton de reproche.

— Je ne l'ai pas fait exprès.

Elle s'efforçait de parler d'une voix détendue. Elle ne voulait pas qu'il se sente la moindre responsabilité à son égard.

— Ces chaussures sont faites pour la plage, pas pour marcher des kilomètres.

— Je n'avais que des chaussures de ville sur moi à mon arrivée, et je n'ai pas trouvé de boutique…

— Il y a des dizaines de boutiques…

Mais aucune dans ses moyens, pensa Carrie, en se gardant de l'avouer à Nico. Elle ne voulait pas lui laisser entendre qu'elle était dans le besoin, ou qu'elle avait une vie difficile.

Nico la considéra d'un air pensif, comme s'il avait compris sa situation et admirait son effort pour conserver sa dignité.

— Il devrait y avoir de la crème antiseptique quelque part par là…

Il insista pour lui sécher les pieds dans une épaisse serviette blanche posée sur ses genoux, puis étala la crème avec des gestes très doux. Elle dut se concentrer de toutes ses forces pour ne pas laisser transparaître son bouleversement, mais ne put empêcher ses yeux de se remplir de larmes.

— Ça ne te fait quand même pas si mal que ça, si ? demanda Nico en se redressant pour la regarder.

Bien plus mal qu'il ne pouvait l'imaginer.

— Non, non, ça va, assura-t-elle.

Alors, Nico fit ce que Carrie redoutait plus que tout : il sortit de sa poche poitrine une liasse de billets.

— Il faut vraiment que tu t'achètes des chaussures correctes, Carrie.

Elle contempla l'argent avec horreur.

— Tiens, prends-les, dit Nico.

— Je n'en veux pas…

Elle n'arrivait pas à détacher les yeux de la liasse.

— Ne sois pas stupide, insista Nico. Tu as travaillé pour moi, non ? Alors considère cela comme des indemnités de départ, si tu préfères.

— Non, je ne…

Elle serra les lèvres et se leva.

— Est-ce que tu me raccompagnes, ou est-ce qu'il faut que je demande à quelqu'un d'autre ?

Nico lui barra le passage.

— Qu'est-ce qui se passe, Carrie ? Tu n'as jamais été comme ça.

— Tu veux dire qu'avant, j'étais plus soumise ?

— Non, ce n'est pas ce que je veux dire, et tu le sais.

— Vraiment, Nico ?

Elle sentait bien que le ton de sa voix devenait amer. Comment pouvait-elle parler du bébé, à présent ? Elle était déterminée à choisir le bon moment, et ce n'était pas maintenant.

— Merci de m'avoir soignée, dit-elle avec un coup d'œil vers la porte.

— Tu ne sortiras pas d'ici avant de m'avoir dit pourquoi tu es venue.

— Cela peut prendre un certain temps…

— Je veux une réponse, Carrie.

— Tu ne vas pas être en retard pour la princesse ?

— Elle peut attendre !

Carrie était étonnée de cette réponse. Nico n'avait pas l'air pressé de retrouver Anastasis. Se pouvait-il qu'elle prenne ses rêves pour des réalités ?

De nouveau, Nico consulta sa montre.

— Voyons-nous à un autre moment. Je ne peux pas discuter maintenant.

Carrie sentit le feu lui monter aux joues. Evidemment, Nico voulait profiter de sa présence sur l'île pour la voir régulièrement.

— Tu veux quelque chose, reprit-il en la fixant d'un regard ferme, et je finirai par savoir ce que c'est.

— Oui, je veux quelque chose, admit Carrie, mais ce n'est pas ce que tu crois.

— Très bien, alors je t'écoute. Explique-moi…

— Et le dîner ? Tu vas arriver en retard.

— Le dîner est comme la princesse : il peut attendre.

5

Nico referma la porte de sa suite et regarda Carrie, qui observait l'appartement ; il lui avait plu la première fois, et, à présent, elle avait envie d'en découvrir tous les détails. Beaucoup des objets qui s'y trouvaient étaient des pièces de musée, mais Nico avait grandi avec. C'était le danger de l'extrême richesse : il ne s'étonnait plus de rien. Mais observer la pièce à travers les yeux de Carrie lui permettait de saisir la beauté d'objets qu'il avait à peine remarqués auparavant.

Carrie était impressionnée, et Nico la regarda se pencher pour examiner de plus près un cheval en jade.

— Il te plaît ?

Elle caressait du bout du doigt la statuette, qui datait de la dynastie Ming. C'était une pièce d'une valeur inestimable ; des détails d'une grande finesse, comme une selle à franges sculptée avec beaucoup de délicatesse, en faisaient un exemple remarquable du talent d'un artisan chinois du XVIe siècle. Il ne pouvait en aucun cas en faire cadeau à Carrie, mais il savait qu'on en vendait des photos dans la boutique du palais.

— Je suis sûr qu'on peut t'en trouver une carte postale.

Elle lui lança un regard glacial. Une carte postale en échange de quelques minutes de plaisir, était-ce ainsi qu'elle avait compris sa remarque ? Mais il resta calme. Il ne pouvait pas prendre le risque de la contrarier avant de savoir ce qu'elle était venue faire à Niroli.

Elle ne voulait pas que Nico l'emmène à la boutique pour la récompenser, et mourait d'envie de lui demander de se prendre un peu moins au sérieux. Mais quand elle le vit desserrer son col et s'agiter, elle sut qu'il était mal à l'aise dans cette pièce aux fenêtres surchargées de draperies et aux murs tendus de soie, et elle ressentit de la compassion pour lui. Elle avait d'abord trouvé l'endroit superbe, mais à présent, elle sentait que l'abondance de biens précieux avait quelque chose d'étouffant, et elle comprenait pourquoi cela ne convenait pas à Nico. Il avait peut-être grandi là, mais il avait plus que quiconque besoin de liberté. L'île était trop petite pour lui, et sa décision de partir pour Londres à la fin de l'adolescence n'étonnait plus Carrie. Elle commençait à voir plus clair en lui, ce qui lui donnait du courage.

— Ce n'est pas facile pour moi, Nico…

— Vas-y, je suis prêt, lui dit-il.

— Quand j'ai démissionné, je ne me doutais pas une seconde que…

Il l'encouragea d'un signe de tête.

— Je ne me doutais pas une seconde que j'étais enceinte.

— Quoi ?

Son ton, comme son visage, exprimait une profonde incrédulité.

— Je suis enceinte, répéta Carrie d'une voix douce et joyeuse.

L'idée était encore nouvelle pour elle, et elle la savourait chaque fois. Aussi lui fallut-il quelques instants pour se rendre compte que Nico la regardait d'un œil noir.

— Qu'est-ce que ça a à voir avec moi ?

Carrie voulut parler mais sa langue était figée. Horrifiée, elle vit naître sur les lèvres de son amant un rictus méprisant.

— Tout, balbutia-t-elle, avec la sensation d'avoir été aspirée dans un trou noir sans air, sans chaleur, sans rien pour la réconforter.

— Qu'est-ce que tu entends par « tout », Carrie ?

— Que tu es le père de mon bébé, Nico…

— Quoi ? s'exclama-t-il d'une voix soudain glaciale, avant de se détourner en secouant la tête.

— Nico, je te jure que…

— Tu jures ?

Il se tourna vers elle, la tête baissée, les yeux emplis d'une émotion terrifiante et inconnue. Elle tendit le bras vers lui, mais il recula.

Carrie était une menteuse. Elle venait de lui rappeler de la façon la plus cruelle qui soit qu'il était stérile et ne pourrait jamais fonder de famille. Les émotions qui tourbillonnaient en lui jaillirent soudain sous forme de mots, des mots durs et terribles.

— Je ne suis pas le père de ton bébé, Carrie.

Il ne s'attendait pas à la douleur qu'il ressentit en les prononçant, la douleur de savoir que l'enfant qu'elle portait ne pouvait pas être de lui. C'était une douleur insupportable, déchirante ; il ne supportait pas de l'imaginer avec un autre homme.

— Nous avons couché ensemble, lâcha-t-il, mû par le besoin instinctif de la blesser autant qu'elle l'avait blessé. Nous avons couché ensemble, et c'est tout.

— Pour moi, ça ne se résumait pas à ça, Nico…

— Qu'est-ce que c'était d'autre, alors ?

La férocité de sa propre voix le choqua et il se demanda soudain s'il allait pouvoir maîtriser la rage qui grandissait en lui. Il valait mieux mettre fin sans attendre à cette conversation.

— Qu'est-ce que tu as cru, que je te demanderais ta main le lendemain matin, à genoux ?

Sa voix, son regard étaient sans pitié.

— Je t'en prie, Nico…

— Ne me touche pas ! dit-il en reculant. Tu avais autant envie de sexe que moi ce soir-là, et nous savions tous les deux ce que nous faisions. Et n'essaie pas de me dire que tu avais trop bu, je sais que c'est faux, je t'ai observée pendant toute la soirée. Nous avons couché ensemble, ça n'avait rien à voir avec de l'amour ou un engagement à long terme, et à aucun moment je ne t'ai donné de raison de le croire…

Elle ne pouvait pas discuter. Elle était trop abasourdie, trop écœurée pour trouver quelque chose à répondre.

— Et maintenant, qu'est-ce que je dois faire pour que tu me laisses en paix ? Tu veux un chèque ? Je vais te le faire tout de suite.

Les paroles cruelles de Nico forcèrent Carrie à regarder la vérité en face. Son enfant avait été conçu dans un déchaînement de luxure, et le père du bébé la détestait. Elle, pourtant, l'aimait. Elle l'aimait encore, et elle l'aimerait toujours.

— Arrêtons ces jeux puérils, Carrie.

Il y avait pourtant une chose étrange, songea Carrie. Nico paraissait si sûr de lui, si convaincu d'avoir raison…

— Je ne sais pas avec qui d'autre tu as couché, ni pourquoi il ne veut pas t'entretenir, mais si c'est le désespoir qui t'a conduite ici, dis-moi juste combien tu veux.

Carrie était atterrée. Elle n'arrivait pas à croire que Nico puisse imaginer une chose pareille.

— Je ne veux pas de ton argent.

— Qu'est-ce que tu veux, alors ?

— Je ne veux rien pour moi. Tout ce que je te demande, c'est de reconnaître notre enfant…

— Notre enfant ? Je n'ai pas d'enfant ! Quant à toi…, continua-t-il en posant les yeux sur son ventre encore plat, qu'est-ce qui me prouve que tu es vraiment enceinte ?

En un éclair, il releva les yeux vers elle, exigeant une réponse.

— Tu crois vraiment que je pourrais inventer tout ça ?

— Et comment est-ce que je sais ce que je dois croire et ne pas croire ? Tu t'introduis dans le palais comme une voleuse…

— Je t'en prie, ne transforme pas ça en une histoire sordide !

— Mais c'est toi qui as commencé. La Carrie Evans que je connais ne placerait jamais un enfant au centre d'un marchandage.

— Et ce n'est pas ce que je suis en train de faire, dit-elle. Nico, comment peux-tu être aussi sûr que tu n'es pas le père de mon enfant ?

— Je le sais, c'est tout, répliqua-t-il d'un ton définitif.

— Mais il n'y a eu personne d'autre, insista Carrie, confondue. Le bébé est forcément de toi…

— Personne d'autre ? l'interrompit Nico.

Le silence qui suivit rappela à Carrie les sous-vêtements osés qu'elle avait achetés sur le marché, les sous-vêtements qu'elle avait aidé Nico à lui retirer. Il ne pensait quand même pas…

— Nico, je t'en prie, crois-moi, j'étais vierge, avant ce soir-là…

— Vierge ?

Il secoua la tête d'un air accablé.

— J'en ai assez de tes mensonges…

Il lui prit le bras et voulut la faire sortir, mais elle avait plus de force qu'il ne l'imaginait.

— Je te conseille de partir avant que je fasse quelque chose que je risque de regretter, Carrie.

— Comme quoi ? s'exclama-t-elle, en refusant de bouger d'un centimètre. Qu'est-ce que tu ferais, Nico ? Tu me frapperais ? Tu me jetterais dehors ? Tu porterais la main sur une femme enceinte ?

Le sang quitta le visage de Nico.

— Même dans la colère la plus folle, je ne frapperais jamais personne.

— Et moi, je ne mentirais jamais à personne, et surtout pas à toi, lui assura-t-elle en soutenant son regard.

— Tu viens de me prouver que si, dit Nico, en allant ouvrir la porte en grand. Maintenant, va-t'en, s'il te plaît.

— Nico…

Il détourna le visage comme si la vue de Carrie lui était devenue insupportable, et quand il se remit à parler, elle ne reconnut pas sa voix.

— J'ai l'impression d'avoir en face de moi quelqu'un de

très différent de l'adorable jeune fille qui travaillait pour moi. Tu es meilleure comédienne que je croyais, Carrie, et plus cruelle aussi, mais ne crois pas que tu puisses me faire porter le poids de tes erreurs.

— Mon bébé n'est pas une erreur, répliqua-t-elle d'une voix tendue. Ma seule erreur, c'est d'avoir eu cette liaison avec toi !

— Il est temps d'accepter que je ne suis pas le père de ce bébé.

— Nico, tu dois me…

— Je peux t'assurer que je ne le suis pas. Ton plan a lamentablement échoué.

— Mon plan ?

Elle le regarda, atterrée, mais ne put même pas le contredire : comme dans le pire de ses cauchemars, elle aperçut la princesse Anastasia qui arrivait.

Vêtue d'une robe de soie noire, bustier ajusté et grands jupons bouffants, et parée de boucles d'oreilles si longues que les diamants effleuraient ses épaules, la princesse s'avança vers Nico sans hésitation et glissa son bras sous le sien.

— Qu'est-ce qui te retient comme ça, mon chéri ? lui susurra-t-elle à l'oreille.

— Pardonne-moi, Anastasia, dit-il d'une voix douce en faisant un pas en avant pour se planter devant Carrie.

Carrie blêmit en voyant sa rivale de plus près. Elle n'avait plus, à présent, qu'à se retirer aussi dignement que possible : elle n'était qu'un vilain petit canard à côté de la princesse.

— Il m'a semblé entendre une dispute, chéri, dit Anastasia en tendant le cou pour mieux voir Carrie. Tout va bien ?

— Oui, dit Nico d'une voix égale.

L'espace d'un instant, Carrie s'étonna des efforts de Nico pour la protéger, puis elle se rendit compte qu'il se souciait uniquement de lui-même. Elle songea que c'était sans doute la première fois qu'il se retrouvait ainsi dans l'embarras.

— Tu es sûr, Nico ? insista Anastasia. On m'a prévenue que

tu étais retenu, mais on m'a aussi promis que tu te joindrais à nous pour le café. Est-ce que cette femme t'ennuie ?

Etirant son cou de cygne, elle considéra Carrie avec dédain.

— Non, dit Nico en s'écartant pour laisser les deux femmes se faire face. C'est Carrie Evans. Elle travaillait pour moi, à Londres.

— Je vois..., dit la princesse en examinant Carrie et en haussant ses fins sourcils.

— Elle est en vacances à Niroli. N'est-ce pas, Carrie ?

Voulait-il qu'elle parle ? Carrie préféra ne rien répondre.

— Carrie, je te présente la princesse Anastasia.

Carrie resta très droite, en espérant que la princesse, qui l'avait, en un seul regard, cataloguée comme une inférieure, n'attendait pas de révérence.

— Eh bien, Anastasia, tu ne dis rien ? remarqua Nico. Y a-t-il la moindre raison pour que Miss Evans ne vienne pas visiter le palais pendant qu'elle est à Niroli ?

Il y avait dans sa voix veloutée comme une menace, qui remua quelque chose en Carrie.

— Non, non, aucune raison, se hâta de répondre la princesse, en ouvrant de grands yeux pour montrer à Nico qu'elle était de toute façon d'accord avec lui.

Il les mettait en compétition, comprit Carrie. Il trouvait peut-être ça très amusant, mais elle n'allait certainement pas jouer le jeu. D'un autre côté, comment savoir ce qu'Anastasia était prête à faire pour garder les faveurs de Nico ? Tout, se dit-elle en regardant la princesse s'humidifier les lèvres du bout de la langue.

— J'espère que vous acceptez mes excuses, *Principessa* ? dit Nico.

Plus encore que contre son désir d'arracher les yeux de la princesse, Carrie luttait contre son envie de rire, car Nico n'était pas crédible une seule seconde. Mais la princesse ne sembla pas s'en apercevoir et se contenta de pousser un doux soupir, confirmant à Carrie que sa passion pour Nico lui ôtait tout discernement.

— Et j'espère surtout que nous n'avons pas manqué la dernière danse, ajouta Nico en s'inclinant devant Anastasia.

Puis il se redressa en la regardant droit dans les yeux, et Carrie sut qu'elle avait été reléguée au statut de domestique. Nico venait de l'exclure de la conversation. Aurait-il pu imaginer manière plus cruelle de la remettre à sa place ?

— Bien sûr que non, *caro*, répondit Anastasia, en jetant à Carrie un regard de triomphe.

— Allons-y, si tu le veux bien, lui dit Nico avec un nouveau sourire.

Comme il pouvait se montrer charmant quand cela l'arrangeait ! pensa Carrie, en jetant à Nico un regard furieux quand, juste avant de partir vers la salle de réception, il daigna lui adresser un léger signe de tête.

— Je vais demander à un chauffeur de vous raccompagner à votre hôtel, lança-t-il. Vous n'avez qu'à attendre dans la cour, je lui dirai de venir vous chercher…

— Je peux rentrer seule, merci, répliqua-t-elle avec sang-froid.

Son attitude de défi dura seulement jusqu'à ce que Nico et Anastasia aient disparu au détour d'un couloir. Les entendre bavarder avec autant d'aisance était pour elle une véritable torture. Certes, ils formaient un couple magnifique, mais en entendant résonner le rire d'Anastasia, elle éprouva de nouveau une immense rancœur envers Nico. Après s'être bien amusé avec elle, il pouvait se détendre et emmener danser sa princesse !

Après s'être assurée que la voie était libre, Carrie partit en hâte dans la même direction que le couple princier, mais, juste avant d'atteindre le grand escalier, poussa la porte qui menait à l'escalier de service. Le contact de la pierre froide soulagea ses pieds douloureux, mais pas son cœur blessé. Nico ne la croyait pas. Il la prenait pour une menteuse. Il pensait qu'elle avait couché avec un autre homme. Comment le convaincre qu'il se trompait, alors même qu'elle sentait encore tout son corps vibrer de la passion avec laquelle il l'avait possédée ? Une fois de plus, il avait eu faim de sexe, et une fois de plus elle n'avait pu se retenir de satisfaire son désir. Ils étaient tous deux à la fois feu et paille : par leurs mots, leurs caresses, ils s'enflammaient l'un l'autre. Et si Carrie avait relevé bien des défis avec courage, elle ne trouverait jamais la force de résister à Nico…

Dès qu'elle arriva dans la cour, elle chercha un endroit où s'abriter des regards. Si on l'arrêtait maintenant, elle aurait du mal à expliquer ce qu'elle faisait au palais, et serait incapable d'éviter un incident. Elle repéra une allée couverte, au toit dallé, qui la rapprochait de la sortie, mais qui donnait juste en face du balcon de la salle de réception. On risquait de l'apercevoir, mais elle n'avait guère le choix…

Elle s'avança à pas rapides dans l'allée, en s'interdisant fermement de lever les yeux vers le balcon. Mais l'envie était trop forte et, quand elle y céda, son regard se posa sur Nico, qui buvait du champagne en compagnie d'autres membres de la famille royale. Cette vision le fit paraître encore plus inaccessible, même si Carrie remarqua qu'il se tenait un peu à l'écart.

Quand elle arriva au bout de l'allée, Carrie avait plus que jamais conscience de son apparence débraillée et de ses pieds nus, mais elle décida de garder la tête haute. C'est alors que son regard croisa celui de la princesse Anastasia. Sans perdre un instant, celle-ci s'approcha de Nico et, nouant les bras autour de son cou, l'embrassa à pleine bouche.

La scène était trop pénible pour que Carrie y assiste sans détourner le regard, mais la douleur de savoir qu'elle ne reverrait peut-être jamais l'homme qu'elle aimait lui fit relever les yeux juste à temps pour le surprendre en train de s'essuyer discrètement les lèvres du revers de la main. C'était un triomphe bien modeste, mais elle ne put s'empêcher de se réjouir.

Reprenant courage, elle se hâta de rejoindre le portail. Elle sentait le regard brûlant de Nico dans son dos, mais elle ne vit pas, à l'une des fenêtres, la silhouette d'une femme plus âgée, qui l'observait…

6

Carrie avait connu tant d'échecs depuis son arrivée ce matin-là qu'elle n'avait plus qu'une envie : retrouver sa chambre. Là-bas, au calme, elle pourrait réfléchir à la meilleure façon d'arranger les choses.

La nuit tombait. Elle venait de passer plus d'une heure, assise sur un muret face à la mer, à ressasser le souvenir de cette journée. Elle avait cédé à Nico, s'était disputée avec lui et avait même réussi à se faire une ennemie de la princesse Anastasia. Quelles nouvelles catastrophes l'attendaient encore ?

Elle le sut en apercevant la fumée : son petit hôtel était en feu. Oubliant ses pieds endoloris, elle se mit à courir. Au bas de l'immeuble, elle se fraya un chemin au milieu de la foule qui regardait les pompiers s'activer et interrogea un homme âgé.

— Est-ce que tout le monde est en sécurité ?

— Oui, c'est bon, la rassura-t-il. Le feu n'est pas sorti de la cuisine, mais ils ont quand même préféré évacuer les clients. Maintenant ils vérifient les chambres, par précaution.

— Merci, dit Carrie.

— L'intérieur est sens dessus dessous, lui lança l'homme tandis qu'elle s'avançait vers la porte d'entrée. L'un des pompiers m'a dit que la cuisine allait rester hors service pendant un certain temps.

Raison de plus pour se dépêcher, pensa Carrie. Elle ne pouvait qu'imaginer le désarroi des propriétaires. La première chose qu'elle vit en entrant fut sa petite valise posée, seule, dans le hall de l'hôtel. Bien sûr, tous les autres clients étaient partis ; quant aux employés, ils couraient encore dans tous les sens pour sauver ce qui pouvait encore l'être.

Elle suivit la désagréable odeur de brûlé jusqu'à la cuisine, à l'arrière de l'immeuble, où elle trouva d'autres employés en train de faire le ménage. Accroupie, une femme d'un certain âge nettoyait le carrelage.

— Je vous en prie, laissez-moi prendre le relais, lui dit Carrie.

Elle ressentait de la compassion pour cette dame, qui venait sans doute de perdre dans les flammes son unique moyen de subsistance. Elle avait les manches relevées jusqu'aux coudes, et ses bras et ses mains étaient noirs de poussière.

— Ou si je peux faire quoi que ce soit d'autre pour vous aider…

Devant le sourire las qu'elle reçut pour réponse, Carrie comprit qu'elle devait joindre le geste à la parole sans attendre d'encouragements. Avec la permission de la dame, elle lui prit son seau et alla le vider dans la cour, puis elle le rinça, le remplit d'eau claire et retourna à l'intérieur.

— Merci, dit la femme en se relevant avec difficulté.

— Vraiment, il n'y a pas de quoi. Je suis heureuse de pouvoir vous aider.

En fouillant sous l'escalier, Carrie trouva du détergent et entreprit de terminer le travail.

Peu à peu, le silence se fit dans l'hôtel. Plus elle y songeait, plus Carrie était convaincue que la dame qu'elle avait aidée était la propriétaire du lieu. Elle avait l'expression blessée de quelqu'un qui vient de voir son rêve s'évanouir en fumée. Attristée, Carrie, redoubla d'efforts.

Quand elle se releva finalement, elle était satisfaite du résultat. Son dos lui faisait un peu mal, mais la cuisine était aussi étincelante qu'avant l'incendie, et sentait le frais et le propre.

— Qu'est-ce que tu fais ici ?

Carrie tressaillit violemment. Nico ? Comment l'avait-il retrouvée ? Il était bien la dernière personne qu'elle s'attendait à voir entrer dans la cuisine de l'hôtel…

— On m'avait assuré que tous les clients avaient été évacués…

— Tous, sauf un, dit Carrie en refusant de se laisser intimider. Mais toi, que fais-tu là, Nico ?

— Est-ce que quelqu'un t'a demandé de faire ça ? demanda-t-il en désignant le seau.

— Non, vois-tu, je suis tout à fait capable de prendre des initiatives.

Carrie fut surprise de voir un léger sourire passer sur les lèvres de Nico. S'était-il découvert un sens de l'humour ? Cette pensée alluma en elle une petite flamme de joie, qu'il étouffa sans tarder.

— Et comment comptes-tu rejoindre les autres clients de l'hôtel ? lui demanda-t-il d'un ton sec.

— Je vais marcher, ou prendre un taxi…

— Voyons, ne soyez pas ridicule !

Ils se tournèrent tous les deux vers l'entrée de la cuisine, où la dame que Carrie avait aidée à laver le sol venait de réapparaître.

— Maman !

« Maman » ? Carrie, stupéfaite, ne pouvait détacher les yeux de la dame qui, elle le comprenait à présent, devait être la princesse Laura de Niroli.

— Tout cela est hors de question. Nico, tu vas accompagner cette jeune fille au palais, où elle sera mon invitée. J'y tiens beaucoup.

Elle appuya ces mots d'un geste de sa main délicatement manucurée.

— Tu savais que tu me trouverais ici, continua-t-elle d'une voix affectueuse à l'intention de Nico.

Puis elle se tourna vers Carrie.

— Cet hôtel est le cadeau que m'a fait son père pour notre mariage. Pour m'empêcher de faire des bêtises…, ajouta-t-elle avec un clin d'œil malicieux.

Puis, caressant tendrement la joue de Nico, elle chuchota :

— Toujours si prévenant, mon fils…

En observant ce bref échange, Carrie se demanda si Nico avait deux personnalités diamétralement opposées. Sa mère décrivait en tout cas un homme très différent de celui qu'elle connaissait.

Ravalant sa surprise, elle accepta la situation : la charmante dame qui se tenait devant elle était la grand-mère de son bébé, et elle venait tout juste de l'inviter à passer la nuit au palais. Elle n'arrivait pas à y croire !

Soudain consciente qu'elle fixait la princesse Laura avec trop d'insistance, Carrie se détourna, mais, sous le coup de l'émotion, ses joues avaient rougi.

— Nous formons une belle équipe de nettoyage, à nous deux, tu ne trouves pas, Nico ?

— Tout à fait, Votre Altesse, répondit Nico avec raideur.

— Oh, je t'en prie, pas de titres ici… Vous pouvez m'appeler Laura, assura-t-elle à Carrie avec un sourire chaleureux.

— Et moi, je m'appelle Carrie… Carrie Evans.

Elle commençait à se détendre, même si elle sentait que la sympathie que lui témoignait la princesse avait tout pour déplaire à Nico.

— Je crois vous avoir aperçue un peu plus tôt, dans la cour du palais, observa la princesse. Ne prenez pas cet air angoissé : vous n'avez rien fait de mal. Nico, ajouta-t-elle, tu veux bien faire porter les bagages de Carrie au palais ? Elle voyagera avec moi, dans ma voiture.

Carrie était encore tout étourdie par l'entrée qu'elle venait de faire au palais, dans une limousine officielle, aux côtés de Son Altesse Royale la princesse Laura de Niroli. Et, quand elle découvrit la suite où elle allait loger, elle eut du mal à reprendre ses esprits. La chambre semblait tout droit sortie d'un conte de fées, avec ses flots de mousseline blanche aux fenêtres et son vaste lit surmonté d'un baldaquin de soie ivoire et couvert d'un boutis d'une délicatesse extrême, rebrodé de gracieuses arabesques perlées. Les draps immaculés, comme les taies des moelleux oreillers, étaient bordés de la plus fine dentelle.

Même le bas de la coiffeuse était drapé de soie. Carrie sourit devant toute cette frivolité assumée, qui contrastait tant avec ce qu'elle connaissait. Mais elle se trouvait à Niroli, où tout était possible, comme par exemple le fait que Nico ait pour mère cette femme douce et chaleureuse, à qui il ressemblait si peu.

Nico... Elle en revenait toujours à lui. Elle sentait son cœur se serrer à l'idée de le revoir, ce qu'elle ne pouvait guère éviter à présent qu'elle logeait au palais. Pour essayer de se calmer, elle commença à explorer sa superbe chambre. La lumière du soleil filtrait à travers les stores vénitiens et, au plafond, un ventilateur ronflait paresseusement, diffusant dans l'air un parfum de lavande et d'eau de rose. C'était une chambre si douillette, en dépit de sa taille. Une chambre où n'importe qui devait se sentir heureux... Et Carrie l'aurait été, si elle n'avait pas attendu avec angoisse la confrontation avec Nico.

La salle de bains était elle aussi une merveille, avec ses murs en marbre rose, son plafond voûté percé de hublots en vitrail et son immense baignoire. Les étagères contenaient assez de luxueux produits de beauté pour ouvrir une petite boutique, et la princesse avait encouragé Carrie à essayer tous ceux qu'elle voulait, en lui expliquant que les fabricants du monde entier les inondaient de cadeaux dans l'espoir de se voir décerner le prestigieux label royal. A l'entendre, elle lui rendrait service en les testant.

Quand Carrie se réveilla le lendemain matin, elle se demanda de nouveau comment une femme aussi adorable que la princesse Laura pouvait avoir engendré un fils tel que Nico Fierezza. Elle secoua la tête, confondue, mais résolut de ne pas laisser ses relations avec Nico gâcher son court séjour au palais. La princesse lui avait donné toute liberté pour s'y promener, et il aurait été ridicule de rester enfermée dans sa chambre alors que le soleil brillait et que le parc était si beau…

D'ailleurs, c'était ce que le docteur lui avait conseillé, pensa-t-elle en refermant derrière elle la porte de sa suite : son bébé avait besoin d'air frais.

Nico n'arrivait pas à y croire. Carrie, invitée au palais par sa mère ! Ce qui signifiait qu'il n'avait pas son mot à dire : il n'était pas chez lui. Et si le fait de ne jamais la voir lui était pénible, la savoir installée si près de lui frôlait l'insupportable. Elle occupait désormais son esprit à chaque instant, le troublait aux moments les plus inopportuns. Qu'il le veuille ou non, elle éveillait toujours en lui une étrange émotion.

Il desserra le col de sa chemise et s'avança vers la fenêtre de sa chambre. Elle donnait sur les pelouses du parc et sur le lac, une vue très agréable… d'ordinaire. Nico serra les dents en se rappelant que sa mère, dans son infinie sagesse, avait ouvert à Carrie toutes les portes du palais. Une faveur dont elle semblait profiter pleinement à présent, courant pieds nus sur le gazon avec la plus grande insouciance. Où se croyait-elle ? Au parc municipal ?

Nico se détourna, jeta sa veste sur une chaise, puis ôta sa chemise et se dirigea, furieux, vers la salle de bains. Après tout, ce que faisait Carrie Evans lui était bien égal. Il déboutonna son jean, retira son boxer puis alluma la douche et régla la température au plus froid. Il s'avança sous le jet glacé et se savonna vigoureusement, puis s'étira pour détendre ses épaules. Ce dont il avait besoin, c'était de faire de l'exercice ! Et de s'éloigner de Carrie. Mais auparavant, il devait avoir une discussion avec elle pour découvrir ce qu'elle avait derrière la tête et mettre un terme à son petit jeu avant qu'il ne tourne mal.

Il fallait qu'elle soit forte… Tête baissée, Carrie s'élança sur l'immense pelouse fraîchement tondue et courut jusqu'aux arbres. Elle venait de parler à la princesse Laura, qui, encore une fois, s'était montrée si aimable qu'elle trouvait de plus en plus difficile de lui cacher la vérité.

Savoir qu'elle était la grand-mère de son bébé et ne pas pouvoir le lui révéler lui déchirait le cœur. Si, à la naissance de son enfant, on reconnaissait sa part de sang royal, l'expérience de la princesse Laura aurait constitué une aide précieuse. Elle ferait sans doute une grand-mère merveilleuse…

Carrie se laissa tomber sur la mousse tiède, à l'ombre des arbres et s'y pelotonna, en faisant à son bébé le serment qu'elle ne quitterait pas Niroli avant d'avoir tout réglé. Elle s'agita un peu, nerveuse, tandis qu'au-dessus d'elle le vent faisait bruire le rideau de feuilles, puis, peu à peu, ses yeux se fermèrent.

— Sais-tu de quoi tu as l'air ?

Carrie sursauta en découvrant Nico penché sur elle. Elle se couvrit les yeux de la main et essaya de mettre de l'ordre dans ses idées. Le soleil était bas dans le ciel ; elle avait dû dormir pendant plusieurs heures…

Elle se hâta d'arranger sa robe, mais elle se leva trop vite et, la voyant flancher, Nico la retint dans ses bras. Dès qu'elle eut repris son équilibre, il la lâcha.

— Combien de temps est-ce que j'ai dormi ?

— Comment veux-tu que je le sache ? dit-il avec impatience.

Mais il savait. Il savait à la seconde près combien de temps elle avait passé couchée là, ses longs cheveux épars sur la mousse. La situation commençait à devenir délicate. Ce matin-là, sa mère l'avait harcelé de questions, qu'il avait éludées les unes après les autres.

— Tu avais tout prévu, n'est-ce pas ? On jurerait que tu as pris le temps de réfléchir à la meilleure façon de me faire honte !

— Te faire honte ? Je me suis juste endormie. Ne crois pas que je profite de la gentillesse de ta mère…

— Je n'ai pas dit ça. Mais tu es tellement… débraillée, dit-il, faute d'un mot plus juste pour exprimer sa pensée.

— Je n'ai pas apporté beaucoup de vêtements…

Puis, lasse d'inventer des excuses, elle se releva et regarda Nico droit dans les yeux.

— Quelle est la tenue appropriée pour se promener dans les jardins du palais, au fait ? dit-elle.

Nico scruta son visage d'un œil méfiant. Une fois de plus, elle venait de le surprendre, et son odeur de mousse fraîche et de sommeil troublait son esprit. Il dut se retenir de penser au plaisir qu'ils prenaient ensemble, se retenir d'ôter les feuilles prises dans l'or enchevêtré de ses cheveux…

Il ne pouvait imaginer contraste plus frappant avec la princesse Anastasia, toujours impeccablement apprêtée. Carrie avait le visage marqué d'avoir dormi par terre, et elle avait l'air…

— Je peux y aller, maintenant ?

La question, prononcée d'une voix douce, comme toujours, mais non sans une certaine ironie, l'agaça. Cependant, Carrie ne s'avoua pas vaincue.

— Tu t'y es drôlement bien prise pour gagner les bonnes grâces de ma mère, lâcha-t-il. Pour toi, quand une porte se ferme, une autre s'ouvre, pas vrai, Carrie ?

— Et tu crois que c'est moi qui ai mis le feu à l'hôtel, aussi ?

— Je suggère simplement que tu n'hésites jamais à tirer profit de toute situation.

— Quelle situation ?

— Bien entendu, tu n'avais aucune idée que cet hôtel appartenait à ma mère ?

— Mais bien sûr que non, comment aurais-je pu le deviner ? Elle paraissait sincère.

— En faisant des recherches sur la famille, suggéra-t-il. tout le monde sait que les Fierezza sont propriétaires de beaucoup d'entreprises sur l'île.

— Des recherches ? Tu crois que j'ai fait des recherches avant de venir ? Tu crois vraiment que j'ai choisi cet hôtel parce que je savais qu'il appartenait à ta mère ?

— Je crois que tu es très rusée, et que tu es venue à Niroli dans un but bien précis. Et d'après ce que j'ai retenu de l'époque où tu travaillais pour moi, je crois que tu ne serais pas ici si tu n'avais pas tout organisé avec soin au préalable.

— Eh bien, c'est là que tu te trompes, Nico. J'ai bien moins de prise sur ma vie privée que sur ma vie professionnelle. Et pour ta gouverne, c'est le chauffeur de taxi qui m'a conseillé l'hôtel de ta mère. Il a téléphoné pour me réserver une chambre.

— Alors, c'est un coup du destin ?

— Si tu veux, dit-elle. En tout cas, je n'avais rien prémédité.

— Et tu espères me faire croire ça, en plus de tout le reste ?

— Je ne t'ai jamais menti, Nico.

L'air entre eux était chargé de tension. Ils se tenaient si près l'un de l'autre que Carrie voyait les taches d'ambre qui mouchetaient le regard bleu ardent de Nico, si près que leurs souffles se mêlaient. Mais, comme d'habitude, il réagit d'une façon qui la surprit. Il pencha la tête en avant et, de ses lèvres, lui effleura la joue, s'arrêtant juste au coin de sa bouche. Alors, à sa grande honte, Carrie ferma les yeux et se laissa aller contre lui.

— Tu vois, c'est si facile, dit-il d'un ton acide. Tu es une fille si facile…

Comme Carrie ne répondait pas, il lui releva le menton du bout du doigt pour la forcer à le regarder dans les yeux.

— Tu as réussi à arriver jusqu'ici grâce à ton petit manège, et maintenant tu t'imagines que tu vas séjourner bien tranquillement au palais. Eh bien, laisse-moi te dire une bonne chose, Carrie : je te laisse vingt-quatre heures pour vivre ton rêve, et ensuite, je ne veux plus te voir ici !

Carrie ferma les yeux pour ne pas lire le mépris dans son regard. Elle ne savait pas quoi dire pour convaincre Nico de la croire, mais elle ne pouvait pas non plus renoncer et partir.

— Quelle que soit l'opinion que tu as de moi, Nico, nous devons discuter, et je ne quitterai pas Niroli avant que ce soit fait.

— Tu me menaces, Carrie ?

— Je dis juste les choses comme elles sont.

— Je comprends, tu es venue te venger.

— Tu crois ça, vraiment ?

— Pourquoi est-ce que tu serais venue, sinon ?

— Tu crois que je t'ai suivi à Niroli parce que je n'arrivais pas à oublier ce qui s'est passé entre nous ?

C'était en partie vrai, songea-t-elle, mais elle n'allait pas s'engager sur cette voie sans issue, pas avec un bébé à protéger.

— Tu ne me connais pas, Nico. Tu ne me connais pas du tout.

— Eh bien, il est peut-être temps que j'en découvre un peu plus sur ton compte, dit-il froidement. Commençons si tu veux bien par ce que ça va me coûter de me débarrasser de toi.

Carrie tressaillit, touchée au cœur.

— Je ne te demande qu'une demi-heure.

— Quand ça ?

— Demain soir après le dîner…

Elle ne voulait rien précipiter ; elle avait essayé d'improviser les choses et elle savait que cela ne lui réussissait pas.

— Je croyais t'avoir dit que tu devais quitter le palais au plus tard…

Nico se tut en comprenant la situation. Le visage assombri par la colère, il reprit :

— Oh, je vois… Ma chère mère a invité sa jeune protégée à rester pour le dîner.

— Je suis sûre que tu peux m'accorder une demi-heure…

— Tu es sûre de beaucoup de choses, n'est-ce pas, Carrie ?

— A demain, Nico…

Elle tourna les talons, mortifiée par ce qu'il pensait d'elle, mais il la retint et la ramena vers lui. Elle se tint très raide entre ses bras, les yeux fermés, luttant contre le désir qu'elle sentait monter en elle, mais elle ne put lui cacher sa fébrilité et, avec un soupir de mépris, il la lâcha et s'éloigna.

7

« Pauvre petite… »

Carrie se réveilla en proie à la panique, et, serrant son drap contre sa poitrine, regarda autour d'elle en se demandant où elle était et qui avait parlé. Encore ensommeillée, elle avait du mal à réfléchir clairement, et il lui fallut quelques instants pour se rendre compte qu'elle était seule et qu'elle avait entendu la voix en rêve.

Elle repoussa alors le drap, et, pieds nus, alla ouvrir les lourds rideaux et les fenêtres sur les premiers rayons de soleil. La vue sur le lac argenté, teinté de rose, était d'une telle beauté que Carrie, presque en transe, ferma les yeux et demeura quelques instants à respirer le doux parfum des fleurs. Elle aurait pu être si parfaitement heureuse, en d'autres circonstances… Si Nico l'avait aimée, juste un peu…

La journée s'annonçait chaude, comme la veille. Le soleil était déjà en train de dissiper les nappes de brume, révélant les barques amarrées qui ondulaient paresseusement sur l'eau, près du ponton. Elle n'avait aucun mal à s'imaginer assise en face de Nico dans l'une d'elles, lui ramant pour les éloigner du rivage, ses muscles jouant sous sa peau… Mais comme cela n'avait aucune chance de se produire, mieux valait revenir à la réalité, en commençant par prendre une douche. Une longue douche bien fraîche.

Quand elle ressortit de la salle de bains, ses cheveux humides enveloppés dans une serviette, Carrie se dit qu'elle n'était pas fière d'avoir à mentir sans cesse. Le pire, c'était que la princesse Laura semblait malgré tout lui faire confiance. Ensemble, elles discutaient de leur amour commun de la nature et de la peinture, mais Carrie souffrait de devoir lui cacher ses sentiments pour son fils. Elle n'attendait plus de miracle, elle savait que son vœu ne serait pas exaucé, et pourtant elle devait créer des bases solides pour construire l'avenir de son bébé.

La princesse Laura avait fait monter le petit déjeuner de Carrie dans sa chambre. En entrant, la jeune servante, voyant que Carrie était déjà habillée, insista pour lui dresser une petite table dehors, sur le balcon couvert de vigne vierge du salon.

— Bien sûr, si ça ne vous dérange pas, dit Carrie.

— Mais non, pas du tout, lui assura la jeune fille avec un sourire timide.

La princesse Laura, toujours attentionnée, avait choisi pour Carrie une suite proche de la sienne. Le balcon donnait sur un joli jardin clos, aux proportions plus rassurantes que l'immense parc du palais.

— C'est mon aile préférée, lui avait dit la princesse, et Carrie avait alors découvert avec stupéfaction qu'elles logeaient dans des appartements contigus. Je réserve cette suite aux gens que j'apprécie le plus, avait-elle ajouté.

La jeune femme ne supportait plus de vivre dans le mensonge. Elle désirait par-dessus tout que la vérité éclate, mais elle ne pouvait pas la révéler tant que Nico ne l'avait pas acceptée.

Un léger coup frappé à la porte tira Carrie de ses réflexions. Mais, en allant ouvrir, elle ne trouva personne. Elle remarqua alors une enveloppe sur le sol. C'était une note manuscrite de la princesse Laura, qui l'invitait à demeurer au palais pour toute la durée de son séjour à Niroli, lequel, espérait-elle, se prolongerait un peu. « Nous avons beaucoup trop de chambres vides, écrivait-elle, et votre compagnie m'est si agréable. Je vous en prie, Carrie, acceptez de rester. »

Carrie serra la feuille de papier contre son cœur en pensant que si elle avait pu choisir la grand-mère de son enfant parmi toutes les femmes du monde, elle aurait choisi la princesse Laura. Hélas, Nico ne le permettrait jamais…

En voyant sa mère approcher, Nico se souvint en souriant d'une des raisons pour lesquelles il avait quitté Niroli si jeune. Avant de sortir de l'eau, il vérifia son temps : 1500 mètres nage libre en quinze minutes passées de quelques secondes : pas un record olympique, mais presque. Il posa les mains sur le rebord de la piscine et s'y hissa avec vigueur, faisant ruisseler les gouttelettes d'eau sur son corps bronzé.

Il ramassa sa serviette et y enfouit son visage pour masquer son sourire. Sa mère se précipitait vers lui, et semblait de très mauvaise humeur. Derrière sa grande douceur, la princesse Laura cachait une détermination à toute épreuve, et Nico savait que c'était sans doute cela qui l'avait empêchée de sombrer à la mort de son père. La nouvelle de l'accident l'avait bouleversée, mais, très vite, elle avait réussi à surmonter son chagrin pour se consacrer tout entière à des œuvres de charité, et c'était ce qui l'avait sauvée.

Nico noua une nouvelle serviette autour de sa taille et se passa la main dans les cheveux pour leur donner un semblant d'ordre. Puis, très droit, il fit face à sa mère et à la banderole invisible qu'elle agitait au-dessus de sa tête. Elle ne portait qu'un seul nom : Carrie Evans.

Combien de temps la jeune femme allait-elle rester ? Les mâchoires serrées, Nico regarda sa mère repartir puis leva les yeux au ciel, exaspéré. Il ne tolérerait pas de voir Carrie, avec ses airs de sainte-nitouche, s'installer durablement au palais et gagner sa mère à sa cause. S'il s'était tu jusque-là, c'était seulement parce qu'il ne se sentait pas prêt à révéler à qui que ce soit les mensonges qu'elle lui avait débités. Heureusement, sa mère ne semblait pas être au courant de cette prétendue grossesse. Il aurait très bien pu prendre Carrie sous le bras, l'emmener à l'aéroport et la renvoyer illico à Londres… Mais ça n'aurait servi à rien, car, telle qu'il la connaissait, elle aurait repris dès son arrivée le premier vol pour Niroli. Pour l'instant, il allait donc tolérer sa présence. Il attendrait un peu, et, le moment venu, il prouverait à tous quelle menteuse elle faisait.

— Il vous faut de nouveaux vêtements, ma chère…

Carrie savait désormais que la princesse Laura ne posait jamais de questions ; elle se contentait de prendre des décisions. La jeune femme ne put s'empêcher de sourire en retournant vers l'arche en pierre qui marquait l'entrée de sa suite. Quand elle avait essayé de dire à sa protectrice qu'elle n'avait pas besoin de vêtements, la princesse l'avait fait taire d'un simple haussement de sourcil. Elle avait précisé qu'il y avait un dîner officiel, ce soir-là, auquel Carrie était conviée. Bien sûr, Carrie savait qu'une robe achetée au marché ne convenait pas pour une telle occasion.

Et puis, une nouvelle fois, la princesse l'avait émerveillée… D'un battement de mains, elle avait fait entrer les couturières qui attendaient juste devant la porte ouverte, et, en un instant, Carrie avait vu se déployer autour d'elle soies et satins, mousselines et dentelles ornées de pierreries, tandis que ciseaux et aiguilles s'activaient, étincelants, dans la lumière. Et une magnifique robe de bal était peu à peu apparue.

Comme dans un rêve…

Si ç'avait été un rêve, elle aurait peut-être pu partager avec plus d'enthousiasme le plaisir que tous semblaient prendre à sa transformation, mais elle savait que cette vie-là ne serait jamais la sienne, et que Nico ne voudrait jamais d'elle. Elle se retourna en entendant frapper à la porte.

— Entrez…

C'était de nouveau la jeune servante, et Carrie rougit en la voyant faire la révérence.

— Ce n'est pas nécessaire, lui dit-elle, ce qui fit rougir la jeune fille à son tour.

— Voici votre garde-robe, *signorina*.

Carrie prit les quelques vêtements qu'elle lui tendait, puis recula pour laisser passer deux valets et un chariot chargé d'une collection de boîtes et de sacs.

— Il doit y avoir une erreur, dit Carrie, ennuyée, en suivant les valets dans son salon. Je n'ai rien commandé de tout cela…

— Mais la princesse Laura insiste…

Carrie devina que quand la princesse Laura donnait un ordre, personne, à l'exception peut-être de Nico, n'osait s'y opposer. Et que pouvait-elle faire ? Les valets étaient déjà en train de décharger le chariot, et la servante avait disparu dans le dressing, où l'on entendait les cintres cliqueter, les tiroirs glisser et claquer…

— Vous êtes sûre que ce n'est pas une erreur ? s'enquit Carrie en rejoignant la jeune fille dans le dressing.

— Tout à fait sûre, *signorina*. La princesse…

— Oui, je sais, coupa Carrie en souriant. La princesse insiste.

Tandis que la jeune fille acquiesçait d'un sourire, Carrie contempla sa splendide robe de bal. Elle avait été cousue en un temps record, et semblait encore plus belle sous les lumières du dressing. Le corsage était brodé de joyaux étincelants, et portait, épinglée, une note qui disait… Carrie sentit son cœur s'emballer en lisant les mots écrits de la main même de la princesse Laura. Elle l'invitait à dîner à sa table ce soir-là, avec le reste de la famille royale… et donc avec Nico. Comment pourrait-elle feindre de ne rien éprouver pour lui, si elle devait s'asseoir si près de lui, et regarder la princesse Anastasia lui faire les yeux doux toute la soirée ?

Il le fallait pourtant, se dit-elle avec fermeté, et elle devait être reconnaissante à la princesse de lui permettre de voir son fils dans des circonstances aussi solennelles. Si elle faisait honneur à cette invitation, peut-être Nico aurait-il envie de passer du temps avec elle, après le dîner ?

Elle n'avait aucune raison de se sentir gênée, se dit-elle en relevant les yeux. La princesse Laura voulait qu'elle se sente à l'aise au banquet, et s'était donc assurée que la robe qu'elle porterait serait vraiment belle. C'était une occasion en or, et elle ne devait pas la manquer.

En relisant la note de la princesse Laura, Carrie sut qu'elle ne pouvait pas refuser. « Venez, Carrie, je vous en prie, avait écrit la princesse. J'ai besoin d'avoir quelqu'un de bien, quelqu'un de sincère à ma table. Ces réceptions sont d'un ennui mortel quand on n'y est pas en agréable compagnie. »

Sincère ? Le mot résonna comme une accusation dans l'esprit de Carrie qui, soudain, eut envie de tout avouer à la princesse. Elle avait eu avec elle des conversations sur des sujets très variés, elles avaient même évoqué l'ambition qu'avait Carrie de devenir artiste peintre, alors qu'elle-même l'avait presque oubliée… Mais elle n'avait jamais parlé du bébé.

Elle leva les yeux quand la jeune domestique prit congé, poliment, en lui disant qu'elle reviendrait plus tard pour l'aider à s'habiller. En attendant, Carrie décida d'aller faire un tour dans le parc. Cela l'aiderait peut-être à se détendre. Il lui était venu une idée, et elle tenait beaucoup à revoir les jardins avec un œil d'artiste. Elle avait l'intention de peindre une toile spéciale pour la princesse Laura, en remerciement de sa gentillesse.

Elle repéra plusieurs endroits où elle aurait aimé poser son chevalet. Il y avait des chemins tortueux, des clairières, des jardins à la française. Et puis le lac et le pavillon… Le parc semblait infini, et elle se réjouit d'avoir apporté un bloc et un crayon pour pouvoir faire quelques croquis préliminaires.

Elle ôta ses sandales et courut vers le lac sur l'herbe

fraîche. Mais elle s'arrêta avant d'avoir atteint le bord de l'eau en apercevant Nico et Anastasia. La princesse était si belle ! Elle portait une fine robe-bustier de soie, imprimée d'un motif aux couleurs vives, qui moulait son corps svelte comme une seconde peau, et des sandales à talons hauts que Nico venait de lui demander d'enlever avant de monter dans la barque. A présent, Anastasia riait en s'agrippant au bras de Nico pour retirer sa première sandale. Quand elle eut ôté les deux, elle coiffa un grand chapeau de paille et leva vers son compagnon des yeux pleins d'attente…

Nico, lui, regardait le lac, au loin ; il avait l'air nerveux. Puis, très lentement, il se tourna vers Carrie…

Son regard accrocha le sien, comme si un lien invisible les unissait. Comme la princesse, qui n'avait pas l'habitude qu'on la délaisse un seul instant, le tirait par la manche, Nico se retourna et, avec un sourire affable, monta dans la barque.

Ils formaient un couple parfait, pensa Carrie. Tous deux si beaux, si sûrs d'eux ! Elle se sentait insignifiante en comparaison. Elle aurait voulu s'enfuir, rentrer au palais, mais elle restait clouée sur place, incapable de détacher les yeux de Nico. Quand il largua les amarres, Anastasia éclata d'un rire qui résonna au-dessus de l'eau argentée, et résonna douloureusement aux oreilles de Carrie.

Ignorant la souffrance qui l'envahissait, celle-ci plissa les yeux pour étudier la scène. Il n'y avait rien de plus romantique que la vue d'un homme, de dos, en train de ramer. Avec un sourire, elle regarda Nico s'éloigner du petit appontement, et s'apprêtait à repartir quand elle entendit Anastasia l'appeler. Plus moyen de s'éclipser, à présent. Elle se retourna en souriant et leur fit un signe de la main.

— Regarde, chéri…C'est la fille qui travaille pour toi. N'est-elle pas tout à fait charmante dans cette mignonne petite robe ? Bonjour, ma chère…

Carrie accueillit ces remarques les dents serrées. Elle aurait aimé, à cet instant, avoir une carabine pour tirer quelques balles bien placées sous la ligne de flottaison de la barque !

Mais tandis que les deux passagers s'éloignaient et se désintéressaient d'elle, Carrie se sentit plus stupide et fade que jamais, et sa petite robe, qu'elle avait été si heureuse de trouver sur le marché, lui sembla soudain ridicule à côté de celle, bien plus sexy et raffinée, d'Anastasia. Puis Nico se retourna comme pour vérifier qu'elle était bien partie, et, au regard qu'il lui lança, elle comprit qu'il savait ce qu'elle ressentait face à sa superbe compagne.

Mais il pouvait penser ce qu'il voulait : elle allait rester là à les observer… pour nourrir son inspiration.

Nico commençait à ramer plus vite, et l'écharpe rose pâle de la princesse flottait dans l'air derrière elle. Ce détail complétait le tableau, et Carrie regretta de ne pas pouvoir peindre la scène. Le héros à la peau brunie, ses manches de chemise relevées jusqu'aux coudes révélant ses avant-bras puissants… Et ses larges épaules, ses muscles bandés quand il plongeait les rames dans l'eau, la tension de ses jambes sous son jean…

En fait, pensa Carrie avec malice, elle pouvait très bien se passer de représenter Anastasia. Son tableau n'en serait que meilleur. Satisfaite, elle repartit vers le palais.

8

En se préparant pour le dîner ce soir-là, Carrie ressentait un mélange d'excitation et d'angoisse. Elle était bien décidée à ne pas décevoir la princesse Laura ; elle tenait vraiment à paraître à son avantage. Mais quand la servante revint pour l'aider, elles découvrirent qu'une catastrophe s'était produite.

La jeune fille, qui était allée chercher la robe dans le dressing, poussa soudain un cri d'effroi. Carrie se précipita dans la pièce.

— Tout va bien ? lui demanda-t-elle avec anxiété, en l'attirant entre ses bras quand elle vit à quel point elle était bouleversée.

— Votre robe… La belle robe… Je ne la trouve pas…

— Mais elle ne peut pas avoir disparu ! dit Carrie. Nous allons la chercher ensemble. Allons, ne vous inquiétez pas…

Mais, au fur et à mesure qu'elles cherchaient, Carrie perdait de son assurance. Une seconde fois, elle passa en revue tous les cintres. Il y avait tant de robes dans la penderie ! Pourtant, elle savait que la princesse Laura ne faisait pas les choses à moitié : après avoir pris ses mesures, les couturières avaient dû s'affairer sans répit pendant des heures pour confectionner toutes ces robes. Mais il n'y en avait qu'une pour le grand dîner de ce soir, et elle restait introuvable.

Carrie dissimula sa peine, mais, au fond d'elle-même, elle craignait d'avoir gâché sa chance d'apparaître sous un nouveau jour aux yeux de Nico.

— Peut-être pourriez-vous en choisir une autre, *signorina*, suggéra la domestique, désespérée.

— Quelle bonne idée. Cherchons-en une ensemble, dit-elle, d'une voix aussi joyeuse que possible.

Mais aucune robe n'était à la hauteur de la première, et la servante finit par proposer à Carrie d'aller vérifier dans tous les autres dressings du palais si quelqu'un ne l'avait reçue par erreur.

— Quoi qu'il en soit, dit Carrie, ce n'est qu'une robe : ça ne vaut pas la peine de pleurer pour ça. Et, de toute façon, il est trop tard pour fouiller le palais.

— Je vous en prie, laissez-moi la chercher, *signorina.* On ne sait jamais. Je vais peut-être la retrouver…

— D'accord, mais sachez que vous n'avez rien à vous reprocher. De mon côté, je vais jeter un nouveau coup d'œil à ma penderie. Je suis sûre que je peux trouver une tenue pour ce soir.

Carrie sortit du placard plusieurs robes de soirée, qu'elle écarta toutes pour différentes raisons. Certaines avaient des décolletés plongeants jusqu'à la taille, ce qui, avec ses formes voluptueuses, n'était guère seyant, tandis que d'autres étaient fendues jusqu'en haut de la cuisse. Quant aux sandales, leurs minces talons semblaient si fragiles que Carrie redoutait de les porter, mais l'heure avançant, elle redoutait de ne plus avoir le choix.

Carrie regarda par la fenêtre et sentit sa gorge s'assécher en voyant une procession de limousines se diriger vers le palais. A leur bord, à coup sûr, ambassadeurs et milliardaires, et assez de membres des familles royales européennes pour remplir les pages d'un magazine. La princesse Laura avait voulu la préparer à cela, elle avait voulu qu'elle se sente à l'aise en compagnie aussi distinguée, mais à présent c'était impossible. Carrie jeta un coup d'œil vers la porte : elle ne pouvait attendre plus longtemps le retour de la domestique. Elle ne voulait pas risquer d'être en retard au dîner de la princesse Laura. Elle allait donc devoir choisir une autre tenue…

Mais Carrie fit alors une autre découverte alarmante : tous les vêtements dans sa penderie étaient au moins trop petits d'une taille. Elle n'y comprenait rien. Les couturières de la princesse Laura avaient pris ses mesures avec beaucoup de minutie et elle avait du mal à croire qu'elles aient pu commettre une erreur aussi élémentaire. Et si tout cela était l'œuvre d'une personne malveillante ?

Elle retourna à la penderie et choisit un fourreau rebrodé de perles et pourvu d'une longue traîne. A présent, elle n'avait plus qu'à espérer que la chance était de son côté.

Après avoir passé tant bien que mal l'étroite robe, Carrie se rendit compte qu'elle ne pouvait pas attacher seule tous les minuscules boutons de soie qui fermaient le dos. Comme elle jetait un regard à la pendule, elle sentit l'anxiété la gagner. Pénétrer dans la salle de banquet après que le roi se fut assis était un grave manquement à l'étiquette, et Carrie ne voulait surtout pas faire honte à la princesse Laura.

Mais où était donc la domestique ? Quelqu'un la retenait-il quelque part ? Carrie était de plus en plus persuadée que la disparition de la robe n'avait rien d'accidentel, et que la bonne avait été interceptée et chargée d'une course urgente par la personne qui l'avait subtilisée. Car quelqu'un avait pris la robe, pensa Carrie avec amertume, tout en se battant avec les boutons.

La seule solution, pour fermer le vêtement, était de faire passer le dos sur le devant, d'attacher les boutons, puis de la retourner en tirant sur le tissu serré. Elle y parvint non sans peine, mais quand elle eut terminé, son visage était cramoisi et des mèches de ses cheveux pendaient en désordre autour de son visage. En se regardant dans la glace, Carrie eut envie de pleurer. Le magnifique fourreau couture ne tombait pas du tout comme il aurait dû : il la moulait de façon fort peu flatteuse. Le bustier rebrodé couvrait à peine ses seins généreux, qui menaçaient à tout moment de jaillir de la robe. Elle ne ressemblait à rien, et à présent il était trop tard pour choisir une autre tenue. Et elle devait encore trouver des chaussures…

Mais comment faire alors qu'elle ne pouvait même pas se baisser ? Avançant à petits pas, elle réussit à attraper avec son gros orteil une paire d'escarpins à talons aiguille. « Allongez votre silhouette » : n'était-ce pas le conseil qu'on donnait aux femmes petites et rondes dans les magazines féminins ? C'est ce qu'elle venait de faire, se transformant du même coup en géante d'un mètre soixante-quinze. En partant, chancelante, vers la porte, elle attrapa une poignée d'épingles à cheveux qu'elle coinça entre ses dents afin de se recoiffer en hâte sur le chemin du banquet.

Carrie fit un effort pour ralentir quand elle arriva dans la salle de réception principale et essaya de se comporter comme les autres convives, mais ce n'était pas facile : elle était très mal à l'aise dans sa robe trop serrée et pouvait à peine faire un pas sans trébucher sur ses talons branlants. Et comme si cela ne suffisait pas, elle était la seule femme non accompagnée : tout le monde était en couple, ou faisait au moins partie d'un groupe…

Relevant la tête, elle s'efforça de se persuader qu'elle était grande et élégante… Une femme du monde, pleine d'assurance et de sang-froid, qui se sentait parfaitement dans son élément au palais…

Du moins jusqu'à ce qu'elle atteigne les doubles portes et aperçoive la princesse Laura. Celle-ci, très animée, discutait avec un groupe d'amis, et portait une robe longue en mousseline lilas d'une classe étourdissante. Des brillants scintillaient sur sa robe, et sa tête était ceinte d'un diadème étincelant. Elle avait aux pieds des souliers de danse délicatement perlés. A ses côtés se tenait Nico, plus séduisant que jamais…

Contrariée de constater qu'il la troublait plus encore qu'à l'ordinaire, Carrie regarda autour d'elle, cherchant un moyen de s'échapper. Tout ce dont elle avait besoin, c'était de quelques minutes pour se ressaisir, et ensuite tout irait bien…

Elle s'engagea dans un couloir. Un peu d'air frais, voilà ce qu'il lui fallait ! se dit-elle en repérant une porte-fenêtre qui donnait sur le jardin. Les deux valets qui se tenaient de part et d'autre de la porte la lui ouvrirent, et Carrie poussa un soupir de soulagement quand elle se referma derrière elle. Comme elle l'avait espéré, il faisait plus frais dans le jardin. Elle prit plusieurs profondes inspirations pour se calmer, et il s'écoula seulement quelques minutes avant qu'elle ne se sente prête à repartir.

Mais, en se retournant, elle remarqua qu'on avait éteint la lumière dans le couloir. Elle s'avança jusqu'à la porte et approcha son visage de la vitre. Les valets avaient disparu. Elle posa la main sur la poignée : elle était bloquée.

Prise de panique, elle perdit de précieuses minutes à secouer la poignée et à fixer le couloir désert, puis songea qu'il fallait trouver une autre entrée.

La lumière baissait rapidement, et les hauts murs du palais paraissaient sombres et menaçants. Et elle n'était même pas sûre de marcher dans la bonne direction. Sa robe, brodée de perles, était lourde comme une armure, et entravait ses mouvements.

Elle entendit soudain des voix et pressa le pas. Les cuisines du palais ! comprit-elle avec soulagement. On avait laissé les portes ouvertes pour permettre à la chaleur de s'échapper…

Elle s'avança avec précaution au milieu des cuisiniers, suscitant sur son passage des commentaires débonnaires. Le sol était glissant sous ses pieds, mais elle n'osait se tenir nulle part. Au bout de la cuisine, elle aperçut une file de serveurs prêts à entrer dans la salle de réception. Manquant de perdre l'équilibre, elle fit quelques pas vacillants, puis, en s'excusant, se fraya un passage au milieu des serveurs. Le garde en faction près de la porte fut si surpris en la voyant qu'il en oublia de l'arrêter.

La première chose qui la frappa fut la lumière aveuglante. Elle reçut en pleine figure le flamboiement d'une dizaine de lustres, accentué encore par l'éclat des diamants, la vive lueur de l'argent et le pétillement doré du champagne... Il flottait dans l'air un parfum d'opulence, à la fois séduisant et intimidant. Et il ne faisait pas chaud dans la salle : autour de Carrie, il n'y avait plus qu'un silence choqué et glacial, et des rangées entières de visages qui se tournaient vers elle.

Elle entendit un rire nerveux et, se rendant compte qu'il venait d'elle, elle sentit le rouge lui monter aux joues. Et il devait y avoir au moins cinq cents personnes, parmi lesquelles la famille royale, installées sur une immense estrade. Mais à présent que les serveurs avançaient derrière elle, elle ne pouvait plus faire demi-tour...

Alors, chose incroyable, Nico surgit soudain à ses côtés et l'aida à arranger sa robe.

— Attends, dit-il sèchement.

Elle prit son bras avec reconnaissance et s'avança dans la salle. Etre avec Nico légitimait sa présence au banquet. Nico qui, bien sûr, restait insensible aux murmures qui s'élevaient autour d'eux...

Soudain, la rumeur faiblit, faisant place au silence le plus total. Peu pressé de rejoindre sa table, Nico se tenait là, immobile, comme s'il s'offrait avec Carrie à l'admiration des convives. Et il y avait, en effet, de quoi l'admirer, lui ! Il portait son superbe uniforme officiel avec fierté et élégance. Pareille tenue aurait paru apprêtée sur n'importe quel homme, mais renforçait encore sa puissante virilité.

Carrie n'avait pas besoin qu'il lui dise ce qu'elle devait faire. Elle pouvait très bien s'en sortir sans lui.

— Nico, je suis tout à fait capable de...

— Pas cette fois-ci, Carrie.

Il lui prit la main avec fermeté et l'entraîna, sans lui laisser le choix, vers la table de la famille royale. Arrivé au bas de l'estrade, il s'inclina devant le roi et fit signe à Carrie de l'imiter.

— Quand vas-tu cesser de me harceler, Carrie ? murmura-t-il tandis qu'ils saluaient, avant de se redresser et de l'accompagner jusqu'à la table.

Carrie s'installa à côté de la princesse Laura, le ventre serré, le souffle court. Celle-ci, d'un seul regard, la rassura. Elle était à peine assise qu'elle vit Nico se pencher vers sa mère pour lui chuchoter :

— Ne t'inquiète pas, maman, je suis sûr que je vais trouver une autre chaise.

Prenant conscience de son erreur, Carrie rougit et voulut se relever, mais la princesse Laura la retint.

— Il est assez grand pour se débrouiller tout seul, lui dit-elle avec un clin d'œil.

Carrie leva les yeux vers Nico et crut voir un léger amusement passer sur son visage. Est-ce qu'il se moquait d'elle ?

En se rasseyant, Nico songea qu'il n'avait pas échangé un regard aussi chaleureux avec sa mère depuis des années. Ils avaient tous deux été, semblait-il, impressionnés par le cran de Carrie, et si une chose était sûre, c'était que son arrivée avait détendu l'atmosphère. Quand, pour la dernière fois, s'était-il senti aussi à l'aise à un banquet d'Etat ? Quand, pour la dernière fois, quelqu'un avait-il ainsi transgressé toutes les règles, avec pour seule conséquence d'amuser le roi ? Un roi qui ne pouvait détacher les yeux de Carrie, remarqua alors Nico. Désireux d'être plus proche d'elle, il déplaça sa chaise pour l'installer à côté de la sienne.

Carrie se raidit en le voyant se rapprocher. Son air moqueur la désarçonnait.

— Ma mère m'a dit qu'il y avait eu un problème avec ta robe, dit-il en se penchant vers elle. Je vois ce qu'elle voulait dire. Dépêche-toi d'arranger ça, veux-tu ?

Il avait les yeux fixés sur son décolleté.

— Et que suggères-tu ? chuchota Carrie avec vivacité, bien qu'elle se sentît rougir quand elle baissa les yeux.

Ses seins s'étaient presque échappés de son bustier trop serré, et elle dut faire très vite quelques ajustements pour éviter un désastre public des plus embarrassants.

— Charmant, murmura Nico, en s'approchant encore. Quel style, quelle grâce… Avec toi, au moins, on ne s'ennuie pas.

— Si tu avais accepté de m'écouter, je ne serais pas là ce soir, lui fit remarquer Carrie d'une voix tendue.

— Mais alors, j'aurais manqué un ravissant spectacle…

— Ravie de te distraire, mais crois-moi, pour ma part je ne m'amuse pas du tout !

— Carrie, non…

Il essaya de la retenir, mais elle était déjà debout. Elle réussit quand même à adresser une révérence au roi et à sa mère, puis, relevant sa jupe, quitta l'estrade.

Elle ne lui laissait pas le choix : il devait la suivre.

Il la rattrapa sur le perron, où elle s'était arrêtée pour retirer ses sandales.

— Mais enfin, Carrie, pourquoi te sauves-tu comme ça ? Ce n'est pas possible, voyons…

Ignorant la question, elle commença à remonter sa robe sur ses cuisses.

— Arrête ça ! lui dit-il avec irritation, en vérifiant que personne autour d'eux ne puisse les voir.

— Il faut bien que je marche !

Elle pleurait, comprit-il, mais ses jambes étaient les plus jolies qu'il eût jamais vues, et il n'avait aucune envie de partager ce spectacle avec les autres invités.

— Si tu me donnes le bras, tu n'auras pas à remonter ta robe, proposa-t-il d'une voix bougonne.

Lui donner le bras ? Elle avait plutôt envie de l'étrangler ! Mais elle savait que sa suggestion avait du sens, même s'il lui déplaisait de l'admettre. Car comment pourrait-elle réussir à garder son équilibre sur les marches ? Bien qu'elle hésitât à accepter l'aide de Nico, elle ne pouvait risquer une chute.

— Merci…

Mais à l'instant où elle lui prit le bras, elle se rendit compte qu'elle avait commis une erreur, car soudain la force de son compagnon, la chaleur de son corps et le parfum enivrant de son eau de Cologne la submergèrent.

— Où désires-tu que je t'emmène, Carrie ? murmura-t-il.

— Dans ma chambre, je te prie, s'entendit-elle lui répondre.

Elle était très fière. Elle avait l'impression de parler comme l'héroïne d'un roman historique…

— Certainement, milady ! répliqua Nico.

Mais ce petit jeu risquait de ne pas durer bien longtemps. Le contact brûlant des lèvres de Nico, de sa langue jalouse envahissait l'esprit de Carrie ; elle sentait ses mains sur son corps qui éveillaient son plaisir, l'augmentaient et le prolongeaient… Et, tandis qu'il s'emparerait de sa bouche, elle s'ouvrirait pour lui comme une fleur, et…

Elle ressentit un profond soulagement en constatant qu'ils étaient arrivés devant la porte de sa chambre .

— Merci, lui dit-elle poliment en se détachant de lui. Mais je vais revenir, tu sais. J'ai fait une promesse à ta mère, et je ne veux pas la décevoir. Je vais commencer par prendre une douche et par voir si je trouve une robe qui me convient mieux. Pendant ce temps, j'aimerais que tu présentes des excuses de ma part au roi et à ta mère, et que tu leur dises que, s'ils le permettent, je serais heureuse de me joindre à eux pour le café.

— Et tu ne veux pas aussi que je revienne te chercher pour t'escorter jusqu'à la salle de banquet ? lui demanda-t-il d'une voix moqueuse.

— Si, je veux bien, répondit-elle. Merci, c'est très gentil.

Nico tourna les talons, coupant court à leur échange. Il éprouvait des sentiments mêlés : méfiance et admiration.

Carrie avait profondément souffert de l'accueil glacial qu'on lui avait fait au banquet, mais n'avait pas pour autant renoncé à y assister. Il aurait pu lui dire que la famille royale avait sincèrement apprécié l'interlude, et lui aussi, mais avait-elle besoin du moindre encouragement ? Il en doutait. Elle était déterminée à affronter de nouveau tous les regards hautains et, même s'il était certain d'avoir fait la même chose à sa place, il ne pouvait que l'applaudir.

Carrie était ravie pour la jeune domestique. Celle-ci avait non seulement réussi à retrouver la robe disparue, mais aussi à identifier les coupables. La robe avait été découverte dans le dressing de la princesse Anastasia !

— Je n'arrive pas à comprendre comment elle est arrivée là, dit la bonne en secouant la tête, confondue.

— Une simple erreur, j'en suis sûre…

Pour ne pas compliquer encore la situation, Carrie choisit d'oublier cette histoire. Elle avait d'autres choses beaucoup plus importantes en tête : en premier lieu, gagner la confiance de Nico. Une dispute avec la princesse Anastasia ne l'avancerait à rien. Réagir avec dignité, en revanche, lui donnait l'avantage.

Après une douche rapide, Carrie se releva les cheveux puis passa la merveilleuse robe, en se délectant du contact de la soie fraîche sur sa peau nue et tiède. Sa coupe mettait en valeur ses épaules pâles et lisses, et suggérait subtilement la rondeur voluptueuse de ses seins. La domestique avait déniché une paire de mules en daim délicatement perlées et pourvues d'un petit talon qui permettait de marcher gracieusement. Carrie les chaussa avec un sourire soulagé : elles étaient aussi confortables que des chaussons. Enfin la bonne lui apporta un élégant petit réticule avec une bride de soie, et plaça sur ses épaules une étole en tulle.

— Au cas où la température se rafraîchirait, lui dit-elle.

Après s'être assurée que tout était parfait, la jeune fille fit asseoir Carrie devant le miroir pour s'occuper de sa coiffure. D'une main experte, elle lui releva les cheveux en un chignon lâche, laissant retomber quelques boucles autour de son visage pour plus de douceur. Puis elle choisit dans le bouquet qui décorait la chambre deux boutons de roses, qu'elle fixa dans le chignon.

Carrie, stupéfiée, contempla son reflet dans la glace.

— Je n'arrive pas à y croire. Je me sens belle…

— Vous avez l'air surprise, *signorina*, lui dit la domestique avec gaieté, mais vous êtes belle, vous savez.

Carrie était sûre qu'elle lui disait cela par gentillesse, l'un des traits de caractère qu'elle appréciait le plus chez autrui.

— Je vous suis très reconnaissante de tous les efforts que vous avez faits pour moi, lui dit-elle avec un regard franc et sincère.

— Je suis la femme de chambre personnelle de la princesse Laura, *signorina*, et elle m'a demandé de prendre particulièrement soin de vous.

Carrie se retenait de trop s'enthousiasmer, mais jamais, depuis son arrivée à Niroli, elle ne s'était sentie aussi optimiste. La jeune domestique était repartie, et elle se préparait à l'imiter quand elle se souvint de la proposition de Nico : il devait venir la chercher. Elle n'était pas sûre d'être prête pour cela. Et puis, au fond, elle n'avait pas besoin de lui. Pourquoi lui donner l'impression qu'elle était incapable d'agir de sa propre initiative ? Si elle voulait assurer un avenir heureux à son bébé, elle ne pouvait pas se permettre de dépendre de qui que ce soit.

Mais, en regardant son visage dans le miroir, Carrie s'aperçut qu'elle était blême. Elle prit alors dans son sac un blush acheté sur un coup de tête à l'aéroport et en appliqua un peu sur ses pommettes. Elle n'allait pas laisser le trac s'emparer d'elle ! Elle compléta son maquillage par du gloss, du mascara et un peu de poudre : à présent, elle était prête à faire son entrée.

Nico jeta un nouveau coup d'œil à sa montre. Il ne pouvait pas s'attarder plus longtemps. Carrie allait paniquer s'il la faisait attendre, et il ne voulait surtout pas risquer une autre scène dans la salle de banquet.

Il était en train de se lever et s'apprêtait à murmurer quelques mots à l'oreille de sa mère quand, du coin de l'œil, il vit une silhouette apparaître entre les grandes portes. Il tourna alors la tête vers elle, et se laissa lentement retomber sur son siège.

Carrie venait de faire son entrée, seule. Nico remarqua avec satisfaction que, comme il le lui avait expliqué, elle avait marqué une pause avant de s'avancer dans la salle. Tous les convives, en la voyant, poussèrent une exclamation silencieuse, et peut-être Nico fit-il de même : il n'aurait pas su le dire. Carrie était… exquise. Un port altier, une démarche gracieuse… et elle était belle, vraiment belle. Sidéré par sa transformation, il ne pouvait la quitter des yeux. Et quand il le fit, ce ne fut que pour voir les valets s'incliner devant elle comme devant une apparition : tous étaient sous le charme.

Nico essaya de comprendre ce qui avait changé. Elle avait un teint parfait, et ses yeux bleus ressortaient davantage, brillant de bonté et d'intelligence. Mais c'était plus que cela : elle rayonnait, et elle avait dès le premier instant conquis le cœur de tous les hommes présents. En l'espace d'une heure, elle s'était métamorphosée, mais ce qu'il trouvait plus séduisant encore, c'était l'éclat, plus vif que toutes les lumières, de son indomptable volonté.

Nico se rendit bientôt compte que, comme les autres invités, il se tenait parfaitement immobile. On aurait dit que toute la salle retenait son souffle en attendant de voir ce qu'allait faire Carrie. Nico n'osait même pas aller vers elle, de peur de rompre l'enchantement : il voulait juste rester assis à la contempler, mais quand il croisa son regard…

Elle commença à avancer dans sa direction, ses yeux troublants toujours plongés dans les siens, et s'arrêta juste devant lui.

— Tu es si belle…

Il aurait voulu dire plus, bien plus, mais il ne trouvait pas les mots. Il savait seulement qu'il avait devant lui une femme complexe et mystérieuse, et qu'il la désirait avec ardeur.

— Merci.

Il avait du mal à croire que c'était elle qui, à présent, s'exprimait de manière calme et posée, le forçant à lutter pour garder son sang-froid. Il était si fier d'elle ! Jamais il ne s'était douté qu'elle possédait autant d'assurance, ou d'élégance. Sa robe, très simple, lui allait à merveille. Elle avait été taillée pour révéler juste ce qu'il fallait de ses charmes, laissant les hommes imaginer le reste, sous la soie. Nico se surprit à s'incliner profondément devant elle, comme il l'aurait fait devant une reine.

9

Les discours lui paraissaient interminables, et, avec Nico assis juste à côté d'elle, Carrie avait du mal à se concentrer. Un jeu de chaises musicales s'était en outre engagé à la table du roi, Anastasia ayant persuadé l'un de ses invités de changer de place pour pouvoir s'asseoir à côté de Nico. Lequel se révélait un charmant compagnon de table, et ne semblait pas fâché de partager son temps entre ses deux voisines.

La princesse Laura faisait de son mieux pour divertir Carrie en lui contant d'amusantes anecdotes sur l'enfance de Nico, anecdotes qu'elle réservait sans doute à quelques privilégiés, et qui faisaient paraître son fils presque humain, songea Carrie. Puis elle se rappela que c'était une mère qui parlait et que, de façon évidente, la princesse Laura adorait ses enfants. Le rire d'Anastasia troublait sans cesse son attention, lui rappelant que, malgré tous les compliments que Nico lui avait faits, elle ne pourrait jamais rivaliser avec une telle beauté. Et comme pour remuer le couteau dans la plaie, Nico lui jetait de temps à autre un regard, afin de vérifier, peut-être, qu'elle se tenait bien et ne lui faisait pas honte.

L'un de ces échanges de regards dura particulièrement longtemps, et Carrie en sortit le cœur battant à tout rompre. Elle aurait dû se douter du risque qu'elle prenait en le fixant ainsi.

Elle avait instantanément déchiffré son expression. C'était

celle d'un patron, ou d'un prince : celle d'un homme qui ne supportait pas qu'on lui résiste.

Et Nico la considérerait toujours comme une proie facile, songea Carrie. Même s'il avait changé d'attitude à son égard, elle restait pour lui un simple objet de désir. La princesse Anastasia, en revanche, pouvait espérer bien davantage.

— Tu as l'air préoccupée...

Carrie tressaillit. Elle ne s'était même pas aperçue que Nico s'était tourné vers elle. Comme d'habitude, elle ne trouva rien à répondre dans l'instant, et, le temps qu'elle se ressaisisse, Anastasia avait déjà trouvé le moyen de le distraire...

Le vieux roi, à présent, s'apprêtait à parler, et Carrie lui accorda toute son attention. Il commença par souhaiter la bienvenue à la princesse Anastasia, et loua longuement ses nombreuses vertus. Devant les murmures d'approbation de Nico, Carrie sentait son assurance la quitter peu à peu. Le roi Giorgio suggéra ensuite qu'un jour viendrait peut-être où Nico lui succéderait sur le trône. La nouvelle consterna Carrie. Elle n'aurait jamais imaginé que Nico aspirait à régner. Un roi n'avait pas de place dans sa vie pour un enfant naturel, dont la mère ne pouvait que déshonorer la Maison des Fierezza. Nico détestait les ragots, et il avait toujours fait en sorte de protéger sa vie privée. Avec quelle détermination s'efforcerait-il de préserver sa réputation, s'il devenait roi ?

Carrie ne s'était même pas rendu compte qu'elle se tordait les mains jusqu'à ce que Nico lui presse le bras avec douceur. Avant qu'elle ait pu réfléchir à la raison de ce geste, un serveur, qui avait dû recevoir un signal, se glissa entre eux pour remplir leur verre.

Est-ce que Nico se souciait de ses sentiments ? Avait-il changé d'avis à son sujet, et la croyait-il, à présent ? Carrie était si pleine d'espoir que lorsque les musiciens commencèrent à jouer et que Nico se leva, elle faillit en faire autant. Mais au lieu de se tourner vers elle, Nico offrit son bras à Anastasia.

Avec un sentiment d'humiliation profonde, Carrie les

regarda saluer le roi, puis se diriger vers la piste de danse. Ce n'était que la première valse, se dit-elle avec fermeté, déterminée à ne rien laisser transparaître de ses sentiments. La princesse Anastasia était l'invitée d'honneur, et Nico n'avait d'autre choix que de la choisir comme cavalière : c'était son devoir…

Mais cela n'apaisait pas la douleur de son cœur, et les minutes semblaient des heures tandis que la valse s'éternisait… Anastasia était si fière, si magnifique dans les bras de Nico… Comment le supporter ?

La réponse s'imposa, évidente : au nom de son enfant, elle pouvait, elle devait tout endurer.

— Bravo, lui murmura la princesse Laura, si doucement que Carrie se demanda si elle avait vraiment parlé.

Nico retourna s'asseoir après avoir rempli son devoir d'aussi bonne grâce que possible. Carrie avait blêmi, remarqua-t-il, évitant désormais son regard. Son grand-père était pâle lui aussi, et paraissait fatigué.

Le peu de temps que Nico avait passé à Niroli lui avait permis de se rendre compte que la santé de son grand-père se détériorait très vite, et il comprenait son désir de trouver un héritier. Il ne tenait qu'à lui de soulager l'angoisse du vieil homme. Accepter la couronne était la seule chose que le roi Giorgio lui ait jamais demandée, et il se sentait fléchir en le voyant de plus en plus faible. Bien qu'il y eût mille et une raisons de refuser le trône, il essayait de trouver des raisons de l'accepter. Il verrait davantage sa famille, et peut-être, le moment venu, pourrait-il transférer ses bureaux à Niroli et vivre heureux sur la petite île…

Travailler tout en régnant ? Nico se rembrunit en voyant les doigts d'Anastasia se poser sur la manche de sa veste, et recula légèrement. Il n'avait pas l'habitude de faire les choses à moitié, or régner sur Niroli signifierait renoncer entièrement à son entreprise londonienne. Mais, tandis que la princesse Anastasia approchait cette fois-ci la main de sa cuisse, il sentit naître un sourire sur ses lèvres : s'il devenait roi, il aurait tout pouvoir de l'éloigner de lui !

Il se dégagea avec agacement et se demanda combien de temps encore il allait devoir supporter le parfum trop capiteux de sa voisine, et ses gestes déplacés. Il dut alors écarter brusquement sa jambe car elle cherchait, de son pied nu, à lui caresser le mollet. La vulgarité de cette femme le révoltait. Il avait rempli son devoir envers elle selon les usages, mais n'était pas disposé à en faire davantage…

Ravalant sa contrariété, Nico essaya de réfléchir à une façon de trouver lui-même son propre héritier, pour le cas où il accepterait le trône. Il savait qu'il ferait un bon roi : il avait des talents de dirigeant et, jusqu'ici, n'avait jamais rencontré de difficulté qu'il ne pût résoudre. Et si lui-même ne pouvait avoir d'enfant, songea-t-il, l'un de ses deux frères engendrerait sûrement un fils qui serait heureux de prendre le relais…

Tandis qu'Anastasia poussait un soupir théâtral, Nico se tourna vers Carrie. Elle refusait toujours de le regarder et lui présentait un profil sévère, mais il y avait en elle quelque chose de vulnérable qui le touchait. Elle était l'exact opposé de la princesse. Il se pencha vers sa mère, bien décidé à tester sa réaction.

— Je pourrais me sentir très vite à l'aise à la cour, avec Anastasia à mes côtés, tu ne crois pas, maman ? Elle a l'air de connaître l'étiquette sur le bout des doigts.

Sa mère ne parut pas l'entendre.

— C'est une princesse, une vraie, insista-t-il avec malice. Tu ne crois pas qu'elle tiendrait son rôle avec beaucoup d'aisance si elle devenait ma femme ?

— Ta femme ? s'exclama-t-elle en se tournant vers lui.

Elle marqua une pause puis reprit un peu plus bas :

— Je croyais que tu savais distinguer un vrai diamant d'un faux, mais il faut croire que je me trompais.

Nico se rencogna dans son fauteuil, plus satisfait de cette réaction qu'il ne s'y attendait. Il retira sa veste et, glissant les pouces dans les poches de son gilet, recommença à contempler Carrie. Elle était si calme, si modeste et discrète… Il aimait l'idée que lui seul, parmi tous les invités, connût son autre visage. Et à présent, il brûlait de se retrouver seul avec elle. D'être en elle…

Il ressentit une bouffée de désir quand elle tourna les yeux vers lui. Elle avait senti son regard, et il lui signifia d'un imperceptible haussement de sourcil son intention de quitter le banquet. Elle hésita, puis, comme il s'y attendait, se leva sans bruit et fit une profonde révérence à son grand-père. Le roi, absorbé dans une discussion, ne la vit même pas, non plus que sa mère, qui bavardait avec ses voisines. En dessous d'eux, sur la piste, les danseurs tourbillonnaient dans un kaléidoscope de couleurs, et les invités restés assis discutaient avec naturel, l'esprit aiguisé par les mets fins et le bon vin. Personne ne remarquerait leur absence s'ils s'éclipsaient, et de toute manière cela lui était égal : certaines choses ne pouvaient pas attendre.

Il se leva à son tour et, inclinant poliment la tête devant Carrie, lui offrit son bras et l'escorta hors de la salle.

— Qu'y a-t-il ? dit la jeune femme d'une voix timide en voyant que Nico, après lui avoir ouvert la porte de sa chambre, ne semblait pas décidé à aller se coucher de son côté.

— Tu ne m'invites pas à entrer ? lui dit-il.

L'inviter, pensa-t-elle, quitte à en assumer seule les conséquences ? L'inviter, et jouer jusqu'au bout son rôle de maîtresse ? Elle n'arrivait même pas à se considérer comme sa maîtresse. Elle n'était rien de plus que sa compagne de lit, la femme qui l'aidait à apaiser sa frustration quand il s'ennuyait, s'agitait ou avait quelques instants à tuer entre deux rendez-vous.

— Et Anastasia ? Tu ne vas pas lui manquer ?

Il esquissa un petit sourire, et elle vit brûler dans ses yeux un puissant feu intérieur. Il n'avait aucune intention de lui répondre, elle le savait, mais elle le désirait quand même de toute son âme. Elle voulait l'avoir pour elle seule, imposer sur lui sa marque, et chasser Anastasia de son esprit pour toujours.

Elle voyait le sourire grandir dans ses yeux, comme s'il devinait toutes ses pensées. Et ce sourire était bien plus gratifiant que n'importe quelle marque de désir, car il suggérait la complicité dont elle rêvait tant. C'était ainsi qu'il réussissait chaque fois à lui faire baisser sa garde…

Devait-elle résister au regard envoûtant de Nico, ou feindre de ne pas entendre les battements de son propre cœur ? Il ne l'avait pas touchée que déjà la fièvre s'était emparée d'elle ; elle avait perdu la raison à l'instant où elle avait lu le désir dans ses yeux. Et elle ne se souciait plus des conséquences. Tout ce qu'elle voulait, c'était se blottir dans ses bras et abandonner ses lèvres à la passion jalouse de ses baisers. Elle était à lui, elle serait toujours à lui, et elle ne pouvait pas, ne voulait pas lutter contre cette évidence…

Elle le prit par la main, l'attira dans sa chambre et referma la porte. Aussitôt, elle sentit qu'il se détendait. Cette sensation d'apaisement, cette libération qui résultait de leur union, étaient aussi essentielles pour lui que pour elle, aussi vitales que l'air qu'ils respiraient. Quand il fit courir ses doigts sur ses bras nus, elle poussa un soupir de pur bonheur. Et Nico le comprit. Bien sûr. Ils parlaient la même langue quand ils abordaient ce sujet…

— Embrasse-moi, murmura Carrie en renversant la tête en arrière et offrant à ses baisers le creux tendre à la base de son cou.

Elle vibrait déjà d'excitation. Elle était prête. Et quand Nico l'embrassa, quand sa langue envahit sa bouche, elle crut que ses genoux cédaient. Mue par un désir ardent de renforcer ce contact, elle pressa son corps contre le sien, enchantée par le flot de passion qui les submergeait, enflammée par la puissance de son étreinte. Elle ne pouvait se contenter de la pression insistante de son sexe raidi entre ses cuisses. Elle voulait le posséder, et qu'il la possède. Elle le voulait tout entier, et sous n'importe quelles conditions.

N'importe quelles conditions ?

— Non ! s'exclama-t-elle dans un soupir, avant de détourner la tête et de le repousser avec ce qu'il lui restait de volonté. Je ne suis pas là pour satisfaire tous tes caprices, Nico.

Elle entendit ces mots, incapable de croire qu'elle les avait elle-même prononcés.

Nico ne répondit rien, et Carrie, bien qu'agitée par une tempête de sentiments contradictoires, réussit à poursuivre.

— Ce n'est plus possible, je ne peux pas continuer comme ça…

Sans savoir comment, elle parvint à ne pas s'effondrer quand il tourna les talons.

Elle fit un rêve cruel cette nuit-là. Elle rêva que Nico était resté et qu'ils avaient fait l'amour. Comme elle l'avait toujours voulu, avec tendresse et émotion. En la regardant dans les yeux, il lui avait dit qu'il l'aimait et elle l'avait cru…

Dans son rêve, Carrie était une princesse vêtue d'une robe somptueuse et vivait dans un palais. Dans son rêve, elle savait que Nico l'idolâtrait et qu'une foule d'autres prétendants lui vouaient la même adoration, et si elle aimait Nico en retour de toute la force de son âme, elle s'était bien gardée de le laisser paraître. Et dans son rêve elle était belle, intelligente et spirituelle, et c'était elle qui, d'un geste du doigt enjôleur et souriant, avait attiré Nico dans sa chambre.

Emplis du même désir, ils s'étaient vite retrouvés sur le lit, ce qui les avait fait rire. Pour une fois ce n'était pas une table, ni un bout de mur, ni aucun autre endroit que Nico jugeait pratique, mais un lit… Un grand lit confortable où des amants pouvaient passer un temps indéfini dans les bras l'un de l'autre. Ils pouvaient passer la nuit ensemble et se raconter leurs secrets. Ils avaient roulé sur le lit en riant, étroitement enlacés, et puis ils s'étaient mis à tomber, tomber… Alors Carrie s'était réveillée en comprenant que tout cela n'était qu'un rêve, un rêve dont elle était sortie plus abattue que jamais auparavant.

Brusquement ramenée à la réalité, Carrie enfouit son visage dans l'oreiller. La réalité, c'était que Nico, bien loin de l'aimer, l'avait abandonnée à la seconde où il avait compris qu'elle refusait de se donner à lui. Elle aurait presque aimé pouvoir revenir en arrière. Mais céder aurait signifié continuer sur une voie sans issue. Elle avait choisi d'exercer sa volonté, s'était prouvé qu'elle pouvait le faire, et à présent elle devait persister dans son choix. Mais mieux valait faire preuve de force que de faiblesse, au risque de donner un bien piètre exemple à son enfant.

Peut-être que si elle parvenait à laisser Niroli et toute sa peine derrière elle…

Mais elle savait désormais que son rêve de s'installer à la campagne, à l'écart du monde, n'était qu'un fantasme absurde, car à tout moment la vérité sur son enfant risquait d'éclater, faisant de celui-ci une cible potentielle. Or le plus important était de le préserver du danger. A 10 heures, Carrie avait rendez-vous avec la princesse Laura : « Introduction à la vie au palais », c'était le programme annoncé par la princesse, qui ignorait tout des tentatives d'intimidation dont Carrie avait fait l'objet. Mais puisqu'elle l'avait convaincue de prolonger son séjour à Niroli, elle tenait à la préparer à certaines situations.

— Vous devez être prête à tout, lui avait-elle glissé avec son clin d'œil habituel.

Mentir chaque jour à la princesse lui coûtait de plus en plus, mais elle ne pouvait s'en prendre qu'à elle-même, songea

Carrie en se redressant dans son lit. Elle allait donc au moins tenir sa promesse et aller retrouver la mère de Nico. De toute façon, il fallait absolument qu'elle la remercie pour le prêt de la magnifique robe de soirée…

Tout avait changé en l'espace de quelques heures, et Nico se trouvait forcé de reconsidérer ses sentiments à l'égard de Carrie. Il avait beau être persuadé qu'elle lui mentait, elle s'était comportée, la veille, avec une étonnante aisance. Et si elle savait mieux que personne le faire sortir de ses gonds, elle avait aussi le don de le calmer. Pourtant, un peu plus tard, elle l'avait repoussé. Nico esquissa un sourire en se rappelant la façon dont elle s'était rebellée à l'instant précis où il l'avait crue sienne. Cela l'avait rendue plus désirable que jamais, et peut-être, à ce moment-là, avait-il enfin commencé à comprendre qui elle était. Il en avait appris assez, du moins, pour modifier radicalement la perception qu'il avait d'elle. Derrière sa discrétion, Carrie cachait une volonté d'acier. En cela il l'avait grandement sous-estimée. Elle avait l'air plus fragile qu'Anastasia, mais cela n'était qu'une apparence car en réalité elle possédait un caractère très fort. Si elle n'avait pas essayé dès le début d'abuser de sa confiance, il aurait eu envie de partager plus avec elle que des instants de plaisir, mais où était l'intérêt de s'engager dans une relation pervertie par le mensonge ? Savoir qu'elle était enceinte d'un autre homme le ravageait, mais malgré cela il n'arrivait pas à souhaiter qu'elle sorte de sa vie.

La visite offerte par la princesse Laura avait été très instructive et intéressante ; la princesse, adorable comme à son habitude, s'était montrée particulièrement généreuse de son temps. Au cours de la matinée, le nom de la princesse Anastasia était revenu plusieurs fois dans la conversation, et Carrie avait été surprise d'entendre la mère de Nico dire qu'elle la trouvait fatigante. Elle s'était alors demandé quel genre de belle-mère Anastasia ferait pour son enfant, si Nico et elle décidaient de se marier.

En obligeant Nico à reconnaître leur enfant, condamnait-elle celui-ci au malheur dont elle cherchait si désespérément à le protéger ? Devrait-il, toute sa vie, endurer le mépris d'Anastasia ? Le manque d'amour était la plus grande douleur imaginable, et Carrie ne supportait pas l'idée que son bébé puisse en souffrir.

Son agitation grandit au point qu'elle envisagea de quitter Niroli sans dire un mot de plus à Nico. Elle pouvait déposer une lettre d'adieu sur la coiffeuse de la princesse Laura… Appeler un taxi pour qu'il l'emmène à l'aéroport, puis partir se réfugier dans un lieu si reculé que personne ne les retrouverait jamais, elle et son bébé…

Il lui fallut un immense effort de volonté pour bannir ces doutes comme elle avait banni sa faiblesse, et elle y parvint en se persuadant qu'à un moment ou à un autre, elle devait croire en Nico. Elle devait croire qu'il était l'homme qu'elle imaginait : un homme qui protégerait toujours les plus faibles, et qui défendrait ses enfants au péril de sa vie.

Elle se força à sourire en voyant la jeune domestique arriver avec des fleurs fraîchement coupées, prêtes à être épinglées sur la robe qu'elle devait porter ce soir-là. Celle-ci croyait encore à l'amour éternel, et Carrie ne voulait pas détruire ses rêves.

— Encore une fois, vous avez fait le meilleur choix possible, lui dit Carrie.

Elle passa la longue robe de soie miel. La coupe était très simple, très sage, mais mettait magnifiquement sa silhouette en valeur. Quand elle fut habillée, la jeune fille insista pour lui laisser les cheveux détachés, maintenus en arrière par un simple bandeau.

— Mais j'ai l'air si jeune, comme ça ! se plaignit Carrie.

Et elle n'était pas sûre que ce fût une bonne chose. Elle avait fait un pas de géant, la veille, en résistant à Nico, et elle ne voulait pas qu'il la voie ce soir comme quelqu'un d'immature et d'aisément malléable. Mais, en apercevant l'expression déçue de la jeune fille dans la glace, elle songea qu'après tout, elle pouvait bien garder les cheveux détachés : cela n'entamait en rien sa détermination.

La domestique sourit de plaisir quand Carrie accepta de rester coiffée comme elle l'était.

— J'espère que vous allez passer une merveilleuse soirée, lui dit-elle après avoir vérifié que tout était parfait.

Carrie en doutait, mais réussit à sourire avec assurance.

— J'en suis sûre, dit-elle d'un ton résolu.

10

Le dîner traînait en longueur. Nico laissa son regard s'attarder sur le visage de Carrie, un visage rayonnant de vitalité, d'honnêteté, et de toutes les qualités qui remettaient en question son opinion à son égard.

Consciente qu'il l'observait, Carrie se tourna vers lui un bref instant. Elle affichait une expression déterminée, bouche ferme, menton volontaire. Elle gagnait en assurance à chaque heure sous la tutelle experte de la princesse Laura, au point que ce soir elle éclipsait presque Anastasia. Il était évident que roi la trouvait charmante, et son épouse aussi ; lui seul restait encore à convaincre. Mais il admirait l'élégance avec laquelle elle se comportait sous le plus extraordinaire flot de remarques condescendantes jamais déversé par Anastasia. Décidément, cette femme n'avait aucune classe. S'il n'était pas intervenu, c'était seulement parce que Carrie lui avait fait comprendre, d'un regard, qu'elle ne voulait pas qu'il s'en mêle. Et il devait reconnaître qu'il avait pris plaisir à la voir se défendre seule avec autant d'aisance que si elle maîtrisait depuis des années tous les rouages de la joute verbale. Elle avait réagi avec une dignité et une sobriété remarquables, attributs d'une femme qui savait ce qu'elle voulait et refusait de se laisser écraser… Une femme qui sacrifierait tout pour protéger ses enfants…

Avec un soupir d'agacement, Nico détourna les yeux. Que Carrie fasse ou non une bonne mère ne lui importait nullement. Une chose était sûre : ils n'auraient pas d'enfants ensemble. Il s'agita avec impatience dans son fauteuil doré. Il était resté assis assez longtemps comme ça. Il ne supportait plus les contraintes de la cour, et commençait à repenser à tout ce qui l'appelait ailleurs. Mais il n'avait pas l'intention de quitter l'île avant d'avoir réglé les questions en suspens. Cela fait, il pourrait donner au roi sa réponse définitive.

Il se leva et salua d'abord son grand-père, puis sa mère.

— Carrie… Je crois que tu voulais me parler ?

Tout le monde s'était tu à leur table, et Carrie le rejoignit après une gracieuse révérence au roi et à la princesse. Il éprouva un sentiment de triomphe devant son absence de résistance, à l'opposé de son attitude rebelle de la veille. Mais il cacha sa satisfaction et se pencha vers sa mère pour lui murmurer à l'oreille quelques mots d'excuse, en prenant garde d'éviter son regard pénétrant.

— Je suis content que tu m'aies suivi, lui dit-il comme les valets refermaient les portes derrière eux. Je n'aurais pas pu supporter la compagnie de cette harpie une minute de plus.

Il parlait forcément de la princesse Anastasia, se dit Carrie. Tentait-il ainsi de l'amadouer, de lui faire baisser sa garde ? Elle n'allait pas tomber dans le piège, mais n'allait pas non plus déclencher de conflit, car cela ne menait nulle part avec Nico. Elle devait juste profiter de l'occasion qu'il lui avait donnée de lui parler en privé.

Tandis que Nico marchait près d'elle, réglant son pas sur le sien, Carrie songea qu'il n'avait jamais été plus séduisant, ni plus désirable. Soudain, elle aperçut une petite cicatrice au coin des lèvres de Nico. Pourquoi ne l'avait-elle jamais remarquée auparavant ? Et qu'avait-elle manqué d'autre ? Cette cicatrice renforçait son image d'aventurier prisonnier d'une existence pleine de contraintes et d'obligations. Mais prisonnier pour combien de temps encore ? Allait-il vraiment accepter la couronne ?

— Allons directement dans ma suite, dit-il en en s'engageant vers la sortie.

Il ne doutait pas un instant de son consentement. C'était comme s'il ne s'était rien passé la veille. Il devait juger inconcevable qu'elle ait pu lui résister, et croyait que, désormais, tout allait rentrer dans l'ordre. Rien, en effet, n'aurait pu lui faire penser le contraire. Elle avait quitté le banquet à son signal, et ses intentions n'avaient rien de mystérieux ; il était impatient, tendu, et avait envie de sexe. Et puisqu'elle était à portée de main, disponible, il devait la prendre, vite...

— Eh bien, que se passe-t-il ? lui demanda-t-il en s'immobilisant. Pourquoi t'arrêtes-tu ?

— Je me disais, peut-être, la bibliothèque...

Mal à l'aise, elle détourna le regard.

— La bibliothèque ? dit-il en se rembrunissant.

— J'aimerais boire un café... Ou un thé, si tu préfères.

Elle soutint son regard, osant à peine respirer.

— Je croyais que tu voulais me parler en privé ?

C'était un code. Le petit sourire qu'elle connaissait si bien était apparu sur ses lèvres.

— Puisque tout le monde est en train de dîner, la bibliothèque devrait être vide, tu ne crois pas ?

Elle le vit serrer les mâchoires, et comprit qu'elle l'avait mis en colère. Pendant un instant, elle crut dur comme fer qu'il allait, encore une fois, tourner les talons, mais finalement il inclina la tête pour lui signifier qu'il la suivait.

Elle entra dans la bibliothèque le cœur battant. Elle avait de plus en plus de mal à résister à Nico, mais elle devait rester forte, car, si elle cédait, il resserrerait un peu plus son emprise sur elle, et elle voulait à tout prix éviter que son enfant puisse avoir un jour l'impression de n'être que le fruit d'une vulgaire liaison. Elle aimait Nico de tout son cœur, mais elle devait se rappeler, même si cela la détruisait, qu'elle-même ne l'intéressait qu'au plan purement sexuel. En outre, Nico était attiré par tout ce qui s'écartait de la norme, et Carrie, de ce point de vue, se montrait une maîtresse surprenante, en tout point parfaite…

Mais elle ne cesserait jamais d'aimer Nico, se dit Carrie avec résignation alors que les portes de la bibliothèque se refermaient derrière eux, car elle l'aimait pour ce qu'il aurait pu être, pas pour ce qu'il était.

Nico demanda du café à la domestique, qui disparut aussitôt. C'était ainsi qu'il avait vécu toute sa vie, songea Carrie : entouré de gens qui satisfaisaient, voire anticipaient tous ses désirs, et il attendait d'elle la même docilité, le même zèle.

Il lui tournait le dos, contrarié par son brutal changement d'attitude. Elle, assise sur l'accoudoir d'un canapé Chesterfield, n'en bougea pas jusqu'à ce que la servante revienne avec un plateau. A ce moment-là, Nico se retourna pour l'informer qu'il souhaitait rester seul avec Carrie, et qu'il sonnerait s'il avait besoin de quoi que ce soit.

Carrie, sans attendre, se servit une tasse de café, puis en proposa une à Nico, qu'il refusa.

— Nous savons tous les deux que nous ne sommes pas là pour prendre un café.

Il était prêt à la laisser parler, ne fût-ce que pour respirer le parfum qu'elle portait ce soir, un parfum délicieux et apaisant, léger et délicat comme la fleur des champs à laquelle il la comparait souvent… une fleur qui avait une fâcheuse tendance à se transformer en chardon, songea-t-il avec impatience.

Il lui accorda plus de temps qu'il n'en fallait pour dire ce qu'elle avait à dire, et l'écouta avec une attention marquée. Il parvint même à conserver une expression impassible quand elle répéta ces mots qu'il avait rêvé d'entendre prononcer durant toute sa vie d'adulte : elle était enceinte, et le bébé était de lui. Même s'il s'agissait d'un mensonge…

Il lui ferma son cœur, certain que le test de fertilité qu'il s'apprêtait à faire apporterait la preuve de sa malhonnêteté. Sachant que c'était inutile, il n'en avait jamais fait jusque-là, mais cette fois-ci, il avait pris rendez-vous chez son médecin. En tant que membre de la famille royale, il bénéficiait par chance d'une discrétion absolue et d'un traitement de faveur.

Pourquoi Nico réagissait-il de façon aussi négative ? se demanda Carrie en voyant son regard se durcir davantage. Elle l'avait d'abord cru disposé à l'écouter, mais elle sentait bien à présent qu'elle s'était trompée. C'était presque comme s'il savait quelque chose qu'elle ignorait, quelque chose qui jouait en sa défaveur. « La vérité qui rend les hommes libres est bien souvent une vérité que les hommes préfèrent ne pas entendre »... La citation résonnait dans son esprit et la poussa à répéter :

— Nico, quoi que tu choisisses de croire, je suis enceinte, et tu es le père de mon enfant.

Les médecins avaient insisté sur le fait qu'il avait eu beaucoup de chance de survivre à la grave maladie qui l'avait frappé dans son enfance. Sa stérilité était le prix qu'il avait payé pour sa vie. Il n'attendait donc rien du test de fertilité, mais, face au regard intense de Carrie, le doute commençait à s'insinuer dans son esprit. La simple idée qu'il puisse être père exigeait, pour qu'il l'accepte, une preuve irréfutable. Il préférait s'en remettre à la science.

La certitude de sa stérilité nourrissait chez Nico un dépit qui le poussait à côtoyer le danger, à voler toujours plus haut, à courir toujours plus vite sans se soucier des conséquences. Et quand son père s'était tué en bateau et qu'il avait pris conscience de la fragilité de la vie, il s'était mis à défier le destin avec encore plus d'ardeur, et le sentiment qu'il n'avait rien à perdre.

Jusqu'à maintenant...

S'il y avait la plus petite chance que Carrie porte vraiment son enfant, elle devait rester près lui, se reposer. Les fausses couches n'étaient pas rares, et c'était un risque qu'il ne voulait pas prendre.

— Je te laisse y penser, lui dit-elle.

Il la regarda se diriger vers la porte avec surprise et agacement. Alors, la conversation était finie ? Il ne se souvenait pas d'y avoir mis de point final. Carrie cherchait encore à le provoquer, mais il refusait d'entrer dans son jeu.

— Dors bien, lui dit-il, sachant que si elle allait se coucher, elle passerait des heures à se retourner dans son lit en regrettant le plaisir qu'ils auraient pu se donner l'un à l'autre.

Mais il était persuadé qu'elle allait changer d'avis, faire demi-tour et venir se jeter dans ses bras, comme chaque fois.

— Toi aussi, Nico…

Elle ouvrit doucement la porte, et se glissa discrètement dans l'entrebâillement.

Nico n'ouvrit pas l'enveloppe qu'on lui remit à l'hôpital. Il la glissa dans la poche de son pantalon, et quand il l'en ressortit, il se trouvait à des kilomètres de la ville.

Il avait commencé à préparer un étalon pour la course annuelle du Palio, et l'ivresse du grand galop l'avait un peu détendu. Arrêtant finalement le cheval, il descendit et passa les rênes par-dessus l'encolure pour le laisser brouter la fine herbe brune, seule nourriture qu'offraient les basses pentes de la montagne.

— Tu boiras plus tard, quand tu te seras un peu reposé, promit-il à l'étalon qui hennissait.

Le cheval avait senti l'eau glacée qui coulait des sommets, mais Nico ne pouvait pas le laisser boire tant que sa sueur n'avait pas séché. Il approcha le visage de ses naseaux et flatta la bête qui, il en était sûr, allait remporter le Palio.

— Pas encore, Fuoco. Je te dirai quand tu pourras boire sans danger. C'est pour ton bien, je te protège maintenant comme je te protégerai pendant la course.

Le cheval était ardent de nom comme de nature. Et il allait gagner… s'ils arrivaient à rester en vie. La course dans la vieille ville était pleine de dangers. Elle durait moins de deux minutes, mais la compétition entre les concurrents était féroce, et les sabots des chevaux risquaient à tout instant de glisser sur les pavés.

— On veillera l'un sur l'autre, murmura-t-il, puis, avec un rire confiant, il donna une claque amicale sur le cou du cheval et le laissa brouter.

S'éloignant, il sortit l'enveloppe de sa poche et chercha l'endroit qui offrait la vue la plus spectaculaire. Il posa le pied sur un rocher au bord d'une falaise et contempla la vallée, heureux de savoir que s'il perdait tout, il pourrait toujours abreuver son âme des splendeurs de la nature. Face à ce panorama bouleversant, Nico avait l'impression qu'on tirait un feu d'artifice dans sa tête… un feu d'artifice plein de couleur et d'espoir.

Il se prépara à l'inévitable déception. Avant de lire la première ligne, il serra le poing et regarda blanchir ses phalanges, en se concentrant pour calmer sa respiration. Jamais de sa vie il n'avait connu d'anxiété avant d'agir, mais cette fois-ci, c'était différent.

Les résultats étaient positifs. Il pouvait concevoir des enfants ! Il se sentit submergé par cette nouvelle, et ressentit un sentiment d'urgence inconnu de lui jusqu'alors. S'il était le père de l'enfant de Carrie, alors il devait la rejoindre immédiatement. Si son enfant était le sien, il l'aimerait et le protégerait, et il ne laisserait plus Carrie lui lancer des ultimatums : ce serait lui, désormais, qui déciderait de l'avenir de son enfant.

Il put à peine contenir son soulagement en l'apercevant à son retour, et dut faire un effort suprême pour ne pas courir aussitôt lui annoncer la nouvelle. Il n'avait pas le droit à l'erreur, et préféra donc suivre le plan qu'il s'était fixé, chargeant l'un des valets de lui porter une note dans laquelle il l'invitait à déjeuner avec lui sur la terrasse du parc. Rien ne serait laissé au hasard. Il voulait la surprendre, et l'avantage d'une telle invitation, c'était qu'il contrôlerait la situation.

— Je suis heureux que tu aies accepté de te joindre à moi, lui dit-il quand elle arriva.

Elle avait accordé un soin particulier à son apparence, ce qui était bon signe. Ses vêtements décontractés, aux couleurs douces et très seyantes, étaient parfaits pour ce qu'il avait en tête.

— Ça te dit de faire une promenade ? Ou est-ce que tu préfères manger tout de suite ?

— J'aimerais te parler, Nico.

Elle dit cela d'une voix ferme, en le regardant droit dans les yeux. Nico s'en trouva agacé.

— Mais j'aimerais te montrer quelque chose…

Il se leva de son siège. Il n'allait pas se laisser rabrouer encore une fois.

Elle fit un signe de tête qui pouvait signifier aussi bien l'accord que le refus.

— Je pense que tu vas être surprise, lui dit-il, impatient qu'elle change d'attitude.

— Agréablement surprise, j'espère ? dit-elle, et il vit sur ses lèvres l'ébauche d'un sourire.

— Eh bien, je l'espère…

Il perçut dans sa propre voix une note d'irritation qu'il s'efforça d'ignorer.

— Alors, nous y allons ?

Il lui offrit son bras. Elle le refusa, préférant marcher à côté de lui… trop loin de lui.

Il l'emmena faire une longue visite du palais, en se demandant où il trouvait autant de patience. Il brûlait de s'enfermer avec elle dans une chambre, de lui avouer la vérité et d'exiger qu'elle fasse avec lui toutes les démarches nécessaires pour prouver avec certitude que le bébé était bien le sien. Mais il savait que s'il voulait construire une relation de confiance avec celle qui portait peut-être son enfant, il devait faire preuve de plus de subtilité.

Il attira son attention au passage sur de nombreux trésors de la collection privée des Fierezza, et quand ils atteignirent l'étroit escalier qui menait à la tourelle, il se sentait un peu plus détendu. Carrie avait fait montre d'un vif intérêt pour tout ce qu'il lui avait montré, et lui avait posé des questions très fines sur la façon dont ses ancêtres avaient acquis de telles richesses, questions qui l'avaient fait sourire malgré sa nervosité. Et à présent, ils étaient arrivés à la seule partie de la visite qui importait vraiment à Nico. Il était certain que quand Carrie verrait ce qu'il avait préparé pour elle, elle abandonnerait son attitude de défi et reviendrait vers lui avec toute la douceur et tout l'amour qu'elle avait naguère dans les yeux.

C'était le décor le plus romantique que Carrie ait jamais vu. Une petite pièce ronde, tout en haut d'une tourelle, avec une lumière parfaite. Une vraie merveille.

— Plein nord ? demanda-t-elle à Nico.

— Eh oui ! L'exposition idéale pour un atelier d'artiste, confirma-t-il en attendant sa réaction.

L'excitation de Carrie mourut subitement. Comme d'habitude, Nico avait fait ses recherches et avait découvert sa corde sensible, qu'il essayait maintenant de faire vibrer pour arriver à ses fins. Les soupçons de Carrie se colorèrent de tristesse quand, de nouveau, elle regarda autour d'elle. Tout aurait été si simple si elle avait pu annihiler ses sentiments pour Nico, mais elle n'y parvenait pas. Et s'il l'avait aimée, ce moment aurait été si parfait…

Mais aujourd'hui, tout dans son attitude suggérait qu'il cachait quelque chose. Pourquoi était-il aussi nerveux ? En général, c'était le signe qu'il avait envie de faire l'amour, mais cette fois-ci il paraissait animé par un sentiment très différent.

— Tu voudras bien excuser le désordre laissé par un ancien occupant…

Pour la première fois, Carrie remarqua le bric-à-brac entassé contre les murs ; en entrant, elle n'avait vu que les fenêtres, le panorama somptueux, la lumière, l'espace. Nico avait raison, la pièce aurait fait un parfait atelier d'artiste. C'était tout ce dont elle avait toujours rêvé, il le savait, et il tentait de s'en servir pour la convaincre.

La convaincre de quoi ? De devenir sa maîtresse officielle, peut-être ? Madame Carrie Pompadour de Niroli ? Carrie essaya de sourire, mais elle n'en trouva pas la force.

Nico la regardait avec insistance ; il attendait qu'elle dise quelque chose. Mais que pouvait-elle dire ? C'était lui qu'elle voulait, rien d'autre. Son cadeau maladroit ne lui inspirait qu'une immense peine. Ce n'était pas assez, ou, du moins, cela arrivait bien trop tard.

— Qu'en penses-tu ? lui demanda-t-il.

— Je ne sais pas ce que je dois en penser. Qu'est-ce que tu m'offres, Nico ? Un atelier où venir travailler de temps en temps, c'est ça ?

Elle secoua tristement la tête.

Nico lui lança un regard furieux qui lui mit le cœur en miettes. Il n'avait pas l'habitude qu'on refuse ses cadeaux, et il avait eu peu de temps pour préparer celui-ci, ce qui, à ses yeux, lui donnait d'autant plus de valeur. Peut-être, s'il avait eu davantage de temps, lui aurait-il offert un chevalet, une palette et des couleurs… Mais tout ça, dans quel but ? Qu'espérait-il obtenir d'elle ? Qu'elle accepte de coucher avec lui chaque fois qu'il en avait envie ? Est-ce qu'il l'avait seulement écoutée quand elle avait parlé du bébé ?

— Je t'ai commandé de la peinture à l'huile…

Carrie était effrayée par le fait que Nico ait pu lire aussi clairement dans son esprit. Il avait toujours une longueur d'avance sur elle. Elle avait prévu de louer un petit appartement à son retour en Angleterre, et avait imaginé une pièce exposée nord, comme celle-ci, où elle aurait peint de grandes toiles chatoyantes… Elle voulait offrir à son enfant un monde plein de couleurs, et non un environnement gris et terne dans lequel aucun rêve ne pouvait se réaliser.

Il fallait qu'elle arrête de perdre son temps en vains espoirs. Posant les mains sur son ventre en un geste protecteur, elle regarda autour d'elle une dernière fois.

Ce geste surprit Nico. A chaque fois, Carrie pensait d'abord à l'enfant, puis à elle-même. Il se sentit submergé par une foule d'émotions, toutes nouvelles… Il éprouvait de l'émerveillement, de la tendresse, de l'excitation, ainsi qu'un besoin instinctif et profond de vivre avec Carrie les derniers mois de sa grossesse, puis d'élever leur enfant, de l'avoir avec lui, sous sa protection. Elle ne pouvait pas lui refuser cela, il ne la laisserait pas faire.

— C'est pour toi, insista-t-il, contrarié par son manque d'enthousiasme. J'ai fait ça pour toi. Je voulais te faire plaisir.

— Plaisir…

— Tu vas bientôt être maman.

Carrie ressentit un immense soulagement. Il avait donc au moins accepté cela.

— Et c'est mon enfant ?

— Bien sûr…

Déstabilisée par la méfiance qu'elle lisait encore dans ses yeux, elle reprit :

— Nico, il y a quelque chose que tu ne me dis pas, n'est-ce pas ?

— Peut-être, concéda-t-il.

— Qu'est-ce que c'est ?

Dans le silence qui suivit, Carrie sentit la peur l'envahir.

— J'ai eu une maladie, quand j'étais enfant, qui d'après les médecins m'avait rendu stérile.

Carrie ouvrit des yeux ronds de surprise. C'était au tour de Nico, à présent, de parler trop fort et trop vite, mais cette révélation expliquait tout.

— Et alors ? dit-elle avec douceur.

— Eh bien, maintenant, je sais qu'ils se sont trompés.

— Comment le sais-tu ? lui demanda-t-elle, le cœur si gonflé de compassion que l'évidence lui échappait.

— J'ai fait un test.

Il se raccrocha à son regard et serra les mâchoires, comme s'il se préparait à affronter ses reproches.

Mais Carrie était à mille lieues de lui en faire et ne remarqua rien. Soulagée d'avoir enfin compris ce qui le rongeait, elle s'avança vers lui.

— Oh, Nico…

Elle prit ses mains dans les siennes et les serra doucement contre sa joue.

11

Quand Carrie s'adoucit, Nico se sentit inondé de joie.

— Tu portes peut-être mon bébé…

L'idée le transportait. Le test avait changé du tout au tout sa vision du monde… ainsi que sa vision de Carrie, de lui-même, et de tout le reste.

— Peut-être ?

Elle parlait d'une voix toujours douce, mais troublée, à présent, par l'anxiété.

— Et si c'est le cas, continua-t-il sans lui prêter attention, tu resteras avec moi…

— Est-ce une invitation, dit-elle avec plus de fermeté, ou essayes-tu de m'interdire de partir, Nico ?

Son changement d'attitude le surprit, surtout si tôt après qu'elle lui eut témoigné autant de tendresse. Mais étant donné la façon dont elle s'était comportée la veille, il aurait dû s'y attendre, et prévoir une parade. Il aurait aimé pouvoir revenir à l'époque où elle se montrait plus accommodante. Mais quoi qu'elle dise, il ne pourrait y avoir de compromis ; elle devrait se plier à son plan.

— Je croyais… J'espérais, corrigea-t-elle, que tu avais finalement compris que ce bébé était le nôtre, et que tu t'en réjouissais comme moi…

— Mais je m'en réjouis ! assura-t-il.

Elle ne paraissait pas convaincue, et se détourna pour regarder par la fenêtre.

Elle n'arrivait pas à voir le paysage. Elle ne voyait plus rien d'autre que la poussière sur les vitres, signe d'abandon. Nico se moquait bien de l'atelier, il se moquait bien d'elle ; la seule chose qui lui importait, c'était la perspective de devenir père !

— Evidemment, tant que l'enfant n'est pas né, je ne peux pas être sûr qu'il soit de moi, dit-il, brisant le silence qui s'était établi entre eux.

— Et quand il sera né ? dit-elle en faisant volte-face.

— Il existe un test rapide et sans douleur. Et nous aurons les résultats très vite, car…

— Car tu es un membre de la famille royale ? lâcha-t-elle en se retournant vers la fenêtre.

— Ne rends pas les choses plus difficiles qu'elles ne doivent l'être, Carrie…

— Plus difficiles ?

Elle le regarda, confondue.

— Tu n'as pas l'air de te rendre compte de ce que je suis en train de t'offrir.

— Tu m'imposes un test génétique. Je crois que j'ai au moins compris ça.

Différentes émotions passaient dans son regard. Nico y lut de la colère, de la détresse et de l'humiliation, et puis un sentiment des plus inattendus, et des plus contrariants : de la pitié.

— Je croyais que c'était ce que tu voulais…, dit-il en désignant la pièce d'un grand geste.

C'était tout le contraire de ce qu'elle voulait. Mais quoi que dise Nico, quelle que soit la blessure qu'il tente de lui infliger, elle ne réussirait jamais à le chasser de son cœur. C'était ainsi, elle ne pouvait rien y faire. Et peut-être avait-il raison, peut-être se montrait-elle déraisonnable ? Après tout, n'était-elle pas venue chercher à Niroli précisément ce qu'il lui offrait ? Il était sur le point d'accepter leur enfant… Ne devait-elle pas mettre de côté sa gêne, et penser au bébé ?

— Tu n'auras pas à rester à Niroli si le test se révèle négatif, continua-t-il en ignorant ses hésitations.

Si le test se révélait négatif ? Etait-il sérieux ? Pensait-il vraiment qu'elle pouvait lui mentir ? Cela l'attristait de voir comme Nico la connaissait mal. Elle savait qu'il avait profondément souffert de se croire stérile, et que sa déception et sa frustration avaient influencé toute sa façon de vivre, le poussant à s'aventurer aussi souvent qu'il le pouvait au plus près du danger, avec la rage de celui qui n'a rien à perdre. Son attitude revêche était destinée à décourager toute personne menaçant de trop s'approcher et de découvrir son secret, le secret de sa stérilité.

— Nico, tu dois décider…

Il ne la laissa pas terminer.

— Je suis heureux que tu comprennes, lui dit-il comme si l'affaire était réglée. Et il y a aussi un deuxième test…

Carrie leva la main pour l'interrompre. L'idée de faire subir ces examens inutiles à un nouveau-né la révoltait.

— C'est un test très simple, dit Nico, sans aucune intervention chirurgicale. On prélève un échantillon de sang sur le cordon ombilical du bébé…

Elle ne l'écoutait pas. Elle ne voulait plus rien entendre.

Brusquement, elle se retourna et s'avança vers lui à grands pas, les traits tordus par la passion.

— Tu ne comprends pas, Nico ? C'est mon bébé… le mien et le tien ! Et je ne laisserai personne soumettre notre bébé à une batterie de tests pour prouver quelque chose que je sais déjà !

La violence de sa réaction le surprit. Elle hurlait comme il ne l'en avait jamais crue capable, et, quand il fit un pas vers elle, elle le repoussa brutalement.

— Ne me touche pas, Nico ! J'en ai assez entendu ! Je croyais que tu voulais réfléchir avec moi à la meilleure façon de préparer l'arrivée de notre bébé, mais au lieu de cela tu nous insultes, lui et moi, avec tes histoires de test ! Tu ne me crois pas ! cria-t-elle quand il lui prit les bras pour essayer de la calmer. Tu ne me crois pas, répéta-t-elle d'une voix amère, en tentant de se libérer.

— Calme-toi, Carrie ! Ce n'est sûrement pas bon pour le bébé…

Aussitôt, elle cessa de se débattre, se figeant dans une immobilité effrayante.

— Comment oses-tu me faire la leçon ? Tu n'es même pas digne d'être père !

Nico savait que la grossesse avait tendance à intensifier les émotions des femmes, mais il n'avait jamais imaginé qu'elle pût les porter à un tel paroxysme. Il attendit un peu, tandis que Carrie s'éloignait de quelques pas, puis refit une tentative.

— J'essaie de te faciliter les choses, Carrie.

— Me faciliter les choses ? dit-elle d'une voix incrédule, en se retournant vers lui.

— J'ai accepté le fait que tu sois enceinte, expliqua-t-il patiemment. J'ai aussi accepté le fait que tu portes peut-être mon enfant…

— C'est admirable, Nico, je te félicite…

— Je veux que tu sois heureuse, Carrie…

Il dut s'interrompre, pris de court, quand il vit ses yeux se remplir de larmes. Elle sortait d'une telle colère qu'il ne savait plus comment réagir. Tandis que Carrie contemplait avec désespoir la pièce où il l'avait amenée pour la convaincre, bien maladroitement, de rester à Niroli, il se sentit soudain écrasé de culpabilité.

— Je t'en prie, il faut que tu m'écoutes…

— Non, Nico, répliqua-t-elle en secouant la tête. Tu n'as rien à me dire que j'aie envie d'entendre.

Elle se dirigea vers la porte, mais il la retint au passage et l'attira tout près de lui. Elle resta raide, sans réaction.

— Lâche-moi, Nico. Nous n'avons plus rien à nous dire.

Mais il ne pouvait pas la laisser partir.

— Pas tant que tu n'as pas accepté mes conditions.

— Tes conditions ? dit-elle en lui jetant un regard triste.

Il la lâcha et fit un pas en arrière. Jamais de sa vie il n'avait brutalisé une femme.

— Je t'offre un toit, Carrie.

— Comme à un chien errant ?

— Comme à la future mère de mon enfant. Tu n'as nulle part où loger à Londres, et tu n'as pas beaucoup d'argent…

— Bravo ! Je vois que tu as mené ta petite enquête.

— Tu aurais préféré que je ne me soucie pas de ta situation ?

Elle secoua la tête, trop peinée pour répondre.

— J'ai des projets, Carrie.

Il voulait lui redonner le sourire et pensait savoir comment s'y prendre.

— Nous allons annoncer nos fiançailles dès aujourd'hui, et nous marier très bientôt.

Il lui proposait de l'épouser ? Carrie eut soudain le tournis. Puis elle vit que Nico attendait une réponse.

— C'est logique, Carrie, insista-t-il.

— Logique…

Elle avait vaguement conscience qu'il hochait la tête, comme pour l'encourager à voir les choses à sa façon.

— Et ensuite, Nico ? dit-elle en se forçant à le regarder droit dans les yeux. Nous divorcerons ? Ou mieux encore, tu obtiendras une annulation ? Et si les tests révèlent que tu n'es pas le père de mon enfant ?

— Est-ce que c'est une possibilité ?

— Si les analyses sont effectuées à Niroli, il me semble que c'en est une, oui. Tout est possible quand le patient est un membre de la famille royale.

Le visage de Nico se durcit.

— Tu m'insultes, Carrie, et tu insultes mon pays !

— C'est toi qui m'insultes en me proposant des fiançailles vides de sens et un mariage sans amour !

— Si ça peut te rassurer, nous avons à Niroli une excellente clinique, et je te garantis que ni ton nom ni le mien ne seront mentionnés lors des analyses. Il n'y aura aucun risque de falsification. Et je te le répète, c'est un test absolument anodin : je n'autoriserai personne à faire souffrir un bébé.

— *Notre* bébé, corrigea Carrie.

Il était temps de regarder la vérité en face. Nico n'avait pas changé. Elle avait cru un bref instant que c'était le cas, quand il lui avait demandé de devenir sa femme, mais elle avait simplement pris ses rêves pour la réalité, comme toujours avec lui. Et les rêves s'étaient transformés en cauchemar. Nico cherchait juste à la retenir à Niroli jusqu'à la naissance du bébé, pour pouvoir faire ses tests.

— Je ne te demande pas de m'épouser, dit-elle. Tout ce que je souhaite, c'est que tu reconnaisses notre enfant…

— S'il est de moi, tu auras tout ce que tu veux.

Si, si, toujours des « si » !

— Je t'ai dit que je ne voulais rien !

— Pas même la protection royale pour ton bébé ?

Soudain, elle sentit toutes ses peurs resurgir. Rien ne comptait davantage que la sécurité de son enfant, et elle n'aurait jamais les moyens de lui offrir le genre de protection dont parlait Nico.

— Tous les enfants de la famille royale en bénéficient automatiquement, remarqua-t-il d'une voix onctueuse.

En décidant d'agir seule, elle mettait son bébé en danger, et elle ne pouvait pas se permettre d'engager des professionnels.

— Ne peut-on pas établir un accord formel pour que des mesures de sécurité soient mises en place ?

— Un accord formel ? Le mariage est un accord formel, et le nôtre garantirait à notre enfant la protection prévue par la législation nirolienne.

Carrie se sentit blêmir. Nico avait tout planifié et parlait du mariage avec une désinvolture écœurante. A l'entendre, ce n'était qu'un contrat d'affaires parmi d'autres, où les deux époux n'étaient liés que par un ensemble de clauses légales. Et tandis qu'elle pensait déjà au bébé et à elle comme à une seule entité, comme à une famille, Nico voyait encore l'avenir d'un point de vue individuel.

— Je ne veux pas t'épouser, Nico.

— Quoi ? s'exclama-t-il avec un regard noir. Et pourquoi pas ?

— Parce que tu ne m'aimes pas.

— Qu'est-ce que l'amour a à voir là-dedans ? Je croyais que tu voulais seulement protéger ton enfant.

Un mariage sans amour… Quelle dérision… Nico croyait-il vraiment que c'était ce qu'elle désirait ? Tout le monde avait quand même besoin d'être aimé, et tout le monde le méritait, n'est-ce pas ?

— Donc ce ne serait qu'un mariage de convenance, pour tout faire dans les règles ?

— Exactement, dit-il avec un soupir de soulagement.

— Mais je ne veux pas d'un mariage pareil !

Il commençait à s'impatienter. Carrie n'avait pas à tergiverser. Il lui offrait un mariage exceptionnel, et lui-même avait toujours désiré avoir une famille. Ils avaient tous les deux à gagner à un tel arrangement. Bien sûr, les résultats des tests étaient essentiels : il n'avait pas l'intention de prendre de risques inutiles. Il pouvait se marier, un mariage était facile à dissoudre, mais il ne pouvait pas reconnaître un enfant avant d'avoir l'assurance d'en être le père.

— Ecoute ce que nous allons faire, dit-il, persuadé que Carrie serait rassurée de voir à quel point son plan était réfléchi. Tu vas accepter de m'épouser pour protéger l'enfant. Je prendrai soin de ton bébé, Carrie, quels que soient les résultats du test.

A son expression, il vit qu'elle avait saisi toute la portée de sa proposition.

— Que l'enfant soit de moi ou pas, insista-t-il, je vous protégerai tous les deux.

— Et si je refuse ? dit-elle d'une voix calme.

Il n'en revenait pas. Elle recommençait à le défier.

— Tu acceptes, ou tu n'as rien, lâcha-t-il.

— Tu ne m'aimes pas, Nico. Tu veux juste éviter d'avoir un enfant illégitime. Tu penses à ta réputation.

Son analyse était on ne peut plus correcte.

— C'est toi qui décides, dit-il.

Il se détendit ; il avait repris confiance. Aucune femme ne pouvait dédaigner la fortune et le statut qu'il était en train de lui offrir.

Mais, à sa plus grande surprise, il vit ses traits vibrer de rage.

— Tu penses encore à l'argent, n'est-ce pas, Nico ?

Sans lui laisser le temps de répondre, elle continua :

— L'argent ne représente rien pour moi, et quant au statut royal…

Elle ne dit rien, mais un immense mépris passa dans son regard.

— Tu es courageuse, Carrie. Mais tu es sûre de ne rien oublier ?

— Mon enfant ? Il ne quitte jamais mes pensées. En refusant ta proposition, je le protège d'un homme qui ne sait pas aimer.

— Je n'ai pas envie de discuter pendant des heures, Carrie, dit-il d'une voix sèche. Je t'ai exposé mes conditions. Elles sont à prendre ou à laisser.

— Eh bien, je te les laisse, dit-elle avec dégoût. Je n'ai plus rien à faire ici, et à partir de maintenant, je ne veux plus que tu t'occupes de moi. Je me rendrai à l'aéroport par mes propres moyens.

La laisser partir ? Impensable ! Elle était peut-être la mère de son enfant…

— Prends ton temps pour réfléchir à ce que je t'ai dit, lui lança-t-il comme elle quittait la pièce.

Il n'était pas sûr qu'elle l'ait entendu. Immobile, il écouta ses pas furieux retentir sur les marches de pierre, puis, quand le silence fut revenu, il s'engagea à son tour dans l'escalier, et décida d'aller faire une promenade dans le parc pour laisser le temps à la jeune femme de se calmer.

Cela l'irritait de sentir qu'elle avait raison sur de nombreux points. Elle avait bien plus de caractère que ce qu'il avait imaginé. Pourtant, il était sûr que sa colère allait retomber. Rester avec lui était une décision importante, mais elle finirait par comprendre que c'était dans son intérêt.

Il adorait passer du temps avec Carrie, songea-t-il en marchant sur la pelouse. Entre eux, il y avait des hauts et des bas, mais il appréciait sa compagnie, et même maintenant, après leur dispute, il se surprenait à la chercher dans son coin favori, près du lac. Il se sentait vivant quand il était avec elle, et éprouvait moins le besoin d'aller se frotter au danger, car elle lui procurait des bouffées d'adrénaline plus enivrantes que tous les sports extrêmes.

Et elle portait son bébé !

L'euphorie qui l'envahit à cet instant était la plus forte qu'il eût jamais ressentie. Il n'avait pas besoin des tests pour en être sûr. Elle était la seule femme qu'il ait jamais désirée, la seule mère qu'il voulait pour ses enfants, une mère pleine de courage et de détermination. Il ferait tout ce qu'il faudrait pour regagner sa confiance et la convaincre de l'épouser ; et si cela signifiait renoncer au trône de Niroli, il n'hésiterait pas une seconde.

12

Carrie scella l'enveloppe et se leva de son superbe fauteuil, quittant l'écritoire délicatement ouvragé devant lequel elle était assise, près de la fenêtre du salon de sa chambre, pour sonner un domestique. Quand le valet arriva, elle lui tendit la lettre.

— Auriez-vous la gentillesse de porter ceci à la princesse Laura, s'il vous plaît ?

— Bien sûr, *Signorina* Evans, répondit le valet en inclinant la tête.

Carrie jeta un dernier regard autour d'elle, sachant qu'elle n'oublierait jamais ces quelques jours à Niroli. Elle était triste de partir, et consciente de l'immense chance qu'elle avait eue d'être invitée au palais et de se lier d'amitié avec la princesse Laura.

Lui annoncer son départ par lettre était lâche, mais elle savait que, sans cela, la princesse tenterait de la persuader de rester. Carrie avait été malade un matin et la princesse avait deviné qu'elle était enceinte, même si, pour l'instant, elle ignorait encore l'identité du père. Carrie devait quitter Niroli avant qu'elle ne découvre la vérité. Sa dernière dispute avec Nico ne lui laissait pas le choix. Si elle apprenait la situation, la princesse Laura risquait de prendre fait et cause pour elle face à Nico, ou, pire encore, de conclure qu'elle n'était qu'une manipulatrice qui s'était insinuée dans ses faveurs dans le seul but de gagner une alliée puissante.

Elle n'allait pas risquer de perdre l'amitié de cette femme admirable, se dit-elle en fermant sa valise. Ce qu'elle avait de mieux à faire, c'était de prendre rendez-vous avec un conseiller juridique à son retour en Angleterre. Et d'oublier l'idée puérile que Nico avait le droit de voir grandir son enfant. Ce droit, il l'avait perdu en lui suggérant un mariage de convenance. Elle était seule, à présent, et elle devait rentrer chez elle et vivre sa vie. Le taxi arriverait bientôt pour la conduire à l'aéroport, et ce serait la fin de son séjour à Niroli.

— Dans quelles circonstances Mlle Evans a-t-elle quitté le palais ? demanda Nico, la voix tremblante de colère, au valet qu'il dominait de toute sa hauteur. Pourquoi n'ai-je pas été informé immédiatement de son départ ?

Il ravala la tempête de questions qui faisait rage dans son esprit. Il avait toujours trouvé lâche et odieux de s'en prendre aux domestiques. Et si l'homme avait su quoi que ce soit, il aurait parlé ; il n'aurait pas risqué son poste pour si peu.

— Bon, oublions cela, lui dit sèchement Nico.

Il referma la porte de sa suite et s'y adossa en poussant un profond soupir. Après avoir vainement tenté de joindre Carrie par téléphone, il avait fini par se rendre jusqu'à sa chambre, qu'il avait trouvée vide. Il l'avait cherchée dans le parc et dans le palais, et même dans la vieille ville, avant de se résoudre à affronter sa mère. Mais celle-ci avait refusé de le voir, chargeant son valet de chambre de lui dire qu'à cause de lui, Carrie était rentrée à Londres.

A Londres ? Cette ville était immense, et, pour autant qu'il sache, Carrie n'y avait pas de domicile.

A grands pas, il alla décrocher le téléphone. Il n'avait qu'une seule chose à faire : appeler le service de sécurité de l'aéroport pour faire retenir Carrie à la porte d'embarquement.

C'était très simple, mais il fut interrompu dans son élan

par un coup de téléphone du secrétaire du roi. Son grand-père voulait le voir immédiatement.

— Je suis désolé, mais le roi va devoir attendre.

Ignorant l'exclamation stupéfiée à l'autre bout de la ligne, il raccrocha, mais aussitôt le téléphone se remit à sonner. C'était sa mère, cette fois, qui le suppliait de ne pas gâcher son unique chance de bonheur.

Son unique chance de bonheur… Pied au plancher, il démarra sa puissante Aston Martin grise. Tout le monde, à Niroli, avait fait des hypothèses sur ce qui pouvait le rendre heureux, et tout le monde s'était trompé. Ce n'était pas le trône de Niroli, ni un mariage avantageux avec Anastasia. C'était Carrie, Carrie Evans, son adorable assistante…

La veille, il avait écrit une lettre au roi stipulant qu'il renonçait expressément au trône de Niroli. Il s'était justifié en invoquant l'une des règles anciennes de la maison royale :« Aucun membre de la maison royale ne peut contracter de mariage sans le consentement du souverain. En cas de violation de la règle, le fautif serait immédiatement déchu des honneurs et privilèges dus à son rang. » Carrie comptait bien plus pour Nico que cette règle obscure et archaïque, et il allait l'épouser par amour, pas par convenance. Elle lui avait suggéré une autre façon de vivre sa vie, mais il n'avait pas su voir à temps le cadeau qu'elle lui faisait. Maintenant, il devait intercepter son avion avant qu'il ne décolle, ou il risquait de la perdre pour de bon.

Trop tard… Nico ne trouvait pas de mots pour exprimer ce qu'il ressentait. Il contempla le ciel vide sans y trouver ne fût-ce qu'une traînée de fumée, signe du passage de Carrie à Niroli. Et il n'avait aucune idée de l'endroit où elle allait vivre à Londres ; elle n'avait pas laissé d'adresse.

Parce qu'elle n'en avait pas, se souvint Nico, déjà inquiet

du bien-être de la jeune femme. Frustré, il se détourna de la grande baie vitrée et lança un juron.

Elle avait habité dans une modeste chambre d'hôtel jusqu'à ce qu'elle trouve un petit appartement à louer. Cela lui avait pris moins d'une semaine. Elle avait su que ce studio était le bon en découvrant la grande verrière.

— Je le prends, avait-elle dit, sans prêter attention au désordre incroyable laissé par l'ancien locataire.

Le petit héritage laissé par ses parents lui permettait de payer les trois mois de caution… et d'acheter de quoi faire le ménage.

Et son rêve s'était réalisé, grâce à elle seule et sans que rien, cette fois-ci, ne vienne l'entacher. Non pas que cela suffît à éloigner toute tristesse. Mais elle savait, en se contemplant dans le miroir, pinceau à la main et chemise maculée, qu'elle avait de la chance de pouvoir payer elle-même chaque centimètre carré de l'espace où elle habitait et travaillait, et chaque tube de peinture. Finis les tailleurs et les chemisiers chic ! Finie l'époque où elle attendait patiemment que Nico la remarque. Elle avait repris le contrôle de sa vie, et se préparait à en accueillir une nouvelle très bientôt. Mais elle ne parvenait toujours pas à penser à Nico sans souffrir, et peut-être n'y parviendrait-elle jamais…

Carrie tira son chiffon de la poche de son jean et s'en tamponna les yeux. Mais cela ne lui fit aucun bien. Furieuse de ne pas pouvoir retenir ses larmes, elle le jeta à terre. Il était temps de se montrer un peu plus forte, et si le simple fait de penser à Nico la faisait pleurer, alors elle ne penserait plus à lui.

Jusqu'à la prochaine fois.

Elle avait évité tous les journaux comme la peste depuis son retour et n'avait aucune idée de ce qui se passait à Niroli. Peut-être Nico était-il fiancé à la princesse Anastasia, à présent. Qu'est-ce qui l'en empêchait, puisqu'il savait désormais qu'il pouvait engendrer un héritier ? D'autant que pour garder Anastasia à ses côtés, il n'avait pas besoin de faire de chantage.

Pour éviter les problèmes, elle avait coupé tout lien avec son ancienne vie. Elle n'avait même pas donné son nouveau numéro de téléphone ou sa nouvelle adresse à Sonia, au bureau. Elle le ferait peut-être un jour, mais, pour l'instant, cela semblait dépourvu de sens. Elle ne s'isolait pas juste pour quelques jours, le temps de panser ses blessures ; elle commençait une nouvelle vie, car c'était le seul moyen qu'elle avait trouvé pour préserver la sécurité de son bébé.

Puisqu'elle devait se passer de l'aide de Nico, elle avait décidé de mettre le plus de distance possible entre elle et la richissime famille royale de Niroli. Vivre à Londres n'était pas idéal, mais elle se sentait en sûreté dans l'anonymat de la foule, et s'était dit que la capitale, avec ses innombrables bureaux et galeries, était sans doute l'endroit où elle pourrait gagner sa vie avec le moins de difficulté.

Et l'avenir se présentait plutôt mieux que prévu : son travail avait attiré l'attention d'un public bien plus vaste qu'elle n'aurait osé en rêver. Ses croquis préliminaires, ainsi que sa première toile, peinte avec la rage du désespoir, avaient convaincu le directeur d'une petite galerie londonienne, qui lui avait commandé une série d'autres toiles pour la période de Noël.

Elle était artiste, artiste professionnelle. Elle était comblée.

Ou presque…

Il lui manquait le plus important…

Carrie secoua la tête pour revenir à la réalité, prit sa spatule sur le bord du chevalet et examina sa dernière création. Elle représentait une cascade de bougainvilliers pourpre et cerise dévalant les murs du palais. Carrie serra les dents pour empêcher l'image de Nico de resurgir, mais elle n'y parvint pas. Il était là, au beau milieu du tableau. Elle le voyait dans tout et partout, et il en serait toujours ainsi.

Elle recommença à peindre ; elle y trouva, comme toujours, un certain soulagement. Absorbée par sa tâche, elle en oublia le tonnerre qui grondait au-dehors, jusqu'à ce que les lourds nuages noirs, devenus trop nombreux, la privent de lumière. Gênée, elle quitta des yeux sa toile pour regarder par la fenêtre. En voyant le ciel lugubre, elle comprit que le temps n'allait pas revenir au beau avant un certain temps. Elle allait en profiter pour aller racheter de la peinture. Elle travaillait si vite que ses tubes se vidaient à toute allure.

Carrie ne se retourna pas quand elle entendit tinter la clochette de la petite boutique de couleurs. Pourquoi l'aurait-elle fait ? Elle ne connaissait personne dans ce quartier de Londres et personne ne la connaissait.

Mais quand le carillon se tut, elle sentit que quelque chose, dans l'air, avait changé. Puis elle détecta un parfum familier, qu'elle respira à pleins poumons, avant de pousser un soupir rauque.

— Carrie ?

Elle se cramponna au présentoir pour ne pas tomber à la renverse et se tourna vers l'endroit d'où venait la voix.

— Comment…

Sa voix s'étrangla dans sa gorge avant qu'elle puisse dire un mot de plus, et ce fut sans doute l'énergie dégagée par Nico qui l'empêcha de défaillir. Mal rasé, dégoulinant de pluie dans son imperméable au col relevé, il avait l'air épuisé, mais…

— Enfin…, dit-il avec un de ses sourires en coin un peu moqueurs, en rangeant dans sa poche la photo qu'il avait à la main.

— Comment m'as-tu retrouvée ?

Elle avait l'impression d'observer la scène de l'extérieur, comme s'il s'agissait d'un film. Elle voulait se pincer pour s'assurer qu'elle ne rêvait pas, mais n'osait pas bouger de peur que Nico disparaisse.

— Grâce à tes toiles…, répondit-il en poussant un profond soupir de soulagement.

Le son de sa voix faisait vibrer dans le cœur de Carrie une corde oubliée, qui lui donnait envie à la fois de rire et de pleurer. L'extase du triomphe illuminait son regard, mêlée à de l'amusement et à un autre sentiment auquel Carrie refusa de croire.

— Mais il y a des dizaines de galeries à Londres…

— Des centaines, lui assura Nico dans un nouveau sourire.

Carrie paya ses achats dans un état de transe. Rien ne semblait réel. Le simple geste de prendre le sac en plastique que lui tendait la caissière lui parut irréel.

— Je vais te le porter…

— Non.

Elle serra le sac contre sa poitrine.

— Non, merci, je m'en sors…

« Je m'en sors » ? A dire vrai, elle arrivait à peine à respirer tant la situation était inconcevable. Elle voulait sortir de la boutique et sentir la pluie sur son visage. Si, à ce moment-là, Nico ne disparaissait pas, elle réussirait peut-être à croire qu'il était vraiment là. Il la regardait avec des yeux brillants, mais elle était incapable de lire dans ses pensées. Elle sentait son aura, toute l'énergie qui émanait de lui, enveloppante… Elle dut se faire violence pour mettre de l'ordre dans ses idées. Etait-il sincèrement heureux de la voir, ou exultait-il juste d'avoir mis la main sur elle ? Il l'avait crue à sa merci et elle lui avait échappé. C'était le genre de chose qu'il ne pouvait pas tolérer.

Carrie ne voulait plus souffrir. C'était son sentiment le plus fort tandis qu'ils sortaient de la boutique. Elle ne voulait plus avoir à endurer l'humiliation et l'incertitude, ni à vivre dans la douleur un amour à sens unique. Mais elle ne pouvait pas non plus perdre Nico une nouvelle fois, songea-t-elle en levant les yeux vers lui.

S'il avait toujours les mêmes projets ? S'il espérait encore pouvoir la soumettre à sa volonté ? Quoi qu'il en soit, elle ne pouvait pas passer sa vie à le fuir. Elle voulait que son bébé ait une vie heureuse, et cela impliquait un minimum de stabilité. Elle allait s'installer pour de bon, dans un endroit à elle, même si cet endroit n'était qu'un minuscule appartement…

Soudain, Nico éternua, la ramenant à la réalité.

— Nous ferions bien de rentrer chez moi au chaud avant que tu attrapes une pneumonie, dit-elle, avant de prendre conscience de l'ambiguïté de sa proposition et de corriger en hâte : A moins que nous allions prendre un café quelque part ?

Mais elle avait déjà les joues en feu, incapable de cacher à quel point elle l'aimait, à quel point il lui avait manqué.

— Bonne idée, dit-il avec douceur.

Ils traversèrent la rue pour rejoindre le quartier des restaurants et elle l'emmena dans un grand café en se disant que leurs silences gênés seraient moins pesants au milieu du brouhaha ambiant. Malgré son excitation, elle restait prudente, craignant toujours d'interpréter la situation de façon trop optimiste. A n'en pas douter, Nico s'était donné beaucoup de peine pour la retrouver, mais cela ne signifiait pas que son indifférence ait laissé place à de l'affection. La vérité, c'était que Nico ne pouvait pas accepter la défaite.

Nico commanda deux cafés et se dirigea vers une table près de la fenêtre.

— Je veux que tu reviennes à Niroli avec moi, Carrie.

Elle le regarda, abasourdie. Elle n'arrivait pas à croire qu'il puisse démarrer la conversation de cette manière. Il se comportait comme s'ils ne s'étaient quittés que quelques jours plus tôt. Elle lui répondit de façon tout aussi directe : non.

Il soutint son regard et Carrie se sentit faiblir. Comment avait-elle pu oublier ce que c'était que de se trouver face à Nico quand il avait une idée en tête ?

— Tu as essayé de me faire du chantage pour que je reste à Niroli, lui rappela-t-elle. Tu ne peux pas faire ça, Nico, et tu ne peux pas me forcer à venir avec toi maintenant.

— Si je suis ici, répondit-il sans ciller, c'est pour discuter de l'avenir d'un enfant.

Comme d'habitude, il la prenait par les sentiments. Elle faisait toujours passer le bébé en premier, et il le savait.

— Nous pouvons très bien en parler ici, répondit-elle.

— Non…

Il secoua la tête et se redressa sur sa chaise, le visage tendu.

— Il se passe quelque chose de très grave à Niroli. Je dois rentrer tout de suite.

Carrit pâlit.

— Ta mère…

— Ma mère va bien. Non, c'est autre chose qui ne peut pas attendre.

La santé du roi ne pouvait pas s'être détériorée aussi vite, elle en aurait entendu parler. Déterminée à ne pas lâcher pied, elle répliqua :

— Ma vie est ici, Nico, à Londres.

— Si je pouvais rester plus longtemps, je le ferais. Mais on a besoin de moi à Niroli.

Carrie pensa aussitôt à la princesse Anastasia. Elle n'allait pas accepter de jouer encore les seconds rôles face à la future épouse de Nico.

— Max, mon petit frère, qui s'occupe du vignoble de l'île, vient de découvrir que le raisin est touché par une maladie, et il m'a appelé à l'aide, continua-t-il.

Carrie se sentit coupable de l'avoir jugé aussi vite, mais comment savoir s'il n'était pas en train d'user, comme à Niroli, d'un stratagème sournois pour arriver à ses fins ?

— Je dois repartir, ajouta-t-il. Je suis désolé, Carrie, mais c'est ainsi. Il faut que tu prennes une décision maintenant. Je ne peux pas attendre.

Elle devina que Nico avait passé plus de temps que prévu

à la chercher. Mais, en même temps, la situation révélait bien son attitude générale. Il rentabilisait son temps. Il devait aller aider son frère à Niroli, mais, avant son départ, il réussissait quand même à caser dans son emploi du temps une discussion avec la mère de son enfant à naître. Pour lui, le bébé n'était qu'un détail à régler ! Elle se demandait comment il pouvait parler de façon aussi détachée d'un enfant qui occupait ses propres pensées à chaque seconde. Il était sans doute loin d'imaginer le jour où il tiendrait le bébé dans ses bras pour la première fois ; elle-même, à vrai dire, n'y parvenait pas, mais au moins, son cœur était prêt.

— Tu pourrais passer un bilan de santé complet à Niroli, lui dit-il, touchant encore une fois son point faible. Et puis, faire ta première échographie…

Il la regarda avec des yeux pleins d'espoir.

— J'ai déjà un rendez-vous, dit Carrie. J'y vais demain…

— Mais j'aimerais venir avec toi…

Les yeux fixés sur sa tasse, elle remuait frénétiquement son café.

— Alors ? lui dit-il. Qu'est-ce que tu en penses ?

— J'en pense que tu me triches, Nico, dit-elle, la tête toujours baissée.

— Je n'ai pas d'autre choix.

Elle leva les yeux vers lui.

— Et qu'est-ce que la princesse Anastasia va penser de cet arrangement ?

— Qu'est-ce que tout cela a à voir avec elle ?

— Tout, j'imagine, si vous vous mariez.

— Nous marier ?

Devant la grimace de Nico, elle détourna le regard. Elle ne voulait pas alimenter la petite bulle d'espoir qui cherchait toujours une excuse pour grandir au fond de son cœur.

— Oublie-la, Carrie. Sors-toi cette idée de la tête. Ça n'arrivera jamais.

Elle éprouva un tel soulagement qu'elle faillit se jeter à son cou.

— Je comprends que tu doives rentrer à Niroli, lui dit-elle. La famille passe en priorité. Peut-être que quand l'épidémie sera passée, nous nous reverrons pour discuter. A moins que tu aies l'intention de rester là-bas ?

Elle n'osait pas lui demander s'il avait accepté la couronne.

— Mes bureaux sont à Londres, dit-il sans émotion.

— Alors, tu reviendras ?

— Et toi, Carrie, lui demanda-t-il. Tu reviendras travailler pour moi quand le bébé aura grandi ?

— Je ne sais pas, Nico.

Elle ne voulait écarter aucune possibilité tant qu'elle n'était pas assurée de pouvoir entretenir son enfant.

— Avec le bébé et ma nouvelle vie de peintre, je ne sais pas si j'aurai très envie de retourner travailler dans un bureau.

— Tu nous manqueras…

Nico savait mieux que personne jouer sur sa corde sensible. Il avait réussi à la faire changer radicalement d'avis sur lui en moins de temps qu'il n'en fallait pour boire un café. Elle repoussa sa tasse, en se rappelant que c'était son chantage qui l'avait poussée à s'enfuir. Mais le revoir lui donnait envie de recréer des liens, de se réinstaller dans un quartier qu'elle connaissait, entourée d'amis, avec lui… Elle devait faire un immense effort pour se retenir de le dévorer des yeux.

— Allez, tu reviens à Niroli avec moi, pour qu'on parle un peu ?

Il savait se montrer si persuasif qu'à présent, elle ne pouvait plus détourner les yeux…

Elle aurait dû se souvenir qu'il ne pouvait jamais rester assis bien longtemps. Quand il se leva, elle faillit l'imiter, mais, se rappelant le fiasco que cette même réaction avait provoqué le soir du banquet, elle se retint juste à temps.

— Tu veux dire, pour que tu parles et que je t'écoute ? Mais ce n'est plus comme ça que ça fonctionne, Nico…

— Que faire, alors, Carrie ? J'aimerais que tu me l'expliques…

Il sortit un stylo de la poche de sa veste et griffonna quelque chose sur un bout de nappe en papier, qu'il lui tendit.

— Voici mon numéro. Appelle-moi quand tu es prête…

Il n'attendit pas sa réaction.

Elle le regarda se faufiler entre les tables, mourant d'envie de se lancer à sa poursuite. Elle avait de la peine à croire qu'après s'être donné tant de mal pour la retrouver, il la délaisse déjà. Il ne se retourna pas une seule fois. Ouvrant la porte du café d'un coup d'épaule, il sortit d'un pas vif et, évitant les voitures, traversa la rue pour arrêter un taxi.

11

Nico et son talent pour la négociation…, pensait Carrie en arpentant son petit studio. Il ne lui avait pas laissé le temps de réfléchir, parce qu'il ne voulait entendre qu'une réponse directe : oui ou non. N'avait-il pas dit qu'il pouvait lui arranger une échographie le lendemain à Niroli ? Il était sans doute venu à Londres avec son jet privé, et peut-être déjà reparti à l'heure qu'il était…

Mais il lui avait donné son numéro de portable… qu'elle composa sans tarder.

— Je vais prendre un taxi, lui dit-il d'une voix vive, et je passerai te chercher sur le chemin de l'aéroport.

— Merci…

Ce fut tout ce qu'elle eut le temps de dire avant qu'il ne raccroche.

Il avait pris rendez-vous pour une échographie le lendemain en fin d'après-midi. Carrie pensait pouvoir passer un peu de temps avec Nico en attendant, mais elle ne le revit que deux fois ce jour-là. Quelques minutes à peine après qu'il l'eut conduite à sa chambre, elle le vit ainsi sortir en hâte du palais pour aller voir son frère, Max, puis, après le déjeuner, elle l'aperçut de nouveau et devina à sa tenue, pantalon étroit et chemise décontractée, qu'il partait faire du cheval.

Elle ressentit un pincement de jalousie en le voyant

traverser la cour à grands pas, puis elle rit. Etait-elle jalouse d'un cheval, maintenant ?

Elle avait cru que Nico s'occuperait d'elle, mais elle se rendait compte que son emploi du temps était encore plus chargé qu'auparavant.

Elle ne le revit que le lendemain, quelques minutes avant de partir pour la clinique. Elle était prête depuis des heures et attendait près de la porte qu'il vienne la chercher. Quand elle l'entendit frapper, elle compta lentement jusqu'à vingt avant d'ouvrir.

— Je suis désolé de devoir faire ça de façon aussi précipitée…, dit-il en entrant dans la pièce d'un pas vif.

— Ne t'inquiète pas, je suis prête…

— Non…, dit-il en secouant la tête, plein de nervosité et d'impatience. Je veux dire, j'ai très peu de temps pour te donner ça.

Il sortit une petite boîte de sa poche de chemise.

— Qu'est-ce que c'est ?

— Je me rends bien compte que ce n'est pas un moment très romantique…

Il haussa les épaules avec une grimace et leva les yeux au ciel, comme s'il s'en remettait à la providence.

— C'est une bague, Carrie.

— Une bague ?

Ses doigts se crispèrent sur l'écrin en velours noir.

— Une bague de fiançailles, dit Nico comme si c'était évident. Tu ne l'ouvres pas ? Attends, laisse-moi faire.

Il lui prit l'écrin des mains, l'ouvrit et en sortit le plus gros diamant que Carrie ait jamais vu.

— C'était le plus gros de la boutique ?

— Oui, à peu près.

Il luttait, lèvres serrées, pour faire glisser la bague autour du doigt de Carrie.

— Je veux dire, c'était ça, ton critère de choix ?

Carrie ne jeta même pas un regard à l'énorme joyau.

— Je ne suis pas doué pour choisir les bijoux…, dit-il en relevant les yeux vers elle avec un sourire charmeur.

— Reprends-la, Nico, dit-elle en lui tendant la bague. Je n'en veux pas.

— Tu n'en veux pas ? répété-t-il, incrédule.

— Tu n'as pas écouté un mot de ce que je t'ai dit, n'est-ce pas ? Je ne veux pas t'épouser et je ne veux pas de ton argent ni de ce qu'il peut m'offrir. Je n'ai pas besoin d'un homme pour m'entretenir ou me faire des cadeaux vides de sens.

Elle lui reprit l'écrin et y replaça la bague.

— Je suis sûre qu'on te la remboursera.

— Ne t'inquiète pas pour ça, c'est arrangé avec le bijoutier.

— Oh, eh bien c'est formidable ! Je suis ravie pour toi, Nico.

Il eut au moins la bonne grâce de rougir d'embarras.

— Excuse-moi, Carrie. C'était maladroit…

Mais, cette fois-ci, un « pardon » ne suffisait pas.

— Tu as réussi à faire cette petite course pendant ta pause déjeuner, et tu aimerais que je t'en sois reconnaissante, n'est-ce pas ? dit-elle avec un regard mi-triste, mi-sarcastique. Le mariage est un serment sacré, Nico, et je ne veux pas que mon enfant découvre un jour que ses parents se sont mariés simplement pour des raisons pratiques.

— Je pensais que nous devions consolider les choses…

— Comme avec un contrat ?

— Exactement ! s'exclama-t-il.

« Est-ce qu'on ne pourrait pas au moins faire semblant ? » pensa Carrie, mais elle ravala sa question. Nico voulait avoir un moyen de récupérer l'enfant, elle le savait, mais elle, pour sa part, désirait qu'on l'aime pour ce qu'elle était, tout simplement. Un diamant, même énorme, ne signifiait rien à côté de cela.

— Tu ne veux pas que ton enfant ait des parents mariés ?

Il n'avait pas renoncé. Mais seulement parce que renoncer n'était pas dans sa nature.

— Je connais de nombreuses mères célibataires qui

élèvent leur enfant sans problème, lui assura-t-elle, et le type d'arrangement que tu me proposes ne peut rendre personne heureux. Ne te voile pas la face.

— Je me disais juste que, en tant que mère…

Elle lui jeta un regard acerbe.

— Je suis désolée que tu ne comprennes pas à quel point une mère aime ses enfants, surtout quand tu as toi-même une mère extraordinaire, qui t'adore et ferait n'importe quoi pour ton bonheur. L'amour d'une mère est infini et éternel, certificat de mariage ou pas.

Nico lui jeta un regard noir, mais il réussit à se contrôler. Il lui ouvrit la porte.

— Allons, dépêchons-nous, ou nous arriverons en retard pour l'échographie…

Tout pouvait changer d'un instant à l'autre.

Pour lui comme pour elle, se dit Carrie. Elle vivait les secondes les plus intenses de sa vie, et elle savait que Nico ressentait la même chose. Elle sentait son exaltation, son espoir et son angoisse tandis qu'ils attendaient ensemble, unis plus étroitement que jamais auparavant.

Le silence attentif de la radiologue, l'écran encore brouillé, leurs efforts pour comprendre ce qu'ils voyaient… Soudain, elle distingua la minuscule forme que la radiologue lui décrivait, et sentit sa gorge se nouer, tandis que Nico poussait une exclamation émerveillée…

— Voici votre bébé, leur dit la radiologue.

— Oui, je sais, dit Nico.

Carrie ne bougeait pas du tout, fascinée par l'image sur l'écran.

— Vous pourriez nous l'imprimer ? demanda Nico.

— Bien sûr.

Tandis que la radiologue s'occupait de l'impression, Carrie détourna la tête. Elle ne pouvait supporter de voir l'expression de Nico et, l'espace d'un instant, elle regretta presque qu'il l'ait accompagnée.

Non… Non, pas sérieusement. Comment aurait-elle pu lui refuser cela ? Mais s'il doutait encore de sa sincérité, s'il doutait encore que le petit être qui grandissait en elle était bien son enfant, alors elle ne savait pas comment elle pourrait lui pardonner.

— Carrie… Carrie, dit-il avec plus d'insistance. Regarde ça.

Transporté de joie, il l'aida à s'asseoir et lui montra la petite photographie.

— On peut la garder ? demanda-t-il à la radiologue.

— Mais bien sûr ! répondit-elle avec un sourire attendri, comme si elle avait vécu ce moment des milliers de fois, sans jamais s'en lasser.

— Ne pleure pas, Carrie, dit Nico. C'est merveilleux…

Elle ferma les yeux et chassa de son esprit toutes les choses que Nico ne pouvait pas voir, toutes les choses qu'ils auraient pu partager et qui n'arriveraient jamais. Mais quand elle rouvrit les yeux, elle découvrit avec surprise que Nico pleurait, lui aussi.

Elle le lui fit remarquer, mais bien entendu il refusa de l'admettre, puis il se leva, très droit, et tira sur les poignets de sa chemise avec un soupir impatient. Il avait soudain l'air trop grand pour la pièce, trop agité, trop maladroit et trop pressé de partir et de se retrouver seul, sans personne pour l'observer.

— Je te laisse te rhabiller.

Il allait passer la porte quand la radiologue le rappela.

— Non, c'est moi qui vais partir, lui dit-elle. Vous avez sûrement envie de passer un peu de temps tous les deux.

— Je…

La radiologue ne laissa pas à Carrie le temps de protester et referma la porte, la laissant en tête à tête avec Nico.

— Incroyable, murmura-t-il, les yeux de nouveau fixés sur la photographie.

— Je peux la revoir ?

Il en détacha le regard avec réticence.

— Bien sûr…

Il retourna s'asseoir à côté d'elle et lui montra l'image, refusant de la lâcher ; il donnait l'impression de ne jamais vouloir se séparer de cette petite photo au grain épais, pas même pour une seconde.

— Tiens, regarde ça, dit-il en lui montrant un détail de la photo. Tu crois que ce sont des jambes de fille ou des jambes de garçon ?

— Quelle importance ? Ça changerait quelque chose pour toi ?

Carrie scruta le visage de Nico, tout entier happé par la photo. Il n'y avait pas de risque pour qu'elle le trouble dans sa contemplation, pas le moindre risque pour qu'il surprenne son regard sur lui.

— Non, rien du tout, bien sûr. Tant que le bébé est en bonne santé, ça m'est égal que ce soit un garçon ou une fille.

Son assurance fit sourire Carrie. Il était déterminé à jouer un rôle majeur dans l'éducation du bébé, mais quant à savoir exactement comment il y participerait…

Effrayée en songeant qu'il pourrait tenter des démarches pour obtenir la garde du bébé, elle ressentit le besoin de l'attaquer.

— Mais tu vas devoir attendre encore six mois pour savoir si c'est bien le tien !

Et à présent, le charme était brisé. Elle n'avait nul besoin de dire cela, mais toute la joie de son cœur n'arrivait pas à étouffer sa peur.

— Je croyais que tu le savais, répliqua-t-il sans brusquerie.

— Moi, oui…

Il fallait qu'elle arrête de redouter tout ce que Nico pourrait dire ou faire, sinon, très bientôt, l'anxiété finirait par la rendre malade. Le fait que Nico ait affirmé son intention d'être un père présent aurait dû lui suffire ; elle ne pouvait pas lui en demander plus.

— Ça t'ennuie si je garde la photo ?

Elle avait envie de lui dire que oui, mais elle se retint.

— Je t'en ferai faire une copie, dit Nico en continuant d'examiner l'image.

— Vraiment ?

— Tu sais bien que oui.

Il releva les yeux vers elle et elle le crut.

— Je vais t'attendre dehors pendant que tu te rhabilles.

Il n'y avait plus d'intimité entre eux, se dit Carrie comme il quittait la pièce. La pudeur avait repris ses droits. Ils venaient de partager un moment d'une intensité extrême, mais elle sentait que quelque chose était mort, quelque chose qu'ils devraient reconstruire s'ils voulaient le retrouver un jour.

Nico parla peu sur le chemin du retour, et, une fois au palais, confia Carrie à sa mère en expliquant juste qu'il devait rejoindre son frère Max pour finir d'élaborer le plan de sauvetage des vignes. Son frère avait de la chance d'avoir Nico à ses côtés, se dit Carrie en s'éloignant de la fenêtre pour ne pas que Nico se rende compte qu'elle le regardait. Elle vit alors qu'il avait encore la photo de l'échographie dans la poche de sa chemise. Elle se demanda s'il allait la sortir de temps en temps pour la regarder, ou s'il se contenterait de la garder contre son cœur.

Elle était assise sous les arbres au bord du lac quand il revint, en fin d'après-midi. Elle venait de poser ses mains dans l'herbe, et, penchée en arrière, les yeux fermés, savourait la fraîcheur de l'eau sur ses pieds nus. Elle sursauta quand il se laissa tomber sur le sol à côté d'elle.

— Est-ce que tout va bien ?

Elle plaça la main en visière au-dessus de ses yeux et le regarda avec inquiétude…

— Maintenant, oui, répondit-il.

Elle tressaillit de surprise quand il se pencha vers elle pour écarter de ses yeux une mèche de cheveux.

— Tu ne me fais pas confiance, Carrie ?

Elle retint son souffle.

— Je suis désolé de te déranger, continua Nico.

— Tu ne me déranges pas.

Mais il la regardait avec un sourire qui fit galoper son cœur dans sa poitrine.

— J'étais juste en train d'admirer la vue.

— Avec les yeux fermés ?

Elle sourit.

— Alors, faisons-le ensemble, suggéra-t-il en se penchant en arrière et en fermant les yeux.

— Nico…

Il rouvrit un œil pour la regarder.

— Tu es impossible.

— Au moins, nous sommes d'accord sur quelque chose.

Il se pencha vers elle, de plus en plus proche, jusqu'à ce qu'elle soit sûre qu'il allait l'embrasser, puis il se releva subitement, frustrant le désir passionné qu'il avait fait naître en elle.

Il s'éloigna de quelques pas, longeant le lac les bras croisés, puis se retourna vers elle.

— Alors, comment te sens-tu ? Maintenant que tu as vu le bébé…

Elle savait qu'il était parti parce qu'il ne voulait pas qu'elle sente à quel point l'échographie l'avait ému.

— Je me sens merveilleusement bien, répondit-elle avec sincérité.

— Et tout ça, ce n'est pas mal, n'est-ce pas…

Il fit un signe de tête qui semblait tout englober : la vue, le chant des oiseaux, le bourdonnement des insectes, la douce brise de fin d'été, les cygnes qui glissaient sur le lac argenté…

— Non, c'est sûr. Tu as beaucoup de chance, Nico.

Comme il ne répondait rien, elle tapota l'herbe à côté d'elle.

— Tu peux revenir t'asseoir, si tu veux.

Son visage était dans l'ombre, ce qui l'empêchait de voir son expression, mais après quelques instants d'hésitation il s'avança vers elle. Il se rassit dans l'herbe, et l'écart entre eux se referma doucement.

— Quand nous avons fait l'amour, la première fois… Tu étais vierge ?

— Oui…

Quand Nico l'embrassa, cette fois-ci, ce fut très différent. Son baiser ressemblait à un nouveau départ, et lui donna envie de lui comme jamais auparavant.

Mais soudain, inondée par le doute, elle se raidit. La vie ne pouvait pas être si cruelle, n'est-ce pas ?

— Où vas-tu ? dit Nico en capturant son poignet dans son poing puissant.

Elle détourna la tête.

— Je ne peux pas supporter que tu fasses ça juste parce que tu veux que je reste…

Puis elle se retourna vers lui et soutint son regard.

Si seulement il avait pu exprimer ses sentiments… Il la désirait ardemment, mais le besoin de satisfaire ses pulsions charnelles avait laissé place à quelque chose de plus profond. Il l'attira très doucement contre lui, et, quand il vit la confiance renaître dans ses yeux et qu'elle se laissa aller sur l'herbe à ses côtés, il en eut le cœur bouleversé. Il avait ressenti la même émotion ce matin-là, lors de l'échographie. C'était l'envie d'aimer, de protéger quelqu'un, au péril de sa vie.

A la clinique, il avait été sidéré à la vue du petit être qui grandissait dans son ventre, et à présent il était abasourdi par la puissance des sentiments que lui inspirait Carrie. Il aurait fait n'importe quoi pour elle ; il aurait voulu, plus que tout, lui rendre hommage, parce qu'elle était la mère de son enfant, et lui faire l'amour, vraiment…

Il se redressa sur un coude et la regarda. Elle avait l'air

si jeune, si vulnérable, et pourtant, la force de son désir ne faisait aucun doute. Il enroula une de ses mèches soyeuses autour de son doigt et la caressa, savourant son contact si doux et propre entre ses doigts. Son parfum monta vers lui ; c'était cette senteur de fleur sauvage qu'il aimait tant… Elle lui donnait envie de plonger en elle et de s'y perdre… Elle lui donnait envie de faire partie d'elle…

— Tu ne m'embrasses pas, Nico ? demanda-t-elle dans un murmure.

Si seulement elle avait su qu'avec ce doux regard bleu, elle pouvait faire n'importe quoi de lui…

— Non, répondit-il, taquin. Je vais rester là à te regarder. Et ensuite, ajouta-t-il devant sa moue de déception, je vais te faire l'amour…

Tandis qu'elle soupirait entre ses bras et se faisait plus lascive, Nico fut pris d'une irrésistible envie de la prendre là, sur l'herbe, près du lac. Il lui effleura la nuque, laissant ses doigts remonter jusqu'au petit creux qu'il aimait embrasser, et la vit frissonner.

Elle ne pouvait pas lui résister, elle ne pouvait pas lutter contre le désir qui l'envahissait. L'amour avait fait perdre la tête à des femmes bien plus fortes qu'elle, songea Carrie tandis que Nico lui caressait les bras du bout des doigts et qu'elle se sentait prête à défaillir. Quand il cessa, elle se rapprocha de lui ; elle ne pouvait pas s'en empêcher. Il fit glisser sa main le long de son bras et mêla ses doigts aux siens, ce qui lui fit désirer une union plus intime encore.

— Est-ce que je t'embrasse, maintenant ? lui demanda-t-il en effleurant ses lèvres avec les siennes. Est-ce que ça te plairait, Carrie ?

— Tu attends vraiment une réponse ?

Il l'embrassa. Lentement, son baiser se fit plus profond. Il n'y avait pas un bruit autour d'eux à part le roucoulement léger des tourterelles. Mais Carrie fut soudain prise d'un frisson, comme si un nuage noir venait de cacher le soleil. L'idée de faire l'amour dans le parc était excitante, mais non dénuée de risque, et, sachant que Nico ne connaissait pas de limites, elle commençait à avoir peur.

14

Mais Nico ne lui laissa pas le temps de réfléchir et intensifia brusquement son baiser, en la pressant contre le sol avec une passion plus effrénée que jamais. Une passion qui la dévorait elle aussi. Elle noua ses bras autour du cou de Nico et l'attira encore plus près, transportée par le plaisir de sentir sous ses mains son corps ferme et chaud, et bientôt elle se laissa submerger par cette chaleur et par l'odeur douce et familière de Nico.

— Tu es sûr que personne ne peut nous voir ?

— Quelqu'un nous entendra, peut-être… A vrai dire, c'est même très probable.

— Je suis sérieuse, Nico.

— Mais non, lui promit-il. Tu peux faire autant de bruit que tu veux.

— Qu'est-ce qui te fait croire que j'en aurai envie ?

— Je le sais, c'est tout. Tu en as toujours envie.

Il sourit, la bouche tout contre la sienne, et, à cet instant, Carrie perdit le contrôle d'elle-même. Elle n'avait plus que Nico à l'esprit. L'odeur de Nico, ses caresses, sa voix… Et il allait lui faire l'amour…

A sa grande surprise, il recula et, avec son sourire irrésistible, la regarda dans les yeux et lui dit :

— J'ai une idée.

— Quoi ?

— Je suis sûr que tu as toujours rêvé d'entrer nue dans

l'eau, comme une nymphe. Tu ne laisserais pas passer une occasion pareille ?

— Mais l'eau est froide ! lui rappela-t-elle en tournant le regard vers la surface tranquille du lac. Après toi, Nico…

Elle aurait du se douter qu'elle ne s'en sortirait pas aussi facilement. Nico n'hésita pas un instant. Il se déshabilla en quelques secondes, lui jeta un dernier regard et plongea dans le lac.

— Enlève tes vêtements et rejoins-moi ! lui cria-t-il en nageant sur place.

Carrie jeta un regard anxieux autour d'elle. Hésitante, elle se déshabilla à son tour et entra dans le lac, les bras croisés devant son corps. Comme elle s'y attendait, l'eau était glacée. Mais à présent qu'elle était là… Elle plongea tout entière, puis, frigorifiée, émergea en poussant un cri et se mit à nager la brasse avec vigueur.

Nico, qui n'avait pas l'air de remarquer à quel point l'eau était froide, vint nager tranquillement à ses côtés. Ses bras puissants fendaient l'eau sans effort, et, quand ils revinrent près de la rive, il attrapa Carrie et l'attira contre lui.

— Assez nagé, dit-il en lui enlaçant la taille.

Leurs lèvres se frôlèrent, et il la souleva. Dans l'eau, elle était légère comme une plume, et en un instant ses jambes se retrouvèrent nouées autour de la taille de Nico.

L'eau était son oreiller ; elle se pencha en arrière et laissa échapper un soupir rauque quand Nico entra en elle. Existait-il sensation plus extrême ? L'eau glacée à l'extérieur, et, à l'intérieur, la chaleur de Nico …

Le lac ondulait autour d'eux, accompagnant leurs mouvements passionnés. L'eau les rafraîchissait et les soutenait tandis qu'ils se noyaient dans le plaisir, serrés dans les bras l'un de l'autre. Et quand Carrie fut épuisée, Nico la prit dans ses bras et la porta jusqu'au rivage. Il la déposa doucement sur l'herbe et, lèvres contre lèvres, lui fit ce serment :

— La prochaine fois, nous ferons l'amour dans un lit, Carrie.

Puis il rit, comme si cela, en soi, constituerait une aventure.

— Tu crois ? murmura la jeune femme d'une voix douce.

Elle ne s'était jamais sentie aussi comblée, ni aussi détendue. Et tout ça parce qu'elle était sûre, à présent, que Nico avait changé. Il avait changé, pour elle, et pour le bébé.

Ils passèrent toute la nuit ensemble. Au lit, comme Nico le lui avait fait remarquer avec amusement.

Quand elle s'éveilla le lendemain matin, elle le découvrit qui la regardait, le visage posé sur l'oreiller. Elle lui sourit et poussa un soupir de contentement quand il glissa les doigts dans ses cheveux et souleva quelques mèches qu'il laissa retomber sur ses épaules en une cascade chatoyante.

— Je t'aime tellement, murmura-t-elle en se rapprochant de lui.

Elle enroula les bras autour de son cou et l'attira contre elle, mais fut déçue de le sentir déjà agité, impatient.

— Pourquoi ne pas passer toute la journée au lit ? demanda-t-elle d'une voix enjôleuse.

— Une autre fois, *bellissima*...

Le ton sur lequel il lui parla détruisit tout le plaisir de leur intimité. D'un seul coup, toutes les angoisses de Carrie revinrent l'assaillir. Nico ne l'aimait pas. Il aimait une jeune femme soumise, qui exauçait le moindre de ses désirs... Une femme bien différente de ce qu'elle était vraiment.

Mais toute sa fierté ne suffit pas à l'empêcher de demander :

— Tu ne peux pas rester un peu plus longtemps ?

Elle avait tant besoin qu'il la câline, qu'il la rassure... Mais alors elle se souvint de son frère, Max, et de ses difficultés qui avaient poussé Nico à revenir en hâte à Niroli.

— Je suis désolée, j'avais oublié...

— Oublié quoi ? lui dit-il en s'appuyant sur un coude pour la regarder.

— J'avais oublié ton frère. On se voit plus tard, alors ?

Elle voulait une réponse. L'ombre qu'elle avait sentie planer au-dessus d'eux la veille semblait s'être installée dans la chambre.

— Bien sûr, lui dit-il d'une voix distraite, en faisant glisser son pantalon d'équitation le long de ses cuisses musclées.

— Tu vas monter à cheval, aujourd'hui ?

Question idiote, mais elle voulait en savoir plus. Nico se contenta d'un léger sourire pour toute réponse.

— Fais attention à toi, Nico.

— Ne t'inquiète pas, dit-il avec son assurance habituelle.

Puis il s'approcha pour lui dire au revoir, mais au lieu de lui donner un vrai baiser, il embrassa ses doigts et les posa sur les lèvres de Carrie.

— Tu ne comptes pas prendre de risques, aujourd'hui, n'est-ce pas ?

Elle n'avait pas pu s'empêcher de lui poser la question et était déjà prête à affronter son regard agacé.

— Non.

Pourquoi avait-il regardé son ventre à ce moment-là ? Il paraissait si nerveux qu'elle ne savait pas si elle devait le croire. L'ombre de sa barbe était très drue et noire, même lorsque, comme maintenant, il venait de se raser. Cela lui donnait un air rude et dangereux, et savoir qu'il aimait repousser ses limites la remplissait d'angoisse.

— Nico, qu'est-ce que tu prépares ?

— Ce que je prépare ?

Il refusa de lui répondre, et, au lieu de cela, lui embrassa le bout des doigts. Mais elle se rendait bien compte qu'il était ailleurs. Son esprit, comprit-elle, l'avait déjà quittée.

Carrie avait demandé ce que signifiaient les guirlandes de fanions accrochées sur les remparts du château. L'explication que lui avait fournie la princesse Laura n'avait fait qu'accroître son angoisse. Les fanions étaient là pour célébrer le Palio, la grande course de chevaux qui se déroulait tous les ans à Niroli. Des cavaliers représentant les plus anciennes familles de l'île s'y réunissaient pour mesurer leur force et celle de leur monture sur un parcours défini à travers la vieille ville. C'était un spectacle à la fois excitant et dangereux ; Carrie et la princesse y assisteraient donc depuis les remparts, où elles ne risquaient pas de recevoir de coup de sabot.

Les concurrents faisaient le tour de la grand-place, puis s'engageaient dans les rues tortueuses, où la foule était aux premières loges. Les cavaliers prenaient énormément de risques, avait souligné la princesse. Le vainqueur ne gagnait rien d'autre qu'un vieux drapeau, mais sa véritable récompense, c'était l'honneur, et, pour cela, les hommes étaient prêts à risquer leur vie, avait-elle ajouté avec un soupir résigné.

La famille de Nico était une grande famille, avait songé Carrie, autant dire la plus grande. Mais Nico ne comptait pas participer, n'est-ce pas ? Elle avait posé la question à la princesse, qui avait écarté l'idée de façon catégorique : jamais elle n'aurait autorisé un de ses fils à prendre part au Palio. C'était beaucoup trop dangereux.

A ces mots, l'angoisse de Carrie avait redoublé, et à présent qu'elle était seule dans sa chambre, elle ne pouvait plus penser à rien d'autre. Depuis combien d'années Nico n'avait-il pas désobéi à sa mère ? Elle n'arrivait pas à calmer les battements de son cœur. Quand il l'avait quittée, Nico était en tenue d'équitation ; que devait-elle en penser ? Et comment pouvait-il imaginer de participer à une course aussi dangereuse, alors qu'il savait qu'il allait bientôt être père ?

C'était impossible, se persuada Carrie. Nico ne l'aimait peut-être pas suffisamment pour lui dire où il allait, mais il tenait trop au bébé et à son rôle de père pour prendre un risque pareil.

Le soulagement la submergea quand il poussa la porte de sa chambre, de retour plus tôt que prévu. Il alla directement à la salle de bains et elle l'y suivit, l'observant avec attention tandis qu'il se rinçait le visage, à l'affût du plus petit détail susceptible d'indiquer qu'il se préparait pour la course. Mais elle se rappela alors que Nico avait l'habitude du danger, et comprit qu'il ne laisserait rien paraître de son trac.

— Je suis désolé, est-ce que je perturbe ton après-midi ? lui demanda-t-il d'un ton moqueur, en la voyant l'observer avec anxiété.

— Promets-moi juste que tu ne…

— Oui ? la coupa Nico, le visage enfoui dans sa serviette.

— Que tu ne vas rien faire de dangereux.

Il se redressa et jeta sa serviette dans un panier.

— Ce n'est pas moi qui attends un enfant, Carrie. Je ne suis pas obligé de rester assis toute la journée avec les pieds en l'air…

— Et moi non plus, Nico. Tu sais très bien que ce n'est pas de ça que je parle.

— Alors de quoi parles-tu ? Qu'est-ce qui te tracasse, Carrie ?

— Comptes-tu participer au Palio, Nico ?

— Et si la réponse est oui ?

— Et si je ne veux pas, moi ?

Il s'avança vers la chambre et elle dut reculer pour le laisser passer.

— Dans ce cas, je ne peux pas grand-chose pour toi.

Son dédain la terrifiait.

— C'est pour ça que tu m'as fait venir à Niroli, Nico… Pour que je te regarde te faire tuer ?

— Je suis rentré pour aider mon frère. La course n'est qu'un détail…

— Un détail ? le coupa Carrie. Comme moi ? Comme ton bébé ?

— Arrête ça, Carrie.

Il essaya de lui saisir les bras, mais elle se dégagea.

— Ce que je pense, c'est que tu n'as qu'un seul amour, Nico : le danger. C'est la seule chose que tu aimes vraiment. Et je ne sais pas quelle place il reste dans ton cœur pour moi, ni pour le bébé...

— Mais enfin, que racontes-tu, Carrie ? C'est ridicule...

— Ah oui ? C'est ridicule d'aimer quelqu'un autant que je t'aime ?

— Ce n'est qu'une course de chevaux...

— Une dangereuse course de chevaux ! La plus dangereuse de toutes !

— Je vois que tu t'es renseignée...

— Ne te moque pas de moi, et ne me tourne pas le dos comme ça !

Elle le poursuivit et agrippa sa manche avant qu'il n'atteigne la porte.

— Je t'aime, Nico... Je t'en prie, ne fais pas ça...

Mais son bras, sous sa main, restait raide et indifférent, son visage fermé.

— Je n'ai pas dix ans, Carrie.

Il arracha son bras à son étreinte.

— Ne te mêle pas de ce que tu ne comprends pas. Le Palio est une affaire de fierté nationale.

— Le Palio est une bataille de machos stupides !

— Ce sont bien des paroles de femme...

— Ce sont les paroles de la mère de ton enfant ! Les paroles d'une mère qui veut que son enfant ait un père !

Il était inutile d'essayer de discuter avec lui.

— Tu n'as pas changé du tout, n'est-ce pas, Nico ?

— Je suis désolé si je te déçois...

— En tout cas, ne t'attends pas à me trouver dans le public, en train de t'encourager.

— Je n'attends rien de toi, lui assura-t-il. De cette façon, je suis sûr de ne jamais être déçu.

Le cœur de Carrie se glaça. Nico venait de lui faire comprendre de façon très claire que son amour ne représentait rien pour lui. Et, comme elle renonçait à tout espoir de le convaincre, il se détourna et partit.

La ville s'était remplie de banderoles, de musiciens, d'artistes de rue et de stands de cuisine locale et exotique. Carrie n'avait jamais rien vu de tel. Elle avait quitté le palais discrètement après avoir pris congé de la princesse Laura, prétextant que la chaleur était trop forte pour qu'elle reste dehors.

La chaleur ? C'était encore ce qui l'accablait le moins. Les violents battements de son cœur couvraient le bruit de la foule, et elle ne pouvait penser qu'à une chose : trouver Nico. Peu importait qu'il méprisât ses sentiments, elle devait l'empêcher de risquer sa vie.

En quittant la princesse Laura, Carrie avait demandé à l'un des valets s'il savait où était Nico. Le jeune garçon lui avait répondu qu'il y avait de grandes chances pour qu'il soit déjà dans la vieille ville, en train de se préparer pour la course. Il avait dit cela avec un grand sourire, comme si Nico s'apprêtait à accomplir un exploit exceptionnel. Cela n'avait fait qu'ajouter à l'angoisse de Carrie, qui s'était précipitée dans sa chambre pour passer une robe d'été, sachant qu'il ferait une chaleur étouffante dans la vieille ville fortifiée. Puis elle était partie à la recherche du point de départ de la course, prête à supplier Nico, s'il le fallait, de ne pas y participer.

Carrie sentit les chevaux avant de les voir ; elle sentit l'odeur âcre de leur sueur, mêlée à celle du cuir chaud.

Elle se fraya un chemin entre les stands de nourriture et à travers la foule, qui entourait un groupe de pur-sang nerveux réunis dans un enclos. Les cavaliers, encore au sol, maîtrisaient tant bien que mal les chevaux qui lançaient des ruades et secouaient violemment la tête. Carrie vit qu'ils ne portaient pas de selle et comprit que la course allait se faire à cru ; le danger était donc encore plus grand que ce qu'elle avait imaginé.

Mais Nico n'était pas là. Carrie repartit dans l'autre sens, avançant aussi vite que possible au milieu de la foule compacte. Elle arriva sur l'immense place où la course allait avoir lieu. Le sol, qui s'inclinait vers l'intérieur, était pavé de pierres glissantes. Si elle-même manquait de trébucher à chaque pas, qu'en serait-il du cheval de Nico ? En l'imaginant lancé au galop sur un terrain aussi dangereux, elle se sentit prise de panique.

Elle vit alors que la piste elle-même était recouverte de sable, ce qui assurait aux chevaux un peu plus de stabilité, mais nota aussi à quel point elle était étroite et ses virages aigus. Jamais deux chevaux ne pourraient y passer de front. Carrie se dressa sur la pointe des pieds pour tenter de voir quelque chose par-dessus la foule. Elle n'allait pas se laisser décourager maintenant. Elle parlait peut-être mal le nirolien, mais le nom d'une personne était universel…

— Nico Fierezza ?

Une vieille dame se retourna quand Carrie cria le nom de Nico. Elle opina du chef.

— Oui, je le connais. C'est lui qui court pour ma famille. Nico Fierezza.

Carrie se raidit, effrayée par cette confirmation, mais alors un détail l'intrigua : le costume traditionnel de la dame indiquait qu'elle venait de la campagne. Il semblait improbable qu'elle soit de la même famille de Nico…

— Oui, pour ma famille, insista-t-elle en se frappant la poitrine avec orgueil. Nous n'avons jamais remporté le Palio, mais Nico nous a proposé de le courir pour nous aujourd'hui et nous sommes sûrs qu'il va gagner.

Carrie demeura un instant muette d'émotion. Nico se

révélait parfois pire, mais parfois aussi tellement meilleur que ce qu'elle imaginait.

— Vous savez où je peux le trouver ? dit-elle.

— Oui, bien sûr, il doit être sur la ligne de départ, maintenant. Il y est pour ma famille, répéta-t-elle avec une immense fierté.

— Je peux aller le voir ?

La vieille dame regarda Carrie avec un sourire.

— Je vais vous emmener, dit-elle. Le mieux, c'est que nous l'attendions près de la ligne d'arrivée. Nous serons les premières à l'accueillir.

— Non, non, je dois le voir maintenant…

La dame ne l'écouta pas et se mit en marche, l'obligeant à avancer elle aussi. Elle tenta d'insister, mais le son des cloches couvrit sa voix. On aurait cru que toutes les cloches de Niroli s'étaient soudain mises à carillonner pour couvrir le son de sa voix.

— Les cloches ne s'arrêteront pas jusqu'à ce que la course commence, cria la vieille dame à son oreille. Elles sonnent parce qu'ils sont en train de bénir les chevaux.

— Dans des églises ? lui demanda Carrie avec stupéfaction.

— Dans beaucoup d'églises, à travers toute la ville, lui répondit-elle, radieuse. Allez, je vous emmène voir ma famille.

— Oh, non, je…

Elle ne voulait voir personne d'autre que Nico, mais la dame, sans l'écouter, l'entraîna à sa suite.

Carrie fut soulagée de constater que la famille en question n'était pas installée très loin ; comme les autres, elle disposait d'un emplacement réservé, marqué par un drapeau, non loin de la piste. Des tables d'au moins trente mètres de long avaient été dressées, qui croulaient sous la nourriture et le vin.

— C'est ici que nous nous entraînons à fêter la victoire, dit la vieille dame en voyant Carrie observer avec curiosité les gens qui avaient commencé à manger et à boire. Le Palio, c'est du sang, du bruit et de la furie ; il faut prendre des forces.

Carrie fut prise d'un frisson. Elle avait vu la piste avec ses virages terrifiants. Elle savait qu'elle ne pouvait pas changer Nico, mais elle ne pouvait pas pour autant le laisser faire ça : c'était beaucoup trop dangereux.

— On a déjà vu des cavaliers tués... Des chevaux aussi...

— Tués...

Où était-il ? se demanda Carrie, plus inquiète que jamais, tandis que sa compagne continuait sa sinistre litanie. Nico devait se retirer de la course. Il le fallait... Elle regarda autour d'elle avec angoisse. La foule qui peuplait la place semblait plus nombreuse que jamais ; le Palio attirait toujours au moins trente mille personnes, avait dit la princesse Laura.

Trente mille personnes qui devaient toutes être là, sur la place, pressées contre Carrie. La nausée l'envahit, comme un pressentiment. La chaleur était insupportable. Et autour d'elle grondait déjà l'enfer rageur de la compétition. Le bruit, la violence à peine contenue... Entre les familles rivales, identifiables à leurs couleurs, la tension grandissait de minute en minute. Carrie fut bousculée quand certains spectateurs commencèrent à s'agiter en entendant leurs adversaires encourager leurs favoris... Mais Nico... Où était Nico ?

Un échange explosif s'engagea tout près d'elle au passage de plusieurs cavaliers. Carrie prit peur : les spectateurs en venaient si facilement aux mains dans ce genre de rencontre... Mais elle était prisonnière de la foule, et du besoin désespéré de retrouver Nico avant qu'il ne soit trop tard. Déterminée à protéger son bébé, elle alla se réfugier dans un endroit plus calme, derrière les barrières. Elle vit passer d'autres cavaliers... Mais Nico demeurait invisible... L'expression de leurs visages la fit frissonner. C'était celle de combattants rudes et violents, sans pitié pour l'adversaire.

Soudain, comme par miracle, Nico apparut sous les yeux de Carrie, monté sur un superbe pur-sang noir. Elle leva les bras et cria son nom, mais il passa devant elle sans la voir. Son cheval regimbait, énervé par les cris de la foule, et Nico devait mettre toute sa concentration dans ses efforts pour le maîtriser. Il était plus sombre et intimidant que jamais, torse nu, le visage figé dans une expression de détermination absolue. Ses cuisses enserraient les flancs de l'étalon comme un étau d'acier, et Carrie ne doutait pas un seul instant qu'il fût le plus fort de tous les cavaliers présents. Mais le trouver là et savoir qu'il allait prendre part à cette bataille féroce, impitoyable, l'emplissait d'effroi. Elle l'appela de nouveau et agita frénétiquement les bras dans l'espoir d'attirer son attention, mais sa voix se perdit dans la rumeur de la foule et Nico ne se retourna pas, la laissant désespérée, sans rien d'autre à faire que de le regarder s'éloigner.

— Trois tours de piste.

— Quoi ? dit Carrie, la voix éraillée par l'angoisse, en découvrant la vieille dame à ses côtés.

— Il doit faire trois tours de piste avant de remonter la rue jusqu'à la ligne d'arrivée. Venez avec moi, il faut partir maintenant si on veut être là-bas à temps pour l'encourager.

Toute la foule avançait derrière elle et Carrie n'avait pas la force de lui résister. La dame la guida vers la zone d'arrivée, et, en jouant des coudes, leur trouva une place d'où elles voyaient très bien la piste.

— Quand est-ce que ça commence ? lui demanda Carrie pendant un rare moment de calme.

Mais la vieille dame n'eut pas à lui répondre ; le rugissement de la foule lui dit tout, s'élevant avec tant de férocité qu'il fit trembler le sol sous ses pieds. Carrie ferma les yeux ; elle savait qu'elle ne pouvait plus rien faire maintenant, à part souhaiter de toutes ses forces qu'il n'arrive rien à Nico.

Deux minutes, cinquante-deux secondes… C'était le record à battre, elle l'avait lu dans les archives du palais. Cent quatre-vingt-douze secondes, dont chacune, elle le savait déjà, serait comme une heure…

Abandonnant la vieille dame, Carrie se fraya un chemin

avec vigueur jusqu'au premier rang. Il fallait qu'elle voie Nico… Peu lui importait qu'il gagne ou pas, il pouvait même être le dernier, mais elle voulait être la première à le voir franchir la ligne d'arrivée, et à le savoir hors de danger.

15

Les spectateurs affluèrent vers les premiers rangs pour voir les concurrents aborder le dernier tour. Il était facile de savoir où se trouvaient les cavaliers d'après les cris de la foule qui se déplaçaient avec eux en d'immenses vagues sonores. Carrie ne voyait pas encore les chevaux ; elle ne voyait que les têtes des autres spectateurs. La foule poussait derrière elle, de plus en plus excitée. La chaleur était phénoménale, sans un souffle de vent… Elle arrivait à peine à respirer.

Enfin, elle le vit ! Et il allait bien ! Il avançait, coude à coude avec un autre cavalier… Loin devant le reste des concurrents, les deux hommes se précipitaient vers elle dans un fracas de tonnerre. Elle les sentait à présent, elle percevait l'odeur piquante de leur lutte acharnée. Les sabots de l'étalon s'abattaient sur les pavés avec des étincelles, dans un vacarme assourdissant. Nico était couché sur l'encolure trempée de sueur de sa monture, qui grimaçait sous l'effort, oreilles en arrière, yeux révulsés et dents à nu sous ses naseaux écumants.

Elle avait la tête lourde, les tempes battantes, les gens hurlaient autour d'elle… Elle entendit des feux d'artifice exploser dans le ciel, vit des serpentins voler vers les chevaux telles des flammes rouge et or… Les deux étalons se ruaient vers elle, muscles tendus à craquer. Ils étaient si proches à présent qu'elle voyait leurs naseaux se dilater. Soudain, il n'y eut plus que la terreur, la chaleur, la pression de la foule dans son dos… Elle trébucha et essaya de reprendre son équilibre, en vain. Elle ne comprenait pas ce qui se passait, elle sentait seulement que ses genoux se dérobaient sous elle et qu'elle tombait, tombait…

Et puis, sans savoir comment, elle se retrouva en sécurité dans les bras de Nico. Elle revint à elle au son de sa voix. Il criait aux gens de s'écarter, de le laisser passer, pour qu'il puisse la transporter à l'écart de la foule. Les images défilaient devant les yeux de Carrie sans qu'elle parvienne à leur donner du sens, non plus qu'aux sons qui résonnaient dans sa tête… Mais il y avait Nico, Nico qui la serrait contre lui comme si elle était ce qu'il avait de plus précieux au monde… Puis, de nouveau, l'obscurité l'engloutit.

— Non… non…

Elle repoussa la tasse en secouant la tête avec angoisse. Nico était en train d'essayer de lui faire boire quelque chose.

— Oh, Nico, j'ai tout gâché… Je suis désolée…

En voyant, derrière lui, la vieille dame avec qui elle avait sympathisé s'agiter avec anxiété, Carrie se sentit encore plus honteuse : elle avait gâché la journée de dizaines de personnes…

— Je t'ai fait mal, *cara mia* ?

Nico avait pris sa détresse pour de la douleur, et il la regardait avec tant d'inquiétude qu'elle se hâta de lui expliquer qu'elle ne souffrait pas à cause de lui, mais de sa propre stupidité.

— Mais c'est moi que tu cherchais, lui rappela-t-il avec tendresse. Tout est ma faute. Je t'ai laissée dans une telle incertitude… Qui pourrait te blâmer d'être venue me chercher ? Sûrement pas moi, *carissima*. Dieu merci, tu n'as rien. Je n'arrive pas à croire que j'ai failli te perdre…

Il la serra contre son cœur.

— Tu m'as sauvé la vie, Nico. Tu as risqué ta vie pour me sauver…

— Je t'aime, dit-il en reculant la tête pour la regarder dans les yeux. Qu'est-ce que je pouvais faire d'autre ? Sans toi, ma vie était finie.

— Tu m'aimes ?

Carrie lutta pour se redresser et regarda Nico.

— Tu m'aimes ? répéta-t-elle doucement.

— Quand je t'ai vue tomber sur la piste, tous les moments que nous avons passés ensemble me sont revenus en un éclair. Je ne peux pas vivre sans toi, Carrie.

— Mais j'ai tout ruiné, dit-elle, les yeux fixés sur le visage tant aimé de Nico, ce visage familier marqué par une peine inconnue. Tu as perdu la course à cause de moi...

— La course ?

Nico la dévisagea d'un air confondu, comme s'il avait tout oublié des circonstances de l'incident.

— Je n'ai vu que toi, Carrie ... Rien que toi. Ton image a envahi mon esprit. Un monde sans toi...

Il secoua la tête.

— As-tu la moindre idée de ce que ce serait ?

Sa voix était enrouée par l'émotion.

— Mais... le Palio...

Nico la fit taire en posant un doigt sur ses lèvres.

— Rien... Rien ne compte plus que toi à mes yeux, et j'ai failli te perdre.

Il l'attira contre lui.

— Mais, les gens t'acclament, ils crient ton nom... Nico...

Carrie se dégagea pour le regarder.

— Qu'est-ce qui se passe ? Je ne comprends pas...

— De quoi te souviens-tu ? lui demanda-t-il gentiment.

Carrie secoua la tête et soupira. Ses souvenirs de la course étaient très flous, et, à présent que Nico lui couvrait le cou de baisers passionnés, elle avait plus de mal que jamais à se les rappeler. Mais elle essaya quand même, pour lui, elle essaya. Les chevaux fonçaient droit sur elle... Elle avait trébuché et était tombée devant eux... Et après cela...

— J'ai dû m'évanouir.

Et si elle s'était évanouie, Nico avait dû sauter de son cheval en plein galop pour la sauver... Carrie l'interrogea du regard. Mais avant qu'il puisse répondre, la vieille paysanne s'approcha pour savoir comment elle allait. Une foule de gens se pressaient derrière elle ; sa famille, devina Carrie. Aussitôt, elle se sentit paralysée par la honte et la culpabilité à la pensée que son malaise leur avait coûté la victoire.

— Je suis vraiment désolée…

— Comment ? s'exclama la vieille dame. Vous devriez être heureuse d'avoir gagné le cœur du vainqueur du Palio !

Stupéfaite, Carrie se tourna vers Nico.

— Qu'est-ce qu'elle veut dire ?

— Elle veut dire que j'ai gagné, dit-il avec son habituelle économie de mots et d'émotions.

— Tu as gagné ?

Il disait cela d'un air tellement détaché…

— Je ne comprends pas comment tu peux avoir gagné la course si tu n'as pas franchi la ligne d'arrivée. Quoi ? Pourquoi est-ce que tu souris, Nico ?

— Est-ce qu'un gagnant devrait être triste ?

— Tu as vraiment gagné le Palio ?

Carrie secoua la tête ; elle n'y comprenait toujours rien.

— J'ai gagné ton cœur, dit-il.

Et l'intensité de son regard et de sa voix convainquit Carrie de sa sincérité.

— C'est vrai, dit-elle doucement. Mais à cause de moi tu as perdu la course. Ce n'est pas la peine de prétendre le contraire pour m'empêcher de me sentir coupable.

— Est-ce que je t'ai déjà menti, Carrie ?

— Jamais.

Et c'était vrai.

— Alors, crois-moi quand je te dis que j'ai gagné le Palio. Ou peut-être devrais-je dire que mon cheval l'a gagné.

Il lui caressa le visage très doucement, pour en chasser toute inquiétude.

— La bride de Fuoco était encore en place quand il a

franchi la ligne, et c'est tout ce qui compte. Tout le monde se moque du cavalier.

— Pas moi, déclara Carrie avec passion.

— Mais tu es bien la seule, lui assura Nico avec un sourire ému.

Des acclamations s'élevèrent alors, rendant toute discussion impossible, et Carrie sentit son cœur se gonfler de joie en voyant les visages rayonnants des gens rassemblés autour d'eux.

— Je suis si fière de toi…

— Et moi, je suis tellement soulagé que tu n'aies rien, *piccolo topo*.

Elle voyait à son expression qu'il la taquinait.

— Qu'est-ce que ça veut dire ?

— Petite souris, admit-il avec un sourire.

Ils furent interrompus par un grand bruit de chute dans l'eau, suivi de plaisanteries bon enfant.

— C'est lui que tu dois plaindre, dit Nico en guise d'explication.

— Qui ça ?

— Le cavalier qui est arrivé second. Ils l'ont jeté dans l'abreuvoir des chevaux pour sa peine.

— Mais ce n'est pas mal non plus, d'être second…

Surtout face à Nico, pensa-t-elle en le regardant avec admiration.

— Ici, à Niroli, arriver second est encore plus déshonorant que d'arriver dernier.

— Eh bien, je suis heureuse que tu aies échappé au plongeon, lui dit-elle en se blottissant contre lui.

— Moi aussi… Mais je peux te dire qu'à certains moments, j'ai eu des doutes…

Et à présent il lui semblait qu'il ne parlait plus du Palio.

— En as-tu encore ?

— Non, plus aucun, lui assura-t-il. Maintenant, je suis absolument certain.

Et, sous de nouvelles acclamations, Nico Fierezza, le

vainqueur du Palio, attira sa bien-aimée au creux de ses bras et l'embrassa.

Une fois de retour au palais, Nico avait insisté pour que Carrie aille se reposer. Il avait appelé un médecin, qui l'avait déclarée en pleine santé ; elle avait juste fait un malaise à cause de la chaleur, comme tant d'autres cette année. Soucieux de son bien-être, Nico lui avait fait installer un divan sur un balcon avec vue sur le lac.

— Il ne peut plus y avoir de sauts en parachute, lui dit-elle, plus de plongées avec les requins, plus de défis lancés à la mort sur des torrents bouillonnants, et plus de courses à cheval…

— Et moi, qu'est-ce que je vais pouvoir changer chez toi ? dit-il, en faisant semblant de réfléchir à la question.

Il avait le regard sombre, et Carrie fut envahie de nouveau par la peur, sachant qu'il recherchait le danger avec autant d'assiduité que d'autres le fuyaient. Elle ne supportait pas l'idée de le perdre, ne voulait plus jamais s'angoisser en y pensant, et avait besoin de savoir qu'il renonçait à son histoire d'amour avec les sports extrêmes.

— Je suis sérieuse, Nico. Tu dois me promettre que, maintenant que tu vas être père, tu vas arrêter de prendre des risques.

— Alors, il vaut peut-être mieux que je te quitte ?

— Non… Je suis vraiment sérieuse.

— C'est facile de prendre des risques quand on n'a personne qui dépend de soi, observa-t-il.

— Personne ne dépend de toi maintenant, Nico, mais ça ne veut pas dire que tu doives prendre des risques.

— Alors, c'est une relation à sens unique ? dit-il d'un ton gentiment moqueur. Peut-être que toi, tu ne veux pas être dépendante de moi, Carrie, mais notre enfant sera forcément dépendant de nous deux. Et tu pourrais gagner à l'être aussi, tu ne crois pas ?

Il y avait dans ses yeux une question sérieuse.

— Tu connais mon avis sur la question ; il n'a pas changé.

— Et est-ce que ton avis changerait si nous nous mariions ?

Carrie le regarda sans mot dire tandis qu'il ajoutait :

— Tu sais bien que ça aurait du sens. Ça signifierait juste que je prendrais soin de toi, et ça ne t'empêcherait pas de conserver ton indépendance.

Comme il ne répondait toujours rien, il continua :

— J'y tiens vraiment, Carrie. Je veux que toi et le bébé puissiez vous reposer entièrement sur moi.

— Tu es sûr que c'est ce que tu désires au plus profond de toi-même ?

Elle préférait rester seule plutôt que de savoir que Nico s'occupait d'elle par devoir.

— Sûr et certain.

Il s'approcha d'elle, s'agenouilla près de son lit et lui prit la main, qu'il serra contre son front, avant de déposer un baiser sur sa paume.

— Dis-moi que tu acceptes de devenir ma femme, Carrie.

— Je ne veux pas me…

— Carrie, je t'en prie…

Elle détourna le visage. Elle ne voulait pas d'un arrangement froid et impersonnel dicté par la logique ; elle voulait que Nico baisse sa garde, elle voulait sentir, au moment où il lui faisait sa demande, qu'il l'aimait à la folie.

— J'ai besoin de temps pour réfléchir, Nico. Et de sommeil, mentit-elle. La chaleur, ajouta-t-elle avec un faible geste de la main.

— Bien sûr…

Elle ne le regarda pas s'éloigner. Avait-elle tout gâché ? Nico avait renouvelé sa demande en mariage, et elle avait refusé. Il lui avait dit qu'il l'aimait et elle l'avait repoussé !

Mais il n'avait agi ainsi que sous le coup de l'émotion, de

façon complètement irrationnelle… C'était à elle de ne pas oublier ce qu'il pensait vraiment. Il était encore fébrile, exalté par la course et bouleversé par l'accident évité de justesse, mais s'il disait qu'il l'aimait, c'était uniquement parce qu'elle portait son enfant tant désiré…

Carrie pressa ses mains contre son front, désespérée. Tout ce que lui avait dit Nico aurait dû la réjouir, mais elle savait que l'amour qu'il disait ressentir pour elle ne trouvait de réalité que dans une bouffée d'adrénaline. Elle ne pouvait pas accepter sa proposition. Un mariage sans amour n'était qu'une sordide parodie, et si elle épousait Nico, cela la détruirait.

Même après une bonne nuit de sommeil, Nico n'en revenait pas de s'être montré aussi maladroit avec Carrie. Dans son travail, il ne connaissait jamais d'hésitation, il savait toujours quoi dire, mais dès qu'il s'agissait de sa vie personnelle, il était perdu.

Le langage des affaires — contrat, logique — n'était guère adapté pour parler à la femme de sa vie de la décision la plus importante qu'ils allaient avoir à prendre ensemble. Il avait commis tant d'erreurs, depuis le début… D'abord, il lui avait fait du chantage pour la convaincre de rester avec lui, puis il avait risqué sa vie à cheval tout en sachant qu'il allait être père. Rien d'étonnant, donc, à ce qu'elle ait du mal à croire qu'il tienne à elle et au bébé. Il avait tellement l'habitude d'obtenir tout ce qu'il désirait que le nouveau refus de Carrie l'avait déstabilisé. Mais l'avantage de son éducation, c'était qu'il n'avait jamais appris à renoncer. Il devait se racheter, et réussir à trouver les mots justes. Sans cela, il la perdrait.

Carrie, les bras croisés et serrés contre sa poitrine, contemplait le lac, qui avait pris une teinte d'or rosé dans la lumière du couchant. Il était entouré de lanternes flamboyantes, allumées à l'occasion de la petite cérémonie qui marquait la fin du Palio. Il y aurait une réception, lui avait dit Nico, à laquelle il espérait qu'elle assisterait.

Mais elle allait partir et commencer une nouvelle vie, pour de bon cette fois. Quitter Nico en pleine victoire rendrait leur séparation moins pénible. Pour lui, tout au moins.

Tout ce qu'elle aurait souhaité, c'était l'entendre répéter qu'il l'aimait, qu'il l'aimait vraiment. Elle avait peut-être besoin de plus d'amour que les autres. Elle avait souffert, chez sa tante, d'une profonde solitude ; cela avait sûrement laissé des traces. Mais la solitude d'alors n'était rien à côté de celle qui l'écrasait à présent, pensa-t-elle en se détournant du lac. Cette deuxième séparation d'avec Nico lui causerait plus de peine qu'elle n'en avait jamais connu jusque-là. Toutes ses erreurs lui sautaient aux yeux. Elle avait essayé de changer Nico… mais pourquoi ? Après tout, elle l'avait toujours aimé tel qu'il était…

Malgré son désespoir, elle sourit en l'apercevant, sur la pelouse, qui marchait dans sa direction. Il était tentant d'imaginer qu'il avait lu dans ses pensées, et, dans sa hâte de savoir ce qu'il avait à lui dire, elle courut à sa rencontre.

— Tu ne devrais pas te fatiguer comme ça, lui dit-il avec inquiétude.

Il lui prit les bras et l'attira devant lui.

— Nico… Je suis désolée…

— De quoi, Carrie… De quoi ?

— D'avoir essayé de te changer. Est-ce que tu me pardonnes ? Est-ce que nous pouvons rester amis ? Je sais que je n'aurais pas dû. Peux-tu me pardonner, Nico ?

— Calme-toi… De quoi est-ce que tu parles ?

Elle essaya d'articuler une réponse, mais les mots ne lui venaient plus et, épuisée, elle ne parvint qu'à secouer la tête.

— Prends ton temps, je ne suis pas pressé, lui dit Nico

avec douceur. Voyons, dis-moi ce qui ne va pas. Qu'est-ce qui t'a mise dans cet état ?

— Je ne peux pas me contenter d'être ta femme, Nico, réussit-elle finalement à balbutier. Je veux être aimée…

Elle vit ses beaux yeux bleu-gris s'assombrir.

— Et tu crois que je ne t'aime pas ?

— Tu ne me l'as jamais dit… A part juste après la course, mais c'était différent…

— Différent ? Pourquoi ?

— Tu étais inquiet et sous le choc. Nous l'étions tous les deux.

Elle n'avait pas tort sur ce point. Mais elle ignorait que les mots ne lui venaient pas facilement à lui non plus, et c'était l'une des raisons pour lesquelles, justement, il s'était toujours senti proche d'elle. Il pouvait éprouver des sentiments puissants, mais quant à les exprimer… Il en était incapable. Il n'avait aucun mal à taquiner Carrie, à aborder n'importe quel sujet sur un ton nonchalant, mais lui dire qu'il l'aimait…

— Je t'aime, Carrie.

Il plongea les yeux dans les siens.

— Je t'ai toujours aimée et je t'aimerai toujours. Tu es mon seul amour, tu es ma vie, tu es l'air que je respire, toute mon existence. Je t'en prie, accepte de m'épouser et de passer ta vie avec moi, pour que je puisse essayer de te combler comme tu me combles.

— Nico…

Elle le regarda, elle aurait voulu l'entendre répéter encore et encore les mots qu'il venait de prononcer.

— Je t'ai aimée dès le premier regard ; simplement, à l'époque, je ne le savais pas.

Alors, comme il souriait, Carrie enroula les bras autour de son cou et le serra contre elle.

— Allons, maintenant, la fête nous attend, lui rappela-t-il en se dégageant doucement.

— La fête ?

Elle ne voulait pas faire la fête. Elle voulait rester seule avec Nico et l'entendre lui dire encore un millier de fois à quel point il l'aimait.

— La réception dont je t'ai parlé, tu te souviens ? Et nous pourrions peut-être profiter de l'occasion pour annoncer nos fiançailles…

— Mais je ne t'ai pas encore dit oui ! lui fit remarquer Carrie.

— Mais ça va venir, répliqua-t-il avec assurance.

Carrie avait l'impression de flotter sur un petit nuage. Nico venait d'annoncer leurs fiançailles de façon officielle, devant toute sa famille. A leur surprise, le roi Giorgio avait réagi en disant qu'il existait certaines choses sur lesquelles même un roi n'avait aucun pouvoir, et que l'amour en faisait partie. Il leur avait souhaité tout le bonheur du monde, en ajoutant qu'il attendait avec impatience la naissance d'un arrière-petit-enfant. La princesse Laura, en extase, avait promis de venir les voir très souvent à Londres.

— Il faut que tu viennes très vite, avait dit Nico en resserrant fièrement son étreinte autour de la taille de Carrie. Ma future femme prépare une exposition de ses peintures.

Carrie se souvint soudain du cadeau qu'elle avait apporté pour la mère de Nico, et, s'excusant, elle courut chercher dans sa chambre la toile qu'elle avait terminée… celle du jardin privé de la princesse Laura.

— Mon jardin secret ! s'exclama la princesse quand Carrie lui offrit le petit tableau.

— Plus si secret que ça, maman, lui dit Nico avec un sourire ironique. Le propriétaire de la galerie a choisi de placer ton jardin en couverture du catalogue de Carrie.

La princesse était ravie, et même le roi Giorgio se dit impressionné. Quant à Carrie, elle ne pensait qu'à Nico. Il faudrait qu'elle peigne son portrait... Mais avant cela, elle devait trouver un moyen de le faire rester immobile pendant plus de trente secondes.

— Qu'est-ce qui te fait sourire ? lui demanda-t-il en l'attirant contre lui.

— L'idée que je suis folle amoureuse de l'homme le plus exaspérant du monde.

— Ça me va très bien.

— Vraiment ?

— Mais oui, lui dit-il avec sarcasme. Je ne supporte pas d'être le second.

— Je t'en prie, Nico, plus de compétitions. Cela me causerait trop d'angoisse. Tu ne comprends pas. Je n'ai jamais eu autant à perdre avant...

— Tu me suffis, comme aventure, lui assura-t-il en la soulevant dans ses bras devant tout le monde. Ma petite souris a des dents, maintenant, et je sais que je dois m'en méfier.

— Et ça te plaît ?

— A ton avis ? dit-il en la regardant droit dans les yeux.

— Pour toujours ?

Elle scruta son visage.

— Tu sais à quel point j'aime les défis.

Les héritiers de Niroli

Pour en savoir plus sur l'île de Niroli
et sur l'histoire de la famille royale,
tournez vite la page…

LES ORIGINES DU RÈGLEMENT DE LA MAISON ROYALE DE NIROLI

Les lois de Niroli régentent l'existence et les amours de la famille Fierezza depuis des siècles. Dans un récent discours, le roi les a décrites comme la colonne vertébrale de la monarchie, provoquant ainsi quelques murmures : car tandis que l'agitation se répand un peu partout parmi le peuple nirolien, la maison royale semble plus que jamais se conformer à ses antiques traditions.

Ces lois peuvent sembler obsolètes et même impossibles à respecter, mais jusqu'à aujourd'hui, elles n'ont jamais été violées par la turbulente famille Fierezza ! A l'évidence, elles sont destinées à garantir l'intégrité et l'avenir de l'île de Niroli. Elles imposent ainsi à la famille royale une attitude exemplaire vis-à-vis de ses sujets, et le sens de la dignité. Enfin, elles maintiennent les Fierezza sous le pouvoir exclusif du souverain régnant.

LES RÈGLES

Règle 1.

Le souverain est garant de l'ordre moral. Tout prétendant au trône qui jetterait le discrédit sur la maison royale perdrait de facto ses droits à la succession.

Origine : le roi Alvaro II qui, au XVIe siècle, a régné durant quarante ans, était un souverain pieux et respec-tueux du règlement. Il a fait ajouter cet article, affirmant que le souverain de Niroli ne pouvait avoir de plus grandeambition que d'offrir une caution morale exemplaire à la maison royale et à ses sujets.

Règle 2.

Aucun membre de la maison royale ne peut contracter mariage sans le consentement du souverain. En cas de violation de la règle, le fautif serait immédiatement déchu des honneurs et privilèges dus à son rang.

Règle 3.

Aucun mariage mettant en jeu les intérêts de Niroli ne peut être célébré.

Origine : ces deux règles remontent à la fondation du royaume, à l'époque où il importait par-dessus tout que le souverain conserve un contrôle total sur les mariages de sa famille afin d'assurer la tenue, la respectabilité et le renom de la maison royale de Niroli.

Règle 4.

Le souverain de Niroli ne peut contracter mariage avec une personne divorcée.

Origine : un autre souverain, le roi Benedicto, très soucieux de l'ordre moral de la maison royale, a considéré que toute personne faisant son entrée dans la famille régnante ne devait pas entacher la réputation de ses membres et, par conséquent, afficher un passé trouble. Le roi Benedicto a jugé indispensable d'ajouter cette règle lorsque, en 1793, le prince Francesco a souhaité épouser une comtesse européenne divorcée au passé douteux.

Règle 5.

Aucun mariage n'est autorisé entre les membres de la maison royale issus du même sang.

Origine : la majeure partie des familles royales d'Europe ont souffert, au fil des ans, des conséquences d'unions consanguines entre cousins, et même entre nièces et oncles. En 1752, le roi Domenico Ier a déclaré qu'afin de conserver à la famille sa force et sa santé, cette pratique ne serait plus tolérée au sein de la maison royale.

Règle 6.

Bien que la santé et les intérêts des enfants de la maison royale soient confiés aux soins de leurs parents, le souverain préside à leur éducation.

Origine : à l'instar des nombreux règlements régissant la vie des familles royales européennes, celui de Niroli considère que tous les membres de la dynastie Fierezza doivent recevoir une éducation les préparant à leur futur rôle au sein de la maison royale.

Règle 7.

Sans le consentement ou l'approbation du souverain, aucun membre de la maison royale n'est autorisé à contracter des dettes s'il n'est en mesure de les honorer.

Origine : cette règle a été récemment ajoutée au règlement et promulguée en 1950, lorsque Ricardo Fierezza, un joueur invétéré, s'est retrouvé en position délicate après que sa banque eut refusé d'honorer les dettes qu'il avait contractées dans des affaires illicites. Afin d'éviter tout autre scandale de cette nature, la maison royale a jugé indispensable d'édicter une règle protégeant les finances des Fierezza.

Règle 8.

Aucun membre de la maison royale n'est autorisé à accepter un héritage ou une quelconque donation sans le consentement du souverain.

Origine : dans les premiers temps du règne de la dynastie Fierezza sur Niroli, le roi Pietro a subi un chantage l'empêchant d'accéder au trône au bénéfice de son jeune frère, le prince Giuseppe. Celui-ci avait reçu des fonds de la part du roi d'Aragon, Alfonso V, qui cherchait à prendre le contrôle de cette île prospère et déjà célèbre pour ses ports maritimes.

Ce dernier avait également offert à Giuseppe les sommes nécessaires à la constitution d'une armée afin d'étouffer les possibles révoltes de l'aristocratie dissidente. Après la défaite d'Alfonso en 1427, Giuseppe a été condamné à l'exil et le roi Pietro a ajouté cet article au règlement, pour qu'une telle fronde ne puisse plus se reproduire.

Règle 9.

Le souverain de Niroli doit se consacrer entièrement au royaume. Il ne lui est donc pas permis d'exercer une activité professionnelle.

Origine : cet article a également été ajouté récemment. Avec le développement de l'appareil administratif de l'île, les rois de Niroli ont été moins pris par leurs diverses tâches quotidiennes. En 1897, le roi Adriano, qui avait suivi de longues études et exerçait le pouvoir sans enthousiasme, examina la possibilité d'occuper une charge d'enseignant. Il fut alors décidé que le souverain se devait de se consacrer exclusivement à l'île, et que son engagement dans une autre activité professionnelle était peu souhaitable car dommageable à la survie de la monarchie à long terme.

Règle 10.

Les membres de la maison royale résident à Niroli ou dans un pays autorisé par le souverain. En revanche, le souverain ne peut résider qu'à Niroli.

Origine : au cours du xxe siècle, parce que le train de vie de la famille Fierezza s'apparentait de manière de plus en plus évidente à celui de la jet-set, cette règle a été promulguée à titre préventif afin de garantir au souverain le maintien du contact avec les membres de la maison royale. En complément, il a semblé juste d'imposer au souverain la résidence permanente à Niroli, en symbole d'unité et dans le but de souligner l'importance de son dévouement total à sa charge.

Une brève histoire de l'île de Niroli et de la maison royale

Niroli a une histoire haute en couleur et fascinante. Celle-ci est émaillée de luttes, de rivalités, de rébellions et de batailles pour la conquête de l'honneur suprême — la couronne de Niroli.

Au pouvoir depuis le Moyen Age, les Fierezza figurent aujourd'hui au rang des plus riches familles royales du monde. Ils ont conquis leur fabuleuse fortune grâce aux anciennes routes marchandes et à la situation géostratégique exceptionnelle de Niroli, au sud de la Sicile. Cette histoire économique a également valu à l'île le surnom de « Porte de l'Orient ».

Depuis l'établissement de la dynastie Fierezza, Niroli a acquis une dimension incontournable parmi les grands ports du monde, à la croisée des routes des épices, du vin et des parfums. Toutefois, à l'essor de Niroli correspond également une histoire agitée et violente qui s'est perpétuée jusqu'à l'époque contemporaine. Ainsi, après la guerre civile de 1972, Niroli a perdu le contrôle de Mont Avellana, l'île voisine, devenue depuis une république. En outre, une faction armée dirigée par les Vialli et composée d'anciens corsaires de Barbarie a toujours résisté contre la monarchie. Ces rebelles ont été particulièrement actifs durant les années 1970 ; les derniers d'entre eux vivent au pied des montagnes de Niroli.

L'île de Niroli

Avec tout ce que cette île somptueuse se propose de vous offrir, qui ne serait tenté par des vacances dans ce lieu paradisiaque ? Le climat y est très agréable, plus particulièrement au sud de l'île. Là, vous découvrirez les immenses plages de sable blanc aménagées tout spécialement pour les touristes, et proposant de nombreux services. Dans cette zone, vous pourrez bénéficier des prestations des palaces cinq étoiles, des casinos, des restaurants, des bars, etc. L'idéal pour un séjour luxueux et reposant !

A voir

L'île est riche de son histoire ancienne et mouvementée : ne ratez sous aucun prétexte ses fabuleuses ruines romaines. Un amphithéâtre, situé au nord-est de l'île et servant encore de cadre à nombre de concerts, propose un programme particulièrement attractif durant la saison estivale pour célébrer la cueillette des olives et les vendanges. Vous trouverez également de somptueux châteaux à visiter. La visite de la capitale de Niroli est, bien sûr, incontournable. Si vous y accédez par la mer, vous bénéficierez d'une vue imprenable sur la cité édifiée à flanc de colline, sur le centre-ville historique à votre gauche, et sur le palais qui domine l'ensemble. Prenez le temps de vous perdre dans la vieille ville et d'en savourer l'atmosphère, comme de faire une pause dans les charmantes et innombrables boutiques de luxe.

A faire

Pour ceux qui apprécient les activités physiques, la natation et la plongée seront un passage obligé, suivi d'un moment de détente dans l'un des merveilleux spas et centres de beauté, principalement situés sur la côte est. A l'ouest de l'île, vous êtes invités à escalader les montagnes ou à faire des randonnées pour jouir d'un panorama extraordinaire sur la Méditerranée. Le cœur de l'île est surtout dédié aux cultures, avec ses vignes s'étendant à perte de vue jusqu'aux montagnes. Il s'y trouve également des champs d'oliviers et d'orchidées, ainsi que des terres d'élevage. N'oubliez pas que Niroli doit aussi sa célébrité à ses huiles d'olive et d'orange, et à ses vins succulents.

© ROYALTY FREE / FOTOLIA

Gorgée de soleil, Niroli est une île méditerranéenne paradisiaque. Grâce à ses volcans, éteints depuis de très nombreuses années, les terres niroliennes jouissent des conditions les plus favorables pour la production de denrées réputées dans le monde entier, tandis que la mer offre ses richesses en abondance.

Oranges

Les orangeries de Cattina contribuent largement à la célébrité de Niroli : leurs fruits sont en effet merveilleusement sucrés. La célèbre huile de Niroli est extraite de leur écorce. Elle est riche d'essences aromatiques et florales qui permettent la fabrication de parfums, de produits d'aromathérapie, d'huiles de soin et de cosmétiques. Ses vertus apaisantes, vivifiantes, cicatrisantes et restauratrices de jeunesse l'ont rendue très populaire dans les établissements spécialisés dans la relaxation et les soins de beauté, notamment au Santa Fiera Spa, centre de renommée internationale pour l'efficacité de ses produits.

Olives

Les olives vertes proviennent des exploitations situées sur les falaises rocheuses de la fertile vallée de Cattina. Très appréciées des grands chefs de cuisine du monde entier, elles font l'objet d'un important commerce d'exportation sous leur forme naturelle, mais aussi conditionnées en bocaux, marinées, et farcies d'épices.

Huiles

Les huiles d'olive vierge de Niroli ont un goût subtil et délicat. Avec un simple filet et un zeste d'orange, elles rehaussent les saveurs exquises des plats de poissons, de fruits de mer, de poulet, d'asperges et de pâtes, à déguster dans les excellents restaurants de Niroli.

Vins

Les vins de Niroli sont issus des meilleurs cépages blancs. Cultivées depuis l'époque romaine dans les vignobles de la vallée de Cattina, dorées par le soleil et fouettées par le vent, les grappes de raisin sont vendangées pour la fabrication du Porto Castellante Bianco, un vin blanc sec au bouquet citronné particulièrement recommandé en accompagnement des plats de poisson.

Les produits de la mer

Tout autour de l'île de Niroli, la mer offre une large diversité de poissons tels que le bar, la brème, le thon, les différentes variétés de perches de mer, les calmars, les crevettes et les coquilles Saint-Jacques. Les navires de pêche reviennent tous les jours au port chargés d'une fraîche cargaison, tout aussi appréciée par les touristes que par les Niroliens. La spécialité locale demeure l'assiette de rougets finement grillés et marinés aux huiles d'olive et d'orange de Niroli.

Le Santa Fiera Spa profite également de la richesse et de la diversité des algues pour concocter en abondance ses soins de beauté.

La boue volcanique

Si les volcans de Niroli ne sont plus en activité, les carrières qui les entourent regorgent en revanche de boue volcanique, un mélange d'eau de pluie et de cendre formée après les éruptions.

Le Santa Fiera Spa s'est spécialisé dans les bains de boue volcanique et dans les masques de beauté, soins bien connus pour favoriser le rajeunissement et la régénérescence de la peau et attirant une clientèle féminine venue du bout du monde pour en tester les propriétés miraculeuses !

VALERIE PARV

Un enfant à protéger

Traduction française de
MARIE-CHRISTINE DERMANIAN

HARLEQUIN

Titre original :
THE VISCOUNT & THE VIRGIN

Ce roman a déjà été publié en 2014.

1

Kirsten Bond inspira profondément tout en s'efforçant d'ignorer les douleurs infligées à ses pieds par ses chaussures neuves, et adressa un grand sourire au groupe rassemblé autour d'elle. Cette visite était la dernière de la journée. Dans peu de temps, elle se réfugierait dans son bureau, enlèverait ces maudits escarpins et se servirait une boisson fraîche bien méritée. Un bref regard à sa montre lui mit du baume au cœur. Plus que quinze minutes à tenir…

Quinze minutes qui prenaient des allures d'éternité ! C'était sa faute. Quel besoin avait-elle d'acheter ces chaussures à talons — en solde, soit —, sous prétexte que, d'après la vendeuse, elles lui « allongeaient la silhouette » ? Bien sûr, elle saisissait toujours la moindre occasion pour s'élever au-dessus de son mètre cinquante-huit. Mais pourquoi n'avait-elle pas songé à les porter quelques heures chez elle afin de les assouplir, avant de les mettre au château, où elle travaillait debout une bonne partie de la journée ?

Quelques minutes encore…

Elle tentait de ne plus penser à sa douleur lorsqu'elle vit un homme de haute stature avancer vers le groupe. Cela n'avait en soi rien d'extraordinaire. Les visites du château de Merrisand étaient gratuites, et les gens qui arrivaient en retard rejoignaient le groupe. Kirsten saluait les nouveaux visiteurs d'un signe de tête, puis poursuivait sa description des trésors artistiques que recelait la demeure. Bien que la collection appartienne à la famille royale des Carramer, la jeune femme manifestait parfois un enthousiasme et une fierté dignes d'un propriétaire.

Désarçonnée par l'arrivée impromptue de ce visiteur, elle s'interrompit et se passa la langue sur les lèvres. Que faisait donc là Romain Sevrin ? Il ne venait jamais au château. *Jamais.* Sans quoi, elle n'aurait pas accepté cet emploi. La dernière fois qu'elle l'avait vu à la télévision, il conduisait des bolides sur des circuits européens, et collectionnait les trophées à la même allure que les top models.

Deviner ce qui attirait ces mannequins n'avait rien de bien sorcier. Romain, plus connu sous le nom de Rowe, était lui aussi doté d'un physique qui ne déparait pas dans les magazines de mode. Il était grand, bien bâti, avec des traits énergiques, un teint perpétuellement hâlé, et avait en outre hérité de l'épaisse chevelure brune des Carramer. En ce moment même, il posait sur elle son regard d'un vert changeant qui lui rappelait la couleur de l'océan. Puis il tourna la tête, lui donnant le loisir d'admirer un profil aristocratique qui n'aurait pas déparé sur une statue antique, avant de reporter son attention sur elle.

Pourtant, Kirsten se considérait dotée d'un physique trop commun pour mériter d'être scrutée de la sorte. Petite et menue, avec un visage aux traits réguliers, elle n'entendait certainement pas rivaliser de beauté avec les ravissantes créatures que fréquentait le vicomte d'Aragon. De son propre avis, seuls ses cheveux flamboyants pouvaient susciter l'intérêt des personnes qu'elle croisait. Ces boucles rebelles, elle s'efforçait sans grand succès de les maîtriser en les attachant sur la nuque. De grands yeux gris argenté venaient enfin compléter un physique qu'elle aurait volontiers échangé contre des attributs plus banals. Elle aurait préféré, par exemple, être tout simplement blonde aux yeux bleus !

Ses amis prétendaient qu'elle avait un caractère aussi ardent que sa chevelure. Mais elle n'en était pas si sûre. Peut-être, en effet, lui arrivait-il de réagir assez vivement en certaines occasions. Mais pas autant que d'aucuns le croyaient, sans quoi elle n'aurait pas hésité à s'adresser à Romain Sevrin pour lui demander sans ambages ce qu'il désirait.

S'il n'utilisait presque jamais son titre, le vicomte d'Aragon n'avait toutefois pas besoin de rester dans ce groupe, à l'écouter décrire les œuvres d'art parmi lesquelles il avait grandi. Et moins encore besoin de la regarder avec autant d'insistance ! Cet intérêt, aussi manifeste qu'incompréhensible, la mettait mal à l'aise.

Un sourire toujours plaqué sur ses lèvres, elle se balança d'un pied sur l'autre. La gêne qu'elle éprouvait à être fixée de la sorte par un homme si séduisant lui fit oublier celle occasionnée par ses chaussures neuves.

L'un des visiteurs leva alors la main pour attirer son attention.

— La légende que vous venez de nous raconter concerne-t-elle exclusivement les membres de la famille royale ?

Kirsten regretta d'avoir abordé le sujet en question, ce qu'elle faisait pourtant à chaque visite. Bien sûr, elle ne se doutait pas que le vicomte d'Aragon se joindrait au petit groupe.

Elle s'éclaircit la voix.

— D'après la légende, expliqua-t-elle, toute personne ayant servi la Fondation Carramer sera récompensée en trouvant l'amour, le vrai. Cela ne s'applique donc pas qu'aux membres de la famille royale.

Du coin de l'œil, elle remarqua que Rowe hochait la tête. Une autre personne leva la main, ce qui permit à la jeune femme d'éviter son regard.

— Quelle est la taille de l'Etat de Carramer ?

C'était une Américaine qui venait de poser la question et, trop heureuse de changer de sujet, Kirsten s'empressa de lui répondre. Tandis qu'elle fournissait les renseignements à la touriste, un parfum vert, boisé, vint lui chatouiller les narines. Ces fragrances, assez discrètes, elle ne les avait pas perçues jusque-là, et elle s'étonnait d'ailleurs qu'elles arrivent jusqu'à elle dans une pièce de si vaste dimension. Ce qui l'étonnait davantage encore, c'était l'impact qu'avait sur elle le nouvel arrivé !

— Lors de la construction du château, en 1879, les terres qui avaient été concédées à Honoré de Marigny, premier marquis de Merrisand, représentaient environ mille hectares de forêts vallonnées, sur lesquels étaient installés quelques cultivateurs à bail. Au fil du temps, ces terres se sont étendues et atteignent aujourd'hui quatre mille hectares environ. Une partie a même été aménagée en réserve de daims — le daim étant l'animal emblématique de Carramer.

Honoré était l'arrière-arrière-grand-père de Romain, précisa-t-elle en elle-même.

L'Américaine hocha lentement la tête, et ce fut ensuite une adolescente qui prit la parole.

— Est-ce que c'est difficile de se faire embaucher au château ?

Il s'agissait là d'une question assez fréquente.

— Le château de Merrisand fonctionne un peu comme une ville, à une échelle plus réduite, évidemment. Il est donc possible d'y exercer une activité dans bon nombre de secteurs. Mieux vaut, bien entendu, choisir d'abord le secteur qui vous intéresse, puis postuler.

— Vous avez toujours voulu être guide ?

La question avait été posée par une voix masculine. Sans se tourner, elle sut que c'était Romain Sevrin qui venait de s'exprimer. Elle fit en sorte d'adresser sa réponse au groupe entier.

— Guide n'est pas ma fonction essentielle. Mais comme la plupart des membres du personnel, je fais visiter le château quand cela s'avère nécessaire. Je suis en réalité conservatrice d'œuvres d'art. J'ai suivi une formation en Histoire de l'art, et j'ai eu la chance, pendant mes études, de faire des stages au château. Quand j'ai eu vent d'une nouvelle création de poste, j'ai présenté ma candidature, qui a été retenue.

— C'est aussi simple que cela ? fit Romain Sevrin d'une voix traînante.

Cette fois, elle se tourna vers lui. Pour quelle raison essayait-il de jouer au chat et à la souris avec elle ? Et surtout, pourquoi se retrouvait-elle cantonnée dans le rôle de la souris ? Elle décida que le meilleur moyen de se défendre était de passer à l'offensive.

— Oui, vicomte d'Aragon. Pourquoi ? Cela vous étonne ?

Comme elle l'espérait en énonçant ce titre, tous les regards convergèrent sur Romain Sevrin. Elle eut le plaisir de le voir se rembrunir tandis que quelques « oh » de surprise fusaient dans l'assistance.

— Mesdames et messieurs, enchaîna-t-elle avec assurance, M. le vicomte nous honore aujourd'hui de sa présence, un privilège assez rare, il faut bien le dire, et je suppose que certains d'entre vous souhaitent lui poser des questions. Il y répondra, j'en suis sûre, avec beaucoup de plaisir.

Et si ce n'était pas le cas, tant pis pour lui ! songea Kirsten. Après tout, personne ne l'avait obligé à rejoindre le groupe en catimini.

— Bien entendu, fit-il d'un ton affable, que démentait le regard noir dont il la gratifia.

Sans se départir de son sourire, Kirsten avala sa salive. Quelle mouche l'avait donc piquée ? D'ordinaire, quand un membre de la famille royale rejoignait le groupe de visiteurs, elle se gardait bien de l'interpeller de la sorte. A moins, bien entendu, qu'il ne manifeste clairement le désir de participer à la visite.

Les touristes, eux, ne connaissaient pas ce genre de scrupules. Lorsqu'une occasion pareille se présentait, ils assaillaient de questions le nouveau venu avec un plaisir non dissimulé. En ce moment même, d'ailleurs, quatre adolescents s'étaient rapprochés de Rowe pour lui demander un autographe. Et

Kirsten était prête à parier qu'ils s'intéressaient bien plus à son titre d'ex-champion de Formule 1 qu'à celui de vicomte !

Bien que tentée de quitter les lieux, le livrant en pâture à ses admirateurs, Kirsten resta dans la salle. En dépit des sentiments dépourvus d'aménité qu'elle lui portait, elle regrettait déjà de l'avoir soumis à cette épreuve. Elle envisageait même de lui présenter des excuses quand le groupe serait parti.

— Nous sommes tous très reconnaissants au vicomte d'Aragon de nous avoir consacré un peu de son temps précieux, déclara-t-elle donc d'un ton ferme. Je suppose cependant qu'aucun d'entre nous ne voudrait abuser de sa gentillesse... Mesdames et messieurs, j'espère que cette visite vous a plu. Ceux qui sont venus en autobus sont attendus à la porte est du château. Je vais vous y accompagner. Mais avant, je propose que nous remerciions tous le vicomte d'Aragon.

Elle applaudit, satisfaite que le groupe tout entier se joigne à elle. Grâce à l'extraordinaire acoustique de la salle, le claquement des applaudissements résonna longtemps. Avec un sourire et un salut de la main, le vicomte s'apprêta à se retirer. Il fit en sorte de se rapprocher de Kirsten, pour gagner la sortie.

— Veuillez me retrouver dans le bureau des œuvres d'art, quand vous en aurez fini, lui glissa-t-il à l'oreille.

La jeune femme ne fut guère surprise par cet ordre à peine déguisé. Elle eut toutefois du mal à continuer de sourire, tandis qu'elle raccompagnait le groupe. Romain Sevrin faisait partie du conseil d'administration du Blason de Merrisand. Même s'il ne participait à aucun de ces conseils, il n'en restait pas moins son supérieur.

Il allait sans doute lui reprocher d'avoir attiré l'attention sur lui, et elle était bien consciente de mériter ces remontrances. Elle avait toutes les raisons d'en vouloir au vicomte, mais ces raisons-là étaient personnelles et ne justifiaient en aucun cas un tel manque de professionnalisme de sa part.

Comme elle rapportait dans son bureau le petit micro qu'elle utilisait pendant les visites et les notes qu'elle ne consultait presque jamais, la jeune femme se rappela la première fois qu'elle avait entendu parler de Rowe Sevrin. Elle était, à cette époque-là, stagiaire au château, et essayait de mener à bien ses études tout en s'efforçant de veiller sur l'éducation de sa jeune sœur, d'un naturel assez capricieux.

Le jour où Natalie lui avait fait part de sa grossesse, elle avait bien été forcée d'admettre son échec dans ce domaine.

Kirsten savait que sa cadette était une adepte des courses automobiles qui se déroulaient non loin du château, sur le circuit d'Angel Falls. Mais elle avait choisi de ne pas accorder trop d'importance à ce qu'elle considérait comme une lubie de sa sœur. Si elle l'ignorait, Natalie finirait par s'en détourner d'elle-même. La jeune fille ne lui avait cependant jamais laissé entendre qu'elle portait un intérêt particulier à quelqu'un travaillant dans ce milieu.

— J'attends de toi que tu me fournisses quelques explications, lui avait-elle dit d'une voix qui se voulait posée.

A quoi bon exprimer ses griefs ? Depuis que leurs parents avaient trouvé la mort, peu de temps avant que Kirsten ne fête son vingtième anniversaire, elle avait redouté de compliquer davantage encore l'existence de Nat en se montrant trop autoritaire. Si elle avait imposé des règles plus strictes, ce regrettable incident de parcours se serait-il produit ?

Mais il était trop tard pour s'interroger sur le sujet. Au cours de leur conversation, Natalie lui avait avoué que le père de son enfant était le pilote de course Rowe Sevrin. Dans un premier temps, Kirsten n'y avait pas cru. Comment un champion de Formule 1, membre de la famille royale de surcroît, pourrait s'intéresser à une toute jeune fille comme Natalie ?

Il avait cependant bien fallu, à ce moment-là, qu'elle ouvre les yeux : sa sœur était peut-être encore une jeune fille, mais elle avait beaucoup mûri depuis la disparition de leurs parents. Elle ne s'habillait plus, ne parlait plus, ne se comportait plus comme une adolescente mais comme une adulte. Une adulte aux allures aguichantes, qui attirait les hommes.

Même Rowe Sevrin ?

Kirsten avait fini par admettre que sa sœur n'avait aucune raison de lui mentir. Elle avait alors éprouvé un profond sentiment de colère à l'égard du vicomte, qui avait joué un rôle si peu glorieux dans cette affaire. Il n'avait lui-même que vingt-deux ans à ce moment-là, mais aurait néanmoins pu se montrer… ne serait-ce que plus prudent ! Car même si Natalie paraissait plus que son âge, et même si elle avait atteint la majorité, elle n'était encore qu'une enfant. Une enfant qui se remettait mal de la perte de ses parents.

Lorsque Kirsten lui avait suggéré d'appeler le vicomte, afin de l'informer du cours particulier des événements, Natalie s'y était farouchement opposée.

— Bon nombre de femmes seraient enchantées d'avoir une relation avec un membre de la famille royale, avait insisté Kirsten.

La réponse que lui avait alors fournie sa sœur l'avait laissée stupéfaite.

— Bon nombre de femmes ne se seraient pas présentées sous un faux nom. Et bon nombre de femmes n'auraient pas prétendu prendre la pilule !

Kirsten avait insisté pour en savoir davantage, et Natalie avait fini par lui avouer toute la vérité : elle avait réussi à s'infiltrer dans une soirée où l'équipe de Rowe célébrait une victoire. Lorsque les hommes de la sécurité postés à l'entrée lui avaient demandé son nom, elle avait donné une fausse identité.

A en croire Natalie, Rowe lui-même se tenait un peu en retrait des festivités, sur la terrasse proche de l'entrée. Il était intervenu personnellement afin qu'on la laisse passer. Après avoir franchi le seuil, elle s'était avancée vers lui pour le remercier, et avait remarqué à quel point il avait l'air triste. Ils avaient commencé à parler, et elle en était arrivée à lui faire part de son propre chagrin. Il lui avait alors proposé de rester dîner avec lui, à la fin du cocktail.

Et elle était désormais enceinte.

Mais elle refusait de l'en informer, comme le lui suggérait Kirsten. Elle ne voulait pas qu'il la soupçonne d'avoir cherché à le piéger, en lui laissant croire qu'elle était sous contraceptifs.

Kirsten avait toutefois insisté, encore et encore. Elle regrettait bien sûr que sa sœur se trouve dans une situation si difficile, mais persistait à penser que Rowe était en droit de savoir que la nuit qu'ils avaient passée ensemble allait se solder par une naissance.

Quand Natalie avait enfin consenti à lui téléphoner, on lui avait annoncé qu'il était déjà parti avec son équipe sur le lieu du prochain circuit. Habitué comme il l'était à collectionner les aventures, songea Kirsten, il avait sans doute déjà oublié la jeune fille qu'il avait tenue quelques heures dans ses bras.

Comme elle travaillait alors au château en qualité de stagiaire, elle avait réussi à se procurer les coordonnées du vicomte, et avait de nouveau insisté pour que Natalie l'appelle. Mais les messages laissés par sa cadette étaient tous restés sans réponse, et elle en était arrivée à l'obliger à écrire. Elle avait même menacé Natalie de s'en charger personnellement.

La lettre avait donc été envoyée. Et elle était elle aussi restée sans réponse.

Kirsten et Natalie avaient appris par la suite que le jeune vicomte avait abandonné la course automobile pour créer une entreprise chargée d'organiser des événements de grande envergure. Compte tenu de ses nombreuses relations, cette affaire avait aussitôt connu un important succès, et Rowe s'était vite retrouvé à la tête d'un commerce florissant.

Lorsque l'adorable Jeffrey était né, Kirsten avait émis l'idée de contacter de nouveau l'ex-coureur automobile. Mais cette fois, Natalie avait refusé fermement, déclarant qu'elle ne voulait avoir aucune relation avec un homme capable d'ignorer la naissance de son propre enfant.

Cependant, la jeune fille ne s'était guère mieux acquittée de son rôle de parent. Elle n'avait pas tardé à confier de plus en plus souvent le bébé à sa sœur, pour reprendre sa vie de célibataire. Sa malheureuse expérience ne l'avait en rien assagie, et elle s'était vite remise à hanter les circuits automobiles. Kirsten avait à maintes reprises remercié le ciel que Rowe ne fréquente plus ce milieu. Du moins, sa sœur ne se heurterait pas à l'indifférence qu'il ne manquerait pas de lui témoigner si le hasard les plaçait l'un en face de l'autre.

A cette époque-là, elle aurait dû inciter sa cadette à assumer ses responsabilités à l'égard du bébé, elle le savait. Mais elle n'avait pas le cœur à rappeler à l'ordre celle que la vie n'avait pas épargnée. Elle s'était donc arrangée pour jongler avec ses horaires, afin de terminer ses études tout en travaillant au château et en consacrant le plus de temps possible au petit Jeffrey. Elle essayait de se convaincre que, avec le temps, Natalie deviendrait une bonne mère.

Mais ce fut le temps, précisément, qui leur manqua. Alors qu'elle assistait à des essais précédant un grand prix, Natalie avait été fauchée par un pilote qui avait perdu le contrôle de son véhicule. Elle était morte sur le coup.

Jeffrey était alors âgé de six mois à peine. A présent, il avait six ans. Sans lui, Kirsten n'aurait peut-être pas réussi à surmonter cet autre deuil, survenu si peu de temps après le décès de leurs parents. Mais le bébé avait besoin qu'on s'occupe de lui, et cette nécessité absolue avait pris le dessus sur son chagrin.

Pour lui, elle s'était battue, avait accéléré ses études grâce à des cours par correspondance, et obtenu son diplôme de conservatrice d'œuvres d'art quelques jours à peine avant le premier anniversaire du petit garçon. Bien qu'il fût trop jeune pour apprécier ses efforts, elle avait à cette occasion préparé un magnifique gâteau au chocolat, dans lequel elle avait planté une bougie. Son plaisir avait néanmoins été terni par le souvenir de tous ses proches récemment disparus.

Jeffrey était donc devenu sa seule famille, tout comme elle était désormais sa seule famille à lui aussi. Il ne connaissait d'autre mère qu'elle. Et, par son silence, Rowe avait perdu tout droit de regard sur la vie du petit garçon. S'il avait rappelé Nat, s'il avait répondu à sa lettre, Kirsten ne se serait certainement pas opposée à ce qu'il participe à l'éducation de Jeffrey. Mais savait-il seulement que sa jeune conquête avait une sœur, qui jouait aujourd'hui à plein temps le rôle de mère ?

Au moment de l'accident qui avait coûté la vie à Nat, Rowe s'était déjà retiré du milieu de la course automobile. Il avait sans doute eu vent du décès de la jeune fille, sans toutefois y accorder trop d'importance. Après tout, elle n'était pour lui qu'une aventure d'un soir. Lorsqu'elle lui avait écrit, Nat lui avait révélé son véritable nom, mais il était bien possible qu'il l'ait vite oublié et qu'il n'ait établi aucun lien entre elle et l'article de journal paru au moment du terrible accident.

Avant celui-ci, il n'avait en tout cas jamais pris la peine de se manifester. Pas même pour savoir s'il était père d'une fille ou d'un garçon.

Kirsten en était là de ses pensées lorsque son regard se posa sur l'horloge de son bureau, la faisant sursauter. Vingt minutes s'étaient écoulées depuis qu'elle avait abandonné le groupe de touristes. Dès son arrivée dans la pièce, elle avait enlevé les escarpins qui la faisaient tant souffrir. Grimaçant, elle baissa les yeux sur ses pieds rougis. Elle n'avait pas de chaussures de rechange au château, et devrait remettre celles-ci pour rejoindre Rowe Sevrin, qui commençait certainement à s'impatienter.

A contrecœur, elle se rechaussa et réprima un petit cri. Elle espérait que l'entretien avec le vicomte serait bref. Elle pourrait ainsi passer chercher Jeffrey à l'école du château puis rentrer chez eux. Elle avait hâte de se reposer. Léa

Landon, la conservatrice en chef du château, se trouvait à l'heure actuelle en Europe pour une exposition itinérante des trésors de la Couronne, et il lui incombait donc d'assumer seule toutes les tâches d'habitude partagées. Pourquoi avait-il fallu que Rowe choisisse justement ce jour-là pour faire son apparition ?

Ce jour-là ou un autre… quelle importance ? Compte tenu du lamentable épisode qu'il avait vécu avec Nat, elle aurait préféré ne pas le voir du tout. Jamais.

2

Rowe arpentait le bureau de long en large. La réaction qu'avait provoquée en lui la femme avec laquelle Maxim lui avait dit qu'il devrait travailler ne manquait pas de l'étonner. Heureusement que son royal cousin n'avait pas assisté à la scène… Il aurait sans nul doute remarqué un comportement étrange de sa part face à Kirsten Bond, et se serait fait un plaisir de le taquiner.

Elle était jolie, certes, mais il avait eu des aventures avec des femmes bien plus attirantes qu'elle lorsqu'il était pilote de course. Cependant, il percevait en elle quelque chose de particulier, qu'il avait du mal à cerner. Peut-être avait-il été séduit par la passion dont elle témoignait lorsqu'elle parlait du château et des œuvres d'art qu'il abritait ?

Etant lui-même d'un naturel passionné, il avait apprécié sa verve débridée. En ce moment, il s'imaginait l'invitant à dîner, l'écoutant parler de ce qu'elle aimait, puis lui parlant à son tour de sujets qui lui tenaient à cœur.

Cette pensée le fit tiquer. Que signifiait ce brusque intérêt pour cette inconnue ? N'avait-il pas décidé, de son propre chef, d'éviter pendant quelque temps toute relation de cette nature ? Jusqu'ici, il avait en effet eu tout le loisir de constater que ses conquêtes s'intéressaient, pour la plupart, au moins autant à son titre de noblesse qu'à lui-même !

Un soupir franchit ses lèvres. Pourquoi ne pas s'avouer la vérité ? Il en avait assez d'investir de l'énergie dans des histoires qui ne le menaient nulle part. A l'âge de vingt-neuf ans, il avait presque renoncé à trouver la femme qu'il voudrait épouser, celle avec laquelle il voudrait fonder une famille.

Il n'envisageait pas pour autant de rester célibataire, mais jusqu'ici, ses rencontres avec le sexe opposé s'étaient limitées essentiellement à des échanges physiques. Les jeunes femmes que le destin plaçait sur sa route semblaient d'ailleurs se satisfaire autant que lui de ce style de rapport. Et qui sait, peut-être serait-ce ainsi qu'il croiserait celle qui lui était destinée ? Quelquefois, ce que l'on désirait le plus ardemment arrivait au moment où l'on s'y attendait le moins.

En supposant qu'il le désire ardemment…

Mais il s'égarait ! Ces considérations n'étaient en rien liées à Kirsten Bond. En outre, vu la façon dont elle l'avait accueilli, lui porter autant d'intérêt relevait de l'absurde.

Elle l'intriguait, voilà pourquoi elle occupait à ce point ses pensées. Il y avait bien sûr le brio dont elle avait fait preuve durant cette fin de visite, mais aussi l'assurance toute naturelle qui émanait d'elle. A la voir évoluer avec tant d'aisance dans le palais, on n'aurait jamais imaginé qu'elle n'y soit qu'une employée. En tout cas, elle ne semblait guère impressionnée par son titre, elle ! Et cette attitude distante à son égard représentait un défi qu'il comptait bien relever.

Avec un petit soupir, il s'installa au bureau et pianota sur l'ordinateur. Son mot de passe lui permit d'avoir accès à la liste des membres du personnel du château. Quelques secondes plus tard s'affichaient sur l'écran plat la photo de Kirsten Bond, ainsi que son curriculum vitæ.

Elle était vraiment ravissante, songea Rowe face au portrait. A l'époque où la photo avait été prise, elle avait les cheveux plus courts. Pareilles à un halo de feu, ses boucles rousses auréolaient un visage aux traits délicats. Il y avait en elle quelque chose de pur, d'innocent, comme si elle avait réussi à éviter jusqu'ici les vicissitudes de l'existence. Elle évoquait en fait l'inverse des femmes qu'il avait coutume de fréquenter, et lui faisait l'effet d'un bol d'oxygène.

Etait-ce cela qui l'attirait en elle ? Car il était bien forcé de s'avouer qu'elle l'attirait…

Comme il lisait son CV, il se figea en découvrant qu'elle avait un enfant de six ans. Pourtant, qu'y avait-il là d'étonnant ? Toujours d'après le CV, elle avait vingt-sept ans, et il était bien normal qu'une jeune femme aussi jolie ne soit plus libre. Il devrait d'ailleurs s'en réjouir. Du moins, ainsi, ne serait-il pas tenté de fantasmer !

Mais il n'était pas au bout de ses surprises. Deux lignes plus loin, il découvrait que Kirsten Bond avait un statut de célibataire. Elle n'était pas veuve. Ni divorcée.

Songeur, il se laissa aller contre le dossier de son fauteuil et se frotta le menton. L'imaginer mariée l'avait contrarié, il en convenait. Mais que ressentait-il à présent, la sachant libre et pas aussi innocente qu'elle en avait l'air ?

Un sourire se dessina sur ses lèvres. Il en était tout bonnement enchanté ! Ces nouvelles données lui ouvraient des horizons…

Un petit coup frappé à la porte interrompit le cours de ses pensées. Il n'eut que le temps d'appuyer sur une touche pour faire disparaître le portrait de la jeune femme.

Kirsten était entrée sans attendre de réponse, et au regard qu'elle lança à l'ordinateur, il se demanda si elle n'avait pas eu le temps de voir son propre portrait. Son expression impassible ne laissait cependant rien transparaître.

Décidément, Kirsten Bond représentait pour lui un véritable défi.

Rowe Sevrin était-il en train d'examiner son CV et sa photo lorsqu'elle était entrée, ou bien son imagination lui jouait-elle des tours ? se demanda Kirsten. La façon dont il la scrutait en ce moment même l'incitait pourtant à penser qu'elle ne se trompait pas.

Mais pour quel motif aurait-il voulu lire son CV ? Et si… ?

Un frisson glacé la parcourut tandis qu'elle osait aller jusqu'au bout de sa pensée. Et s'il avait découvert qui elle était ? S'il souhaitait revendiquer ses droits ?

Ce ne serait pas si facile. Peu après la naissance de Jeffrey, Natalie avait pour une fois assumé ses responsabilités maternelles, et décidé de rédiger un testament. Dans celui-ci, elle nommait Kirsten tutrice légale de son fils, au cas où il lui arriverait malheur. Rowe ne pourrait donc imposer sa présence qu'après une sévère bataille juridique.

Cette pensée la fit frémir. Dotée d'un tempérament plutôt raisonnable, Kirsten n'avait pas de réels soucis financiers, mais elle savait que ce genre de conflit coûtait très cher. Pour le commun des mortels, tout au moins, car il était bien possible que Rowe Sevrin trouve dérisoire le coût d'un long procès.

Il la dévisageait, un étrange sourire aux lèvres, et elle s'empressa de détourner le regard. Comment était-il possible qu'elle soit si sensible au charme du vicomte d'Aragon, alors qu'elle aurait dû se méfier de lui comme de la peste ? Le rôle qu'il avait joué dans la vie de sa sœur n'était guère reluisant. Et elle avait de lui l'image d'un homme égocentrique, volage, qui s'arrangeait en outre pour que rien ni personne n'entrave sa liberté.

En bref, c'était un homme qui ressemblait à son père.

Félix Bond, artiste de son métier, était lui aussi très séduisant, et s'était maintes fois servi de son physique et de son charisme pour attirer dans ses filets de toutes jeunes femmes. Kirsten pensait que sa mère avait toléré ces incartades pour leur épargner un divorce, à Natalie et à elle. Cela n'expliquait cependant pas qu'elle soit restée avec lui lorsque ses filles avaient atteint l'adolescence. Il était en effet peu probable qu'elle ait cru Félix, quand celui-ci jurait n'aimer qu'elle au monde.

Encore que… Il aurait été capable de charmer des branches d'arbres ! Pendant des années, Kirsten elle-même avait cru que les peintures de son père étaient en avance sur leur temps, et qu'il ne pouvait pas gâcher son talent en effectuant de vulgaires besognes alimentaires. Mais elle avait déchanté à l'âge de seize ans, quand « on » lui avait dit qu'elle devait quitter le lycée et chercher un emploi. Son rêve de devenir un jour écrivain s'était écroulé, face à la nécessité de travailler pour subvenir aux besoins de sa famille.

Elle avait cependant eu la chance d'être embauchée par une salle de vente spécialisée dans les œuvres d'art, et c'est à ce moment-là que lui était venue l'idée de devenir conservatrice. Son patron l'avait encouragée dans cette voie, lui conseillant de suivre des cours du soir, et la chargeant d'estimer les toiles et objets précieux qui leur étaient confiés.

Décidée à s'installer dans son propre appartement, elle ne l'avait cependant pas fait car sa mère avait décrété qu'elle n'était pas encore prête à voler de ses propres ailes. Kirsten occupait donc toujours le foyer familial ce funeste après-midi où avait éclaté un violent orage.

En dépit des conditions météorologiques, Félix avait insisté pour que sa femme le conduise à une galerie d'art située à quelques kilomètres de chez eux, afin qu'il puisse y déposer un tableau et participer à un concours sur le point d'être clos. Sa mère n'avait aucune envie d'y aller, Kirsten s'en souvenait très bien. Mais comme d'habitude, son père avait eu le dernier mot et ils étaient partis. Ils n'étaient jamais revenus. Un arbre déraciné par la tempête s'était abattu sur leur véhicule. Kirsten et Natalie, qui n'avaient d'autre famille que leurs parents, s'étaient alors retrouvées seules au monde.

Après cela, l'expérience professionnelle de Kirsten et les connaissances qu'elle avait acquises durant les cours du soir lui avaient permis de suivre un cursus accéléré à l'université. Très vite, elle avait obtenu le diplôme qu'elle briguait, celui de conservatrice d'œuvres d'art. Et elle avait alors décidé qu'elle n'avait nul besoin dans son existence d'un homme qui ressemble à son père.

Cette sage résolution n'empêcha toutefois pas son cœur de battre plus fort lorsque Rowe lui adressa un sourire éclatant. Un sourire auquel elle ne s'attendait pas, vu l'accueil qu'elle lui avait réservé quand il s'était joint au groupe de visiteurs.

— Je vous dois des excuses, dit-il après l'avoir invitée à prendre place dans l'un des fauteuils club qui faisaient face à son bureau.

Etonnée, elle haussa un sourcil.

— Ah ?

— Je n'aurais pas dû arriver sans crier gare. De toute évidence, mon apparition vous a déstabilisée.

Il n'imaginait pas à quel point..., songea la jeune femme.

— Ce n'est pas très grave, répliqua-t-elle néanmoins. Les visiteurs étaient enchantés de rencontrer un membre de la famille royale.

— Aussi enchantés que vous l'étiez lorsque vous leur avez révélé mon identité ?

— N'y voyez là rien de personnel, Votre Altesse.

— Vraiment ? insista-t-il en posant sur elle un regard perçant. Quand vous m'avez vu, j'ai pourtant eu l'impression que vous auriez préféré être confrontée à Jack l'Eventreur !

Comme elle pouvait difficilement prétendre le contraire, Kirsten croisa les mains et les fixa.

— Nous ne nous sommes jamais rencontrés. Après tout... qui me dit que vous n'êtes pas Jack l'Eventreur ?

La tête renversée en arrière, Rowe partit d'un grand éclat de rire.

— Vous êtes une véritable bouffée d'air frais, Kirsten Bond ! Nous ne nous connaissons pas, mais vous me plaisez déjà beaucoup.

Kirsten sentit ses joues s'enflammer. C'était la première fois de sa vie qu'on lui parlait de la sorte. D'autres femmes auraient succombé au charme du séduisant vicomte. Mais pas elle.

— Vous ne me connaissez pas, en effet, déclara-t-elle d'un ton sec.

Si elle pensait l'intimider, elle en fut pour ses frais.

— Assez en tout cas pour percevoir l'enthousiasme que soulèvent en vous le château et ses trésors, répondit Rowe avec un sourire. C'est précisément ce qui me plaît en vous, Kirsten.

Déroutée, elle avala sa salive.

— Ecoutez, je…

— Détendez-vous. Nous nous sommes tous les deux trompés. Moi en croyant qu'il me suffirait de vous écouter pour me refamiliariser avec le château, et vous en attribuant à d'autres raisons l'intérêt que je vous porte. Dans ces conditions, pourquoi ne pas reprendre depuis le début ?

« A quoi bon ? » se demanda-t-elle, sans pour autant oser formuler sa pensée.

— Si vous y tenez, Votre Altesse…

— Pour commencer, je suggère que vous abandonniez les cérémonies. Je m'appelle Rowe.

Se serait-il douté qu'elle utilisait ce titre pour établir entre eux une certaine distance ? Il ne paraissait en tout cas guère disposé à tenir compte de son souhait.

— Très bien. Ce sera donc Rowe, soupira-t-elle.

— A en juger par votre réaction, Max ne vous a pas informée du motif de ma présence ici.

Rowe faisait allusion à son cousin, le prince Maxim, qui dirigeait le château et occupait aussi le poste d'administrateur de la Fondation Carramer, organisme de bienfaisance du château.

— Le prince envisageait sans doute de m'en parler à notre réunion hebdomadaire, qui aura lieu demain, déclara Kirsten. En ce moment, je remplace ma supérieure, Léa Landon.

— Qui est en voyage, pour exposer une partie de la

collection dans les principales villes d'Europe, ajouta Rowe, apparemment bien informé. Je comprends que mon arrivée vous ait surprise à ce point. Vous ignoriez que j'occuperais son bureau jusqu'à son retour.

Kirsten porta la main droite à sa tempe, où commençait à poindre une migraine.

— Vous allez… remplacer Léa ?

— J'aurais beaucoup de mal à le faire ! s'exclama Rowe. Une tête d'épingle contiendrait toutes mes connaissances artistiques sur le château !

La jeune femme doutait que ce fût vrai, mais se réjouit néanmoins de ne pas avoir à travailler sous les ordres du jeune vicomte, même de façon temporaire.

— Vous avez l'air de vous interroger sur le motif de ma présence à Merrisand, continua Rowe. Je ne vous ferai donc pas languir plus longtemps. Je suis à la tête d'une entreprise chargée d'organiser d'importants événements.

— Comme les Olympiades d'hiver, observa-t-elle, souhaitant ainsi lui montrer qu'elle était au courant de ses activités.

Il aurait été surpris de découvrir tout ce qu'elle savait à son sujet. Rien qui soit bien digne d'éloges, à vrai dire.

— Exact, fit-il avec un hochement de tête. Max pense que le château a besoin de ce genre de manifestation pour augmenter les revenus de Merrisand.

Kirsten ne chercha pas à cacher son étonnement.

— Je croyais que… tout allait bien.

— Disons que ça pourrait aller mieux, répondit Rowe en haussant les épaules. De nos jours, les demandes d'aides d'organismes pareils à la Fondation Carramer ne cessent d'augmenter. L'argent récolté par les collectes, les expositions d'œuvres d'art à l'étranger et les achats de visiteurs dans la boutique de souvenirs suffisent à peine. Il faut trouver un moyen de renflouer les caisses, sans quoi nous devrons restreindre les activités de bienfaisance du château.

Abasourdie, Kirsten cligna des paupières. Jamais elle

n'avait imaginé que Merrisand se trouve un jour en difficulté. Assez, en tout cas, pour envisager de limiter les dépenses à visée caritative.

— Je ne me doutais pas que…, commença-t-elle d'une voix hésitante.

— *Personne* ne se doute de quoi que ce soit, et je compte sur vous pour ne pas divulguer l'information. Les gens sont toujours prêts à soutenir un organisme qui leur paraît florissant.

— « On ne prête qu'aux riches », c'est bien connu, répondit Kirsten.

— Absolument. Qui plus est, le château n'est pas ruiné, loin de là. Max se borne à anticiper, rien de plus.

— Mm… Et quel genre de projet a-t-il en tête ?

Elle ne voyait pas ce qui pourrait être fait de plus pour augmenter les revenus du château.

— Il m'a confié le choix de ce projet, et je pense qu'une course cycliste serait tout à fait adaptée à la situation.

Face à l'air de plus en plus dérouté de son interlocutrice, Rowe enchaîna :

— Une course internationale, qui réunirait les plus grands noms du cyclisme aussi bien que de jeunes talents, et se déroulerait sur les terres de Merrisand. A eux seuls, les droits de retransmission télévisée rapporteraient des millions à la Fondation.

La vision d'une horde de cyclistes roulant autour — et, probablement aussi, à travers — les magnifiques jardins si bien entretenus fit frissonner Kirsten. A cette image se superposa celle de sa jeune sœur, acclamant le passage des pilotes de Formule 1 et se faisant percuter par un bolide.

— Vous… ne parlez pas sérieusement ? demanda-t-elle.

— Bien sûr que si. Pourquoi ? Ça vous dérange qu'un événement sportif se déroule au château ?

Déranger était un euphémisme !

— J'ai du mal à croire que le prince Maxim soit prêt à

accueillir ce genre de manifestation, qui, à mes yeux, relève presque de… la profanation.

— N'exagérons rien, rétorqua Rowe avec aplomb. Je n'ai quand même pas l'intention de démolir au bulldozer ces magnifiques vieux bâtiments pour laisser la voie libre aux cyclistes ! La course aura lieu entre les différents édifices, ainsi que dans les parties boisées. Suite à quoi, tout redeviendra exactement comme avant. Vous savez, des courses pareilles se sont déroulées à Rome, tout près du Colisée, et personne n'a considéré cela comme une hérésie.

Kirsten se leva et réprima une grimace. Ce mouvement brusque lui avait rappelé son mal aux pieds.

— Puisque tout semble décidé, je ne vois pas en quoi je pourrais vous être utile…

— C'est vous qui allez m'aider à réaliser ce projet, énonça calmement le vicomte.

— Je suis conservatrice d'œuvres d'art, pas…

«… l'une de ces groupies qui hantent les manifestations sportives », avait-elle été sur le point d'ajouter. Mais elle se tut. La plaie ouverte par la disparition de Natalie ne s'était toujours pas refermée.

— Je veux dire par là que je ne connais rien au cyclisme, finit-elle.

— En revanche, vous connaissez le château mieux que quiconque — exception faite de Léa Landon, bien entendu. Or, comme celle-ci ne reviendra pas tout de suite…

— Vous oubliez que, dans la mesure où j'occupe ses fonctions durant son absence, je ne suis pas très disponible, répliqua Kirsten.

Rowe se leva à son tour et, avec des mouvements de félin, se rapprocha de la jeune femme. En dépit de la hauteur de ses talons, Kirsten était beaucoup plus petite que lui, et devait redresser la tête pour le regarder dans les yeux.

— Je ne crois pas avoir fait appel au volontariat, déclara-t-il d'un ton ferme.

— En d’autres termes… si je ne vous aide pas à organiser cette course, il se pourrait bien que je perde mon poste ?

— C’est vous qui le dites, pas moi, répondit-il.

Romain Sevrin était bel et bien aussi égocentrique qu’elle l’avait toujours imaginé. Il avait décidé qu’elle l’aiderait, et, de toute évidence, il attendait d’elle qu’elle se plie à son désir.

— Qui s’occupera de la galerie, planifiera les nouvelles expositions et dirigera les visites ?

— D’après Max, vous êtes entourée d’une équipe de gens compétents, tout à fait aptes à remplir votre rôle en certaines occasions. Les visites, par exemple…

— Il se trouve justement que les visites me sont aussi agréables qu’utiles. La réaction des gens me permet de tester leurs goûts, et m’aide à organiser les prochaines expositions.

— Dans ce cas, continuez à vous charger des visites et déléguez d’autres tâches qui vous plaisent moins.

A le voir, le sentir si proche d’elle, Kirsten avait du mal à se rappeler qu’elle le détestait. Qu’elle détestait tout ce qu’il représentait. Et qu’elle détestait aussi ce projet de course cycliste, même si elle devait en reconnaître le bien-fondé. De fait, si la Fondation Carramer manquait de moyens, elle ne serait pas en mesure de poursuivre son but.

— Il semblerait que je n’aie pas le choix, fit-elle du bout des lèvres.

— C’est exact.

Rowe se rapprocha davantage encore d’elle, et elle retint son souffle. Quelques centimètres à peine les séparaient à présent. Kirsten sentit sa gorge se nouer. Et si… si Rowe cherchait à l’embrasser ? Comment réagirait-elle ? Elle se plaisait à penser qu’elle le giflerait, mais n’en était pas si sûre. Car en dépit de tout ce qu’elle savait de cet homme, il exerçait sur elle son charme légendaire. Elle se surprenait déjà à imaginer le contact de sa bouche charnue sur la sienne…

Au moment même où cette pensée la faisait tressaillir, il lui prit la main et la porta à ses lèvres, sans la quitter du regard. Il s'agissait là d'un simple geste de courtoisie, que les membres de la famille royale accomplissaient fréquemment. Un geste qui, donc, ne signifiait rien de particulier. Pourtant...

— Je me réjouis que nous ayons trouvé un terrain d'entente, lui dit-il.

Elle ne répondit pas. Les dés étaient jetés.

Désormais, elle ferait en sorte de ne pas oublier que Romain Sevrin était un être volage. Autant que l'avait été son père.

3

— Votre silence est éloquent, reprit le jeune vicomte. A vos yeux, je ne suis qu'un vandale culturel.

Kirsten prit plaisir à lui renvoyer son expres-sion :

— C'est vous qui le dites, pas moi.

— Un point partout ! s'exclama-t-il en riant. Pendant que nous travaillerons ensemble, j'espère que vous comblerez mes lacunes en la matière. Je compte sur vous pour me parler des collections, du château.

Elle qui pensait le voir le moins possible…

— Je ne devrais rien avoir à vous apprendre dans ce domaine, répliqua-t-elle. Vous avez grandi ici, n'est-ce pas ?

— Non.

Sa réponse avait été brève, sèche. Et ses traits s'étaient soudain rembrunis.

Mentalement, la jeune femme se représenta l'arbre généalogique des de Marigny. La grand-mère de Rowe était la sœur du grand-père du monarque actuel de Carramer.

— Etant le fils d'Angélique et de James…

— Si vous connaissez si bien l'histoire de ma famille, vous devez savoir aussi que mon père a disparu en mer quand j'avais huit ans, alors qu'il faisait de la plongée, et qu'on n'a jamais retrouvé son corps, l'interrompit-il.

Elle était en effet au courant de cette histoire tragique. Certaines personnes persistaient à penser que le précédent vicomte d'Aragon, James Sevrin, était toujours en vie quelque part, et qu'il travaillait pour un organisme d'espionnage, à la solde d'un autre pays. Elle n'adhérait pas, quant à elle, à cette interprétation fantaisiste des faits, et pensait plutôt qu'il avait été emporté par l'un des redoutables courants qui sévissaient sur les côtes de Carramer.

— Ce fut un drame terrible, murmura-t-elle.

Après avoir reculé d'un pas, il la fixa, un sourcil levé.

— Pas un complot international ?

— Je ne crois pas.

— Dans ce cas, vous appartenez à une minorité. Après la disparition de mon père, ma mère m'a emmené vivre dans l'une des principautés de la province de Valmont. Elle a veillé à ce que je reçoive une éducation digne de mon rang, mais n'a jamais voulu revenir au château. Elle espérait ainsi échapper aux rumeurs qui couraient sur mon père — rumeurs qui ont pourtant fini par arriver jusqu'à Valmont.

Kirsten, qui avait eu sa part de chagrin dans l'existence, savait ce que signifiait un deuil familial. Elle imaginait ce qu'avait ressenti Rowe, enfant. Non content de perdre son père, il avait sans nul doute entendu des commentaires peu flatteurs sur celui-ci, et essuyé maints regards et remarques blessants.

— Je suis désolée, dit-elle à voix basse.

— Bizarre, railla-t-il. Vous avez l'air presque sincère…

La jeune femme fut prompte à réagir.

— Je le suis ! Libre à vous de me croire ou pas, mais il se trouve que j'ai moi aussi perdu des êtres chers. Et ce n'est jamais facile, quel que soit son rang, quelles que soient les circonstances.

Il acquiesça et se détourna, exposant ainsi son beau profil.

Romain Sevrin n'avait peut-être pas grandi entre les murs du château, mais tout en lui reflétait la noblesse : sa façon de se tenir, de parler. Il avait en lui cette assurance, cette élégance, dont est parfois démuni le commun des mortels.

— Dans ces conditions, j'aurais pensé que vous éviteriez de revenir au château de Merrisand, dit-elle doucement.

— Ça ne représente pas pour moi une épreuve insurmontable. Max et sa famille nous ont apporté tout leur soutien pendant les moments difficiles, et je m'étais promis de les aider à mon tour le jour où l'occasion se présenterait.

Kirsten hocha la tête, mais décida d'en rester là. Elle ne tenait pas à s'intéresser plus que nécessaire aux problèmes du vicomte d'Aragon. Il n'avait pas ménagé sa sœur, et cela, elle ne le lui pardonnerait jamais. Elle n'avait donc pas envie de s'apitoyer sur son sort. Et moins envie encore d'être sensible à son charme ! Force lui était cependant d'admettre qu'elle allait avoir du mal à le détester.

Plongée comme elle l'était dans ses pensées, la voix de Rowe la fit sursauter.

— Nous pourrions dîner ensemble pour commencer à tracer les grandes lignes de cette course, proposa-t-il.

La jeune femme avala sa salive. Elle s'imagina soudain assise en face de lui, dans une salle de restaurant à l'atmosphère calfeutrée. Elle l'écouterait, regarderait la flamme des bougies danser dans ses prunelles. Peut-être même lui prendrait-il la main…

Sur le point d'accepter, elle se ravisa soudain. S'ils étaient appelés à travailler ensemble, elle ne devait pas oublier qui il était. Et encore moins la menace qu'il représentait, s'il découvrait un jour son lien de parenté avec Jeffrey.

Penser à l'enfant lui insuffla la force qui lui manquait.

— Je vous remercie pour l'invitation, mais je ne suis pas libre ce soir.

— Vous avez un autre rendez-vous ? insista-t-il, intéressé.

Réprimant son envie de rétorquer que sa vie privée ne concernait qu'elle, elle haussa une épaule et déclara :

— Des obligations familiales, plutôt.

— Ah oui, votre fils.

Elle ne s'était donc pas trompée : il était bien en train de consulter son CV lorsqu'elle l'avait rejoint. Sinon, comment aurait-il su qu'elle avait un fils ?

— En effet. Je dois d'ailleurs passer le chercher à la sortie de l'école dans dix minutes.

Rowe se pencha pour prendre un dossier sur le bureau et le glissa sous son bras.

— Je vous accompagne.

A ces mots, Kirsten se figea. Elle ne tenait surtout pas à ce qu'il rencontre Jeffrey.

— Ma journée de travail est terminée depuis une demi-heure, avança-t-elle, espérant ainsi lui faire comprendre qu'elle n'avait pas à rester avec lui.

Imperturbable, il ouvrit la porte et s'effaça pour la laisser passer.

— La mienne aussi. Je loge dans les appartements réservés aux chefs d'Etat. Je passe donc devant l'école pour rentrer chez moi.

Que répondre à cela ? Elle ne pouvait tout de même pas l'empêcher de marcher sur des terres qui lui appartenaient !

Ils s'acheminèrent donc vers l'ancien pavillon de chasse, aménagé depuis quelques années en école. Le joli bâtiment en grès ivoire, orné de maintes fenêtres ouvragées, accueillait les enfants des employés du château. Il était entouré d'un jardin fleuri, occupé en partie par une aire de jeux.

— Je ne voudrais pas vous retarder, dit-elle à Rowe avec un faible sourire.

Mais ce dernier, qui n'avait apparemment aucune envie de la quitter, s'adossa au portail en fer forgé.

— Je ne suis pas pressé. Cet endroit me rappelle une foule de souvenirs.

— Vous avez fréquenté cette école ?

Il hocha la tête.

— Jusqu'à l'âge de sept ans. L'année suivante, je n'ai assisté aux cours qu'en pointillé, à cause de la disparition de mon père. Après notre déménagement, ce sont des tuteurs qui se sont chargés de mon éducation. Et puis j'ai fait mes études secondaires et supérieures à Valmont. Je qualifierai sans hésiter d'excellent l'enseignement pratiqué dans ces établissements, mais je n'ai jamais retrouvé l'ambiance de l'école du château.

Kirsten aimait elle aussi cette école, et se réjouissait que Jeffrey y ait été admis. C'était là l'une des raisons pour lesquelles elle préférait éviter de mettre en péril son emploi au château. Rowe l'avait-il deviné, lorsqu'il lui avait laissé entendre qu'elle courait un risque si elle lui refusait sa coopération ?

Une bouffée de colère monta en elle. Décidément, cet homme semblait prêt à tout pour arriver à ses fins !

— Je suppose que vous avez mieux à faire qu'attendre la sortie d'un groupe d'écoliers, observa-t-elle d'un ton dépourvu d'aménité.

— Certes, mais cela peut attendre. Je voudrais que vous me présentiez votre fils.

La colère céda brusquement la place à la peur en Kirsten. Elle ne voulait justement pas, elle, que Rowe Sevrin rencontre Jeffrey.

Bien sûr, il ignorait tout de sa véritable relation avec le garçonnet. Et en supposant qu'il garde un quelconque souvenir de la lettre envoyée par Natalie, il y avait peu de risques pour qu'il établisse un lien entre Kirsten et la jeune fille. Bond était un patronyme somme toute assez courant.

Elle se passa la langue sur les lèvres. Jeffrey était *son* fils. Rowe n'avait aucune raison d'en douter. Et tant qu'il continuerait d'en être ainsi, l'enfant et elle ne courraient aucun risque.

Elle ne se sentait pourtant pas en sécurité. Pas du tout, même.

D'autres parents commencèrent à arriver. La plupart la saluèrent chaleureusement, mais avec plus de réserve qu'à l'accoutumée, par déférence pour l'homme qui l'accompagnait. Les gens avaient cependant du mal à cacher leur curiosité.

Les femmes, surtout, qui lançaient des regards à la dérobée au célèbre et séduisant vicomte.

Malgré elle, Kirsten en ressentit une certaine fierté. Il lui était quelquefois arrivé de regretter que Jeffrey grandisse dans une famille monoparentale. Elle aurait tant aimé lui offrir une cellule plus classique, plus complète.

Mais Rowe Sevrin n'avait pas sa place dans ce tableau. Elle travaillerait avec lui parce qu'il ne lui en laissait pas le choix. Mais leurs relations ne dépasseraient pas le stade professionnel. Imaginer qu'il puisse jouer un autre rôle dans sa vie la conduirait au désastre.

Les portes de l'école s'ouvrirent, et un groupe d'enfants de six ans guidé par un instituteur apparut. Kirsten repéra aussitôt Jeffrey, à côté de son meilleur ami, Michael, dont le père dirigeait l'équipe chargée de l'entretien des jardins.

Jeffrey leva la tête, vit Kirsten, et son petit visage s'illumina. A ce moment-là, elle ressentit un amour tel pour le garçonnet qu'elle dut se maîtriser pour ne pas courir vers lui, le soulever et le serrer dans ses bras. Elle savait toutefois qu'il se considérait désormais comme un grand, et n'apprécierait pas ce genre d'effusions devant ses camarades.

En voyant le visage de la jeune femme se métamorphoser, pour n'exprimer que fierté et amour maternel, Rowe éprouva un sentiment qui ressemblait à de la jalousie. A l'époque lointaine où il fréquentait lui-même l'école du château, c'était une gouvernante qui venait le chercher à la sortie des classes. Sa mère ne s'était déplacée que le jour où son père avait disparu. Cette image restait pour lui liée à la tragédie. A tel point qu'aujourd'hui encore, s'il la voyait arriver alors qu'il ne l'attendait pas, il était pris d'une angoisse incontrôlable.

Manifestement, le fils de Kirsten n'avait pas ce genre de problème. Vu la façon dont il pressait le pas, le garçonnet aux cheveux bruns avait hâte de retrouver sa mère. Son camarade tout roux courait presque, lui aussi. Il se précipita dans les bras ouverts d'un homme de haute stature, qui portait l'uniforme des employés du château.

— Regarde ce que j'ai fait, p'pa ! s'exclama-t-il, tout fier, en brandissant sous son nez un cerf-volant en papier.

L'enfant brun, qui s'était arrêté devant Kirsten, lui présenta à son tour un objet fait de papier coloré.

— Moi aussi j'ai fabriqué un cerf-volant, maman. On les a fait voler dans le jardin, cet après-midi. Et le mien, c'est celui qui volait le mieux !

— J'en suis certaine, mon cœur, répondit Kirsten.

L'œil luisant, elle s'agenouilla devant le garçonnet et le prit dans ses bras.

Immobile, Rowe assistait à cette scène de retrouvailles. Son regard allait du garçonnet roux, en grande conversation avec l'homme qu'il appelait « p'pa », à Kirsten. Si le fils de la jeune femme ne lui ressemblait pas, aucun doute ne pouvait planer sur la nature du lien qui les unissait l'un à l'autre.

Il réprima un sourire à la vue de l'enfant qui, de toute évidence, cherchait à échapper à sa mère. Il était à un âge où les manifestations d'affection commencent à devenir gênantes. Cette phase, il l'avait lui aussi traversée.

Kirsten lâcha Jeffrey et, avec un sourire pincé, se redressa. Ce fut à ce moment-là seulement qu'elle parut se rappeler la présence de Rowe. Ses joues rosirent, et elle prit la main du petit garçon en un geste que Rowe jugea protecteur. La façon dont il se sentit mis à l'écart ne lui plut pas. Leur première prise de contact avait peut-être été un peu… brutale, il l'admettait. Mais il considérait avoir fait amende honorable, depuis. Qu'attendait-elle encore de lui ? Qu'il se prosterne à ses pieds ?

— Jeffrey, dis bonjour au vicomte d'Aragon, dit Kirsten à son fils. Rowe, je vous présente Jeffrey.

Il eut la curieuse impression qu'elle aurait préféré ne pas se livrer à ces présentations.

— Bonjour, monsieur le vicomte d'Aragon, dit poliment l'enfant.

Dans ce genre d'établissement, les écoliers apprenaient très vite comment se tenir face à un membre de la famille royale.

— Bonjour, mon garçon.

Il s'inclina, afin de se trouver au niveau du petit visage, et fut surpris par ce regard. La forme des yeux ourlés de longs cils, leur couleur lui étaient étrangement familières. Cette chevelure noire, épaisse et rebelle, aussi. Enfant, il passait son temps à repousser ses cheveux en arrière. Il se rappelait tout particulièrement un certain rendez-vous avec le roi. Il avait cinq ans et, désespérée par sa coiffure indisciplinée, la gouvernante avait fini par utiliser sa propre bombe de laque pour la dompter.

Il tendit la main au garçonnet, qui la serra solennellement. La différence de taille de leurs deux mains enlacées lui produisit un effet bizarre. S'il avait un fils, il ressemblerait à Jeffrey, il en était sûr. Mais Jeffrey n'était pas son fils. Bien qu'il ait eu par le passé une vie assez dissolue, il n'aurait pas oublié Kirsten, même s'il ne l'avait tenue que quelques heures dans ses bras.

Le garçonnet était-il le fruit d'une brève aventure, ou bien avait-elle décidé de son propre chef d'avoir un enfant et de l'élever seule ? Rowe savait en tout cas que si Jeffrey avait été son fils, il n'aurait jamais pu l'abandonner, quelles que soient les circonstances.

— Je peux regarder ton cerf-volant de plus près ? demanda-t-il.

Jeffrey leva les yeux vers sa mère, quêtant son approbation. Comme celle-ci acquiesçait, il tendit à Rowe l'assemblage maladroit de morceaux de papier.

— Mlle Sims, elle a mis les ficelles, parce qu'on n'a pas encore le droit de se servir de l'agrafeuse.

Réprimant un sourire, Rowe hocha la tête.

— On n'est jamais trop prudent avec les agrafeuses. Il

m'est arrivé une fois de m'enfoncer une agrafe dans le pouce, et je m'en souviens encore !

— Ça fait très mal ? demanda Jeffrey.

— Horriblement mal. Et en plus, ça saigne beaucoup. Mais je n'ai pas pleuré.

Kirsten voulait bien le croire. Jeffrey avait sans nul doute hérité de son père cette tendance à cacher ses sentiments.

D'où lui était donc venue cette idée ? Elle ne connaissait cet homme qu'à travers les médias, et ce que lui avait dit de lui Natalie. Elle n'avait donc aucune raison de s'interroger sur sa façon de fonctionner. Aucune raison non plus de trouver des traits de ressemblance entre Jeffrey et lui.

Jeffrey était son fils. A elle et à elle seule.

Jusqu'à quand ?

Ces mots lui vinrent à l'esprit tandis qu'elle les regardait examiner le cerf-volant, têtes jointes.

— Nous devons rentrer, déclara-t-elle, incapable de supporter plus longtemps cette image.

Jamais elle n'aurait pensé se sentir un jour coupable de l'éloignement dans lequel ils vivaient. Après tout, *qui* en était responsable ? Pas elle !

L'enfant paraissait fasciné par le vicomte. Elle retint son souffle lorsqu'elle entendit ce dernier déclarer :

— Ce cerf-volant est trop beau pour rester enfermé dans un placard. Il faudrait le faire voler.

— Oh oui ! On pourrait, maman ? Dis, on pourrait ?

Agacée par Rowe, qui l'avait mise dans une situation si délicate, elle répliqua :

— Le vicomte d'Aragon a, j'en suis certaine, un emploi du temps trop chargé pour s'occuper de ce genre de choses. Nous ferons voler ton cerf-volant tous les deux, toi et moi.

Le sourire de l'enfant s'était crispé.

— Tu sais pas comment il faut faire, déclara-t-il, la mine boudeuse. Tu t'en souviens, de la fois où tu as cassé mon avion ?

Kirsten ne s'en souvenait que trop. Au Noël précédent, le Père Noël était passé à l'école du château et avait offert à Jeffrey une maquette d'avion. Avec grand soin, elle avait assemblé toutes les pièces. Presque toutes, plutôt, car elle n'avait pas été longue à découvrir qu'elle avait oublié de coller quelques morceaux. Jeffrey, lui, avait jugé ce « détail » insignifiant. Jusqu'au moment où l'avion s'était écrasé par terre, à cinq mètres à peine de l'endroit d'où Kirsten l'avait lancé. Il avait alors bien fallu admettre que les pièces manquantes jouaient un rôle essentiel.

— Cette fois, c'est toi qui feras voler ton cerf-volant, promit-elle.

— Et pourquoi il pourrait pas venir avec nous, le vicomte d'Aragon ?

Se tournant vers le principal intéressé, l'enfant ajouta :

— Vous avez pas trop de travail, non ?

— Si c'était le cas, je n'hésiterais pas à le dire. Mais quoi qu'il en soit, la décision appartient à ta maman, répondit Rowe.

Il adressa un bref regard à ladite maman, avant de reporter son attention sur l'enfant.

— Elle m'en fera part plus tard, au bureau. Vois-tu, nous sommes appelés à nous revoir souvent puisque nous allons travailler en collaboration. Si elle le veut bien, nous pourrions jouer avec ton cerf-volant samedi prochain.

Jeffrey hocha vigoureusement la tête.

— Oh oui ! C'est une super bonne idée !

— Eh bien, marché conclu.

Pour cacher l'angoisse qu'elle sentait monter en elle, Kirsten prit la main de Jeffrey, qui chercha aussitôt à la lui retirer. Mais elle ne lâcha pas prise. Elle avait besoin de sentir cette petite main dans la sienne. Pour se rassurer, se dire que ce qui fascinait Jeffrey, c'était le statut masculin de Rowe, et rien d'autre. Certes, l'équipe enseignante de l'école du château se composait d'hommes et de femmes, et l'enfant côtoyait les pères de ses camarades, mais il manquait de modèle masculin dans sa vie.

A qui la faute ?

Rowe aurait très bien pu occuper une place de choix dans cette vie, et ce, dès la naissance de l'enfant. Or, il avait préféré ignorer la lettre de Natalie.

Le vicomte marchait toujours à côté d'eux.

— Vous ne rentrez pas chez vous ? lui demanda-t-elle d'un ton sec, peu soucieuse de lui paraître grossière.

— Chez moi, c'est à Solano, la capitale de Carramer. Non que j'y aie beaucoup vécu jusqu'ici..., ajouta-t-il à l'adresse de Jeffrey, avec un petit haussement d'épaules.

— Vous préférez être libre, je suppose.

Comme son père, songea Kirsten. Félix n'avait jamais eu envie de se fixer où que ce soit, lui non plus. La famille déménageait souvent, au rythme des emplois à court terme qu'il occupait. A la mort de leurs parents, elles n'avaient eu aucun endroit où s'installer, Natalie et elle. Aucun héritage, donc, pour Jeffrey. Raison pour laquelle elle était fermement résolue à lui apporter une stabilité qui leur avait manqué, à sa sœur et elle. Et pour ne pas mettre en péril cet environnement stable, elle était prête à collaborer au projet de Rowe Sevrin.

Un jour, elle achèterait une maison. Mais pour le moment, ils étaient heureux ici, et elle ne permettrait pas à Rowe Sevrin de s'immiscer dans cette bulle de bonheur, qu'il risquait de crever.

4

Les éléments clés du personnel du château étaient logés dans de jolis cottages en pierre, qui formaient une sorte de hameau dans une partie du parc. Les enfants jouaient souvent ensemble dans les espaces verts, et les parents se retrouvaient de temps en temps pour boire le thé. Si ces cottages paraissaient anciens, ils avaient en fait été bâtis par le précédent marquis de Merrisand, qui tenait à ce que ses employés ne vivent pas trop loin du château au cas où il aurait besoin d'eux. Ils y étaient d'ailleurs toujours reliés par une ligne téléphonique directe.

Chaque cottage était entouré d'un jardin, et donnait à l'arrière sur les bois du domaine, où foisonnait une faune sauvage attirée par un cours d'eau. Il s'agissait d'un lieu idyllique. Le soir, Kirsten se plaisait à penser que le cottage et ce superbe environnement lui appartenaient.

— Quel cottage habitez-vous ? s'enquit Rowe, lui signifiant ainsi son intention de la raccompagner jusqu'à chez elle.

Elle eut un geste vague.

— Celui qui a des rideaux bleus, de l'autre côté du pré. Mais vous n'êtes pas obligé de me raccompagner…

— J'ai remarqué que vous boitez, lui répondit-il d'une voix sereine. Je tiens donc à m'assurer que vous rentrez chez vous sans encombre.

— Tout va bien, je vous assure.

— Comment vous êtes-vous blessée ?

Acculée à la vérité, elle poussa un petit soupir et marmonna :

— Grâce à des chaussures neuves !

— Je me demande pourquoi les femmes s'infligent de telles tortures, dit Rowe avec un air désabusé.

Pour avoir le plaisir de pouvoir regarder des hommes comme vous dans les yeux ! songea Kirsten.

Elle se garda toutefois de formuler sa pensée. D'autant que, même juchée sur ces talons, elle était beaucoup plus petite que lui.

Comme ils traversaient la pelouse, Kirsten consentit à s'avouer vaincue et se déchaussa pour marcher pieds nus dans l'herbe. Jeffrey la regarda, étonné.

— Mes chaussures n'étaient pas très confortables, lui expliqua-t-elle.

— Pauvre maman ! Si tu veux, je te prêterai mon tabouret tortue quand on arrivera à la maison.

Ce tabouret, qui permettait à Jeffrey d'être à hauteur de sa console de jeux, était l'un de ses objets préférés.

— Et comment réussiras-tu à battre Michael, quand vous jouerez à la Planète Noire ?

— On trouvera bien quelque chose, répliqua-t-il avec un petit haussement d'épaules.

Reconnaissant la formule qu'elle utilisait si souvent elle-même, Kirsten sourit.

— J'en suis certaine.

Rowe se tenait tout près d'elle lorsqu'elle sortit son trousseau de clés de son sac. Dès que la porte fut ouverte, Jeffrey entra en trombe.

— Eh bien, il ne me reste plus qu'à vous souhaiter bonne soirée, dit-elle. A demain.

Mais Rowe Sevrin n'était manifestement pas décidé à la laisser en paix.

— Vous avez entendu votre fils. Il faut s'occuper de vous !

— C'est très gentil de vous soucier de mon sort, mais il

m'a déjà proposé son tabouret tortue, répliqua Kirsten d'un ton qu'elle espérait ferme.

— Cette proposition risquerait de lui coûter une partie de Planète Noire, insista-t-il avec un petit sourire. Je ne sais pas ce que c'est au juste, mais ce serait grave, non ?

— Il serait transformé en gelée, ou quelque chose dans ce goût-là.

— Vous imposeriez une épreuve pareille à votre fils, au lieu de me permettre de vous aider ?

— Son ami Michael et lui ont été transformés en gelée des tas de fois, et ils ont toujours réussi à s'en sortir !

La tête penchée au-dessus de la jeune femme, il lui sourit.

— J'ai une autre proposition à vous faire. Une proposition plus efficace que le tabouret tortue !

— Merci, ça ira très bien, répondit-elle.

— Vous refuseriez d'être massée par un expert ? Les incidents de ce genre sont monnaie courante dans les courses automobiles. Je suis donc passé maître en l'art de maîtriser ces bobos !

Kirsten sentit sa résistance fondre. La perspective d'un massage des pieds était des plus tentantes, elle devait bien l'admettre.

— Quelques minutes, peut-être..., hésita-t-elle.

— Parfait. Je ne voudrais pas que notre travail soit retardé à cause de simples meurtrissures.

La jeune femme serra les mâchoires. Comment ne s'était-elle pas doutée que les motivations du vicomte étaient purement égoïstes ? Elle regrettait de ne pas s'en être tenue au tabouret tortue ! Mais à présent, il était trop tard. Il lui avait déjà emboîté le pas dans la maison.

La porte d'entrée conduisait directement dans un salon, que jusque-là elle avait toujours trouvé spacieux. Avec Rowe dans la pièce, le plafond lui sembla soudain plus bas, et les murs plus rapprochés.

— C'est charmant chez vous, déclara-t-il avec naturel.

Visiblement très à l'aise, il regardait autour de lui, notant au passage les touches personnelles de décoration : tapis et coussins colorés, meubles peints en blanc, quelques toiles d'artistes locaux.

Kirsten se félicita d'avoir enlevé récemment deux photos de Natalie, dont elle souhaitait faire changer le cadre. Le regard de Rowe se posa enfin sur un bouquet d'orchidées et de fougères. Il s'en rapprocha et le huma avec un plaisir non dissimulé.

— Mm… Quel bonheur ! Il y a à travers le monde tant d'orchidées sans aucun parfum que les senteurs de celles qui poussent à Carramer m'émerveillent toujours.

La jeune femme croisa les bras. Puis, comme cette attitude lui paraissait défensive, elle reprit sa position initiale. Pourquoi la présence du vicomte d'Aragon l'inciterait-elle à se tenir sur la défensive ?

— J'avoue n'y avoir jamais trop réfléchi…

Il lui lança un regard légèrement réprobateur.

— Ces fragrances si particulières m'ont beaucoup manqué, à l'époque où j'étais pilote de Formule 1 et où je sillonnais la planète. Comme toutes ces choses qui font partie de notre vie et que l'on remarque à peine, je ne les ai appréciées que quand elles ont disparu de mon quotidien.

Que répondre à cette remarque, qui la touchait bien plus qu'il ne l'imaginait ? Que c'était ce qu'elle ressentait à propos de sa famille ? Elle regrettait tant, aujourd'hui, toutes les occasions manquées de montrer à sa sœur combien elle l'aimait ! Mais il était trop tard, à présent. Quant à son père et à sa mère, ils n'avaient rien d'un modèle de perfection, mais ils étaient ses parents et elle ne se remettrait jamais complètement de les avoir perdus si jeune.

— Je vais voir ce que fait Jeffrey, dit-elle en s'éloignant.

Elle avait hâte d'échapper aux pensées dérangeantes que Rowe avait semées dans son esprit.

Celui-ci n'eut qu'à se déplacer de quelques pas pour distinguer la silhouette de l'enfant, derrière une porte entrouverte. Il était installé face à une console de jeux qui diffusait une série de bruits étonnants.

— Je pense qu'il a déjà retrouvé sa Planète Noire ! observa-t-il avec une grimace comique.

D'habitude, Kirsten insistait pour que son fils et elle se promènent ensemble dans le jardin ou dans les bois, avant de lui permettre de retrouver le sacro-saint écran. Mais ce soir, elle n'allait pas sacrifier au rituel.

— J'en ai bien peur..., admit-elle avec un soupir.

A ce moment-là, la sonnette de la porte d'entrée retentit, bien qu'elle soit restée ouverte.

— Entre, Michael, dit Kirsten au jeune garçon roux, qui n'avait d'ailleurs pas attendu son invitation pour traverser la pièce. Je pense que Jeffrey est déjà sur le pied de guerre...

Avec un bref salut de la tête, l'enfant rejoignit son camarade.

— Ils sont dans la même classe ? demanda Rowe à la jeune femme.

— Oui. Et, de plus, Michael habite le cottage voisin. Son père travaille au château. Bien, il ne me reste plus qu'à leur apporter un verre de lait et des biscuits. Plus rien n'existe, quand ils sont devant cet écran !

— Asseyez-vous, je m'en charge. J'ai l'impression qu'il vous en coûte de tenir debout...

Rowe ne se trompait pas. Pourtant, elle aurait voulu s'occuper seule des garçons. De Jeffrey, tout au moins, car elle préférait que le vicomte d'Aragon se tienne le plus loin possible de son fils.

Elle essaya donc de se diriger vers la cuisine, mais ce nouvel effort lui arracha un petit cri.

Rowe fut à son côté en un instant. Il lui posa les mains sur les épaules et la fit pivoter vers le fauteuil le plus proche.

— *Asseyez-vous !* J'en ai pour quelques minutes à peine, ensuite vous prendrez la relève. Dites-moi seulement où je peux trouver de quoi faire goûter nos jeunes guerriers.

D'un geste du menton, Kirsten désigna la cuisine. Dieu, qu'elle s'en voulait ! Elle seule était responsable de cette situation. Si elle s'était montrée plus raisonnable en choisissant ses chaussures, elle n'en serait pas là !

— Il y a du lait dans le réfrigérateur, des verres dans le buffet, et des cookies faits maison dans la grosse boîte en fer, en forme d'ours en peluche.

— Faits maison ? répéta-t-il, la mine gourmande. Est-ce que les grands garçons ont eux aussi droit à du lait et à des cookies ?

Ce tête-à-tête prenait décidément une tournure beaucoup trop intime au goût de la jeune femme.

— Je vous en prie, servez-vous, dit-elle néanmoins.

Tandis qu'elle l'écoutait aller et venir dans la cuisine, elle baissa les paupières et se détendit, soulagée que quelqu'un la remplace en ce moment même. La condition de parent isolé n'était pas de tout repos. Et ne jamais pouvoir partager les décisions importantes et les tâches quotidiennes revêtait parfois un caractère pesant.

Comme cette pensée lui traversait l'esprit, Kirsten fronça les sourcils. La journée avait été longue et difficile, ce qui expliquait son état d'esprit. Elle avait choisi cette vie, et n'en mènerait aucune autre tant qu'elle élèverait Jeffrey. Elle n'avait besoin de personne. Surtout pas de Rowe Sevrin.

Ce dernier servit le goûter aux enfants, puis se laissa initier aux joies de La Planète Noire. Vingt bonnes minutes plus tard, il demandait à Jeffrey si sa mère mettait du sucre et de la crème dans son café. Après avoir préparé deux cafés avec un sucre et une pointe de crème, puis disposé quelques cookies dans une assiette, il retourna dans le salon.

Il s'immobilisa sur le seuil de la pièce. La jeune femme s'était endormie dans le fauteuil.

Veillant à faire le moins de bruit possible, il se rapprocha d'elle et posa le plateau sur la table basse, avant de déplacer un pouf, sur lequel, avec précaution, il cala ses pieds fatigués et meurtris. Elle ne protesta pas, ne se réveilla même pas.

Subjugué, il s'installa dans le fauteuil voisin et prit machinalement une tasse de café, qu'il garda à la main sans la porter à ses lèvres. Kirsten ressemblait à l'image qu'il s'était toujours faite de La Belle au bois dormant. Comment réagirait-elle, s'il l'embrassait pour la réveiller ?

Mal, sans doute. Elle ne s'était pas montrée particulièrement aimable à son égard. Pour quelle raison, d'ailleurs ? Il ne prétendait certes pas être parfait, mais elle ne le connaissait pas assez pour lui manifester tant de froideur.

Il but enfin une longue gorgée de café avant de tourner la tête vers les deux garçons, toujours rivés à l'écran dans la pièce voisine. Jeffrey était complètement concentré sur le jeu. Tous les muscles de son petit corps paraissaient tendus. Il était agrippé aux manettes, comme un pilote d'avion en temps de guerre.

Ou comme un pilote automobile.

Rowe avait vu assez de photos de lui, à l'époque où il fréquentait les circuits, pour que la position de l'enfant évoque en lui quelque chose de familier. En fait, ils se ressemblaient assez pour être père et fils, songea-t-il, un sourcil levé.

Ils se ressemblaient presque trop.

Son regard revint vers Kirsten. Etait-ce possible qu'il ait eu une aventure avec la jeune femme, six ans et neuf mois plus tôt ?

Il était plus écervelé, à cette époque-là. A vrai dire, il se rappelait à peine l'année de ses vingt-deux ans. Un magazine de la presse à scandale avait fait paraître une série d'articles sur la disparition de son père, les remettant sa famille et lui sur le devant de la scène. Selon le journaliste, le disparu aurait toujours été bien en vie et coulerait des jours heureux en Australie.

Rowe avait refusé toute interview aux médias, qui ne s'étaient pas embarrassés de scrupules et lui avaient tout même prêté de faux propos divulgués à grande échelle. Quand il avait voulu rétorquer par voie de presse afin de rétablir la vérité, on l'en avait empêché. Les membres de la famille royale, lui avait-on dit, ne se rabaissaient pas à entrer dans ce genre de joute.

Le jeune homme qu'il était alors avait donc ravalé sa colère, et essayé de chercher l'oubli en sortant tous les soirs, en buvant plus que de raison et en collectionnant les aventures. Comme s'il se moquait du lendemain — un lendemain dont son père avait été privé.

Cette période de dérive n'avait pas duré bien longtemps. Il s'était ressaisi au bout de quelques mois, et menait aujourd'hui une existence très différente de celle qui avait été la sienne à l'époque. D'ailleurs, dès qu'il avait repris ses esprits, lui-même choqué d'avoir eu une vie si dissolue, il avait décidé d'abandonner la Formule 1. Désormais reconverti dans un secteur d'activité beaucoup plus sérieux, il dirigeait plusieurs entreprises — bien qu'il n'ait cité que l'une d'entre elles à Kirsten.

Fixant toujours la jeune femme, il secoua doucement la tête. S'il avait eu une aventure avec elle, si brève eût-elle été, il s'en souviendrait. A vrai dire, rien n'était moins sûr… Voilà qui expliquait son évidente animosité à son égard.

Mais bien sûr, il était tout simplement possible qu'elle lui en veuille d'organiser un tour cycliste dans l'enceinte du château de Merrisand. En qualité de conservatrice d'œuvres d'art, cette idée relevait sans doute pour elle de l'hérésie. D'ailleurs, elle ne lui avait pas caché le fond de sa pensée.

Rowe finit sa tasse de café avant de se lever et de se rapprocher de la jeune femme. Il fallait qu'il la réveille avant de partir. Tout doucement, pour ne pas l'effrayer. Or, quel moyen était plus doux qu'un baiser ? En outre, s'il l'avait déjà embrassée par le passé, ce baiser raviverait peut-être des souvenirs.

Il fallait qu'il en ait le cœur net.

Conscient de la présence des enfants dans la pièce voisine, il s'inclina vers le visage de Kirsten et effleura ses lèvres d'un baiser. Il ne s'attendait pas à réagir de la sorte. A éprouver une telle bouffée de désir. Si les enfants n'avaient pas été là, il…

A ce moment-là, la jeune femme entrouvrit les lèvres. Dans un état de demi-sommeil, elle répondit à ce baiser léger. Et, dans un geste lent, elle souleva les paupières.

Rowe se redressa en hâte tandis que Kirsten balayait la pièce d'un regard vague, encore lourd de sommeil. Elle était si attirante, à demi assoupie, qu'il dut se faire violence pour ne pas s'agenouiller devant elle et la prendre dans ses bras.

— Je crois bien que j'ai rêvé…, murmura-t-elle en s'étirant avec la grâce d'un chaton qui se réveille.

Devait-il lui dire que le baiser qu'ils avaient échangé était réel ? Peut-être pas. Elle risquait de ne pas apprécier cette initiative de sa part.

Qui sait, son manque d'amabilité à son égard n'était peut-être qu'un mécanisme de défense ? Un moyen de se protéger de l'attirance qu'il exerçait sur elle ?

Cette pensée lui soutira une petite grimace.

Tu te berces d'illusions, mon vieux ! se dit-il.

— J'ai bien peur d'avoir cédé à la fatigue, déclara-t-elle avec un soupir. Je vous prie de m'excuser, Votre Altesse.

En parlant, elle avait caressé du bout de l'index sa lèvre inférieure. Ce geste inconscient raviva le désir de Rowe.

— Il me semble que nous avions renoncé à ces titres cérémonieux, avant que vous vous endormiez… Et vous n'avez pas d'excuses à me présenter. Il est normal que vous soyez fatiguée, après une longue journée de travail.

— Où sont Jeffrey et Michael ?

— Toujours captivés par la Planète Noire ! A ce propos, je dois vous dire que votre fils est adorable.

Le vôtre aussi ! ne put-elle s'empêcher de penser.

Cette remarque avait provoqué en elle un nouvel accès de colère. Une colère également due au rêve qu'elle venait de faire. Dans ce rêve, le vicomte d'Aragon l'embrassait… et elle répondait à son baiser !

Mais il ne s'agissait que d'un rêve. Un rêve probablement suscité par la brusque apparition de cet homme dans un univers jusque-là paisible. Lorsqu'ils commenceraient à travailler ensemble, elle serait mieux préparée à affronter la présence de celui qui avait séduit et abandonné sa jeune sœur.

— Je ne voudrais pas abuser davantage de votre temps, déclara-t-elle.

— Vous ne m'avez rien demandé. C'est moi qui vous ai proposé de vous raccompagner. Et d'ailleurs, je ne vous ai toujours pas massé les pieds…

Encore dans les limbes de ce rêve étrange, Kirsten secoua la tête avec vigueur.

— C'est inutile. Je me sens déjà beaucoup mieux.

Elle avait vraiment hâte de le voir partir, songea-t-il, mi-agacé, mi-amusé.

— Soit. Permettez-moi quand même de vous conseiller un bain de pieds à la camomille. Et peut-être aussi de choisir d'autres chaussures, demain !

Kirsten baissa les yeux sur ses escarpins à talons. Il allait de soi qu'elle ne les porterait plus pour travailler. Surtout si elle était appelée à travailler avec Rowe. Elle ne lui fournirait plus aucun prétexte pour la raccompagner chez elle !

— A demain, lança-t-il.

— A demain, lui répondit-elle.

Dès qu'il fut parti, elle se tourna vers la pièce voisine. Les deux petites silhouettes apparaissaient dans l'embrasure de la porte.

Elle frémit.

Aurait-elle perdu la raison ? Permettre à Romain Sevrin d'approcher de si près Jeffrey… Il faudrait à l'avenir qu'elle fasse preuve de beaucoup plus de fermeté.

5

Kirsten avait décidé que son rêve n'affecterait en rien sa relation avec le vicomte d'Aragon. Pourtant, quand il entra deux jours plus tard dans son bureau, son regard fut irrésistiblement attiré par la belle bouche masculine. Et quand il se rapprocha d'elle, elle sentit faiblir ses résolutions. La pièce s'était emplie de cette fraîche odeur de sous-bois qui semblait l'accompagner partout. Sans doute une création d'un grand parfumeur.

— Nous avions rendez-vous ce matin ? lui demanda-t-elle, arquant un sourcil.

Il la dévisagea, et un petit sourire se dessina sur ses lèvres. L'espace d'un instant, elle eut l'impression qu'il pensait lui aussi à ce baiser. Mais c'était impossible, puisqu'il n'avait existé qu'en rêve !

— Nous avons rendez-vous *tous* les matins, jusqu'à ce que le Tour de Merrisand prenne fin.

D'un ample geste du bras, elle désigna les dossiers qui jonchaient son bureau.

— Je ne pense pas pouvoir vous consacrer autant de temps.

— Et comme je crois vous l'avoir déjà dit, je ne pense pas, moi, que vous ayez le choix. A partir de maintenant, vous devrez placer ce tour cycliste en tête de votre liste de priorités. Il me semble d'ailleurs que Max vous en a parlé.

Il était donc déjà au courant de la teneur de son entretien avec le prince Maxim ? Incapable de cacher son sentiment à l'égard de cet événement sportif, Kirsten avait été surprise que le prince insiste lui aussi sur l'importance de la course cycliste pour l'avenir de la Fondation, dont dépendaient bon nombre de personnes en difficulté. Mais bien sûr, il était normal qu'il soutienne le projet de son cousin. La voix du sang parlait — sauf quand on était le fils de Romain Sevrin ! ajouta-t-elle en son for intérieur, en proie à un nouvel accès de rage.

Pour être sincère, ne devait-elle pas s'avouer à elle-même que son aversion pour l'événement sportif était surtout liée à celui qui l'organisait ? Réagirait-elle de la même façon si Rowe s'était comporté en gentleman avec Natalie, s'il avait assumé ses responsabilités et s'était occupé de l'enfant ?

Evitant son regard, elle rassembla quelques dossiers épars.

— Le prince m'a en effet demandé de travailler avec vous, mais il ne m'a pas spécifié à quel rythme.

Rowe se rapprocha encore d'elle et posa les deux mains à plat sur le bureau.

— Dans ce cas, je vais le faire à sa place. Si cette course ne remporte pas un succès spectaculaire, il faudra peut-être se défaire bientôt de certaines œuvres d'art. Est-ce que c'est plus clair, maintenant ? Je vous suggère donc d'annuler vos autres rendez-vous de la matinée.

D'un geste sec, elle referma le dossier qu'elle examinait à son arrivée et leva les yeux sur lui.

— S'il y a un tel caractère d'urgence, je ne comprends pas que vous ayez attendu jusqu'à maintenant pour venir me trouver.

Quel besoin avait-elle de faire un commentaire pareil ? Il allait croire qu'elle avait passé la journée de la veille à guetter son arrivée ! Or, elle avait travaillé comme à l'accoutumée. Certes, à la fin de la visite guidée, elle avait lancé quelques regards en direction du fond de la salle, se demandant s'il allait rejoindre le groupe…

Toujours dans la même position, Rowe la fixait, fasciné

par la lueur de défi qui illuminait ses prunelles d'un gris presque argenté. Il n'envisageait pas de lui révéler qu'il avait passé la journée confiné dans son appartement à étudier les différentes possibilités de circuit. Ce qui lui avait permis d'éviter toute rencontre avec elle.

Il n'en était pas à son premier baiser, loin de là. Mais celui qu'il avait échangé avec Kirsten — celui qu'il lui avait *volé,* plutôt ! — l'avait particulièrement troublé. Et laissé sur sa faim. Or, il devait se maîtriser, puisqu'ils étaient appelés à passer beaucoup de temps ensemble pendant les semaines à venir.

Il n'avait pas noirci le tableau lorsqu'il avait expliqué la situation à la jeune femme. Les fonds de Merrisand avaient réellement besoin d'être renfloués.

Mais travailler en ayant l'esprit ailleurs ne s'était pas avéré très productif. En fin de journée, il avait donc décidé de faire le point. Deux solutions s'offraient à lui : soit s'en tenir à l'autodiscipline très stricte dont il se savait capable — et qui lui avait maintes fois valu le titre de champion de Formule 1 ; soit tout mettre en œuvre pour assouvir son désir, afin d'avoir l'esprit libre et de pouvoir se consacrer pleinement à la tâche qui lui incombait.

Kirsten, qui s'était levée, recula d'un pas. Il se demanda alors si l'expression de son visage avait trahi le cours de ses pensées. Décidément, s'il ne se contrôlait pas davantage, cette collaboration risquait de courir à la catastrophe.

— J'ai passé la journée d'hier à échafauder le tracé du circuit, déclara-t-il tout en se demandant pourquoi il éprouvait le besoin de se justifier.

— Je ne connais rien aux courses cyclistes, répondit sèchement la jeune femme. Donc je doute fort de vous être d'une quelconque utilité dans l'élaboration de ce circuit.

— Détrompez-vous, fit-il avec un petit sourire. En examinant mon circuit préféré d'un œil de spectateur, vous pourrez me donner votre avis et me dire s'il passe par les endroits les plus dignes d'intérêt — tout en évitant des lieux trop chargés d'histoire.

— Voilà une tâche pour le moins difficile, rétorqua-t-elle, puisque le domaine tout entier a une valeur historique !

Sans quitter son interlocutrice du regard, Rowe croisa les bras. Pourquoi n'imposait-il pas sa supériorité hiérarchique, afin de l'inciter à plus de souplesse ? Parce qu'elle lui plaisait, certes, mais aussi parce qu'il avait toujours détesté les rapports de force préétablis.

— Vous n'auriez donc sans doute pas apprécié les courses de carrioles qui se déroulaient sur ces terres, à la fin du XIXe siècle…

Cette réflexion étonna Kirsten, il le lut sur son visage.

— Eh oui, j'ai appris mes leçons ! s'exclama-t-il, ravi. J'avoue d'ailleurs avoir découvert avec beaucoup de plaisir que mon ancêtre Pierre avait souvent remporté ces courses.

— Il s'agissait de… de jeux destinés à distraire la famille royale.

— Et ça les rend donc plus nobles à vos yeux que des jeux modernes destinés à distraire le peuple ? assena-t-il.

— Ne me faites pas dire ce que je n'ai pas dit ! s'écria Kirsten. Ces carrioles provoquaient certainement moins de dégâts que n'en feront des vélos de compétition !

— Etes-vous bien sûre de ce que vous avancez ? Max a eu la gentillesse de me prêter des documents de l'époque, et j'ai ainsi appris que la brèche de la muraille, à côté de la porte sud, était due à un accident. Pierre aurait eu, semblerait-il, fort à faire avec l'un des chevaux de sa carriole…

Elle baissa les yeux.

— Je l'ignorais.

— Vous n'avez quand même pas cru à l'histoire selon laquelle une princesse aurait de son plein gré guidé son attelage contre le mur, pour retrouver un homme que son père l'empêchait de voir ?

Elle tourna la tête. Pas assez vite cependant pour cacher sa gêne.

— Vous y avez cru ! s'exclama le vicomte. Je suis même prêt à parier que vous racontez cette légende aux visiteurs, en y ajoutant quelques fioritures sentimentales !

— Et alors ? Cela ne vous donne pas le droit de vous moquer de moi ! répondit-elle d'un ton pincé.

— Loin de moi cette idée ! Mais reconnaissez que si la télévision avait existé à cette époque-là, ces courses auraient sans doute été retransmises et auraient passionné les foules.

Il avait probablement raison, même s'il en coûtait à Kirsten de l'admettre.

— Pourquoi vous obstinez-vous à me démontrer que cette course cycliste est une excellente idée ? Après tout, mon avis n'a pour vous aucune importance.

— Bien sûr que si ! Nous travaillerons mieux ensemble, si nous nous entendons bien.

— Nous ne sommes tout de même pas obligés d'être d'accord sur *tout* ?

Au moment même où elle formulait cette question, Kirsten devina la teneur de la réponse qui lui serait fournie. Tout en Romain Sevrin respirait l'assurance. Il avait coutume de mener sa vie comme il l'entendait, de faire ce qu'il voulait. Il était arrivé à ses fins avec Natalie, et il essayait maintenant de la rallier, elle, à sa cause. Le sourire en coin dont il la gratifia ne la rassura guère.

— Ce serait pourtant mieux, déclara-t-il.

— Comment pourrais-je donner mon avis sur un sport qui m'est complètement étranger ?

— Nous allons y remédier !

Sur ces mots, il prit la jeune femme par le bras et, sans plus de cérémonie, la guida vers la porte.

— Où allons-nous ? se récria-t-elle. Je viens de vous dire que j'ai beaucoup de travail !

— Justement, c'est bien de travail qu'il s'agit. Je vais de

ce pas vous montrer le parcours que j'ai tracé hier. Vous me direz ce que vous en pensez.

Ce qu'elle en pensait, il le savait déjà, pensa la jeune femme. Visualiser le trajet destiné à être saccagé ne ferait que la renforcer dans son opinion.

— Vous risquez de le regretter…, marmonna-t-elle.

— J'en doute. Mais peut-être avez-vous peur de monter en voiture avec moi ?

C'était plutôt d'elle qu'elle avait peur, quand elle se trouvait en compagnie du vicomte à la réputation de play-boy.

— Vous ayant vu au volant de différents bolides, je ne crois pas pouvoir mettre en doute vos talents de conducteur.

Il darda sur elle un regard incisif.

— Je croyais que vous ne vous intéressiez pas aux courses en général…

Difficile de lui avouer qu'elle avait suivi sa carrière de près, à cause de Natalie.

— Je m'intéresse en revanche à l'actualité, et il se trouve que vous en faisiez partie, quand vous étiez pilote de Formule 1.

— Vous avez bonne mémoire.

— Ma sœur était une habituée des circuits automobiles, se surprit-elle à préciser.

Quelque chose dans le ton de sa voix éveilla l'attention de Rowe.

— *Etait ?*

Kirsten sentit sa gorge se nouer.

— Elle a perdu la vie il y a un peu plus de six ans.

— Je suis désolé, murmura Rowe.

Il paraissait sincère. Aurait-il réagi de la même façon s'il avait su que cette sœur était une toute jeune fille avec laquelle il avait autrefois passé une nuit ?

— Elle devait être très jeune. Son décès a-t-il été dû à une maladie ou à un accident ?

Kirsten cligna des paupières pour chasser les larmes qui lui montaient aux yeux.

— Un accident… qui a eu lieu au cours d'un événement sportif. Je préfère ne pas en parler.

Surtout à lui.

Il s'arrêta devant l'ancienne muraille du château et se tourna vers sa compagne.

— Je comprends mieux, maintenant, le manque d'enthousiasme que suscite en vous cette course cycliste. Je commençais à me demander si c'était à moi personnellement que vous en vouliez…

Kirsten fixa le vieux mur aux pierres couvertes de mousse devant lequel ils venaient de s'arrêter. Son regard fut attiré par la fameuse brèche, dont Rowe lui avait révélé l'origine. Un petit rire sec s'étrangla dans sa gorge. La vie n'était décidément pas toujours aussi rose qu'on le croyait !

— Je ne vous connais pas, répliqua-t-elle avec un haussement d'épaules. Le prince Maxim m'a chargée de travailler avec vous.

Comme elle se taisait, il ajouta à sa place :

— Sans pour autant exiger que nous nous entendions à merveille, je suppose. Mais reconnaissez que ce sera plus facile pour tout le monde, si nous parvenons à éviter des heurts trop fréquents.

Elle réfléchit quelques secondes avant d'acquiescer.

— Soit. Observons une trêve.

— Vous seriez prête à hisser si vite le drapeau blanc ? demanda-t-il avec un petit sourire. Ça m'étonne de vous…

— Soyons clairs : je ne serai jamais une fanatique de sport, mais puisque nous avons une mission à accomplir ensemble, j'essaierai de me montrer à la hauteur de la situation. Je m'efforcerai de comprendre ce que vous faites, et, surtout, pourquoi vous le faites.

— Je crois vous avoir déjà expliqué le motif de ma présence au château.

— Oh, je ne parlais pas de la course cycliste. Je me demandais plutôt pourquoi il vous est arrivé si souvent de risquer votre vie au volant d'une puissante machine, dans le seul but de prouver que vous êtes le pilote le plus rapide au monde.

— En premier lieu, permettez-moi de rectifier : *j'étais*, je ne suis plus le numéro un mondial de Formule 1. Et puis… je dois dire que je ne sais pas trop comment répondre à votre question. En fait, étant né avec une petite cuiller en argent dans la bouche, pour reprendre une expression bien connue, je n'avais pas besoin de travailler pour gagner ma vie. Et ça ne me plaisait pas beaucoup.

Il accompagna cette remarque d'une grimace, puis reprit :

— A l'âge de dix-neuf ans, j'ai eu la chance de conduire une voiture de course, et j'ai tout de suite su que c'était ce que je voulais faire. J'ai été remarqué par une écurie de renom, j'ai suivi un entraînement, et c'est ainsi qu'a commencé ma carrière. La vitesse a un côté grisant. Quand on court sur un circuit, il faut montrer ce qu'on vaut. On est bon ou on ne l'est pas, les titres de noblesse ne comptent pas.

Ces explications surprirent la jeune femme.

— Comment votre famille a-t-elle accueilli votre choix ?

Rowe la prit par le bras pour regagner la porte sud, si naturellement qu'elle ne s'en aperçut qu'au bout de quelques pas. Et à ce moment-là, elle n'eut pas envie de s'écarter de lui.

— Ma mère était horrifiée, lui répondit-il après une courte pause. Après avoir perdu mon père, elle souhaitait me voir emprunter un chemin qui ne comporte aucun risque. Or, justement, la disparition de mon père m'avait fait prendre conscience de l'aspect éphémère de la vie. Je ne tenais pas à passer la mienne assis derrière un bureau.

Kirsten comprenait l'essence même de ce raisonnement. Mais cela ne justifiait pas que Rowe ait pu ignorer la naissance de son propre enfant.

Il s'était arrêté devant une voiture de sport blanche, dont il ouvrit la portière côté passager. Elle hésita avant de s'y installer.

— C'est… assez exigu, non ? Vous ne vous sentez pas à l'étroit, dans ce véhicule ?

Ce qu'elle redoutait, elle, c'était la proximité de Rowe, inévitable dans un habitacle aussi restreint.

— Si vous aviez été pilote de Formule 1, vous trouveriez cet espace plus que convenable ! dit-il avec un petit rire.

— Ah…

Lorsqu'il démarra, elle se serra contre la portière afin de se tenir le plus loin possible de lui.

— C'est quand même une voiture de course, non ?

— Plus ou moins. J'ai dessiné ce prototype par plaisir.

— Vraiment ?

Elle comprenait mieux à présent pourquoi son siège semblait avoir été moulé sur son corps.

— Oui, *vraiment*. N'ayez pas l'air si étonné, voyons ! Mes talents ne se limitent pas à assister à des réceptions et à courir sur des circuits !

Kirsten était prête à le croire…

Le groupe de visiteurs qui arrivait à ce moment-là les regarda avec intérêt. Un intérêt suscité sans doute autant par la voiture que par son conducteur. Kirsten, qui n'était pas habituée à éveiller l'attention sur son passage, contint un soupir de soulagement lorsqu'ils s'éloignèrent de l'enceinte du château pour entrer dans la zone forestière.

Cette zone, qui portait le nom de « Grand Parc », n'était ouverte au public que deux fois par an, lors d'importantes manifestations de bienfaisance. La paix qui y régnait était presque palpable.

Rowe traversa au ralenti les sentiers qui serpentaient sous les hautes voûtes feuillues. L'élégante silhouette du château avait disparu, et ils auraient pu se croire à mille lieues de toute civilisation. Kirsten commença à se détendre. Comme elle faisait partie du personnel du château, elle était autorisée à fréquenter le parc et il lui arrivait de venir y pique-niquer avec Jeffrey.

— J'adore cet endroit, dit-elle.

— Dans la civilisation agitée où nous vivons, qu'il existe encore des lieux pareils relève presque du miracle, répondit Rowe.

— Il n'y a pas que la flore qui a été préservée. La faune aussi. D'ailleurs, votre famille prend grand soin de la réserve de daims.

— Enfant, je vivais au château, comme vous le savez, et je prenais beaucoup de plaisir à venir les nourrir. Ils me connaissaient et mangeaient dans ma main. Mon grand-père se plaisait à me répéter qu'il fallait protéger tous les animaux, et ceux-ci en particulier puisqu'ils sont l'emblème de Carramer. Je les considérais, moi, comme des compagnons de jeu. J'avais d'ailleurs décidé que je m'occuperais de la réserve de daims quand je serais grand, et je le répétais à qui voulait bien m'entendre.

La jeune femme hocha lentement la tête. Rowe devait se réjouir que les daims vivent toujours en liberté dans le Grand Parc, et continuent à se reproduire.

— Mais finalement, vous avez préféré la Formule 1…, observa-t-elle avec un petit sourire.

— Drôle de parcours, mm ? Cela dit, je crois qu'on réalise rarement ses rêves d'enfant.

— Qui aurait pu dire, à cette époque-là, que vous organiseriez un jour un tour cycliste dans le domaine ?

— Ce qui pour vous relève du vandalisme culturel !

Il ponctua ces mots d'un rire.

— Peut-être pas tout à fait, fit-elle avec une petite moue. Mais une foire médiévale m'aurait paru plus… adaptée au cadre.

— Une foire médiévale rapporterait une poignée de cacahuètes à la Fondation ! s'exclama Rowe.

— L'argent… Pourquoi faut-il toujours y revenir ?

— Pour une raison très simple : ici-bas, tout le monde court après l'argent. Si les richesses étaient également réparties, la Fondation n'aurait pas besoin d'exister.

— Soit, dit-elle en fronçant le nez. Je suis prête à faire tout ce qui est en mon pouvoir… pour la Fondation.

Rowe, qui avait ralenti, s'arrêta aux abords d'une clairière.

— Pour la Fondation, bien entendu, répéta-t-il en se tournant vers sa compagne. Pas pour moi, puisque vous me regardez comme si j'étais le diable en personne depuis l'instant où vous avez remarqué ma présence dans le groupe de visiteurs.

6

Kirsten avala sa salive.

— Pas du tout, articula-t-elle. Vous vous trompez.

Si elle avait apprécié un peu plus tôt la paix environnante, elle regrettait maintenant qu'ils soient tous les deux seuls au beau milieu du Grand Parc, dans cette voiture aux dimensions si réduites. Rowe avait coupé le moteur et, proche comme il l'était d'elle, elle était sûre qu'il entendait les battements de son cœur.

Allait-il l'embrasser ? se demanda-t-elle en retenant son souffle. Pétrifiée, elle le vit tendre la main vers elle pour lui prendre le poignet.

— Est-ce que je me trompe aussi, en déclarant que vous avez un pouls très accéléré ? demanda-t-il.

La jeune femme regarda autour d'elle, affolée.

— Nous… devrions retourner au bureau, non ?

— Dans deux mois, des cyclistes rouleront sur cette piste, Kirsten. D'une certaine façon, nous pouvons considérer que *nous sommes* au bureau. Reprenons plutôt notre conversation. Que savez-vous de moi, au juste ?

Elle se redressa autant que le lui permettait l'espace réduit du véhicule et s'employa à afficher un air naturel.

— Je connais les lignes essentielles de votre biographie. Comme de celle de tous les membres de la famille royale, dois-je préciser. Ça entre dans le cadre de mes fonctions.

— Et vous vous êtes basée sur quelques faits pour décider

que vous me détestiez ? J'attendais mieux de vous. Vous me décevez.

— Vous ne me connaissez pas vous non plus ! rétorqua-t-elle vivement. Pas assez en tout cas pour me juger !

— Je sais que vous êtes une femme belle, sensuelle, passionnée par son travail et surtout par son fils. Ça me suffit.

Il s'était encore rapproché d'elle. Leurs bouches se touchaient presque. Etait-ce ce genre de scène qu'il avait jouée à Natalie pour la séduire ? A elle et à combien d'autres encore ? se demanda Kirsten.

— Quel autre cliché allez-vous ajouter, maintenant ? demanda-t-elle avec agressivité. Que je suis irrésistible quand je suis en colère ?

— Non, parce que vous n'êtes pas en colère, répondit Rowe, apparemment très calme. Vous voudriez me laisser croire que vous l'êtes, mais je crois que je vous plais autant que vous me plaisez. Pour une raison qui m'échappe, vous luttez contre cette attirance. Quelle est cette raison, Kirsten ?

Elle releva la tête d'un geste vif. La colère qu'elle éprouvait n'était pas feinte, cette fois ! Mais elle était avant tout dirigée contre elle-même. Si elle s'était de prime abord montrée froide et distante envers cet homme, elle ne se retrouverait pas dans une situation pareille.

— Vous avez une très haute opinion de vous-même ! assena-t-elle.

— Rien que de très normal. Quand tout le monde est aux petits soins avec vous et vous donne du « Votre Altesse » depuis la naissance…

— Je ne parlais pas de votre rang, mais de…

Kirsten se tut soudain, consciente d'avoir été sur le point d'aller trop loin.

— Oui ? insista-t-il.

— Ecoutez, la journée est superbe, le cadre magnifique… Ce serait dommage de tout gâcher en se querellant pour des broutilles, non ?

— Vous avez raison, ce serait dommage.

Sitôt ces mots prononcés, il lui passa un bras autour des épaules, et elle se retrouva pressée contre son torse. Leurs cœurs battaient à l'unisson. Il était sur le point de l'embrasser, elle le savait. Elle n'avait pas peur. Et sa colère avait disparu.

Autour d'eux, la forêt n'était plus qu'une toile de fond dans des dégradés de vert. Les oiseaux semblaient s'être tus. Elle sentait déjà sur ses lèvres le souffle de Rowe.

Puis, soudain, il l'embrassa vraiment. Elle avait beau se dire et se répéter que cet homme représentait pour elle un danger, rien n'y faisait. En cet instant, elle se sentait incapable de penser à Natalie.

Blottie contre lui, elle ne pouvait que répondre à son baiser ardent. Ils étaient seuls au monde dans ce nid de verdure.

Et Jeffrey ?

La petite voix qui résonna brusquement en elle la glaça de l'intérieur. Aurait-elle perdu la raison ? Elle s'écarta si vivement de Rowe qu'elle se cogna la tête contre la vitre.

— Non ! s'écria-t-elle. Non…

Il la dévisagea.

— *Non ?* Ce n'est pourtant pas l'impression que j'ai eue, il y a à peine quelques secondes…

Il ne lâcherait pas prise. Il affichait cet air résolu qui rappela à Kirsten certains portraits de ses ancêtres, qui ornaient les murs des galeries du château.

— Je n'ai pas dit que je ne voulais pas vous embrasser, dit-elle en tentant de reprendre son souffle. Je pense plutôt que… que je n'aurais pas dû.

— Et pourquoi donc ? Nous ne sommes ni l'un ni l'autre mariés. A moins que…

Les yeux plissés, il l'observa attentivement avant d'ajouter :

— … qu'il n'y ait quelqu'un dans votre vie ? Le père de Jeffrey, peut-être ?

Saisie par la pertinence de la question, Kirsten tressaillit.

Rowe se méprit sur l'origine de cette réaction, et l'expression de son visage se radoucit.

— J'aurais dû y penser. Vous a-t-il fait beaucoup souffrir, Kirsten ?

Elle cligna des paupières.

— Je… ne crois pas que ça vous concerne.

— Si vous aviez refusé de m'embrasser, j'aurais en effet considéré que ça ne me concernait pas. Mais vous vous êtes trahie. Soyez franche avec vous-même, Kirsten. Reconnaissez que nous nous sommes plu au premier regard.

Son hésitation fut de courte durée. A quoi bon mentir ? Il ne la croirait pas.

— Le père de Jeffrey ne m'a jamais aimée, déclara-t-elle en détournant les yeux.

— Et vous ne l'avez compris que quand vous étiez enceinte ? Jamais je ne vous traiterai de cette façon ! ajouta-t-il d'une voix sourde.

Tout en lui reflétait la révolte, face à une attitude que, de toute évidence, il jugeait abjecte. Une attitude que, pourtant, il avait adoptée à l'égard de sa sœur.

— Ce n'est pas très important, dit-elle avec un haussement d'épaules. Après la naissance de Jeffrey, je me suis promis que tant qu'il dépendrait de moi, je n'aurais aucune relation avec un homme.

Rowe, qui s'était tourné vers le pare-brise et regardait la forêt, se mit à pianoter sur le volant.

— C'est une décision très noble. Compréhensible, même. Mais supposons…

Il s'interrompit et reporta soudain son attention sur la jeune femme.

— … que l'amour vienne frapper à votre porte ? Vous obstineriez-vous à ne pas lui répondre, sachant qu'il ne se représentera peut-être plus jamais ? Et sachant aussi que votre choix n'est peut-être pas le meilleur pour votre fils ?

La réaction de Kirsten ne se fit pas attendre.

— Vous ignorez ce qui est bon ou pas pour Jeffrey !

— Peut-être. Il est possible aussi que vous vous trompiez, en l'élevant dans un cocon. Ce n'est pas de cette façon que vous compenserez ce que vous avez vécu avec son père…

Révoltée par tant d'arrogance, elle le foudroya du regard.

— Je n'utilise pas Jeffrey pour panser mes blessures, si c'est là ce que vous cherchez à me dire ! La vie que nous menons nous convient très bien.

Ou, tout au moins, nous convenait, avant que vous n'entriez en scène ! rectifia-t-elle en son for intérieur.

— Je n'ai pas l'intention de baisser les bras, Kirsten, déclara Rowe en la regardant droit dans les yeux. Ignorer ce que nous éprouvons l'un pour l'autre serait, au bas mot, inacceptable.

— Il n'y a rien entre nous, répondit-elle d'un ton ferme.

Et elle veillerait à ce qu'il continue d'en être ainsi.

— Je propose que nous reprenions cette discussion demain, quand j'irai chercher Jeffrey pour essayer son cerf-volant, dit Rowe. Je le lui ai promis, et j'ai l'habitude de tenir mes promesses.

— Vous n'êtes pas obligé de venir. Je peux très bien m'en charger seule.

— Vous ne me tiendrez pas à distance si facilement, dit-il après avoir pris une profonde inspiration. Je comprends bien que le père de Jeffrey vous ait fait du mal, mais ne nous confondez pas.

— Ecoutez, pourquoi ne continuerions-nous pas à travailler ensemble en oubliant ce… cette parenthèse ?

— Cette question, je me la suis moi aussi posée, Kirsten. Et je n'ai toujours pas trouvé la réponse. Tout ce que je sais, c'est qu'après m'être borné à chercher auprès des femmes du plaisir physique, j'ai envie d'autre chose. Ce genre de relation superficielle ne me suffit plus. Je m'en suis aperçu le jour de notre rencontre, quand je vous ai raccompagnés chez vous, votre fils et vous. Mais si vous me dites en toute sincérité que nos rapports doivent en rester là, j'accepterai votre verdict. Nous travaillerons en bonne intelligence, comme si rien ne s'était passé. Et nous ne saurons jamais ce que l'avenir aurait pu nous réserver.

L'avenir ne pouvait rien lui réserver de bon, avec un homme de cet acabit ! se dit Kirsten. Elle refusait de mener la même vie que sa mère, auprès d'un coureur de jupons qui prétendait l'aimer.

Au moment où elle se tournait vers lui pour lui donner sa réponse, il tendit la main vers son visage. Et ses joues s'empourprèrent lorsqu'elle sentit ses doigts caresser ses lèvres.

— C'est bien ce que je pensais…, murmura-t-il.

Il redémarra, un sourire énigmatique aux lèvres.

Enfoncée dans son siège, Kirsten n'en finissait pas de se reprocher son attitude. Rowe Sevrin n'avait peut-être prêté aucune attention à la naissance de son enfant, mais rien ne lui prouvait qu'il n'en réclamerait pas la garde, le moment venu. Et Natalie n'étant plus de ce monde, il jouerait sur du velours.

Comme ils poursuivaient leur chemin, elle l'entendit vaguement faire quelques remarques sur le parcours. Il ne lui restait plus qu'à espérer qu'un imprévu surgisse le lendemain et l'empêche de tenir sa promesse !

Mais, cette fois encore, la vie n'avait pas décidé de lui faciliter la tâche.

Par ce beau samedi après-midi, Jeffrey observait avec attention les allées et venues devant le cottage, tandis que Kirsten essayait de rester sereine en mettant de l'ordre dans la cuisine.

— Il est là ! s'écria soudain le petit garçon. Ça y est, il est arrivé, le vicomte d'Aragon !

— Jeffrey, attends…

L'enfant s'était déjà précipité vers la porte et courait à la rencontre de Rowe. Le cœur battant, Kirsten sortit à son tour. Le long regard dont l'enveloppa Rowe après avoir salué le garçonnet ne lui échappa pas. Elle avait mis ce jour-là un jean et un T-shirt marin, et avait relevé ses cheveux en une queue-de-cheval retenue par un ruban. Ce matin-là, en s'habillant, elle avait pourtant essayé de se convaincre qu'elle n'apportait pas un soin particulier à sa toilette.

— Je vais chercher mon cerf-volant, monsieur le vicomte ! s'exclama Jeffrey, tout excité.

Rowe s'était agenouillé devant l'enfant pour être à son niveau, et, à la vue des deux têtes brunes rapprochées, Kirsten sentit son cœur se serrer.

— Pourquoi ne m'appellerais-tu pas Rowe, puisque nous allons devenir copains ?

Jeffrey écarquilla les yeux.

— C'est bien Vicomte, votre nom ?

— Vicomte est mon titre. Comme prince ou princesse.

Le garçonnet se tourna vers Kirsten.

— Et moi, est-ce que j'en ai un, de titre ?

— Bien sûr.

C'était Rowe, qui avait répondu, et Kirsten retint son souffle. En d'autres circonstances, Jeffrey aurait été le prochain vicomte.

— Ton titre est *monsieur* Bond.

L'enfant pouffa de rire.

— C'est drôle ! Maman, elle dit qu'on peut m'appeler Jeff, ou Jeffrey.

En voyant Rowe reporter son regard sur elle, Kirsten se demanda si son visage accusait le manque de sommeil. Elle n'avait pas dormi plus de quatre heures, la nuit précédente. Rowe avait lui aussi les traits tirés, mais elle ignorait si elle en était la cause. D'ailleurs, quelle importance ? Cette pensée n'aurait même pas dû lui effleurer l'esprit.

Pourtant, elle avait de plus en plus de mal à considérer comme un ennemi cet homme séduisant et attentionné, qui de plus suscitait en elle de telles sensations.

— J'ai moi aussi deux prénoms : Romain et Rowe. Je préfère le diminutif, Rowe, expliqua-t-il à Jeffrey.

— Pourquoi ?

— Tu poses trop de questions, jeune homme ! Alors, tu vas le chercher, ce cerf-volant ?

— Il est dans ma chambre. Vous venez avec moi ?

— Rowe n'a certainement pas..., intervint Kirsten.

Mais elle dut en rester là. Plus personne ne l'écoutait. Jeffrey et Rowe montaient déjà l'escalier conduisant à la chambre de l'enfant. Ce dernier lui lança un regard amusé par-dessus son épaule, et continua de se laisser guider.

Sur le point de les suivre, Kirsten marqua un temps d'arrêt. Comment diable Rowe avait-il réussi à se rapprocher à ce point de Jeffrey et d'elle en si peu de temps ? Elle avait l'impression de le connaître depuis longtemps, très longtemps. Et les descriptions faites par sa sœur n'y étaient pour rien. Il s'agissait d'un sentiment personnel, primitif, qu'elle n'aurait su expliquer.

Soudain, elle se rappela la photo de Natalie et elle, accrochée dans la chambre de Jeffrey. Son sang ne fit qu'un tour.

Quelques secondes plus tard, aussi naturellement que possible, elle passait le seuil de la pièce. Accroupi sur la moquette à côté de Jeffrey, Rowe l'aidait à placer des voitures téléguidées sur le circuit en forme de huit qu'elle lui avait offert à Noël dernier. Une occupation classique, entre un père et son fils...

Elle fit quelques pas vers la commode, et déplaça une peluche afin qu'elle cache la fameuse photo. Il fallait cependant mettre un terme à cette situation. Elle ne pouvait pas passer son temps à supprimer tout indice susceptible de révéler à Rowe son véritable lien avec l'enfant.

— Les voitures sont en place. La course peut commencer ! déclara Jeffrey.

Le petit garçon appuya sur les boutons de sa télécommande, et l'un des bolides miniatures quitta la ligne de départ. Kirsten remarqua que Rowe prenait son temps pour faire démarrer l'autre véhicule. Quand sa voiture partit, celle de Jeffrey avait déjà parcouru la moitié du circuit. Cette stratégie alla droit au cœur de la jeune femme.

Au moment où le premier bolide franchissait la ligne d'arrivée, Rowe dit à Jeffrey :

— Cette victoire devrait te rapporter au moins trois cent cinquante points !

L'enfant prit sa voiture et la regarda sous tous les angles.

— Comment vous le savez ?

— Durant une saison, chaque course automobile rapporte des points, qui sont additionnés pour sacrer le champion de l'année. Les points sont liés à la difficulté de la course.

— Quand je serai grand, je serai pilote automobile, déclara le garçonnet d'un air confiant.

En entendant ces mots, Kirsten se mordit la lèvre. L'héritage génétique de Jeffrey aurait-il un tel impact sur son avenir ?

— Tu as bien le temps de réfléchir à cela, déclara Rowe. Nous devons pour le moment nous occuper de ton cerf-volant.

Kirsten aurait parié que le cerf-volant ne décollerait pas. C'était sans compter sur l'adresse et la ténacité de Rowe, qui avait en outre pensé à apporter baguettes de bois, colle et ficelle afin de renforcer la frêle structure du jouet.

Au bout de quelques minutes, Jeffrey courait dans le pré, fou de joie.

— Regarde, maman, comme il vole bien ! Il ne montait pas si haut dans le ciel quand on l'a essayé à l'école.

— Je vois bien, mon cœur. Bravo !

Comme l'enfant s'éloignait, elle se tourna vers Rowe, et, d'instinct, lui posa la main sur le bras.

— Merci.

— Tout le plaisir est pour moi.

— Vous avez l'air sincère…

— Je le suis ! Ça m'amuse beaucoup d'aider votre fils à faire voler son cerf-volant. Ce gamin est formidable. Vous pouvez en être fière.

— Je me suis efforcée de lui transmettre les valeurs qui, pour moi, sont essentielles.

Elle se passa la langue sur les lèvres. Mieux valait éviter de trop parler de Jeffrey avec Rowe. Pourtant, elle avait du mal à s'en empêcher. Et si c'était justement à cause de l'enfant qu'elle se sentait aussi proche du vicomte ? Non. Bien sûr que non. Ce qu'elle éprouvait pour Rowe Sevrin n'était pas lié à l'existence de Jeffrey, elle le savait bien.

— Pourquoi froncez-vous les sourcils ? lui demanda-t-il soudain.

— Oh… je me disais qu'il ne faudrait pas rentrer trop tard. Nous avons prévu une sortie au zoo demain, et je dois préparer le pique-nique.

— Rentrez, je m'occupe de Jeffrey. Je vous le ramènerai en fin d'après-midi.

Kirsten, qui n'avait pas prévu de laisser si longtemps l'enfant en tête à tête avec Rowe, secoua la tête.

— C'est très gentil, mais je ne tiens pas à abuser de votre temps.

— Je ne vous le proposerais pas, si ça me dérangeait, répliqua Rowe.

Il repoussa une mèche brune qui lui barrait le front, en un geste qui lui rappela terriblement Jeffrey.

— Encore une fois, merci… mais non.

— C'est vous qui décidez, fit-il, incapable de cacher sa déception. Dans ce domaine, du moins. Dommage… J'avais l'intention de vous inviter tous les deux à dîner.

La sensation de danger imminent qu'elle avait déjà ressentie plusieurs fois s'insinua de nouveau en Kirsten. Un danger qui la menaçait elle, ou plutôt Jeffrey ? Difficile à savoir.

— Merci. Mais le dîner est déjà prêt.

Et elle n'envisageait pas de proposer à Rowe de le partager !

— Vous ne pourrez pas étouffer éternellement ce que nous ressentons l'un pour l'autre, déclara soudain Rowe.

— Je ne cherche pas à étouffer quoi que ce soit ! répliqua-t-elle avec humeur. Et vous ne pouvez pas, vous, faire irruption dans ma vie et décider de tout réorganiser !

— Ce n'est pas ce que je vous demande. J'aimerais que vous m'y réserviez un peu de place, dans cette vie, rien de plus.

— Supposons que je n'en aie pas envie ?

— Je suis persuadé du contraire. Et vous finirez vous aussi par l'admettre. Ce n'est qu'une question de temps.

De nouveau, il arborait cette arrogance royale…, songea la jeune femme. Si seulement elle avait eu assez de fermeté pour affirmer le contraire ! Mais elle se tut.

Le cerf-volant venait de chuter, comme son humeur. Tandis que Rowe rejoignait Jeffrey pour relancer le jouet dans les airs, elle poussa un long soupir. Il était bien possible que l'insupportable vicomte ait raison.

7

Kirsten avait toujours noyé ses soucis dans le travail. L'arrivée de Rowe lui ayant justement occasionné une surcharge de travail, elle s'y plongea à corps perdu et apporta une attention toute particulière aux préparatifs des deux prochaines expositions du château. L'une, qui ouvrirait ses portes dans les semaines suivantes, était consacrée aux premiers explorateurs européens ayant touché terre dans l'actuel Etat de Carramer. L'autre, qui se déroulerait un peu plus tard, retracerait l'histoire des premiers aborigènes des îles du Pacifique Sud. A cela s'ajoutait bien sûr la colossale organisation de la course cycliste.

D'un point de vue professionnel, Rowe était d'une efficacité admirable. Il lui avait suffi de quelques jours pour convaincre les athlètes les plus célèbres de participer à ce Tour de Merrisand. Il avait même commencé à contacter les principales chaînes de télévision de plusieurs pays, afin de revendre les droits de retransmission de la manifestation sportive.

Kirsten, pour sa part, s'occupait de la partie publicitaire. Elle se félicitait d'avoir, en peu de temps, su rallier quelques grands noms à cette cause. Et elle était résolue à s'investir dans cette tâche, quels que soient ses sentiments à l'égard de la course.

Ou de Rowe.

Comme ce nom lui venait une fois de plus à l'esprit, elle

soupira. Elle n'avait pensé que trop souvent à lui, durant la semaine. Et si elle lui reconnaissait maintes qualités, et ne pouvait nier le charme qu'il exerçait sur elle, elle ne pouvait pas non plus refuser de voir une terrible ressemblance entre Rowe et Félix, ce père qui avait rendu sa mère malheureuse.

Un bref coup retentit soudain à la porte du bureau, et l'objet de ses tourments fit son apparition. Le cheveu en bataille, l'œil luisant, il apportait avec lui une bouffée de grand air.

— Par un temps pareil, vous auriez dû m'accompagner pour faire les repérages, déclara-t-il sans ambages en s'asseyant sur le bord de sa table de travail.

— J'avais de nombreuses choses en attente, ici.

— Ne me dites pas que vous avez encore oublié de déjeuner…

— D'accord, je ne vous le dirai pas.

— Vous ne nous serez pas d'une grande utilité si vous vous mettez à dépérir !

— Jusqu'ici, il me semble avoir réussi à faire tout ce dont vous m'avez chargée, en dépit de mon état de faiblesse avancée…, riposta-t-elle, les lèvres pincées.

Il croisa les bras sur sa poitrine et, sans la quitter du regard, hocha la tête.

— Difficile de prétendre le contraire ! Je constate avec plaisir que vous vous investissez dans ce projet.

— Projet qui n'a pourtant jamais soulevé mon enthousiasme, observa-t-elle avec une moue éloquente.

— J'imagine ce dont vous êtes capable, dans le cas inverse…

Ne te laisse pas distraire. Il s'agit d'une conversation à caractère professionnel, se dit Kirsten.

Elle lança un bref regard à sa montre, referma le dossier sur lequel elle travaillait, et se leva.

— Bien, je vais rentrer.

— N'est-il pas trop tard pour passer chercher Jeffrey à l'école ?

— C'est ma voisine, Shara, qui se charge de récupérer les

enfants, aujourd'hui. Nous y allons à tour de rôle. A l'heure qu'il est, Jeffrey doit être en train de jouer avec Michael.

Rowe hocha de nouveau la tête, l'air satisfait, cette fois.

— Donc vous n'êtes pas pressée de partir.

Pourquoi avait-il fallu qu'elle lui parle de Shara ? se demanda la jeune femme. Désormais elle n'avait plus aucun prétexte pour lui fausser compagnie. D'un autre côté, si elle n'avait rien dit, il lui aurait proposé de la raccompagner. Deux fois dans la semaine, il était venu chercher Jeffrey à l'école avec elle. Et elle n'avait pas manqué de remarquer que leur « couple » suscitait une curiosité grandissante. Rowe n'avait pas l'air de s'en soucier, ce qui cadrait bien avec l'image qu'elle avait de lui. Il était habitué aux commérages, elle pas. Et elle ne tenait surtout pas à être considérée comme l'une de ses conquêtes.

Jeffrey, lui, n'avait pas de tels scrupules. Il ne cachait pas son plaisir de voir le vicomte, qu'il prenait tout naturellement par la main, et auquel il racontait sa journée. Par moments, Kirsten se demandait même si sa position était la bonne, et si elle ne devrait pas plutôt réunir le père et le fils.

Son instinct lui disait cependant de rester sur cette voie. Elever un enfant représentait un engagement à long terme. Il était hors de question que Rowe s'amuse avec le garçonnet, puis le délaisse lorsqu'il aurait envie de passer à un autre jeu. Ce serait dramatique pour Jeffrey. Mieux valait qu'il ignore la vérité, sans quoi il s'attacherait à Rowe, et souffrirait lorsque celui-ci l'abandonnerait pour partir vers d'autres cieux.

— Il ne faut pas que je tarde trop, reprit-elle. Je ne veux pas abuser de la gentillesse de Shara. Son mari en fait déjà bien assez en emmenant Jeffrey et Michael pêcher, ce week-end.

Lorsqu'elle prononça ces mots, elle vit une petite flamme danser dans les prunelles de Rowe, et devina aussitôt que, cette fois encore, elle en avait trop dit. Beaucoup trop. Il savait à présent qu'elle serait libre durant le week-end. D'ailleurs, était-ce bien une erreur de sa part ? Inconsciemment, n'avait-elle pas décidé de lui faire passer un message ?

Kirsten n'osait pas bouger, sous ce regard intense.

— Dans ce cas, je ne vous retiendrai pas plus longtemps, finit-il par déclarer. La météo annonce du beau temps pour les jours à venir. Ce sera un week-end de pêche réussi.

Evidemment, elle n'était pas déçue qu'il ne lui propose aucun rendez-vous pendant son week-end en célibataire. *Pas du tout déçue.*

Il jouait sans doute avec elle, comme les chats avec les petits lézards qui couraient entre les pierres du château. Dans la mesure où elle refusait ses avances, il prenait plaisir à s'amuser avec elle. Un sentiment d'amertume envahit brusquement la jeune femme. Quelle idiote ! Mais avec un homme de sa trempe, que pouvait-elle espérer d'autre ?

Quand elle fut prête à quitter son bureau, il avait déjà rejoint le sien, et travaillait sur son ordinateur. Le regard rivé sur l'écran, il hocha la tête lorsqu'elle lui souhaita un bon week-end.

— Bon week-end à vous aussi, Kirsten, se dit-elle à elle-même, sarcastique, tandis qu'elle traversait le long couloir qui conduisait à la sortie.

La perspective d'un week-end de liberté n'allait tout de même pas la plonger dans un état dépressif ? Le lendemain, elle ferait du shopping, irait chez le coiffeur, puis commanderait une pizza et regarderait une comédie sentimentale. Jeffrey lui gâchait toujours les moments les plus tendres du film en gloussant quand le héros et l'héroïne s'embrassaient. Comme il rentrerait le dimanche en fin de matinée, elle prendrait même son petit déjeuner au lit !

Réconfortée par ce programme, elle rentra chez elle, où l'attendaient les préparatifs d'un pique-nique pour dix enfants. Suite à quoi elle consacra son énergie à calmer un Jeffrey surexcité, afin qu'il consente à se coucher à une heure décente.

Le lendemain, après le départ des campeurs, elle se sentait

un peu fatiguée pour courir les boutiques, et commença par l'opération coiffeur. Lorsqu'elle en ressortit, deux heures plus tard, elle n'était pas certaine de ne pas avoir commis une erreur. Sa coiffeuse l'avait convaincue de raccourcir sa coupe de cinq bons centimètres, et aussi de tenter « un reflet », ce qui accentuait les tons cuivrés de sa chevelure.

Etant toutes les deux libres ce week-end-là, Shara et elle avaient décidé de déjeuner ensemble. Elles se retrouvèrent à la terrasse d'un restaurant qui jouissait d'une jolie vue sur les remparts du château.

Lorsqu'elle la vit arriver, Shara hocha la tête avec un sourire approbateur.

— Tu es superbe ! Cette nouvelle coiffure te va très bien.

— Tu es sûre que ce n'est pas un peu trop court, un peu trop voyant… *un peu trop,* tout court ?

— Ma belle, répliqua la charmante métisse, quand on a dans sa vie un homme comme Rowe Sevrin, rien n'est *trop* !

— Ma relation avec Rowe Sevrin est professionnelle, Shara, lui dit un peu sèchement Kirsten.

— Bien sûr. C'est bien pour cette raison qu'il va chercher ton fils à l'école avec toi, qu'il vous raccompagne au cottage… J'avais autrefois un collègue de travail un peu comme ça. Il est devenu mon mari.

— Tu divagues ! protesta la jeune femme, qui sentait néanmoins ses joues s'empourprer. Rowe loge dans les appartements réservés aux chefs d'Etat, donc quand il rentre chez lui, l'école est sur son chemin. Lorsque la course cycliste sera terminée, il partira sans doute pour Solano.

L'œil espiègle, Shara hocha de nouveau la tête.

— Bien entendu…

Elle referma la carte qu'elle consultait lorsque Kirsten l'avait rejointe, et posa ses deux mains sur la table.

— Nous nous connaissons depuis un bon moment maintenant, non ?

Shara, dont les ancêtres comptaient parmi les premiers

habitants de Carramer, travaillait déjà au château lorsque Kirsten y était arrivée. Elle était secrétaire particulière de la princesse Giselle, et se passionnait pour l'art, ce qui avait vite rapproché les deux jeunes femmes. Leurs liens d'amitié s'étaient renforcés par le biais des enfants.

— En effet.

— Assez longtemps pour que tu me fasses confiance, je suppose.

Kirsten acquiesça.

— Donc si je te dis que tu as changé ces derniers temps, tu peux me croire ! Tu présentes tous les symptômes d'une femme amoureuse.

— C'est impossible. Je dois tenir compte de Jeffrey.

Le serveur arriva, et elles commandèrent du poisson grillé accompagné de petits légumes.

— Tu t'occupes très bien de Jeffrey. Mais ça ne devrait pas t'empêcher de penser aussi à ta vie. Au contraire, même.

— La vie que je mène me convient à merveille. Je n'ai aucun besoin d'un homme pour la compléter.

— Il ne s'agit pas de la « compléter », mais de la rendre plus drôle, plus agréable, plus… passionnée !

Kirsten sut gré au serveur d'arriver à ce moment-là avec les boissons. Shara croyait elle aussi qu'elle était la mère de Jeffrey. Comment aurait-elle réagi si elle lui avait dit qu'elle ne connaissait rien à l'amour, et si elle lui avait avoué qu'elle était encore vierge ?

La vierge la plus âgée de la terre, sans aucun doute ! se disait-elle parfois.

Au XXIe siècle, attendre le prince charmant pouvait paraître quelque peu excentrique, mais ce choix lui convenait. Sauf lorsqu'elle se trouvait mêlée à une conversation de ce genre.

Elle enviait à Shara sa relation avec son mari. Après de longues années de mariage, ils étaient encore très amoureux l'un de l'autre.

Cet après-midi-là, alors qu'il faisait des heures supplémentaires à son bureau, Rowe pensa à deux reprises qu'il devait consulter Kirsten sur des points précis. Les deux fois, il réussit à se persuader que les questions qu'il avait à lui poser pourraient attendre jusqu'au lundi.

Lorsqu'il fut confronté pour la troisième fois à cette situation, il fut bien obligé d'affronter la réalité : il avait envie de la voir. Mais elle, avait-elle envie de le voir ? De toute évidence, elle s'en était voulu de lui avoir révélé qu'elle serait seule, ce week-end. Comment l'accueillerait-elle, s'il sonnait à sa porte ? Elle était bien capable de ne pas le laisser entrer.

Mais aussi de l'inviter à boire un verre.

En quelques gestes secs, il éteignit son ordinateur et se leva. Il existait un seul moyen d'en avoir le cœur net.

Mais en s'approchant de la maison de la jeune femme, il sentit la déception l'envahir. Il ne s'attendait pas à trouver le cottage vide. Kirsten serait-elle… avec un homme ? Les poings enfoncés dans les poches de son pantalon, il se mit à faire les cent pas devant chez elle.

S'il levait les yeux, il voyait le donjon du château, avec le drapeau aux couleurs de Merrisand qui y flottait. Mais autour de lui, le décor ressemblait à un petit village de campagne. Si les cottages étaient tous identiques, le plus coquet, le plus fleuri était incontestablement celui de Kirsten.

Kirsten…

Elle ne lui avait parlé d'aucun homme dans sa vie, mais Jeffrey avait bien eu un géniteur. La rage monta en lui. Une rage dont l'intensité le surprit. Quel mufle avait pu être capable de faire un enfant comme Jeffrey, et de l'abandonner ? Bien sûr, il était également possible que ce soit Kirsten qui soit partie. Il en doutait, cependant. Elle n'était pas le genre de femme à baisser les bras.

Mias après tout, qu'en savait-il, au juste ? Il ne la connaissait que depuis quelques jours. Il ne demandait d'ailleurs qu'à mieux les connaître, son fils et elle. A ce moment-là, il imagina le visage radieux du garçonnet, face à sa première prise.

Il avait envie de l'emmener lui aussi à la pêche. Envie de… de faire partie de cette famille !

Il aurait aimé avoir un enfant comme Jeffrey. Leurs rapports étaient simples, naturels. Le garçonnet ne se laissait impressionner ni par son rang, ni par son titre de champion de Formule 1. Pas plus que Kirsten, qui ne lui donnait certainement pas l'impression de briguer le titre de vicomtesse ! La vie qu'elle menait semblait très bien lui convenir.

S'il s'y immisçait, il bouleverserait un ordre bien établi. En avait-il le droit ? Il avait remarqué la curiosité qu'éveillait sa présence devant la porte de l'école. Bientôt, les médias parleraient d'idylle entre eux.

Mieux valait donc la laisser en paix. Elle n'avait pas besoin de ce genre de publicité, et il n'avait pas, lui, besoin de se compliquer l'existence.

— Rowe… Que faites-vous là ?

Il la vit, et son cœur se mit à cogner dans sa poitrine.

— Vous avez changé de coiffure.

Inconsciemment, il s'était rapproché d'elle et avait tendu la main vers sa chevelure cuivrée.

— J'ai fait rafraîchir la coupe et… raviver la couleur.

— Ça vous va bien. Vous êtes très belle.

— Merci, fit-elle en rougissant. Vous… aviez besoin de quelque chose ?

De quelqu'un, plutôt, pensa Rowe.

— Eh bien… il se trouve que j'ai essayé d'avancer dans mon travail cet après-midi, et que je me suis heurté à quelques petits problèmes que vous n'auriez aucun mal à résoudre, j'en suis sûr.

— Ça ne pouvait pas attendre jusqu'à lundi ?

Il n'aurait pas dû venir. Sa présence la dérangeait. Elle avait les bras chargés de paquets. Des provisions, sans doute. Elle allait préparer à dîner. Elle attendait quelqu'un.

— Vous avez raison, marmonna-t-il, prêt à rebrousser chemin. Ça peut très bien attendre. A lundi, Kirsten.

— Rowe ! lança-t-elle pourtant au moment où il tournait les talons. Vous ne voulez pas entrer ?

8

Il la regarda se déplacer dans le salon avec la grâce d'une danseuse.

— Asseyez-vous, dit-elle avec un geste en direction du canapé. Je vous sers du thé, un café ?

Va-t'en ! ajouta-t-elle en son for intérieur. Que lui avait-il donc pris de l'inviter à entrer ?

— Un café, s'il vous plaît.

— Vous le prenez comment ?

— Avec un sucre et une pointe de crème, comme vous.

Elle le dévisagea, étonnée.

— Comment le savez-vous ?

Au souvenir de l'après-midi où il lui avait apporté un café et s'était retrouvé face à La Belle au bois dormant, il sourit.

— Je vous répondrai par deux mots : *chaussures neuves* !

Kirsten cligna des paupières, tandis que les souvenirs des jours passés affluaient à sa mémoire. Ces maudites chaussures à talons hauts la faisaient terriblement souffrir. Il l'avait raccompagnée, elle s'était endormie dans un fauteuil et avait rêvé qu'il l'embrassait…

— Vous les portez toujours ? s'enquit-il.

— Je ne les ai pas remises depuis le jour de votre arrivée.

Il était très élégant, ce jour-là, dans son costume clair, mais elle le trouvait bien plus attirant aujourd'hui, avec ce jean et cette chemise en lin.

Elle eut l'impression d'entendre Shara : *« De qui te moques-tu, ma belle ? »*

L'expérience de Natalie ne lui avait donc été d'aucune utilité ?

Pour cacher son trouble, elle prépara du café. Ils en boiraient une tasse ensemble, puis il lui parlerait des problèmes qu'il avait rencontrés, elle lui proposerait des solutions, et ensuite il repartirait.

— Bien, commença-t-elle en posant les tasses sur la table basse, qu'est-ce qui vous a amené jusqu'ici ?

Après avoir bu une gorgée du breuvage corsé, Rowe sourit à la jeune femme.

— Je pourrais bien sûr inventer quelque chose. Mais ce ne serait qu'un prétexte. En vérité… je pense tellement à vous que j'ai du mal à travailler.

— Ah ? Ce n'est pourtant pas l'impression que vous m'avez donnée, hier après-midi ! Vous étiez tellement captivé par l'écran de votre ordinateur que vous avez à peine remarqué mon départ…

— J'essayais de m'en persuader, mais j'étais en fait conscient du moindre de vos mouvements, de l'autre côté de la cloison. Est-ce que vous savez que vous poussez un soupir de satisfaction, tous les soirs, quand vous fermez la porte de votre bureau ?

— Vous êtes… très observateur, murmura-t-elle en baissant les yeux sur sa tasse de café.

— Pour tout ce qui vous concerne, oui.

— Ecoutez… je ne pense pas que nous devions rester sur ce terrain. Je ne veux pas avoir de relation avec un homme comme…

Elle se tut, et il vint la rejoindre au bout du canapé, où elle se tenait dans une attitude guindée.

— Un homme *comme moi*. C'est ce que vous alliez dire, n'est-ce pas ? Et qu'est-ce que ça signifie, au juste ?

— Vous le savez bien, voyons ! Votre image de play-boy est connue de tout le monde.

— Et si ce n'était effectivement qu'une image que je donne de moi-même ? Une façade, si vous préférez.

Elle ne le croyait pas. A elle seule, l'existence de Jeffrey prouvait qu'il mentait.

— Je me demanderais pourquoi vous tenez à ce point à me convaincre, répondit-elle.

— Comme si vous ne le saviez pas. Venez avec moi, Kirsten, dit-il à voix basse en lui prenant la main.

— Où ?

— Vous verrez.

Son regard fut alors attiré par les paquets que la jeune femme avait empilés sur le bar.

— A moins que vous n'attendiez quelqu'un, bien sûr…

— Non. Ce ne sont pas des provisions. J'ai fait du shopping.

Son air soulagé intrigua la jeune femme. Qu'avait-il imaginé ? Qu'elle avait… un rendez-vous galant ? Il n'était tout de même pas jaloux ?

— Je peux regarder ?

Avant qu'elle ne le lui interdise, il avait plongé la main dans l'un des sacs et en ressortait une nuisette de soie imprimée.

— J'aimerais bien que vous l'essayiez…

Elle lui prit vivement le sous-vêtement des mains, pour le remettre dans le sac.

— Il n'en est pas question !

— Soit. Ça nous ramène donc au plan A.

Quelques minutes plus tard, ils traversaient le long couloir central du château, qui conduisait à un escalier en pierre taillée. Médusée, Kirsten vit Rowe saluer le garde qui se trouvait tout en haut de cet escalier. Celui-ci ouvrit une première porte métallique, puis ils firent quelques mètres et il en ouvrit une autre.

Kirsten connaissait le château de fond en comble. Derrière ces portes se trouvaient les objets de collection les plus précieux. Et le toit avait été aménagé en piste pour hélicoptère.

Les yeux grands ouverts, elle posa la main sur le bras de Rowe tandis qu'ils entraient dans un ascenseur ultramoderne.

— Une petite minute… Où allons-nous ?

— Surprise !

Mais elle ne fut pas étonnée de voir l'hélicoptère crème, qui portait inscrites sur les flancs les armoiries royales.

— Rowe, je voudrais savoir…

— Vous allez savoir.

Sans plus l'écouter, il l'aida à monter dans l'hélicoptère, et s'installa au poste de pilotage. Le cœur battant, elle entendit le moteur vrombir et prit le casque que lui tendait son compagnon. Elle ignorait où il envisageait de l'emmener, et si surtout elle avait envie d'y aller. Pourquoi ne détachait-elle pas sa ceinture et ne sautait-elle pas de l'engin, avant qu'il ne décolle ? Qu'est-ce qui la retenait là ? La curiosité, ou plutôt le désir de rester auprès de Rowe ?

Les deux. Comme ces mots s'imprimaient dans son esprit, elle se demanda pour la énième fois si elle n'avait pas perdu la raison. Elle savait ce que valait cet homme. Se laisser guider par une réaction purement chimique relevait de l'absurde.

Elle ne bougea cependant pas.

A travers les oreillettes du casque, elle entendit Rowe parler à quelqu'un, mais cet échange de termes techniques ne l'éclaira pas sur la direction qu'ils allaient prendre.

Puis ils décollèrent. Le donjon du château se mit à rétrécir. Elle reconnut au passage son cottage, juste avant que le quadrillage des rues de la ville ne ressemble plus qu'à un jeu pour enfants. Bientôt, ils survolaient l'immensité émeraude de l'océan Pacifique. A ce moment-là, elle prit conscience de la portée de son acte et sentit son estomac se nouer. Ils étaient seuls, tout là-haut. Vraiment seuls.

Les contours d'une île entourée d'un lagon se profilèrent

bientôt en dessous d'eux. De gros rochers bordaient une partie de cette île. L'autre partie surplombait des eaux profondes, d'un bleu presque marine. Comme l'hélicoptère descendait, Kirsten put admirer la luxuriante végétation tropicale : palmiers, manguiers, avocatiers...

Rowe atterrit tout doucement sur une étendue de sable blanc damé. Lorsque le moteur se tut, il lui enleva lui-même son casque et lui sourit.

— Nous voici arrivés sur mes terres. Cette île, que j'ai nommée Bijou-Caillou, m'appartient.

Il était déjà descendu de l'hélicoptère, qu'il contournait, pour venir lui ouvrir.

— *Votre* île..., répéta-t-elle.

— Oui. J'en ai hérité avec mon titre de vicomte.

Elle prit la main qu'il lui tendait pour l'aider à mettre pied à terre.

— Et pour quelle raison m'avez-vous amenée ici ?

— Pour vous faire admirer le coucher de soleil. Regardez.

Sans la lâcher, il lui fit traverser quelques mètres et se tourna vers l'ouest. Kirsten resta sans voix face au spectacle de la boule de feu qui déclinait à l'horizon, dans une palette de couleurs éblouissantes.

Carramer était réputé pour ses couchers de soleil spectaculaires, mais elle n'en avait jamais vu d'aussi beaux. Rowe, qui s'était encore rapproché d'elle, lui passa le bras autour des épaules.

— Alors ? lui chuchota-t-il à l'oreille.

Elle ne put que hocher la tête. Pourquoi avait-elle accepté de le suivre jusqu'ici ? Quelle folie ! Il ne cherchait à avoir avec elle qu'une relation physique. Or, elle s'était toujours promis de se donner à celui qu'elle aimerait, celui avec qui elle pourrait avoir une relation durable.

En l'instant présent, elle ne se sentait pourtant pas la force d'ignorer le désir fou qui la submergeait, emportant tout sur son passage. En dépit de son manque d'expérience, elle reconnaissait la nature de ces sensations. Elle était prête à oublier tout ce qu'elle avait lu, vu et entendu sur Rowe, pour le plaisir de se retrouver dans ses bras. Bien sûr, elle n'avait aucune envie d'écouter la petite voix qui l'incitait à la prudence, et lui disait de s'éloigner de cet homme dangereux.

La voix insistait, pourtant. Elle essayait de la mettre en garde contre le jeune vicomte qui ressemblait tant à son père. Elle lui rappelait aussi qu'il ne s'était pas manifesté, à la naissance de Jeffrey.

Kirsten en était là de ses pensées quand Rowe pencha la tête pour l'embrasser dans le cou. Elle frémit et, quand il chercha ses lèvres, ne put que répondre à son étreinte. Il suffisait qu'il la touche pour que toutes ses bonnes résolutions s'envolent. Agrippés l'un à l'autre, ils s'embrassèrent passionnément.

Jusqu'à ce qu'elle réussisse à le repousser.

— Je suis désolé, dit-il alors d'une voix rauque. Je n'avais pas l'intention de… vous assaillir comme je viens de le faire. J'avoue avoir du mal à me contrôler, en votre présence.

C'était réciproque, mais elle se garda bien de le lui avouer. Immobile, elle se taisait.

— Parlez, Kirsten. Dites quelque chose. N'importe quoi !

— Je voudrais… retourner à Merrisand.

— Tout de suite ?

Elle n'eut pas le temps de répondre, qu'il l'enlaçait de nouveau. Comment se rappeler *pourquoi* elle devait partir, *pourquoi* elle ne devait pas l'embrasser, *pourquoi*…

Rien d'autre n'existait que cette bouche brûlante sur la sienne, ce corps musclé pressé contre le sien.

— Veux-tu toujours que je te ramène à Merrisand ? chuchota-t-il enfin.

Ce tutoiement, qui renforçait leur toute nouvelle intimité, la fit hésiter.

— Oui, dit-elle néanmoins.

Comme le petit mot franchissait ses lèvres, elle se demanda où elle avait trouvé le courage de le formuler.

— Mais pas tout de suite ?

Rowe ne lui facilitait pas la tâche. Si seulement il s'était remis aux commandes de l'hélicoptère et avait consenti à la ramener chez elle, cela lui aurait laissé le temps de se ressaisir.

— Je voudrais te montrer Bijou-Caillou avant que nous repartions.

— Bon… D'accord, murmura-t-elle avec un regard de regret en direction de l'hélicoptère.

Vue du ciel, l'île paraissait inhabitée. Pourtant, après avoir marché quelques centaines de mètres dans la forêt tropicale, ils arrivèrent devant une maisonnette. Une cabane plutôt, avec son toit de paille et ses murs en planches. A l'intérieur, le sol était recouvert de dalles locales. Les quelques meubles en bambou présents jouaient quant à eux un rôle aussi décoratif qu'utilitaire.

Kirsten posa un bref regard sur le grand lit, avant de porter son attention sur un coin salon, occupé par deux fauteuils, un canapé, une table basse et des étagères qui faisaient office de bibliothèque. Une cuisine moderne était séparée du salon par un bar lui aussi en bambou.

La jeune femme ouvrit des yeux étonnés lorsque Rowe alluma un lampadaire en appuyant tout simplement sur un interrupteur. Dans un cadre aussi rustique, elle aurait pensé que l'éclairage se faisait à la bougie ou à la lampe à huile.

Sa réaction ne lui échappa pas.

— Je ne suis pas Robinson Crusoé ! déclara-t-il, amusé.

— Je vois bien…

— Je possède une plantation de fruits tropicaux sur l'autre partie de l'île. C'est un couple qui s'en occupe. Quand je viens, j'appelle Jill et Dan pour qu'ils aient le temps de préparer la cabane et de mettre quelques provisions dans le réfrigérateur.

Le lampadaire diffusait une lumière douce, qui accentuait

l'intimité de ce tête-à-tête. D'instinct, Kirsten se réfugia dans l'endroit le plus reculé du bar.

— Et vous… tu viens souvent ? lui demanda-t-elle d'une voix mal assurée qu'elle reconnut à peine elle-même.

Il avait pris deux verres derrière le bar, et ouvrait la porte du réfrigérateur.

— Aussi souvent que possible. Chaque fois que mes activités me le permettent.

Il remplit les deux verres d'un liquide ambré, et en tendit un à la jeune femme qui avait la gorge sèche et le porta aussitôt à ses lèvres.

— Mm… Qu'est-ce que c'est ?

— Un mélange de jus de goyave et d'ananas, en provenance directe de ma plantation !

— C'est différent des goûts auxquels on est habitués, mais c'est délicieux.

— Tu n'en as pas l'air bien certaine.

Le manque d'assurance qu'il percevait dans son attitude n'était en rien dû au jus de fruits. Kirsten était furieuse contre lui, furieuse surtout contre elle-même et contre la situation dans laquelle elle se trouvait.

Pour la première fois de toute son existence, elle comprenait sa mère. Celle-ci aimait tellement l'homme qu'elle avait épousé qu'elle n'avait jamais pu le quitter malgré tout ce qu'il lui avait fait endurer. Jusqu'ici, Kirsten avait toujours pensé qu'elle était restée avec lui dans le seul but de leur épargner une séparation, à sa sœur et à elle. Mais elle s'était trompée, celui lui paraissait désormais évident.

— J'amène très peu de gens ici, fit Rowe en se rapprochant d'elle. Mais tu ne me donnes pas l'impression d'être une étrangère. Ni ici, ni dans ma vie.

Il se trouvait à présent face à elle, et n'eut qu'à tendre les bras pour l'attirer contre lui.

— Comment tout cela a-t-il pu se produire aussi vite ?

— Je… ne sais pas.

— Tu en es consciente toi aussi, n'est-ce pas, de ce courant très fort qui passe entre nous ?

A quoi bon mentir ? Son corps lui avait déjà répondu.

— Oui, fit-elle dans un souffle.

— Dans ce cas, cessons de lutter contre nous-mêmes. Aie confiance en moi.

Depuis que le destin avait placé Rowe sur sa route, le mot *non* semblait avoir disparu de son vocabulaire.

Mais qu'adviendrait-il, après le *oui* ?

9

Rowe servit le champagne rosé dans des coupes en cristal ciselé.

— A une nuit hors du temps.

— A une nuit hors du temps, répéta-t-elle.

Et elle ne mentait pas. Ce soir-là, elle n'était ni la sœur de Natalie, ni la mère de Jeffrey, mais une femme sur le point de découvrir l'amour.

Rowe se pencha pour cueillir un baiser sur ses lèvres, et lui sourit.

— Tu as un goût de champagne.

— Toi… aussi.

Sa vie amoureuse s'étant jusqu'ici limitée à quelques baisers, le vif désir qu'elle éprouvait ne parvint pas, à ce moment-là, à étouffer une certaine gêne.

— Je comprends ce que tu ressens, murmura-t-il en lui prenant la main. Tout est allé si vite… Et puis, tu es sans doute impressionnée aussi par l'hélicoptère, et par l'île. Pas par moi, j'espère ?

Par lui, surtout.

— Est-ce que tu as faim ? lui demanda-t-il ensuite.

Le déjeuner avec Shara remontait à bien longtemps, mais Kirsten n'avait pas faim. Elle affirma cependant le contraire, dans l'espoir que le fait de manger réussisse à apaiser la tension qui la tenaillait.

Rowe ouvrit de nouveau le réfrigérateur.

— Parfait, Jill a pensé à tout.

Il posa sur la table basse une grande assiette en forme de feuille de bananier, sur laquelle était joliment disposé un assortiment de fruits et de fromages.

Lorsqu'il s'assit à côté d'elle et lui présenta une tranche de mangue juteuse, Kirsten comprit que cette collation ne l'aiderait pas à recouvrer un semblant de calme. Auprès de Rowe, les gestes les plus anodins revêtaient un caractère sensuel intense. Le simple fait de le regarder manger lentement, en la dévorant du regard, attisait son désir pour lui.

— Si nous allions nous baigner ? lui proposa-t-il au bout de quelques minutes.

— Maintenant ?

— La lune devrait apparaître très bientôt, et nous sommes en sécurité dans le lagon. Les récifs empêchent les requins d'approcher.

En cet instant précis, ce n'étaient pas les requins qui faisaient le plus peur à la jeune femme. Elle n'y avait d'ailleurs même pas pensé.

— Je n'ai pas de maillot, avança-t-elle, consciente de la stupidité de cette remarque. Je… ne peux quand même pas me baigner en sous-vêtements ?

— Pourquoi pas ? Personne ne te verra, et, de toute façon, tu auras très vite de l'eau jusqu'au cou.

Kirsten hocha la tête. Que signifiait cet accès de pudibonderie, alors qu'en restant là, elle s'engageait à franchir un cap important dans leur relation ?

Les bras chargés de draps de bain, Rowe ouvrit le chemin jusqu'à une superbe petite plage. Le sable clair contrastait avec la couleur de l'océan, sombre à cette heure tardive. La lune qui se levait éclairait assez les environs pour que Kirsten ne se déshabille pas dans le noir absolu. Mais pas assez — du moins l'espérait-elle — pour que Rowe distingue la dentelle qui ornait la soie prune de ses sous-vêtements.

Elle entra dans l'eau et, prête à plonger dans les vagues à la crête immaculée, lança un regard par-dessus son épaule. Elle s'arrêta net. Torse nu, Rowe se débarrassait de son pantalon. A la faible lueur de la lune, il était d'une beauté à couper le souffle, dans ce boxer-short noir. Elle passa la langue sur ses lèvres sèches. La sentant nerveuse, il avait proposé ce bain dans le seul but qu'elle se détende, elle était prête à le parier. Or, elle n'avait plus envie d'attendre. Elle voulait qu'ils fassent l'amour sans plus tarder, sur cette plage de sable fin.

Mais Rowe ne lui laissa pas le loisir d'exprimer son souhait. Pendant que ces pensées défilaient dans l'esprit de Kirsten, il était entré dans l'océan et avait plongé, soulevant autour de lui une succession de vaguelettes.

Médusée, la jeune femme le regarda nager un crawl si parfait, si pur, qu'il paraissait glisser sur l'eau. La lune répandait maintenant sur le paysage une poudre d'argent. Gagnée par la magie de ce moment, elle ne remarqua pas que Rowe nageait sous l'eau, et manqua de pousser un cri lorsqu'il refit surface tout près d'elle.

Il pressa son corps mouillé contre le sien, avant de la soulever dans ses bras.

— Mais que… que fais-tu ?

— J'en ai assez de nager seul.

— Lâche-moi !

— D'accord !

Elle ne s'attendait toutefois pas à ce qu'il la lâche aussi brusquement et cria en tombant dans l'eau. Prompte à se relever, elle repoussa ses cheveux en arrière.

— Je trouve que vous exagérez, monsieur le vicomte ! s'exclama-t-elle. Où sont passées vos bonnes manières ?

— En ce moment, je ne sais pas trop…

Il avait le regard fixé sur sa poitrine.

— As-tu une idée de l'effet que peut produire sur un homme ce genre de spectacle…

Kirsten baissa les yeux sur ses seins, qui pointaient sous l'étoffe mouillée. Nue, elle aurait été moins provocante.

— Tu… voulais que nous nagions, non ? hasarda-t-elle.
— Plus maintenant.

Sans un mot de plus, il la souleva dans ses bras, regagna la plage et l'étendit sur une serviette, qu'il avait réussi à déplier du bout des pieds.

— Voilà ce que j'ai envie de faire, maintenant, dit-il en s'allongeant sans lâcher la jeune femme.

Un long frisson la parcourut tout entière tandis qu'il s'emparait de ses lèvres et commençait à la caresser. Ivre de désir, elle se suspendit à son cou. Elle partageait l'avis de Rowe : ces jeux de séduction avaient assez duré. Lorsque la paume de sa main se referma sur son sein, elle lâcha un gémissement et, d'instinct, se cambra contre lui.

Mais soudain, Rowe se figea. Kirsten n'osa plus bouger. Que s'était-il produit ? Son manque d'expérience l'aurait-il incitée à faire quelque chose qu'il ne fallait pas ?

— C'est impossible…, l'entendit-elle murmurer d'une voix altérée.

— Tu… ne veux pas ?

— Bien sûr que si, je veux ! J'attends ce moment depuis le soir où je t'ai raccompagnée chez toi. Tu n'imagines pas le nombre de nuits blanches que j'ai passées depuis…

— Alors ? insista-t-elle, décontenancée.

— Alors, quand nous avons quitté la cabane, je n'ai pris avec moi que ces serviettes.

Elle ne comprenait toujours pas où il voulait en venir.

— De quoi d'autre aurions-nous besoin ?

Dans la pénombre, le beau visage masculin penché au-dessus d'elle paraissait taillé dans le granit. Seuls les yeux couleur d'océan de Rowe trahissaient sa passion.

— Est-ce que tu es couverte par un moyen contraceptif ?

— Non, bien sûr. Je n'en ai aucune utilité.

Au moment où ces mots franchissaient ses lèvres, elle retint son souffle. Quelle imbécile elle était !

Mais il enchaînait déjà :

— Pourquoi ? Il n'y a pas eu d'homme dans ta vie, depuis le père de Jeffrey ?

Elle fut tentée de lui laisser croire cette version.

— Il me semble bien que ça n'explique pas tout, ajouta-t-il, apparemment conscient de son dilemme. Essaierais-tu de me dire que tu ne peux plus avoir d'enfants ?

— Non. Enfin… à vrai dire, je n'en sais rien.

Il bascula sur le côté. Ses prunelles luisaient toujours, mais de colère, cette fois.

— Jeffrey n'a quand même pas été conçu… dans la violence ? Tu peux m'en parler, Kirsten, je comprendrai. Je suis même prêt à retrouver l'espèce de salaud qui a fait cet enfant et qui s'est volatilisé. Crois-moi, il le regrettera !

— Tu n'as pas à chercher bien loin…

Seigneur Dieu ! Qu'avait-elle dit ?

Horrifiée, elle se leva d'un bond.

— Je voudrais que tu me ramènes à Merrisand dès que je me serai rhabillée.

— Pas si vite…

Rowe s'était lui aussi levé, et lui barrait la route.

— Je crois que tu as d'abord quelques explications à me fournir.

— Il n'y a rien à expliquer, répliqua-t-elle d'une voix saccadée. Je suis certaine que tu arriveras très bien à comprendre tout seul.

— Je pensais avoir compris, mais je n'en suis plus si sûr… A t'entendre, on jurerait que tu es vierge.

Elle baissa les paupières, se mit à trembler, et sentit ses joues virer au cramoisi.

— Dieu du ciel… je ne me trompe donc pas ? s'exclama Rowe. *Tu es* vierge !

Il s'était rapproché d'elle, et la tenait maintenant fermement par les épaules.

— Lâche-moi ! s'écria-t-elle.

— Pas avant que tu ne m'éclaires sur quelques points. Comment une vierge peut-elle avoir un enfant ?

— Je n'ai pas à répondre à tes questions, Rowe !

— Il n'y a pas très longtemps, j'aurais été d'accord avec toi. Mais plus maintenant. Nous sommes allés un peu trop loin, et je considère être en droit de savoir.

Kirsten ne répondit pas. Un froid glacial la pénétrait. Pouvait-elle se taire plus longtemps ?

— As-tu dit au père de Jeffrey qu'il avait un fils ?

— Il n'a pas voulu le savoir.

Rowe secoua la tête et, à voix basse, jura.

— Si Jeffrey était mon fils, je remuerais ciel et terre pour faire partie de sa vie !

Puis il marqua une pause, et elle vit ses mâchoires se crisper.

— Si toutefois on m'en laissait l'occasion, évidemment !

— Que veux-tu dire ? lança-t-elle, affolée à l'idée qu'il ait déjà tout deviné.

— Reconnais que cet enfant me ressemble beaucoup…

— Pure coïncidence.

— Ou héritage génétique. Il me ressemble en tout cas plus qu'il ne te ressemble. J'ajouterai que dès que je l'ai rencontré, je me suis senti proche de lui. Pour aussi absurde que cela puisse paraître, est-ce qu'il… serait possible que je sois son père ?

En un sanglot, la vérité jaillit des lèvres de la jeune femme.

— Oui. Oui, tu es son père !

Rowe laissa ses bras retomber le long de son corps, et fixa Kirsten, abasourdi, comme s'il s'attendait à ce qu'elle revienne sur sa révélation.

— C'est donc vrai. J'ai un fils…

Puis l'expression de son visage se durcit de nouveau.

— C'est grotesque. Comment serait-il possible que nous ayons fait l'amour ensemble, et que je ne me souvienne de rien ?

— Ce ne serait pas la première fois ! lâcha-t-elle.

— Pardon ?

Il s'était exprimé d'un ton tranchant.

— Tu as bien pour habitude de collectionner les aventures, non ?

— Les médias m'ont collé cette étiquette de séducteur, et le protocole royal m'interdit de me défendre. Mais tu es quand même assez intelligente pour savoir que ce que prétend la presse à scandale n'est pas vrai à cent pour cent !

— Ah… Tu ne serais donc pas un don Juan, mais un valeureux prince prêt à sauver les demoiselles en détresse ?

— Epargne-moi tes sarcasmes, s'il te plaît ! J'essaie de comprendre. Si j'ai un fils, j'ai forcément eu une relation sexuelle avec sa mère ! Et si tu étais cette mère, je suis persuadé que je n'aurais rien oublié de ces moments. J'aurais même fait en sorte que tu ne les oublies pas toi non plus. Or, tu n'as pas protesté quand j'ai supposé que tu étais vierge… Que se passe-t-il au juste, Kirsten ?

Incapable de supporter plus longtemps ce regard, la jeune femme tourna les talons et s'enfuit sur la plage. Les joues inondées de larmes, elle courait sans savoir où elle allait. Elle cherchait uniquement à mettre le plus de distance possible entre eux.

— Kirsten, arrête ! cria Rowe.

Elle entendit le bruit de ses pas derrière elle et courut plus vite encore, s'écartant de la plage pour s'enfoncer vers l'intérieur de l'île. Elle ne vit pas les rochers qui commençaient à apparaître à fleur de sable. Soudain, elle trébucha, tendit les bras pour se rattraper à quelque chose, mais ils battirent dans le vide avant qu'elle ne perde l'équilibre. Au moment où elle tombait, elle vit un éclair blanc déchirer le ciel, puis plus rien.

A quelques mètres à peine derrière elle, Rowe assista à la scène, qui s'était déroulée en quelques secondes à peine.

Il fut aussitôt auprès de la jeune femme, étendue par terre, la tête sur le côté. Le cœur battant, il jura. Kirsten portait une entaille au front. La blessure saignait beaucoup. Elle paraissait profonde mais nette.

Les yeux clos, la jeune femme ne bougeait pas. Il l'appela, mais elle ne répondit pas. Ses connaissances en secourisme lui permirent de l'examiner, et il constata avec un certain soulagement qu'elle semblait ne s'être rien brisé. Il pouvait donc la transporter jusqu'à l'hélicoptère. Après l'avoir soulevée de terre avec mille précautions, il se dirigea vers l'appareil, où il l'installa le plus confortablement possible entre des couvertures et des coussins.

Au moment où il se mettait aux commandes, Rowe serra les lèvres. Il imaginait les propos que susciterait leur arrivée à Merrisand en petite tenue. Mais il ne pouvait pas courir le risque de retourner sur la plage chercher les vêtements de Kirsten, puis de la rhabiller. Mieux valait éviter d'attendre, et aussi de la manipuler.

Tant pis. La réaction des gens n'était pas ce qui comptait le plus, dans l'immédiat. Il s'arrangerait.

Juste avant de décoller, il se tourna vers Kirsten dont la pâleur l'inquiéta. Il fallait agir vite. Il appela par radio le médecin de la famille royale, Alain Pascale, à qui il décrivit la situation en quelques mots. Celui-ci lui promit d'être là à leur arrivée.

Le Dr Pascale, qui était basé à Solano, se trouvait par chance au château cette semaine-là. Le vieux médecin ne se priverait certes pas de commentaires, mais il était à la fois très compétent et très discret.

Aux commandes de l'hélicoptère, Rowe essaya de se remémorer les termes exacts de l'étrange conversation qu'il venait d'avoir avec la jeune femme, sur la plage. S'il s'était un jour adressé à une banque de sperme, la situation serait plus claire. Mais ce n'était pas le cas. Son rang lui interdisait ce genre de démarche, qui générerait maints problèmes en matière de succession.

Il était possible aussi que la jeune femme ait travaillé dans un laboratoire d'analyses, ait eu accès à un flacon lui appartenant, et ait fait procéder à une insémination artificielle.

Dans quel but ? Tu délires, mon vieux !

Il restait une autre hypothèse : Kirsten n'était pas la mère de Jeffrey.

Cela lui parut soudain évident : un jour, quelque part, il avait eu une aventure avec la véritable mère de Jeffrey. De cette aventure était né le petit garçon, que Kirsten élevait à présent comme son propre fils.

Les doigts crispés sur les manettes de l'hélicoptère, Rowe se dirigea vers la piste d'atterrissage du château, où il se posa en douceur. Pour une soirée éprouvante, c'en était une !

Le Dr Pascale et son équipe se matérialisèrent aussitôt à côté de l'appareil. Ils étaient montés dans l'hélicoptère avant que le moteur ne s'arrête. Le médecin examina Kirsten pendant que Rowe lui décrivait les circonstances de l'accident.

— Depuis combien de temps a-t-elle perdu connaissance ?

— Pas plus d'un quart d'heure.

— Il faut conduire cette jeune personne à l'infirmerie du château pour lui faire passer un scanner et la garder en observation constante, déclara le médecin, s'adressant à l'infirmière qui se tenait à côté de lui.

— Est-ce que… c'est grave ?

Le Dr Pascale se tourna vers Rowe.

— Je suis médecin, pas diseuse de bonne aventure ! En général, une commotion cérébrale ne présente pas de danger mortel. Sauf si elle s'accompagne d'autres complications comme un œdème, une hémorragie, ou toute autre blessure au cerveau.

A ce moment-là, l'infirmière prit la parole.

— Elle revient à elle, docteur !

Rowe se réjouit que le médecin se désintéresse de lui

pour faire passer à Kirsten les tests d'usage. Il lui demanda ses nom et prénom, son adresse, quels étaient les mois de l'année et d'autres précisions de cette nature. Manifestement satisfait par ses réponses, il ordonna à son équipe de conduire la jeune femme à l'infirmerie.

— Emmenez-la dans la salle de scanner. J'arrive.

Rowe s'apprêtait à suivre la petite procession lorsque le médecin lui posa la main sur le bras.

— Je ne suis pas certain que votre tenue soit adaptée à la situation, mon cher vicomte.

— Je suppose que vous pourrez me prêter une blouse blanche ?

Le vieux médecin referma sa sacoche, descendit de l'hélicoptère et, d'un signe de la main, invita Rowe à le suivre.

— Est-ce que ça vous ennuierait de m'expliquer de façon plus précise ce qui s'est passé ?

Rowe lâcha un soupir.

— Oui, ça m'ennuierait. Officiellement, nous prenions un bain de minuit. Kirsten a glissé sur un rocher, est tombée et s'est ouvert le crâne.

— Et officieusement ?

Hésitant, Rowe se passa la main sur la nuque.

— Eh bien… nous nous sommes querellés. Elle s'est enfuie en courant, et c'est à ce moment-là qu'elle a trébuché sur un rocher.

Rowe s'attendait à être réprimandé, mais le Dr Pascale le surprit en lui tapotant l'épaule en un geste empreint d'affection.

— Ah, vous êtes donc enfin au courant au sujet de Jeffrey ! Quand le prince Maxim m'a dit que vous alliez travailler ensemble, Kirsten et vous, je me suis demandé combien de temps il vous faudrait pour arriver à cette conclusion.

10

— Que… *Comment ?*

— Lors de mon dernier passage à Merrisand, j'ai rencontré Kirsten à l'occasion d'un grand pique-nique organisé pour le personnel du château. Et en voyant Jeffrey, j'avais l'impression de voir une photo de vous au même âge. Vous êtes bien son père, n'est-ce pas ?

Rowe avala sa salive.

— Est-ce que… beaucoup d'autres gens sont au courant ?

— Je ne crois pas. Même s'ils ont remarqué une ressemblance entre ce gamin et vous, ils doivent penser qu'il s'agit d'une simple coïncidence. Ils ne connaissent pas aussi bien que moi votre famille. Avoir soigné trois générations de princes, marquis, comtes et vicomtes me confère en effet une certaine supériorité !

Ils traversaient maintenant, côte à côte, les couloirs du château.

— Mais dites-moi, reprit le vieux médecin, si j'ai bien compris, vous viendriez tout juste de découvrir que cet enfant est le vôtre ?

— J'ai bien sûr moi aussi remarqué au premier regard que Jeffrey me ressemblait. Et je me suis vite senti assez proche de lui. Mais comme il n'y a jamais rien eu entre Kirsten et moi…

— En êtes-vous bien sûr ?

— Vous n'allez pas vous y mettre vous aussi ! se récria Rowe.

— Vous l'avez bien cherché. Je vous épargnerais ce genre de remarque si vous consentiez à vous marier et à donner de futurs héritiers au trône !

— Je laisse cet honneur à mes cousins ! En qualité de princes, c'est à eux d'assurer les premiers la succession. Et puis, comme vous le savez sans doute, il ne suffit pas de claquer des doigts pour trouver l'âme sœur.

— Bien sûr. Il semblerait toutefois que ce soit chose faite… Quand je suis monté dans l'hélicoptère, j'ai tout de suite compris que vous étiez amoureux.

Le Dr Pascale se trompait-il ?

Rowe savait-il lui-même ce qu'était l'amour ? Il tenait plus à Kirsten qu'à toutes les femmes qu'il avait connues jusque-là, il n'y avait aucun doute là-dessus. Et l'instinct de protection que suscitaient en lui Jeffrey et la jeune femme n'était pas sans le surprendre.

Bel exemple d'instinct de protection, que tu viens de donner ! se morigéna-t-il.

— Mais nous parlerons plus tard de succession, reprit le médecin en hâtant le pas. Pour le moment, il faut d'abord s'occuper de notre patiente. A en croire le prince Maxim, Kirsten Bond serait une perle.

Son cousin Max ne jugeait sans doute pas la jeune femme selon les mêmes critères que lui — du moins l'espérait-il ! — mais Rowe ne le contredirait certainement pas. Kirsten était en effet une perle. Aussi belle que rare.

Une perle abîmée, à cause de lui.

— Allez-vous la garder longtemps en observation ?

Ils venaient d'arriver dans la partie du château réservée à l'infirmerie, dotée d'un équipement ultrasophistiqué. Rowe passa le seuil en ignorant superbement les gardes, qui avaient du mal à cacher leur surprise à le voir arriver en boxer-short.

— A priori cette nuit, pas plus, lui répondit le Dr Pascale.

Ensuite, elle pourra retourner chez elle, mais il serait prudent qu'elle n'y reste pas seule.

— Elle ne sera pas seule. Je vais demander qu'on aménage une suite pour Jeffrey et pour elle juste à côté de mes appartements. Je m'en occupe en sortant d'ici.

— Les commérages vont aller bon train.

Rowe baissa les yeux et grimaça.

— Il me semble que c'est un peu tard pour s'en soucier...

Lorsqu'ils furent dans l'enceinte de l'infirmerie, le médecin lui prêta une blouse blanche, qui le serrait aux épaules mais lui donnait au moins une allure un peu plus décente. Il attendit dans le couloir, tandis que le Dr Pascale examinait de nouveau la patiente. Quelques minutes plus tard, le médecin l'autorisait à entrer.

Son apparition en blouse blanche soutira un faible sourire à la jeune femme.

— Tu as décidé de changer de nouveau de profession ? murmura-t-elle.

La tête bandée, elle avait l'air si menue dans la pièce blanche luxueusement aménagée que le cœur de Rowe se serra.

— Il est inutile en tout cas que je présente ma candidature pour un poste de gardien de plage !

— Ah ? A cause de moi ?...

— De quoi te souviens-tu au juste, Kirsten ? lui demanda-t-il, s'efforçant de cacher son inquiétude.

— Eh bien... Tu m'as fait visiter ta cabane, et puis tu as voulu que nous allions nous baigner, et ensuite c'est le trou noir. Jusqu'au moment où je me suis réveillée, dans l'hélicoptère. Que s'est-il passé ? Je suppose que j'ai glissé sur un rocher ?

En entendant ces mots, Rowe fut pris d'un accès de culpabilité. Il allait devoir lui expliquer qu'elle était tombée parce qu'elle courait dans l'obscurité. Et lui expliquer surtout pour quel motif elle s'enfuyait.

Ne sachant trop si c'était elle ou lui qu'il cherchait à protéger, il haussa une épaule.

— En quelque sorte…

— Merci.

Il vit alors ses traits se crisper, et se rapprocha d'elle.

— Est-ce que tu souffres ?

Comme elle acquiesçait, il appuya sur la sonnette fixée au montant du lit. L'équipe soignante avait disparu pour les laisser seul à seule, mais le médecin n'était sans doute pas très loin.

— J'ai une épouvantable migraine. D'après le Dr Pascale, c'est normal. Tout comme il est normal que je ne me rappelle rien de ce qui s'est produit juste avant la chute. En tout cas, je me réjouis de ne pas avoir oublié combien ton île est belle.

— Nous y retournerons dès que tu seras rétablie, lui dit-il.

Et cette fois, il ne la ferait pas fuir. Il connaîtrait toute la vérité sur son fils et sur elle.

Elle tenta de se redresser, et il tendit de nouveau la main vers la sonnette.

— Non, c'est inutile, lui dit-elle. Je n'ai pas plus mal que tout à l'heure, mais j'espère être sortie d'ici avant que Jeffrey rentre de son week-end de pêche.

— Ne te fais aucun souci à ce sujet. Je l'attendrai, et je te l'amènerai.

— Tu n'as pas le temps de t'occuper d'un enfant de six ans, protesta-t-elle.

Mais, pour son fils, Rowe était prêt à tout.

— Je le trouverai, ce temps.

— Tu en es sûr ?

Sa réticence à lui laisser la garde de Jeffrey le blessa. Mais il se souvint que Kirsten souffrait d'une commotion cérébrale, et ressentit pour elle une profonde admiration. Avait-elle toujours été aussi farouchement indépendante ? Ce trait de caractère expliquerait-il à lui seul sa détermination à élever seule le petit garçon ?

Bon sang, pourquoi *personne* ne l'avait-il jamais informé de l'existence de cet enfant, en l'espace de six ans ?

— Certain, lui répondit-il, ravalant tout ce qu'il aurait voulu dire.

Pas plus l'endroit que le moment ne se prêtaient à ce genre de mise au point. Il devrait attendre encore un peu.

— Bon... Mais seulement si le médecin veut bien me laisser sortir d'ici dans un délai assez bref. Mes clés sont dans mon sac.

Par chance, elle l'avait laissé dans l'hélicoptère à leur arrivée sur l'île, et l'un des membres de l'équipe médicale avait pensé à l'apporter dans la chambre.

Une infirmière arriva à ce moment-là.

— Désolée de vous avoir fait attendre, Votre Majesté, mais le Dr Pascale examinait les résultats du scanner.

— Et ? lança Rowe d'une voix tendue.

— Il n'y a aucune mauvaise nouvelle, rassurez-vous, lui répondit-elle avec un sourire.

Lorsqu'il expliqua à l'infirmière que Kirsten souffrait de maux de tête, elle prépara une perfusion qu'elle fixa au bras de la patiente.

— Voilà qui devrait vous soulager assez rapidement.

Il était temps !

Depuis quand les besoins de Kirsten lui semblaient-ils à ce point essentiels ? L'arrivée du médecin l'empêcha de s'interroger plus avant.

— Comme vous le savez déjà sans doute, le scanner n'a révélé aucune anomalie, déclara le Dr Pascale, mais vous devrez observer un repos absolu pendant les prochains jours. Vous reprendrez ensuite, peu à peu, vos activités normales.

A l'idée des graves conséquences qu'aurait pu entraîner cette chute, Rowe eut la brusque impression que ses jambes avaient du mal à le porter. Il se ressaisit vite, mais pas assez pour que ce moment de faiblesse passe inaperçu aux yeux du vieux médecin.

— Vous devriez d'ailleurs vous aussi aller vous reposer, mon cher vicomte.

— Effectivement, répondit Rowe avec le plus d'assurance possible, mais je dois d'abord régler un certain nombre de choses.

— J'espère bien. Je ne tiens pas à avoir deux malades sur les bras !

Le médecin s'était exprimé de son habituel ton bourru, mais ses yeux plissés reflétaient l'intérêt réel qu'il portait à la famille royale depuis de longues années.

— Merci pour tout, lui dit Rowe en lui serrant la main.

— Je vous en prie. J'espère que nous nous reverrons en d'autres circonstances. Pour une naissance, par exemple ?

Rowe ignorait encore la nature exacte de ses sentiments pour Kirsten, mais la perspective d'avoir des enfants avec elle n'était pas pour lui déplaire.

— Disparaissez de ma vue, maintenant ! s'exclama le vieil homme. Vous m'avez causé bien assez de soucis pour la nuit.

Dans la mesure où il ne pouvait rien faire de plus pour Kirsten, Rowe s'exécuta. Bien qu'épuisé, il se sentait incapable de rester inactif, et retourna donc dans ses appartements pour se doucher et se changer. Suite à quoi il appela son cousin. Réveiller Maxim ne lui plaisait pas outre mesure, mais il jugeait de son devoir de l'informer des récents événements. Dès que son récit fut terminé, il le rassura sur l'état de santé de Kirsten, et lui demanda l'autorisation d'installer la jeune femme et son fils dans une suite voisine. Comme il s'en doutait, Max accepta sans hésiter. Il accepta aussi de confirmer la version des faits du Dr Pascale — le médecin avait décidé de dire à qui voudrait l'entendre qu'il s'agissait en fait de manœuvres de sécurité…

Rowe commença donc à lancer des ordres afin que la suite réservée à Kirsten et à Jeffrey soit aménagée dans les plus brefs délais. Le jour s'était levé lorsque tout fut fin prêt.

Il ne lui restait plus qu'à se rendre au cottage et à attendre le retour de Jeffrey, prévu dans la matinée. Il envisageait de se détendre, rien de plus. Mais la fatigue l'emporta, et il dormait profondément quand la porte d'entrée s'ouvrit en grand.

— Ça y est, maman, on est là !

A la vue de Rowe couché sur le canapé, l'enfant s'arrêta net, interdit.

— Bonjour.

Rowe, qui s'était redressé d'un bond, buvait Jeffrey du regard. Comment était-il possible qu'il n'ait pas été saisi par leur ressemblance ? Elle lui semblait si évidente, à présent.

En proie à une foule d'émotions, il dut s'éclaircir la voix avant de reprendre la parole.

— Salut, bonhomme. Alors, est-ce que la pêche a été bonne ?

Jeffrey lâcha par terre le petit sac à dos qui contenait son matériel.

— Très bonne, merci. Le père de Michael est en train de vider le minibus. Il va apporter mon poisson.

— Ce doit être une sacrée prise, s'il faut un adulte pour le porter !

Le garçonnet fit la grimace.

— J'en avais attrapé un vraiment très gros. Gros comme ça, précisa-t-il, les bras écartés. Et puis il a lâché l'hameçon…

— Tu l'auras la prochaine fois, j'en suis sûr, Jeffrey. Maintenant, viens t'asseoir à côté de moi. Nous allons parler d'homme à homme.

En entendant ces mots, l'enfant écarquilla les yeux.

— C'est… grave ? Où elle est, maman ?

— Rassure-toi, fiston, il n'y a rien de grave.

Fiston. Jusqu'ici, il avait toujours utilisé ce mot sans y prêter attention. Désormais…

— Qu'est-ce qui lui est arrivé ? insista Jeffrey, qui avait pressenti un problème lié à sa mère.

— Un petit accident sans importance. Elle est tombée, et

le médecin a préféré la garder en observation à l'infirmerie du château. A l'heure qu'il est, elle va du mieux possible.

Les lèvres de l'enfant se mirent à trembler. Il serra ses petits poings, mais soutint sans ciller le regard du vicomte.

Et Rowe remonta le temps. Il se revit, lui, le jour où on lui avait annoncé la disparition de son père. Il avait alors tout juste deux ans de plus que Jeffrey, et avait eu l'impression que le monde s'écroulait autour de lui. A l'instar du petit garçon, il s'était employé à ne rien montrer de son chagrin.

Il avait même décrété aller bien. Ce qui était faux, bien entendu, mais sa mère avait cru à sa mise en scène — ou avait voulu y croire. De ce fait, il avait été privé du réconfort dont il avait tant besoin mais qu'il ne savait comment réclamer.

Rowe tendit la main vers celle de l'enfant.

— Tu n'es pas obligé d'être courageux. Tu peux pleurer si tu en as envie, je n'en parlerai pas à ta mère. Ce sera un secret entre nous.

Les yeux du garçonnet s'emplirent aussitôt de larmes.

— Je… veux pas qu'elle ait quelque chose de cassé ! articula-t-il d'une voix tremblante. Je veux qu'elle soit ici !

Sans hésiter, Rowe s'avança vers lui et le serra fort dans ses bras, comme il aurait aimé qu'on le serre, lui, autrefois. Et tandis qu'il tenait contre lui cet enfant dont il était le père, une profonde émotion l'envahit.

Quand il entendit Jeffrey renifler, il prit un mouchoir dans sa poche, puis s'écarta légèrement de lui pour le lui tendre.

— Comment elle a fait pour tomber, maman ? demanda-t-il enfin.

— Nous avions décidé de nous baigner. En sortant de l'eau, elle a glissé sur un rocher et s'est blessée à la tête. Comme je te l'ai dit, il n'y a rien de grave. Ne t'affole donc pas quand tu la verras avec un gros bandage. D'accord ?

— C'est quand qu'elle ira mieux ?

— Elle va déjà mieux. Mais le médecin souhaite qu'elle reste à l'infirmerie pour se reposer.

— Et pourquoi elle pourrait pas se reposer à la maison ?

Rowe posa les mains sur les épaules du garçonnet.

— Elle a besoin qu'on s'occupe d'elle. De la même façon qu'elle s'occupe de toi quand tu es malade. Je pense donc que ce serait une bonne idée que vous vous installiez juste à côté de mes appartements, jusqu'à ce qu'elle soit complètement rétablie.

L'enfant plissa les yeux et le fixa, l'air suspicieux.

— Elle y sera maman ?

— Pour le moment, elle est à l'infirmerie. Je propose que nous allions sans plus tarder lui rendre visite. Le médecin nous dira à quel moment elle sera autorisée à sortir.

— Et qui c'est qui s'occupera de moi, jusqu'à ce qu'on revienne au cottage ?

— Tu connais le château ?

— Pas trop.

— Eh bien, sache qu'il y a du personnel chargé de s'occuper des gens qui l'habitent.

Songeur, Jeffrey hocha la tête.

— Et est-ce que je pourrai jouer à La Planète Noire ?

Rowe réfléchit avant de hocher la tête.

— J'imagine que ça ne devrait pas poser de problème majeur.

Les voisins de Kirsten, Shara et Paul, ne cachèrent pas leur inquiétude quand ils apprirent la nouvelle. Rowe s'employa à les rassurer, et ils déclarèrent qu'ils rendraient visite à la jeune femme dès qu'elle serait moins fatiguée. Bien sûr, Michael aurait voulu s'installer lui aussi au château, mais Rowe réussit à l'apaiser, et aida Jeffrey à ranger dans un grand sac toutes les affaires dont il aurait besoin.

Lorsqu'ils retournèrent à l'infirmerie, Kirsten était réveillée. Elle avait déjà meilleure mine, et on lui avait enlevé la perfusion. En voyant Jeffrey se précipiter dans ses bras, Rowe ressentit une curieuse pointe de jalousie, qu'il refoula sur-le-champ.

— Alors, comment te sens-tu ? demanda-t-il à la jeune femme.

— Plutôt bien. Le Dr Pascale m'a dit que je serais rétablie dans quelques jours. Mais je n'arrive toujours pas à me rappeler les circonstances exactes de l'accident…

Jeffrey, qui était resté tout près d'elle, tendit la main pour toucher doucement le bandage qu'elle portait à la tête.

— Ça te fait mal ?

— Un tout petit peu. Mais te voir est pour moi le meilleur des remèdes.

— Tant mieux ! Parce que j'ai pas envie que tu restes malade longtemps, moi.

— Rassure-toi, moi non plus ! lui répondit-elle avec un petit rire.

Puis elle se tourna vers Rowe, à qui elle adressa un sourire tendu.

— D'après le médecin… tu aurais fait apporter nos affaires dans une suite du château, près des appartements que tu occupes ?

— En effet. Tu pourras t'y reposer tranquillement, en sachant que Jeffrey est entre de bonnes mains. Le personnel a l'habitude de s'occuper de la descendance royale.

La descendance royale. Si ces mots eurent une résonance particulière en elle, elle n'en laissa rien paraître.

— Ça m'ennuie d'être pour toi une source de tracas supplémentaire. Il y a déjà le Tour de Merrisand à mettre en place, ce qui n'est pas une mince affaire…

D'un geste de la main, Rowe chassa cet argument, comme s'il s'agissait du cadet de ses soucis. Il s'aperçut d'ailleurs à ce moment-là qu'il n'y avait pas accordé une seule pensée depuis l'instant où il avait décidé de retrouver Kirsten dans son cottage.

Face à son air surpris, il ajouta :

— Ne te fais aucun souci, nous sommes entourés d'une équipe de gens compétents.

Elle hocha la tête, et il remarqua qu'elle avait du mal à garder les yeux ouverts.

— Tu es fatiguée. Viens avec moi, Jeffrey. Pendant que ta maman se repose, nous allons essayer de dégoter La Planète Noire ou un équivalent.

En dépit de son état de lassitude profonde, Kirsten ne parvint pas à trouver le sommeil. L'antalgique administré par perfusion s'était avéré très efficace, et la courte visite de Jeffrey lui avait mis du baume au cœur. Alors pourquoi donc se sentait-elle si agitée ?

Un événement important s'était produit sur l'île. Elle en était intimement persuadée, mais tous ses efforts pour se le rappeler restaient vains. Il y avait eu le vol en hélicoptère, le superbe coucher de soleil, puis le dîner léger dans la cabane. Ensuite, ils avaient décidé de se baigner… et puis c'était le trou béant. D'après Rowe, ils avaient parlé, puis elle s'était baignée, avait glissé et s'était cogné la tête contre un rocher.

Lui cacherait-il quelque chose ? Elle se voyait courir sur la rive. Mais pourquoi ? De quoi donc avaient-ils parlé avant la chute ? Sentant la migraine revenir, elle baissa les paupières et comprit qu'elle devait cesser de se tourmenter. Lorsque le Dr Pascale lui permettrait de quitter l'infirmerie, elle demanderait à Rowe de l'aider à assembler les pièces du puzzle.

Rowe, qui l'avait ramenée à Merrisand après sa chute, et qui veillait en ce moment même sur Jeffrey. Elle lui était décidément redevable de beaucoup de choses.

Rowe avec Jeffrey…

Kirsten se redressa soudain dans son lit, au moment même où le médecin passait le seuil de la chambre.

— Que diable faites-vous ? lança le Dr Pascale, les sourcils froncés.

— Il faut que je me lève. Mon fils…

— Votre fils est en sécurité avec le vicomte d'Aragon.

— Vous… vous ne comprenez pas, insista-t-elle d'une voix altérée.

— Je suis peut-être un vieux toubib, mais je comprends plus de choses que vous ne l'imaginez, mon petit !

Elle se figea et passa sa langue sur ses lèvres sèches.

— Ce… c'est impossible. Rowe ne…

Comme elle se taisait, incapable de poursuivre, le Dr Pascale hocha la tête.

— Détrompez-vous. La ressemblance entre Jeffrey et lui est trop évidente. Quand vous sortirez d'ici, je pense que vous aurez un certain nombre de choses à vous dire, le vicomte et vous.

Le regard affolé, Kirsten avala sa salive.

— Et quand m'autoriserez-vous à sortir ?

— Dans deux jours, si vous jouez les rebelles. Cet après-midi, si vous suivez nos conseils à la lettre. A vous de voir…

Elle devait sortir au plus tôt. Etait-il possible que Rowe ait des soupçons au sujet de Jeffrey ?

— A partir de dorénavant, je serai une patiente modèle, répondit-elle.

Le médecin accueillit ces mots par une moue dubitative. Il ignorait qu'il venait de lui fournir une raison capitale pour qu'elle se tienne tranquille.

11

Kirsten avait maintes fois visité le château, sans avoir jamais eu l'occasion d'y loger et d'en apprécier tout le confort. Etendue au soleil sur une chaise longue, elle embrassa du regard les magnifiques jardins. Il y régnait une telle paix qu'elle aurait pu imaginer sans peine se trouver à mille lieues de toute civilisation.

Si elle goûtait au plaisir de se reposer dans ce cadre luxueux, il lui arrivait aussi de culpabiliser. Sa secrétaire, qui lui rendait souvent visite, lui avait toutefois assuré que tout se déroulait du mieux possible pendant son absence.

Elle n'avait donc rien d'autre à faire que se détendre en buvant un rafraîchissement et en écoutant le chant des oiseaux.

Se détendre, mais aussi s'interroger à propos de Rowe et de Jeffrey.

Deux jours s'étaient écoulés depuis que le Dr Pascale l'avait autorisée à quitter l'infirmerie. Deux jours, donc, qu'elle avait l'impression de voir Rowe tout mettre en œuvre pour se rapprocher de l'enfant. Et elle avait du mal à se convaincre qu'il s'agissait d'un effet de son imagination. De toute évidence, il passait plus de temps avec le garçonnet qu'à son bureau. Il s'obstinait même à l'emmener à l'école et à aller l'y chercher, au lieu de confier cette tâche à l'une des gouvernantes. Elle l'avait aussi surpris plusieurs fois à regarder Jeffrey avec une sorte d'étonnement émerveillé, comme s'il avait du mal à croire que l'enfant fût réel.

Malgré la douceur du temps, Kirsten frissonna. Le vieux médecin de famille aurait-il raison ? Etait-ce possible que Rowe ait commencé à s'interroger avant l'accident sur la véritable nature de sa relation avec Jeffrey ?

Elle en était là de ses pensées lorsque des cris de joie retentirent tout près d'elle. Elle leva les yeux pour voir Rowe, qui avançait dans sa direction, Jeffrey juché sur ses épaules.

— Regarde, maman ! s'exclama le garçonnet, tout excité. Je suis le roi du château !

Elle secoua doucement la tête en riant.

— Un bien joli petit roi !

— Terminus, tout le monde descend ! lança Rowe. Même les rois !

Dès qu'il eut posé l'enfant à terre, celui-ci courut vers sa mère pour l'embrasser.

— Mm… Tu sens le chocolat, lui dit Kirsten.

L'air penaud, Jeffrey haussa une épaule.

— Eh ben… y avait un marchand de glaces à Parade Hill, en rentrant de l'école.

Parade Hill ne se trouvait pas sur leur chemin. Ils avaient de toute évidence fait un détour. Sur le point de reprocher à Rowe d'avoir offert à l'enfant une glace qui lui couperait sans doute l'appétit pour le dîner, Kirsten se ravisa. L'air à la fois coupable et ravi qu'ils affichaient tous les deux lui ôtait toute envie de jouer les trouble-fête. Après tout, un écart de temps en temps…

Jeffrey se rapprocha du bassin pour compter les poissons tandis que Rowe prenait place à côté de la jeune femme.

— Est-ce que tu as passé un bon après-midi ? lui demanda-t-il.

— Oui. A lézarder au soleil !

— Le Dr Pascale en serait enchanté.

— Il a l'air de bien vous connaître, tous…, avança-t-elle.

— Tu veux dire par là qu'il prend certaines libertés ? Après avoir soigné la famille royale pendant des décennies, il s'y croit autorisé. L'ennui, c'est que ses jugements sont souvent fondés !

Kirsten hasarda un regard en direction du bassin.

— Il a l'air de penser que... que tu es très attaché à Jeffrey.

Rowe se tourna à son tour vers le bassin. Lorsqu'il reporta son attention sur la jeune femme, ses yeux luisaient d'un éclat particulier.

Il sait, songea-t-elle, le cœur battant. *J'ignore comment, mais il sait...*

— Et pourquoi ne serais-je pas attaché à lui ? murmura-t-il.

Il avait parlé si bas qu'elle se demanda si elle avait bien entendu. Mais l'expression de son visage ne trompait pas.

— Rowe... est-ce que je t'ai dit quelque chose avant l'accident ? Est-ce pour cette raison que défilent de temps en temps dans mon esprit des images de moi courant sur la plage ?

— Nous étions sur le point de faire l'amour, Kirsten. Et, à t'écouter parler, j'ai vite compris que ce serait pour toi la première fois. C'est à ce moment-là que tu t'es enfuie en courant.

Les joues écarlates, elle baissa les yeux.

— Oh non...

Rowe, qui s'était rapproché d'elle, lui prit la main.

— Or, tu as un enfant de six ans... Après m'être posé un certain nombre de questions, j'ai fini par comprendre. Qui est la mère de Jeffrey ?

Cette fois encore, elle se tourna vers l'enfant, toujours perdu dans la contemplation des poissons.

— Ma sœur, Natalie.

— Jeffrey le sait-il ?

— Oui, mais je ne suis pas certaine qu'il ait tout bien compris. Je suis la seule mère dont il se souvienne.

Rowe hocha la tête, comme si cette réponse ne le surprenait pas.

— Il a insisté pour apporter ici une photo de toi et d'une autre femme. Ta sœur, je suppose ?

Sans attendre de réponse, il poursuivit :

— Voilà pourquoi son visage me paraissait si familier. Quand nous nous sommes connus, je traversais une phase difficile. Mais je suis en tout cas sûr qu'elle ne s'appelait pas Bond.

Jeffrey s'était éloigné vers le fond du bassin, où il y avait une aire de jeux.

— Elle s'était présentée sous un faux nom à la fête où vous vous êtes connus, déclara Kirsten d'une voix calme. Et ensuite, ça l'ennuyait de t'avouer qu'elle avait menti.

— Elle n'a pas menti que sur ce point. Elle m'a aussi certifié qu'elle prenait la pilule. Est-ce pour cette raison qu'elle n'a pas voulu m'informer de sa grossesse ?

— Elle a essayé de te joindre par téléphone et par courrier, assena Kirsten d'un ton empreint d'amertume. Mais tu n'as pas plus répondu à sa lettre qu'à ses messages.

Rowe la fixait, ébahi.

— Je n'ai jamais reçu le moindre message d'elle. Aucune lettre, non plus.

Il semblait si sincère qu'elle en fut confondue.

— Elle t'a pourtant téléphoné à plusieurs reprises, en insistant pour que tu la rappelles. Comme tu ne te manifestais toujours pas, elle a fini par t'écrire. Sans plus de succès.

Les sourcils froncés, Rowe glissa les doigts dans ses cheveux.

— A cette époque-là, j'avais un manager qui faisait de l'excès de zèle.

La tête entre les mains, il reprit :

— Quand je lui demandais si j'avais des messages, il me répondait : « Rien d'important. Tes groupies, comme d'habitude. » C'était lui aussi qui s'occupait de mon fan-club. Je ne me suis aperçu que bien plus tard qu'il me cachait beaucoup de choses, et je l'ai licencié. Si je n'avais pas été aussi perturbé à ce moment-là, j'aurais insisté pour qu'il me donne davantage de détails.

— Evidemment…, fit-elle, sarcastique.

Cette réaction incita Rowe à redresser la tête d'un geste brusque.

— Il n'y avait rien d'*évident*, à cette période de ma vie, Kirsten. *Rien !* Ça correspondait à la date anniversaire de la disparition de mon père, et les médias prenaient un malin plaisir à ressasser toutes les rumeurs, tous les détails liés à cette affaire. J'avais l'impression d'être jeté en pâture aux lions. Mais il fallait que je tienne bon. Trop de gens dépendaient de moi.

Il marqua une pause.

— Natalie a été pour moi un rayon de soleil. Elle avait l'air de comprendre ce que je ressentais. Nous ne pensions à rien de précis quand nous avons commencé à bavarder ensemble, mais, apparemment, elle avait autant besoin de moi que moi d'elle.

La jeune femme sentit des larmes lui picoter les yeux. Natalie avait donc préféré se tourner vers un étranger plutôt que vers sa sœur pour trouver un peu de réconfort.

— Nous avions perdu nos parents peu de temps avant, dit-elle. Sous des allures de jeune fille émancipée, Natalie n'était qu'une gamine de dix-huit ans qui avait le cœur brisé.

— J'en avais vingt-deux, moi, et je venais de remporter mon premier titre de champion. Raison de plus pour que les médias s'intéressent à mon sort ! Quand nous nous sommes rencontrés, Natalie et moi, nous avions tous les deux été blessés par la vie…

Kirsten ne souhaitait en aucun cas s'apitoyer sur le sort de Rowe. Il n'en restait pas moins qu'elle se rappelait parfaitement ces articles et reportages selon lesquels James Sevrin serait toujours bien en vie, et se cacherait quelque part.

— Ça n'a pas dû être facile pour toi, j'en conviens, s'entendit-elle dire.

— Tu me crois, donc, quand je te dis que je n'ai jamais su que Natalie était enceinte ?

Avant qu'elle puisse répondre, Jeffrey, qui venait de descendre d'une balançoire, courut vers elle en criant :

— Tu sais, je les ai comptés les poissons du bassin. Y en a quatonze !

— Quatorze, rectifia-t-elle machinalement.

— Qu'est ce que tu as, maman ? Pourquoi tu as les yeux tout brillants ? lui demanda son fils.

Elle cligna des paupières et esquissa un sourire.

— Je crois que je suis restée un peu trop longtemps au soleil.

— Il serait peut-être plus sage de rentrer, maintenant, déclara Rowe en prenant la jeune femme par la main. Jeffrey et moi avons trouvé une nouvelle version de La Planète Noire. Au lieu d'être transformé en gelée, on est recouvert d'une matière visqueuse et gluante !

— Tout un programme…

Kirsten eut du mal à rester impassible pendant la soirée. En l'espace de quelques minutes, Rowe avait réussi à démolir tous ses préjugés défavorables à son égard. S'il était bien vrai qu'il n'avait jamais reçu de message de Natalie, quel avenir les attendait ? Voudrait-il rattraper le temps perdu ?

A cette pensée, Kirsten se mit à trembler. Essaierait-il de lui retirer la garde de Jeffrey ?

Au prix d'un effort qui lui parut presque surhumain, elle parvint à ne rien trahir de son anxiété pendant les heures qui suivirent. Le dîner se déroula donc normalement, puis, comme tous les soirs, elle raconta une histoire à son fils avant de lui souhaiter bonne nuit. Elle sortit de la pièce en laissant la porte entrouverte et regagna le salon.

Que deviendrait-elle, si le vicomte d'Aragon souhaitait exercer pleinement ses fonctions de père ?

Elle en était là de ses pensées quand un petit coup retentit à la porte qui séparait sa suite des appartements de Rowe. Lorsqu'elle l'ouvrit, celui-ci entra et, pour ne pas risquer de réveiller Jeffrey, l'invita, d'un signe, à passer sur la terrasse. La soirée était douce. Les étoiles commençaient à scintiller dans le ciel d'un bleu profond. Mais, agitée comme elle l'était, la beauté du moment échappa à la jeune femme.

Elle venait à peine de s'asseoir dans l'un des fauteuils de rotin blanc qu'un domestique en livrée apparut. Il posa sur la table un plateau sur lequel étaient préparés une bouteille de champagne, deux flûtes et un assortiment de chocolats fins.

— Que fêtons-nous ? s'enquit-elle d'une voix étranglée, dès qu'ils furent seuls.

— La découverte de ma paternité.

Plus effrayée qu'elle ne l'avait jamais été de sa vie, Kirsten avala sa salive.

— Quand… as-tu commencé à t'en douter ?

— Pas au tout début. J'ai bien sûr remarqué une ressemblance frappante entre Jeffrey et moi, et j'ai eu l'impression que nous avions beaucoup d'affinités. Mais ces éléments ne me permettaient pas d'établir un quelconque lien entre nous. Je pensais plutôt projeter sur lui mes propres désirs.

— Je ne suis pas sûre de comprendre…

— J'avais décidé de ne jamais me marier, et donc de ne pas fonder de famille. Les femmes que j'ai connues jusqu'ici s'intéressaient davantage à mon titre de vicomte qu'à moi-même, ce qui finalement me simplifiait la vie, puisque je me contentais d'avoir avec elles des relations physiques.

Kirsten prit la flûte qu'il lui tendait.

— Mais cela ne te suffisait pas…

— J'avais réussi à me persuader que si, répliqua-t-il avec un petit soupir. Et puis j'ai rencontré Jeffrey, et j'ai compris que je me voilais la face. Cet enfant est si vif, si spontané, si attachant, qu'il a démoli en peu de temps la muraille derrière laquelle je cherchais à me protéger.

Pour se donner le temps de réfléchir, Kirsten but une gorgée de champagne.

— Il est très attachant, en effet. Comme bon nombre d'enfants.

— Je n'en connais pas beaucoup. Il est possible aussi que je n'aie pas cherché à en connaître… Je ne sais pas trop comment m'y prendre, avec les enfants.

Tu t'y prends pourtant à merveille, fut-elle sur le point de déclarer.

— Sans doute parce que tu as toi-même été privé très tôt de modèle paternel.

Elle vit ses doigts se crisper autour du verre en cristal.

— Quand mon père a disparu, mon univers tout entier s'est écroulé. J'en suis même arrivé à me demander s'il était parti parce que j'avais fait quelque chose qui lui avait déplu. Tu imagines ?

— Jeffrey a lui aussi été très affecté par le décès de sa mère, dit-elle d'une voix émue. Et il lui est arrivé de penser qu'elle était partie parce qu'elle ne l'aimait pas assez. Je l'ai bien sûr toujours détrompé.

— J'aurais bien aimé avoir auprès de moi quelqu'un qui me rassure.

— Ta mère…

— Elle était elle-même terriblement affligée. Les domestiques faisaient de leur mieux pour me tenir à l'écart des rumeurs, mais, bien sûr, certaines sont parvenues jusqu'à moi. Dans ces moments-là, je pensais que mon père nous avait abandonnés, qu'il avait une autre famille ailleurs. Qu'il m'avait oublié.

— Heureusement, nous grandissons…

— Oui.

Sa réponse, brève et sèche, était éloquente : grandir ne l'avait guère aidé à panser ses blessures. Rowe avait probablement cessé d'accorder trop d'importance aux rumeurs colportées par les médias, mais pas de s'interroger sur les circonstances de la disparition de ce père qui lui manquait toujours.

— Et le reste de ta famille ? enchaîna-t-il. Personne ne vous a aidées, ta sœur et toi, à la naissance de Jeffrey ?

— Nous n'avions pas de famille. A vrai dire, même quand nos parents étaient en vie, ce n'était pas rose tous les jours...

— Comment ont-ils trouvé la mort ?

Soudain, elle eut envie de se confier à lui. A travers Jeffrey, n'en faisait-il pas désormais partie, de cette famille ?

— Mon père était artiste peintre. Un artiste dont les talents n'ont jamais été reconnus. S'il avait vécu plus longtemps, peut-être... Nous ne le saurons jamais. En tout cas, il croyait à son talent, lui. Et donc nous y croyions toutes : ma mère, ma sœur et moi. Pas seulement nous, malheureusement. *Toutes les femmes*. Car il était très séduisant, et elles avaient du mal à lui résister. Mais ma mère supportait toutes ses frasques, parce qu'elle l'aimait.

D'un geste du menton, il l'incita à poursuivre, et elle lui raconta le départ à la galerie, la tempête, l'arbre... A ce stade du récit, il se pencha vers elle pour lui prendre la main.

— Je devine la suite. Tu t'es retrouvée chef de famille alors que tu n'étais qu'une enfant.

— Je n'étais pas une enfant. J'avais vingt ans. Et ça ne me dérangeait pas de mettre mes projets de côté pour subvenir à nos besoins. Il s'agissait d'une solution transitoire.

— En es-tu bien sûre ?

Elle baissa les yeux sur leurs doigts entrelacés, et, à ce moment-là, ne fut plus sûre de rien.

— Si ce drame ne s'était pas produit, quelle voie aurais-tu suivie ? lui demanda doucement Rowe.

Kirsten se mordilla les lèvres. Tout le monde ignorait qu'elle avait un jour caressé le rêve de devenir écrivain. Un rêve qu'elle avait dû abandonner au bénéfice d'une activité plus raisonnable, et surtout plus lucrative.

— J'ai eu envie d'écrire, autrefois, avoua-t-elle. Je sais bien que c'est idiot, mais…

— Aucun rêve n'est idiot, l'interrompit-il d'une voix grave. J'ai rêvé moi aussi autrefois de devenir champion de Formule 1, et ce rêve s'est réalisé. Ensuite, j'ai eu envie d'organiser des événements de grande envergure, et j'y suis arrivé.

— Ce sont des rêves plus… concrets.

Le sien ressemblait à celui qu'avait nourri toute sa vie son père, et qui n'avait d'ailleurs jamais abouti.

Levant les yeux au ciel, Rowe éclata de rire.

— Tu n'imagines pas la réaction de mes proches quand j'ai annoncé au beau milieu d'un repas que je voulais conduire des bolides… C'est le genre de chose qui ne se fait pas, quand on appartient à la famille royale ! Et on n'a pas non plus l'idée saugrenue de monter une entreprise, ajouta-t-il d'une voix haut perchée qui imitait celle des vieilles dames de la bonne société.

Pour mettre entre eux une distance qu'elle jugeait salutaire, Kirsten se leva et avança vers le parapet. La pierre, fraîche sous les paumes de ses mains, lui procura une sensation de bien-être.

— Compte tenu du succès que remporte ton entreprise, je suppose qu'ils doivent tous regretter leurs mots…

— Pas du tout !

Du coin de l'œil, elle le vit se lever à son tour et la rejoindre. Sans même qu'il la frôle, elle frémit.

— Ma mère aimerait que je calque mon attitude sur celle de mon cousin. Le prince Maxim est pour elle un modèle de perfection. Il se comporte comme doit se comporter — selon elle, en tout cas — un membre de la famille royale ! Est-ce que tu écris toujours ?

Prise de court, elle ne chercha pas à mentir.

— Quelquefois, le soir, pendant que Jeffrey dort.

Avant l'accident, elle en était à la moitié d'un roman dont l'action se déroulait dans le milieu artistique.

— Tu voudras bien me montrer un jour ce que tu as écrit ?

— Peut-être.

Etonnée, elle s'aperçut que cette proposition la tentait. Son roman contenait une partie d'elle-même, qu'elle avait envie de partager avec lui.

— Et voudras-tu bien me permettre d'être un père pour Jeffrey ?

Kirsten tressaillit. Pour quel motif l'avait-il incitée à parler d'elle-même, par cette douce soirée ? Cherchait-il uniquement à la mettre en confiance, juste avant de passer à l'offensive ?

— N'est-ce pas un peu tard ?

— Je t'ai expliqué pourquoi je n'ai jamais répondu à Natalie. Je n'envisage pas de te supplier pour que tu me croies, Kirsten.

— Bizarrement, je te crois.

L'ambivalence de cette remarque n'échappa pas à Rowe.

— Mais tu persistes à voir en moi un monstre qui a séduit et abandonné une gamine de dix-huit ans.

— Il n'y a pas que cela.

Comment lui expliquer qu'elle préférait éviter toute relation trop intime avec lui, à quelque niveau que ce soit ?

Il la scrutait, attendant d'elle de plus amples explications.

— Il y a aussi... Je ne voudrais pas que Jeffrey souffre.

— Tu crois peut-être que je souhaite faire souffrir mon propre fils ? lança-t-il d'un ton cinglant.

— Pas en le faisant exprès, bien sûr...

Rowe ressemblait à son père. Sans le vouloir, il finirait par leur faire du mal, à Jeffrey et à elle. Or, elle ne tenait pas à revivre ce qu'elle avait déjà vécu.

— Dans ce cas, tu ne me laisses pas le choix.

Kirsten eut soudain l'impression que le sol se dérobait sous ses pieds. Il allait lui retirer la garde de l'enfant. Son statut de père le lui permettait, et celui de membre de la famille royale lui faciliterait la tâche. Elle se battrait, évidemment, mais elle savait qu'elle avait peu de chances de remporter cette bataille.

— Regarde-moi, Kirsten.

Comme elle restait figée, il lui glissa un doigt sous le menton, l'obligeant ainsi à se tourner vers lui. Son visage reflétait la détermination.

— Jeffrey est peut-être ton fils, Romain Sevrin, mais c'est moi qui l'ai élevé. Je l'aime, et je ne permettrai à personne de s'immiscer entre nous !

— Je n'ai aucune intention de m'immiscer entre vous. Il y a une porte de communication entre cette suite et mes appartements. Je la laisserai ouverte ce soir, et *elle restera* ouverte. J'aurais aimé que tu me laisses de ton propre gré une place dans la vie de Jeffrey. Dans la mesure où tu t'obstines à me cantonner dans le rôle du méchant, je vais devoir m'imposer.

— Nous allons… retourner dans le cottage.

— Et je demanderai aux domestiques de rapporter vos affaires ici. J'ai été obligé de grandir sans mon père, Kirsten. Je suis donc prêt à faire tout ce qui est en mon pouvoir pour que mon fils ne connaisse pas un sort pareil.

— C'est toi qui ne me laisses pas le choix ! répliqua-t-elle d'une voix blanche.

Que se passerait-il s'ils partageaient le quotidien avec Jeffrey, sans même la séparation symbolique d'une porte ?

12

Rowe tint parole. La porte de communication resta ouverte, et si pas une seule fois il ne joua les intrus, il commença à passer de plus en plus de temps dans la suite occupée par Jeffrey et Kirsten.

Les domestiques et les gens qui gravitaient autour d'eux continuèrent de se montrer très discrets, mais ils n'en pensaient sans doute pas moins. Ce n'était cependant pas ce qui inquiétait le plus la jeune femme. En dépit de ce qu'avait affirmé Rowe à propos de l'enfant, elle se demandait s'il tiendrait parole. D'autant qu'elle remarquait bien que les liens entre le vicomte et son fils se resserraient de jour en jour.

Rowe avait certes été privé très vite de référent paternel, mais il se comportait d'instinct en père modèle. Et si cela effrayait Kirsten, son attachement pour lui s'en trouvait aussi renforcé.

Les préparatifs du Tour de Merrisand avançaient. Comme l'avait prévu Rowe, l'événement sportif suscitait un grand intérêt. Le succès de ce projet semblait même dépasser ses espérances, ce qui signifiait que les caisses de la Fondation seraient renflouées pour les années à venir.

Quelques jours après avoir repris ses fonctions au château, Kirsten reçut une lettre de sa supérieure hiérarchique, Léa Landon, lui annonçant son prochain retour. Ce qui signifiait qu'elle disposerait bientôt d'un peu plus de temps libre, et que peut-être… Oui, peut-être consacrerait-elle ce temps à l'écriture, comme elle l'avait toujours voulu.

Cette activité lui rendrait sans doute le départ de Rowe moins pénible. Car il repartirait un jour pour Solano, c'était certain. Même s'il envisageait de rester proche de son fils, ce ne serait plus pareil. Elle ne l'entendrait pas aller et venir, à quelques mètres à peine d'elle. Et ce serait sans doute mieux ainsi.

Mieux ? Qui essaies-tu de tromper ? Ce sera… affreux ! Vide.

Depuis quand Rowe Sevrin avait-il commencé à occuper une telle place dans son existence ? Et comment avait-elle pu être assez folle pour ne pas se protéger davantage ?

Ce jour-là, c'était Shara qui était chargée de récupérer les enfants à la sortie de l'école. Rowe aurait souhaité aller chercher lui-même son fils, mais Kirsten l'en avait dissuadé. Dans la mesure où un repos absolu ne lui était plus imposé, la vie devait reprendre son cours normal. A moins qu'ils ne décident de dire la vérité aux parents de Michael, ce qui paraissait prématuré.

Bien entendu, la présence régulière du vicomte à la porte de l'école ne devait pas manquer de soulever des commentaires. Consciente de la curiosité provoquée par ses apparitions, Kirsten était partagée entre le plaisir et l'affliction. Si tous ces gens avaient soupçonné les affres qu'elle traversait depuis que Rowe Sevrin avait fait irruption dans l'existence tranquille qu'elle menait jusque-là…

Jeffrey, quant à lui, avait l'air de vivre très bien cette situation. Il se précipitait dans les bras de Rowe dès qu'il l'apercevait devant le portail de l'établissement, et lui racontait sa journée avec le langage d'un enfant de six ans, que Rowe semblait d'ailleurs comprendre à merveille.

Sa journée terminée, Kirsten regagna cet après-midi-là la

suite. Elle venait tout juste de passer le seuil qu'elle entendit un rire féminin provenant des appartements voisins. Un rire auquel se mêla celui de Rowe, qui avait quitté le bureau plus tôt qu'à l'accoutumée.

Ainsi donc, son naturel n'avait pas tardé à reprendre le dessus ! Il était en galante compagnie...

Evidemment. A quoi t'attendais-tu ? Tu n'espérais tout de même pas une métamorphose de sa part ? se morigéna la jeune femme.

— Kirsten ? l'appela Rowe. Viens avec nous.

Il l'avait entendue arriver, et allait maintenant lui présenter sa nouvelle conquête.

S'armant de courage, elle plaqua un sourire sur son visage et se dirigea vers la porte de communication. Rowe s'était levé pour l'accueillir. Une superbe jeune femme brune en tailleur de lin corail occupait l'un des fauteuils en cuir du salon. Kirsten cligna des paupières. Ce visage lui était familier.

— Je te présente une vieille amie, Tanya Hoffman.

Le cœur battant, Kirsten continua d'avancer. Tanya Hoffman était un top model avec lequel il avait eu une aventure. Le vicomte et le mannequin avaient fait maintes fois la une de la presse people.

— Il me semblait bien vous connaître, fit-elle sans se départir de son sourire.

— La rançon de la gloire ! lui répondit la jolie brune en grimaçant. Ça ne devrait pas durer. L'an prochain, ce sera sans doute une créature aux cheveux bleus, entièrement tatouée, qui occupera les couvertures des magazines !

— Je t'imagine bien dans ce genre d'accoutrement ! la taquina Rowe.

— Tu n'auras pas ce plaisir, puisque je m'apprête à quitter le métier.

Kirsten sentit son sang se glacer dans ses veines. Pour quelle raison Tanya Hoffman abandonnait-elle le métier de mannequin ? Allait-elle épouser le vicomte d'Aragon ?

Au moment où cette pensée lui traversait l'esprit, Kirsten eut l'impression que les murs de la pièce se mettaient à tanguer autour d'elle. Que signifiait cette réaction ? Rowe lui plaisait, certes, mais elle n'était tout de même pas assez sotte pour s'être éprise de lui ?

— Comme je te le disais, Kirsten, reprit-il alors, Tanya est une vieille amie, aujourd'hui mariée à mon ancien ingénieur mécanicien, Tony. Je ne suis d'ailleurs pas peu fier de les avoir présentés l'un à l'autre ! A l'époque, pour détourner l'attention des paparazzi, nous avons même fait semblant d'avoir une aventure ensemble !

Ils rirent de concert, face à Kirsten, qui avait du mal à cacher son air hébété. Affolée par sa découverte, elle prêtait une oreille distraite aux propos de Rowe.

Elle était bel et bien amoureuse de Rowe !

— Que t'arrive-t-il, Kirsten ? Tu es toute pâle. Assieds-toi. Kirsten se remet tout juste d'un malencontreux accident qui l'a obligée à garder le repos pendant quelque temps, ajouta-t-il à l'adresse de Tanya.

— Rien de très important, articula-t-elle en s'asseyant néanmoins. Vous disiez donc ?

— Eh bien… je vais vous mettre dans la confidence, lui dit Tanya. Je suis en fait venue trouver Rowe aujourd'hui pour lui annoncer ma grossesse, et lui demander d'être le parrain de notre enfant.

Kirsten se félicita d'avoir accepté de s'asseoir. Tout allait si vite ! Les pensées se bousculaient dans sa tête. Les voix lui parvenaient lointaines, diffuses.

— … je propose donc une coupe de champagne pour célébrer l'événement ! s'exclama le vicomte.

— Merci, Rowe, mais je prends mon rôle de future mère très au sérieux. Donc je ne boirai pas une goutte d'alcool avant longtemps !

— Kirsten ?

— Pour moi non plus, merci. Shara ne devrait pas tarder

à arriver avec Jeffrey. Jeffrey est mon fils, précisa-t-elle à l'intention de Tanya.

— *Mon fils. Ma fille*… J'aurai bientôt moi aussi le plaisir de prononcer ces mots ! Quel âge a Jeffrey ?

— Six ans.

Elle en resta là, se demandant si Rowe ajouterait quelque chose, mais il n'en fit rien. Ils avaient décidé d'un commun accord qu'il reconnaîtrait publiquement son fils après en avoir informé le principal intéressé, puis les membres de la famille royale. Comme elle ignorait quelle serait la réaction de Jeffrey, elle avait insisté auprès de Rowe pour qu'il attende encore un peu.

Mais à écouter Tanya parler de l'impatience du futur père, elle dut admettre qu'elle exigeait beaucoup de Rowe. N'avait-il pas déjà attendu six ans ?

Tanya prit alors son sac et se leva.

— Je dois vous fausser compagnie, maintenant. J'ai une séance de photos ce soir, à Angel Falls.

— Merci de ta visite, lui dit Rowe. Et n'oublie surtout pas de dire à Tony que je suis enchanté d'avoir été choisi pour parrain.

— Compte sur moi.

Après avoir salué Kirsten, le mannequin se dirigea vers la porte, mais s'arrêta net.

— N'y aurait-il pas par hasard quelque chose entre vous deux ? lança-t-elle, l'air espiègle.

— Tu auras droit à la réponse réservée aux médias : nous n'avons aucun commentaire à faire.

— Ce qui veut tout dire ! répliqua Tanya dans un éclat de rire.

Elle se rapprocha alors de Kirsten.

— Rowe est quelqu'un de merveilleux. Quand il aime, il aime de tout son cœur. Nous le connaissons assez, Tony et moi, pour pouvoir affirmer ce genre de chose.

Le vicomte afficha un air gêné, et Kirsten se borna à hocher la tête.

— Nous serions enchantés que vous veniez ensemble au baptême. Avec Jeffrey, bien sûr.

Kirsten sentit la main de Rowe sur son épaule, et retint son souffle. Ce geste pourtant simple revêtait pour elle un caractère intime.

— Avant de dresser la liste des invités, occupe-toi bien de toi et du bébé ! dit-il à Tanya en riant.

A ce moment-là, Kirsten entendit frapper à la porte extérieure de sa suite.

— Excusez-moi. Ce doit être Shara qui revient avec Jeffrey. Ravie d'avoir fait votre connaissance, Tanya.

Dès qu'elle eut ouvert la porte, Jeffrey l'assaillit d'une foule de détails sur sa journée à l'école, et sa partie de Planète Noire avec Michael.

— Tout s'est donc bien passé, mon cœur ? fit-elle lorsque Shara fut repartie.

— Oui, super. Je peux aller voir Rowe ?

— Pas tout de suite. Il a de la visite.

— Qui ?

— Ça ne te regarde pas, jeune homme ! Si tu allais plutôt te doucher et te mettre en pyjama ? Je vais appeler la cuisine pour qu'on nous apporte le dîner.

La main sur la poignée de la chambre, Jeffrey marqua une pause avant de se tourner vers elle.

— Pourquoi tu fais plus jamais à manger ?

— Je recommencerai quand nous retournerons au cottage.

— C'est quand, qu'on y retournera ?

Ces mots glacèrent Kirsten. Elle s'agenouilla devant l'enfant et posa les mains sur ses épaules.

— Je pensais que tu aimais bien habiter ici.

— Oui, mais pas pour toujours. On pourrait pas avoir une vraie maison ? Toi tu serais la maman, et tu me trouverais un papa. Comme Michael.

Kirsten se figea. Il lui sembla que les battements de son cœur résonnaient autour d'elle.

— Ça ne se trouve pas comme ça, un papa, mon ange…

— Mm… Et pourquoi il pourrait pas être mon papa, Rowe ?

— Ça te ferait plaisir, Jeffrey ?

La voix de Rowe, juste derrière elle, fit sursauter la jeune femme. Debout dans le couloir, il la fixait, les traits tendus. Du regard, elle le supplia de ne pas insister.

— Jeffrey était sur le point de se doucher, pour se préparer au dîner, dit-elle.

— Je ne veux pas manger, répliqua le petit garçon. Shara, elle nous a préparé des crêpes. Ce que je veux, c'est un papa !

— Tout le monde n'a pas la chance d'avoir un papa, de nos jours…, avança-t-elle d'une voix mal assurée.

Pourquoi avait-il fallu que Rowe arrive à ce moment précis, et envenime une discussion déjà difficile ?

— Jimmy et Helen, par exemple, enchaîna-t-elle.

Jimmy et Helen étaient des jumeaux qui fréquentaient la même classe que Jeffrey. Kirsten savait que leur mère les élevait seule.

— Jimmy et Helen, ils ont un chien ! rétorqua le garçonnet, la mine butée.

La jeune femme sentit l'espoir renaître en elle.

— Ma foi… nous pourrions nous aussi avoir un chien.

— Un gros chien noir avec plein de poils ?

Elle aurait tant aimé que Rowe s'éloigne, qu'il la laisse en tête à tête avec l'enfant ! Mais bien sûr, il ne le ferait pas. Ce sujet lui tenait trop à cœur.

— Un *petit* chien noir, plutôt…

Jeffrey réfléchit, et finit par secouer la tête.

— Non. En vrai, c'est un papa que je veux. Pour jouer au ballon, à La Planète Noire… Rowe, il est balaise à La Planète Noire.

— Bien… Si tu allais dans ta chambre dessiner ce chien noir ?

Le visage de l'enfant s'illumina.

— Si je dessinais Rowe ?

— Pourquoi pas les deux ?

— Rowe et le chien noir ? Wouahouh !

Il était déjà entré dans la pièce.

— Ne claque pas la… Trop tard, finit-elle en grimaçant tandis que la porte se refermait dans un grand bruit.

Lorsqu'elle se redressa, elle s'aperçut qu'elle tremblait. Sans un mot, Rowe la guida vers le salon où il lui servit un verre d'eau fraîche.

— Apparemment, il va falloir que je lui achète un chien, soupira la jeune femme.

— Pourquoi pas un papa ?

— Ça ne s'achète pas…

— Tu m'as très bien compris, Kirsten. Jusqu'à quand envisages-tu de lui cacher la vérité ?

Elle but une longue gorgée d'eau.

— Nous en avons déjà parlé. Il n'est pas encore prêt.

— Ah ? Ce n'est pas l'impression qu'il m'a donnée.

— Tu ne le connais pas aussi bien que moi.

— C'est là que le bât blesse. Tu ne tiens pas à ce que je le connaisse davantage !

Pareille à une bête traquée, Kirsten regarda autour d'elle.

— Quelle idée ! protesta-t-elle. Bien sûr que si.

— Si j'accepte de me cantonner dans le rôle de gentil oncle que tu m'as attribué, n'est-ce pas ? Cet enfant est mon fils ! s'exclama Rowe. Comme je crois te l'avoir déjà expliqué, j'ai été privé de mon père pendant des années. Et je préférerais épargner ça à Jeffrey, dans le seul but de protéger cette relation à deux qui te convient si bien !

La jeune femme reposa lentement son verre.

— Il ne s'agit pas de mon bien-être, mais de celui de mon enfant.

— *Ton* enfant. *Ton* fils. Il est temps que tu cesses de le considérer comme un prolongement de toi-même. Tu viens de l'entendre, non ? Il veut un père !

— Il répète ce qu'il a entendu. Il est trop jeune pour comprendre ce qu'il dit…

— Dans ce cas, explique-le-lui. Raconte-lui ce qui s'est passé. Dis-lui combien je regrette d'avoir ignoré son existence, combien je regrette tout ce temps perdu.

Il serra les poings.

— Dis-lui aussi que je les aime, sa mère et lui, ajouta-t-il d'une voix rauque.

Puis il se leva et retourna dans ses appartements. Quelques secondes plus tard, elle entendait la porte d'entrée se refermer.

Pétrifiée, Kirsten fixa aveuglément le couloir que Rowe avait emprunté. Que venait-il de dire ? Qu'il avait aimé Natalie ? Non. Il avait utilisé le présent.

Je les aime, sa mère et lui.

Elle entendit alors renifler, et se tourna pour voir le garçonnet, qui, agrippé à son ours en peluche, luttait contre les larmes.

— Qu'y a-t-il, mon petit cœur ?

— Tu l'as fait partir !

Kirsten avala sa salive. Qu'avait-il entendu, au juste ? Et surtout, qu'avait-il compris ?

— Il n'est pas… parti. Il avait quelque chose à faire, rien de plus.

— C'est pas vrai ! lâcha l'enfant dans un sanglot. T'as pas été gentille avec lui ! Et maintenant, il veut plus être mon papa !

Que répondre à cela ?

— Nous… nous sommes un peu querellés, c'est vrai, expliqua-t-elle à l'enfant. Mais ça ne signifie pas qu'il ne puisse pas être ton papa, si c'est ce que tu désires.

S'essuyant les joues d'un geste rageur, Jeffrey la regarda droit dans les yeux.

— Ce que je veux, c'est qu'il soit mon papa, et toi ma maman. Mais *ensemble* ! Comme une vraie famille.

Kirsten s'était levée pour se rapprocher de lui et lui caresser les cheveux.

— J'ai bien peur que ce ne soit pas si facile…

— Pourquoi ?

Cette question, elle se l'était posée elle aussi. Les mots lancés par Rowe juste avant son départ résonnaient encore dans sa tête. Existerait-il une chance que ce rêve de famille se réalise ? Elle s'aperçut soudain que ce souhait lui était aussi cher qu'à Jeffrey.

— C'est une longue histoire…, murmura-t-elle. Viens, allons nous asseoir sur le canapé. Je vais te la raconter.

13

Jeffrey blotti contre elle, Kirsten commença à raconter l'histoire d'un enfant de six ans qui avait très envie d'avoir un papa. Ce papa existait. Mais il ignorait qu'il avait un enfant. Et il vivait dans un lointain château.

— Comme Mer'sand ?

— Exactement. Comme Merrisand.

— Et le petit garçon, il a six ans et y s'appelle Jeffrey ?

Kirsten parvint à sourire.

— Tout juste. Et il avait aussi une très jolie maman, toute jeune, qui s'appelait Natalie.

Lorsqu'elle eut fini l'histoire, elle avait les yeux embués de larmes.

— Donc, mon cœur, tu as une vraie maman au ciel, une maman qui vit avec toi et s'occupe de toi, et un vrai papa qui vit ailleurs. Nous t'aimons tous très fort.

— Et je pourrais aller le voir, mon papa, *ailleurs* ?

— Je pense que ça lui ferait très plaisir.

— Et je pourrais habiter là-bas ?

Oh non…

— En as-tu envie ? lui demanda-t-elle dans un souffle.

Jeffrey, qui s'était encore rapproché d'elle, glissa sa petite main dans la sienne.

— Si tu viens toi aussi.

Kirsten s'éclaircit la voix.

— Eh bien… Nous abordons là un sujet délicat. Quelquefois,

ton papa voudra que tu ailles le voir seul, pour mieux profiter de ta présence. Et quand tu reviendras, je serai là à t'attendre.

Le garçonnet serra les lèvres.

— Alors j'irai pas.

— Je croyais que tu serais content d'apprendre que Rowe est ton vrai papa…

Jeffrey se rencogna à l'autre bout du canapé et la fixa. La bouffée d'amour qu'elle ressentit alors pour celui qu'elle considérait comme son fils la suffoqua presque.

— Pourquoi on pourrait pas être *tous* dans la même maison ? Le papa et la maman de Michael, ils habitent bien ensemble, non ?

— Michael a… beaucoup de chance.

— Moi aussi !

— Bien sûr, mon ange. Mais la chance se présente parfois de différentes façons. J'ai la chance de t'avoir, tu as la chance de m'avoir…

Il se rapprocha d'elle, étouffant un bâillement, et lui passa les bras autour du cou pour l'embrasser.

— Je t'aime, maman.

— Je t'aime aussi, mon trésor, murmura-t-elle d'une voix enrouée.

Le lendemain, Rowe et elle discuteraient des modalités de garde de l'enfant. Cette nuit encore, il était *son fils*.

— J'ai trop sommeil, tout à coup. Tant pis si je ne me douche pas ?

— Tant pis. Brosse-toi les dents, mets-toi en pyjama, et au lit !

Quelques minutes plus tard elle le bordait avant de l'embrasser. En sortant de la chambre, elle caressa la photo de sa jeune sœur.

— Bonne nuit, Nat, chuchota-t-elle, la gorge nouée.

Elle se tourna vers l'enfant qui dormait déjà, avant d'ajouter :

— Tu peux être fière de ton fils. Il a réagi ce soir comme un vrai petit homme. J'espère seulement ne pas le perdre…

Puis elle quitta la pièce en laissant, comme d'habitude, la porte entrouverte. Les appartements voisins étaient toujours plongés dans le silence. Où était Rowe ? Elle le connaissait assez, à présent, pour ne pas imaginer qu'il ait pu aller se consoler dans les bras d'une femme. Il avait sans doute rejoint son bureau, où il devait réfléchir à la suite des événements.

Un sanglot s'étrangla dans la gorge de la jeune femme. Elle avait toujours su que ce moment arriverait, qu'elle devrait un jour parler à Jeffrey de son père. Mais elle avait aussi toujours pensé que cela se produirait quand l'enfant serait plus grand. Et, bien sûr, jamais l'hypothèse du scénario actuel ne lui avait effleuré l'esprit. Pas une seule fois, depuis le décès de Natalie, elle n'avait envisagé de se retrouver dans ce cas de figure.

Calme-toi. Rien n'a encore été décidé, se dit-elle.

Incapable de rester plus longtemps dans cet état de prostration, Kirsten alluma son ordinateur portable et accéda au fichier de la future exposition du château. Lorsqu'elle ouvrirait ses portes aux visiteurs, le Tour de Merrisand serait terminé. Et Rowe serait reparti. Les lettres se mirent à vaciller sous ses yeux.

Comment réagirait-il si elle lui disait qu'elle l'aimait ? Il penserait sans doute qu'il s'agissait d'une manœuvre pour garder Jeffrey auprès d'elle.

Les lèvres serrées, elle commença à taper sur les touches du clavier avec rage, comme si elle cherchait ainsi à se défouler. Lorsqu'elle regarda sa montre, ce fut pour constater que plus d'une heure s'était écoulée. Faisant défiler sur l'écran les dernières pages du fichier, elle hocha la tête, satisfaite. La colère était parfois un excellent moteur. A son retour, Léa serait satisfaite de ses choix.

Elle éteignit l'ordinateur, fit rouler ses épaules pour détendre ses muscles crispés, puis se tourna vers le couloir. Et elle écarquilla les yeux. La porte de la chambre de Jeffrey était à présent grande ouverte.

Ne t'affole pas. Il a très bien pu se lever pour aller aux toilettes. Plongée dans le projet de l'exposition, tu ne l'auras pas entendu.

Pareille à une automate, elle se leva. La chambre était vide. D'instinct, elle toucha les draps. Ils étaient froids. L'enfant avait donc quitté les lieux depuis un certain temps. Elle balaya la pièce du regard. Il avait pris sa veste d'école et son cartable.

Le cœur battant à tout rompre, Kirsten se précipita vers l'appartement voisin, qui était toujours vide. Elle ouvrit la porte extérieure, qui donnait sur le grand couloir désert. Ses yeux effleurèrent les portraits des ancêtres de la famille royale. Elle avait l'impression que ces hommes et ces femmes la fixaient tous d'un air accusateur.

Elle retourna en courant dans sa chambre et composa le numéro de téléphone du bureau où, espérait-elle, se trouvait Rowe.

Kirsten ne s'aperçut qu'elle avait retenu son souffle qu'au moment où il décrocha.

— Rowe, c'est Kirsten à l'appareil. Est-ce que Jeffrey est avec toi ?

— Non. Pourquoi ? Que se passe-t-il ?

— Il… a disparu. Je lui ai dit toute la vérité ce soir, et maintenant… il n'est plus là ! Je pensais qu'il serait allé te retrouver.

— Il a peut-être plutôt décidé de me fuir…

— J'en doute. Il paraissait enchanté quand il a découvert que tu es son père. Il voudrait que nous vivions tous les trois ensemble. Je lui ai dit que… que c'était impossible, et je crois que c'est ce qui l'a perturbé.

Ces propos furent salués d'un bref silence tendu.

— Je vais demander aux gardes de fouiller les alentours du château. Va au cottage, au cas où il aurait décidé de s'y réfugier. N'oublie pas de prendre ton téléphone portable.

Il ne fallut pas à Kirsten plus de cinq minutes pour arriver au cottage. Mais là, sa peur ne fit que grandir : toujours pas de Jeffrey. Elle se rendit alors chez les parents de Michael, qui ne l'avaient pas vu, mais décidèrent sur-le-champ de participer eux aussi aux recherches.

Kirsten avait du mal à lutter contre les larmes. L'inquiétude qui la rongeait augmentait de minute en minute. Et si l'enfant se perdait dans le parc ? S'il tombait dans le cours d'eau ?

Lorsque la sonnerie de son portable retentit, elle sursauta.

— Kirsten, c'est moi, Rowe, annonça-t-il de sa voix grave. Retrouvons-nous devant l'école. J'ai une idée.

Elle franchit en un temps record les quelques centaines de mètres qui la séparaient du bâtiment, plongé dans l'obscurité à cette heure. En route, elle rencontra Rowe. Il éclaira le chemin de sa lampe de poche, et elle accéléra l'allure.

Le portail de l'école était fermé. Mais au pied de la barrière, elle vit une petite forme accroupie.

— Jeffrey ?

Il paraissait si menu, si vulnérable dans sa veste enfilée sur son pyjama… Elle fut aussitôt à son côté pour le prendre dans ses bras.

— Mais que fais-tu là, mon ange ?

— J'attendais que tu viennes me chercher avec mon papa, lui répondit-il sans hésiter.

Kirsten se tut et serra contre elle le petit corps tout doux, tout tiède.

— Comment as-tu deviné ? murmura-t-elle, le visage levé vers Rowe.

— Ça m'est venu à l'esprit quand tu m'as dit qu'il voulait qu'on soit tous les trois ensemble.

Il remit la lampe de poche à la jeune femme, et se pencha pour soulever l'enfant dans ses bras.

— Il est temps de retourner se coucher maintenant, fiston, fit-il d'une voix vibrante d'émotion.

A moitié endormi, Jeffrey ne protesta pas. Quand ils

le remirent dans son lit, une fois revenus au château, et l'embrassèrent, il dormait déjà profondément.

— Allons nous installer sur la terrasse, suggéra Rowe. Je vais nous préparer quelque chose à boire. Je pense que nous avons bien besoin d'un remontant.

Lorsqu'il rejoignit Kirsten et lui tendit un verre de cognac, elle en but machinalement une gorgée.

— C'est la première fois qu'il s'enfuit..., déclara-t-elle d'une voix blanche.

— C'est aussi la première fois qu'il est confronté à une telle situation.

Rowe porta à son tour son verre à ses lèvres.

— J'ai moi aussi réfléchi, ce soir, dans mon bureau. Et je pense que Jeffrey a raison : nous devrions vivre ensemble.

Pour le bien-être de l'enfant. C'était sans doute ce qu'il pensait, se dit Kirsten.

— Si nous nous y prenons bien, il finira par accepter l'idée de parents qui vivent chacun leur vie, répliqua-t-elle. Comme des milliers d'enfants à travers le monde.

— Ces enfants ne sont pas *les miens* ! répondit Rowe d'une voix sourde.

— Qu'essaies-tu de... me faire comprendre ? chuchota-t-elle. Que tu vas... demander la garde permanente de Jeffrey ?

— Oui.

— Rowe..., fit-elle d'une voix brisée.

— De Jeffrey et de sa mère. Ce que je t'ai dit tout à l'heure est vrai, Kirsten. J'aime mon fils, mais je t'aime aussi, toi. Mon rêve le plus cher serait que nous vivions tous les trois ensemble. Depuis que je te connais, ma vie a changé. J'ai désormais un objectif : vous rendre heureux tous les deux. Aussi heureux que je le suis avec vous. Tu veux bien nous laisser une chance ?

Quand il la prit dans ses bras, elle sut qu'il était inutile de lutter plus longtemps. Elle aimait cet homme, qui lui avait démontré ne pas être le play-boy décrit par les médias.

Ils échangèrent un long, très long baiser. Un baiser à la fois tendre et passionné, reflet de l'avenir qui les attendait.

Épilogue

Assise au premier rang, à côté de son mari, Kirsten avait le cœur qui se gonflait de fierté et d'amour. Sur la scène de la salle de spectacle de l'école, Jeffrey jouait le rôle du prince Jacques, fondateur de l'Etat de Carramer.

En pensant à sa sœur, elle eut un sourire triste. Mais Natalie aurait elle aussi été fière de voir son fils en ce moment même. Elle aurait en revanche été étonnée que sa sœur porte le titre de vicomtesse d'Aragon. Depuis deux mois, à présent.

Après la superbe cérémonie de mariage dans la cathédrale de Taures et une lune de miel magique passée sur l'île privée de Rowe, il lui arrivait encore de se demander si elle rêvait, ou si ce bonheur parfait était bien réel.

Le rideau venait de se baisser, et les applaudissements fusaient de toute part.

— Notre fils a été magnifique ! déclara Rowe en prenant son épouse par le bras pour la guider vers l'extérieur.

Cet orgueil paternel la remplit de joie.

— Il a été très bien, en effet.

— Je n'ai jamais vu de prince Jacques aussi réussi ! s'exclama le prince Maxim, qui venait de se joindre au jeune couple.

— Je garde un souvenir ému de ma propre prestation ! fit Rowe dans un éclat de rire.

— Il semblerait que le talent d'acteur soit un héritage familial, intervint la princesse Giselle d'un ton sec. Dommage qu'on ne m'ait pas permis de montrer le mien, je vous aurais tous écrasés…

Max adressa à sa sœur un petit sourire railleur.

— Je reconnais bien là une qualité typiquement féminine : la modestie !

— Et pourquoi les femmes devraient-elles être modestes ? rétorqua-t-elle, l'œil luisant. N'as-tu jamais entendu cette version selon laquelle le fameux prince Jacques aurait été une femme déguisée en homme ?

Le prince roula les prunelles.

— Voilà que ma chère sœur veut réécrire l'histoire des Carramer !

— Ce ne sera sûrement pas facile, avec toute une lignée de machos ! rétorqua-t-elle.

Le prince Maxim se tourna vers son cousin.

— Défends-moi de cette peste, Rowe !

Mais ce dernier n'eut pas le temps de répondre, que la princesse Giselle revenait à l'attaque.

— Si on me permettait d'avoir un rôle plus actif dans cette famille, je pourrais moi aussi servir la Fondation, et trouver l'amour, le vrai, comme le veut la légende ! Ainsi, tu serais débarrassé de « la peste » !

— Tu ne crois quand même pas à ce genre de sottises, Giselle !

— Sottises ? répéta la princesse avec un sourire. Pas si sûr, Max. C'est quand même bien la Fondation qui a réuni Kirsten et Rowe… Si mes souvenirs sont exacts, ils se sont connus en organisant ce Tour de Merrisand qui a remporté un tel succès, non, mon cher frère ?